Nur ein schmaler Pfad

KJ Weiss

Nur ein schmaler Pfad

Impressum

Copyright: KJ Weiss 2021

Lektorat: Tobias Franke

Covergestaltung: Ralf B. Franke

Foto: 123rf.com/bialasievicz

Alle Rechte vorbehalten

ISBN: 9783754374696

Herstellung und Verlag: BoD – Books on Demand, Norderstedt

Prolog

Die Tür ist nur angelehnt. Ich trete in die Diele. „Mama?"

Stille. Ich rufe noch einmal: „Mama?" Lausche. Nicht ein Geräusch dringt an mein Ohr.

Zögernd mache ich einige Schritte ins Innere. Warum antwortet sie nicht? Ich weiß genau, dass sie da ist, meine Mutter verlässt nie das Haus.

Seltsam, die Küche ist sauber und aufgeräumt, nichts deutet darauf hin, dass sie mich zum Essen erwartet. Ich wende mich zum Wohnzimmer. Die Terrassentüren sind geschlossen, auch hier gibt es keine Spuren von ihr. Wieder rufe ich und bekomme keine Antwort.

Diese Stille, wie eine unterschwellige Bedrohung! Ich muss mich fast dazu zwingen, die Treppe ins Obergeschoss zu nehmen. Meine eigenen, hastigen Atemzüge sind so laut, dass sie jedes andere leise Geräusch überdecken.

Ich erreiche die Kehre, nehme die nächste Stufe, schaue hinauf: völlige Dunkelheit, als seien sämtliche Türen geschlossen.

„Mama?" Jetzt schreie ich.

Der Impuls zu flüchten und Hilfe zu holen, wird immer größer. Allein will ich mich dem, was ich bereits zu ahnen beginne, nicht stellen. Doch es gibt niemand, an den ich mich wenden kann.

Tief durchatmen, Jola, sporne ich mich selbst an. Du schaffst das! Geh weiter!

Zögernd taste ich mich hinauf. Der Lichtschalter ist nur einen Schritt von der letzten Stufe entfernt, ich strecke bereits die Hand aus, als plötzlich die Lampe aufflammt und das Grauen direkt vor mir enthüllt. Sie hängt am Deckenbalken, pendelt sogar noch sanft hin und her.

Meine Beine sind wie gelähmt, ich kann mich nicht bewegen, kann die Augen nicht von ihr abwenden. Ihr Gesicht ist grauenhaft verzerrt, die Augen quellen hervor, der Mund ist … Ein Ruck geht durch ihren Körper und er schwingt mir entgegen. Eine schwarze Gestalt springt hinter ihr hervor, rote Augen fixieren mich, die gebleckten Zähne grinsen hämisch. Schritt für Schritt kommt sie auf mich zu. „Du bist die Nächste."

Das zischelnde Flüstern und die hämisch klingenden Worte erlösen mich endlich aus meiner Starre. Ich zucke zurück und schreie, schreie endlich, so laut ich kann, schrille, nicht enden wollende Laute, die mir selbst in den Ohren schmerzen.

Eine Hand drückt auf meine Schulter, versucht mich festzuhalten, eine helle Stimme ertönt, instinktiv wehre ich mich gegen den Griff und schreie noch schriller und lauter.

„Frau Büscher! Es ist alles gut. Sie sind in Sicherheit! Frau Büscher, hören Sie mich?"

Ganz langsam fand ich in die Wirklichkeit zurück. Mein Widerstand erschlaffte, meine Schreie wurden zu heftigen, abgerissenen Schluchzern. Das Grauen war so real, dass ich nicht so schnell umschalten konnte.

„Sie haben geträumt. Es war nur ein Traum", wiederholte die Schwester, lockerte ihren Griff um meine Schulter und tätschelte sie stattdessen. „Sie sind hier in Sicherheit."

Ich nickte, trotzdem konnte ich das Schluchzen nicht stoppen. „Die Polizei. Ich muss unbedingt mit der Polizei sprechen", rang ich mir in den Pausen dazwischen ab.

Die Schwester schüttelte mit einem mitleidigen Blick den Kopf. „Es ist mitten in der Nacht. Ich sage denen gleich morgen früh Bescheid."

Ein Arzt trat an mein Bett und machte sich an meinem Tropf zu schaffen, während die Krankenschwester weiter beruhigend auf mich einredete. Einen Moment später spürte ich, wie sich meine verkrampften Muskeln lockerten. Angenehme Wärme durchströmte mich, ich musste blinzeln, meine Augen schlossen sich fast automatisch. Das Gemurmel verhallte.

Teil 1

Jolanthe

1

Aufatmend schloss ich die Wohnungstür hinter mir und ließ die kleine Reisetasche zu Boden fallen. Endlich allein!

Die Luft roch muffig, obwohl ich gerade mal drei Tage abwesend gewesen war. Ich ging von Raum zu Raum, zog die Rollläden hoch und kippte die Fenster. Noch lagen die Temperaturen draußen im einstelligen Bereich, doch die Kraft der Sonne würde diese bald steigen lassen. Die angekündigte Schönwetterperiode kam genau zum richtigen Zeitpunkt. Ich konnte mich erholen und die für alle weiteren Schritte nötige Kraft schöpfen.

Die paar Handgriffe hatten mich völlig erschöpft. Es war, als sei sämtliche Energie aus mir herausgeflossen. Der heftige Schwindel zwang mich auf die Couch.

Doch schon kurz darauf empfand ich die Stille um mich herum als unerträglich! Dabei hatte ich mich im Krankenhaus so sehr danach gesehnt, hatte zuletzt die verbleibenden Stunden gezählt und meiner Entlassung entgegengefiebert. Keine Minute länger als unbedingt nötig hatte ich dortbleiben wollen.

Der Besucherstrom meiner Nachbarinnen schien unendlich zu sein, kaum verabschiedeten sich die einen, kamen die nächsten. Trotz des iPods verstand ich fast jedes Wort. Unmöglich, sich auf das Hörbuch zu konzentrieren. Lesen und Fernsehen waren verboten, wie also hätte ich mich ablenken sollen? Nein, die Entscheidung, auf eine Entlassung zu drängen, war die einzig richtige.

Ich schlich hinüber zum Fernseher, kaum fähig einen Fuß vor den anderen zu setzen, und schaltete ihn ein. Eingewickelt in eine leichte Plüschdecke versuchte ich der Talkshow auf dem Bildschirm zu folgen, merkte aber schnell, dass ich viel zu erschöpft war. Trotzdem hielt ich die Augen krampfhaft offen, um nicht einzuschlafen. Dieser Traum, den ich

7

garantiert wieder durchleben müsste, diese Fratze, die auf mich zusteuerte – unwillkürlich schüttelte ich mich.

Gerade als meine Augen zufielen, schrillte die Türglocke. Wer mochte das sein? Keiner wusste, dass ich mich selbst entlassen hatte. Nein, ich würde liegen bleiben und nicht öffnen.

Es klingelte erneut, und noch einmal. Derjenige würde nicht aufgeben. Ich kämpfte mich aus meiner Decke, erhob mich viel zu schnell und geriet ins Taumeln. „Langsam, Jola", ermahnte ich mich selbst.

Es klingelte ein viertes Mal, bevor ich die Tür erreicht hatte. „Ja, bitte?" Nur gut, dass Papa das alte Haus kurz vor seinem Tod renoviert und dabei auch an eine vernünftige Sprechanlage gedacht hatte. Zu öffnen, ohne zu wissen, wer davorstand, war im Moment ein Unding.

„Frau Lanz und Frau Krebs", tönte es mir entgegen. „Wir würden gern mit Ihnen sprechen."

Am liebsten hätte ich die beiden abgewimmelt. Nur das Wissen, dass ich um dieses Gespräch nicht herumkam, ließ mich aufdrücken und die Tür öffnen.

Hauptkommissarin Krebs tauchte als Erste auf. Ich wich zurück, sodass beide Frauen eintreten konnten, und ging voran ins Wohnzimmer. Die Ältere folgte direkt hinter mir, die Jüngere ließ sich mehr Zeit. Bestimmt hatte ihr meine Einrichtung einen Schock versetzt.

Frau Krebs blieb mitten im Wohnzimmer stehen. Ich drängte mich an ihr vorbei und griff nach der Decke, die halb von der Couch hing. „Bitte, nehmen Sie Platz."

„Nein, legen Sie sich ruhig wieder hin. Sie sind die Kranke hier." Die Kommissarin trat zwei Schritte zurück, lehnte sich gegen das Fensterbrett und machte eine auffordernde Handbewegung.

Da ich keine große Lust hatte, mit ihr zu diskutieren, gehorchte ich, stapelte die Kissen in meinem Rücken, sodass ich halb aufgerichtet saß, und zog die Decke wie einen Schutz um mich.

Frau Lanz, eine wohl neu hinzugekommene Kollegin, wie ich vermutete, zumindest sah sie aus, als sei sie frisch von der Hochschule, stellte sich in aufrechter Haltung neben sie und ließ ihren Blick neugierig umherwandern.

„Sie wurden heute entlassen, Frau Büscher?" Es klang eher wie eine Frage als eine Feststellung. „Erstaunlich. Wir hatten mit einem viel längeren Aufenthalt gerechnet."

Wahrscheinlich hatten die beiden Kommissarinnen es schon in der Klinik versucht. „Es geht mir relativ gut. Erholen kann ich mich zu Hause besser."

Die Ältere nickte zu meinen Worten. „Können Sie sich mittlerweile erinnern, was genau passiert ist?"

Ich zögerte, sollte ich noch mal davon anfangen? Bei unserem ersten Gespräch am Morgen nach meinem Albtraum hatte Frau Krebs schon äußerst skeptisch gewirkt. „Dieser Traum, von dem ich Ihnen bereits erzählte, ich habe ihn jede Nacht. Irgendwie kann ich mir nicht vorstellen, dass ich mir das alles nur einbilde."

„Ja?", fragte sie nach, weil ich verstummte.

„Er ist so real. So, als hätte ich das wirklich erlebt."

„Ein schwarz gekleideter Mann mit roten Augen und gebleckten Zähnen", fasste die Kommissarin meine Beschreibung nüchtern zusammen.

„Der Ihnen droht, Sie wären die Nächste", ergänzte Frau Lanz.

„Er trug eine Maske", betonte ich. Die glaubten mir nicht, das war offensichtlich. „Nicht die Augen selbst waren rot, sondern die Umrandung der Löcher. Er hatte einen schwarzen Monteuranzug an und dessen Kapuze über den Kopf gezogen." Schon bevor ich bei den letzten Wörtern ankam, wurde mir klar, dass sie meine Schilderung weiterhin für ein Hirngespinst hielten. Zumindest die Jüngere war nicht in der Lage, ihre Skepsis zu verbergen.

„An was erinnern Sie sich sonst noch?", fragte Frau Krebs nach. „Wann sind Sie bei Ihrer Mutter eingetroffen? Wie sind Sie ins Haus gekommen?"

Ich versteifte mich unwillkürlich. „Meine Erinnerung reicht zurück bis zu dem Moment, als ich ins Auto stieg, um zu meiner Mutter zu fahren, und beginnt erst wieder im Krankenhaus. Dazwischen ist immer noch nichts. Ich kann definitiv nicht vor fünf, kurz vor fünf angekommen sein, weil ich mich erst gegen halb fünf von meinem Freund, der das Wochenende bei mir verbrachte, verabschiedet hatte."

„Sie sehen also den Mann nur in ihren Träumen." Frau Lanz nickte verstehend. „Wann müssen Sie zur Nachuntersuchung?"

9

„Am Freitag."

„Vielleicht sollten Sie Ihren behandelnden Arzt darauf ansprechen. Der müsste sich damit auskennen."

„Der Obduktionsbericht liegt vor", übernahm Frau Krebs und verzog die Lippen zu einem mitleidigen Lächeln. „Ihre Mutter starb bereits in den Morgenstunden. Sie hat eindeutig Selbstmord begangen. Fremdverschulden ist ausgeschlossen."

Bäng! Da hatte ich es. Sie sahen in mir eindeutig eine Spinnerin.

2

Ich war so voller Wut, dass mein Gehirn heftige Stiche aussandte und ich mich schwankend zurück zur Couch tasten musste. Die dachten, ich fantasierte mir was zusammen! Der Blick, mit dem sich die beiden Kommissarinnen verabschiedet hatten, ließ keine andere Deutung zu.

Ich überlegte, bei wem konnte ich mir Luft machen? Liam war garantiert noch in seinem Kurs, bei ihm brauchte ich es gar nicht erst zu versuchen. So ein Mist, dass er ausgerechnet in dieser Woche auf Fortbildung unterwegs war! Aber mit irgendwem musste ich nach diesem desaströsen Gespräch reden.

Vielleicht Mirella? Nein, lieber nicht. Meine ehemalige Arbeitskollegin war dafür nicht die Geeignete. Die würde wahrscheinlich von meiner inneren Belastung schwafeln, dass die Träume ausdrückten, wie sehr mich die schnell aufeinanderfolgenden Tode meiner Eltern mitgenommen hatten. Auch sie gäbe mir sicherlich die Empfehlung, mich an meinen behandelnden Arzt zu wenden.

Tja, mehr Bekannte hatte ich nicht, schon gar nicht eine enge Freundin, die auf meiner Wellenlänge lag. Erst jetzt wurde mir richtig bewusst, dass ich viel zu zurückgezogen lebte.

Also warten, bis Liam Zeit hatte. Ich schloss die Augen und atmete gegen den pochenden Kopfschmerz an, ein und aus und ein und aus, bis er langsam verebbte. Mit ihm auch meine Wut, ich verspürte tatsächlich ein leichtes Hungergefühl.

Ohne große Erwartung öffnete ich den Kühlschrank, um meine mehr als kargen Bestände zu überprüfen – und starrte überrascht auf die bis zum Rand gefüllten Fächer. Frau Krause, die Haushälterin meiner Mutter, hatte bei ihrem Besuch in meiner Wohnung, um mir die nötigsten Dinge ins Krankenhaus zu bringen, in weiser Voraussicht gleich meine Vorräte aufgefüllt. Gut, dass Liam mir bald Gesellschaft leistete, allein würde ich vermutlich nicht mal die Hälfte essen können.

Während ich mir einen Thunfischsalat mit getoasteten Brotscheiben schmecken ließ, geriet ich automatisch ins Grübeln. Trotz aller gegenteiliger Argumente zweifelte ich immer noch am Selbstmord meiner Mutter. Ich traute ihr etwas Derartiges einfach nicht zu, und dann noch auf diese Weise? Nein, niemals! Das hatte ich schon direkt nach dem Erwachen im Krankenhaus gedacht – bevor dieser immer wiederkehrende Traum auftauchte: Ihr fehlte der Mumm zu so einer Tat.

Wobei ich eigentlich froh sein sollte, dass ich somit nicht mehr im Visier der Ermittler stand. Ich konnte mich erstaunlich gut an das erste Gespräch mit Frau Krebs erinnern. Nicht nur dass ich innerhalb kürzester Zeit beide Eltern tot auffand, war ihr aufgestoßen, dieses Mal waren auf dem Seil, das Mama benutzt hatte, auch meine Fingerabdrücke gefunden worden. Beziehungsweise ausschließlich meine und ihre!

„Damit hatte ich den frisch gepflanzten Baum angebunden", fiel es mir glücklicherweise ein. „Den direkt am Zaun. Daneben müsste also ein Pfahl stehen."

Meine Aussage hielt wohl der Überprüfung stand, denn bei dem Gespräch am heutigen Tag kam dieser Sachverhalt nicht mehr zur Sprache. Ach, Quatsch, die wussten ja nun, dass es sich um einen Selbstmord handelte. Warum waren sie dann überhaupt vorbeigekommen? Nur, um mir das Ergebnis der Obduktion mitzuteilen? Aber warum hatten sie mich dann zuerst noch einmal über meinen Traum ausgefragt?

Auch wenn ich aus ihrem Verhalten nicht schlau wurde, hatte ich keinen Zweifel daran, dass Mama umgebracht wurde. Niemals hätte sie sich freiwillig erhängt, wenn sie wirklich hätte aus dem Leben scheiden wollen, wären garantiert Tabletten ihre erste Wahl gewesen. Einschlafen und hinüberdämmern, bloß nichts davon mitbekommen, das hätte zu ihr gepasst. Obwohl ich eigentlich nie das Gefühl hatte, sie wäre verzweifelt genug für so eine Tat.

Ich schob den Teller von mir, meine Gedanken hatten mir den Appetit genommen. Statt mich wieder hinzulegen, holte ich die Tasche aus der Diele und packte sie aus. Anschließend griff ich zum Telefon, um Herrn Schraft, unseren Rechtsanwalt, anzurufen. Es wurde Zeit, sich der Situation zu stellen.

Seit dem Tod meines Vaters wusste ich, dass das Nachlassgericht ein Testament eröffnete. Bis dahin würden noch etliche Wochen vergehen. Trotzdem wollte ich wissen, wie es in der Zwischenzeit weiterlief, wer sich so lange um den Besitz kümmerte, damit das Haus nicht völlig leer stand.

„Es wäre sinnvoller, wenn wir uns treffen könnten", sagte Herr Schraft, nachdem er mir kondoliert hatte.

„Ich bin gerade erst aus dem Krankenhaus entlassen worden und soll mich die nächsten Tage schonen. Viel Liegen halt", schob ich schnell nach, um meine Situation zu verdeutlichen. In diesem Moment fühlte ich mich tatsächlich nicht in der Lage, vor die Tür zu gehen, weder heute noch morgen.

„Deine Mutter hat mich eingesetzt, nach ihrem Tod sämtliche Verpflichtungen zu übernehmen. Zudem soll Frau Krause weiterhin jeden Tag nach dem Rechten sehen, bis das Vermögen aufgeteilt ist."

„Aufgeteilt?", echote ich verwirrt. Ich hatte gedacht, ich sei die einzige Erbin.

Er räusperte sich umständlich. „Es wäre wohl besser, wenn wir die Einzelheiten in einem persönlichen Gespräch klären", wiederholte er. „Soll ich bei dir vorbeikommen?"

„Das ist alles sehr mysteriös", stimmte mir Liam zu, mit dem ich am Abend telefonierte. „Ich breche den Kurs doch besser ab und unterstütze dich."

„Untersteh dich!" Jetzt hatte er schon drei Tage geschafft, die letzten würde ich auch ohne ihn durchstehen. Diese Fortbildung war enorm wichtig. Sie bildete die Grundlage für die anschließende Prüfung, die ihm den Aufstieg sicherte. Danach konnte er endlich den Versetzungsantrag stellen. Mir war bis auf eine schwere Gehirnerschütterung und ein paar Prellungen nichts passiert, damit wurde ich allein fertig, zumal ich dank Frau Krause nichts einkaufen musste. Und am Wochenende würde er sich um mich kümmern.

Zum Glück ließ er sich schnell beruhigen. Ich fragte nach seinen heutigen Erlebnissen und er begann lebhaft zu berichten.

Mit einem Lächeln sank ich in meine aufgestapelten Kissen zurück und schaltete den Fernseher ein. Jetzt noch eine nette Liebeskomödie und ich hatte mich erfolgreich abgelenkt.

Wie immer riss mich der wiederkehrende Albtraum aus tiefem Schlaf. Keuchend saß ich im Bett und wartete darauf, dass sich mein rasender Herzschlag beruhigte.

Dieses Mal war ich nicht in dem Moment aufgewacht, als der Mörder meiner Mutter auf mich zukam. In dem heutigen Traum öffnete ich den Mund, um zu schreien, doch ich brachte nur ein Wimmern heraus. Instinktiv zuckte ich zurück, mein Fuß fand keinen Halt mehr, ich fiel, prallte gegen das Geländer, gegen die Wand, mein Kopf schlug hart auf die Stufe. Alles wurde schwarz, ich hörte dumpf das Geräusch von Schritten, dann nichts mehr.

Ein Fortschritt, dachte ich und bemühte mich, das Ganze positiv zu sehen. Vielleicht gelang es mir auf diese Weise, mein verschüttetes Wissen wiederzuerlangen.

3

Am nächsten Morgen erwachte ich gegen acht ausgeschlafen und voller Tatendrang. Nach zwei Tassen Kaffee und einem Toast tappte ich hinüber ins Wohnzimmer und setzte mich vor meinen Computer.

„Du sollst dich ausruhen und nicht arbeiten", hörte ich in Gedanken Liams vorwurfsvolle Stimme. „Die Ärzte haben dich für die gesamte Woche krankgeschrieben."

Ja, schon, nur was sollte eine Selbstständige machen, die keine Ausfallversicherung besaß, zumindest nicht für die Zeit zu Hause? Die drei Tage Krankenhaus waren abgedeckt, mehr aber auch nicht.

Ich checkte meine Mails, fand erfreulicherweise einen neuen Auftrag, deren Annahme ich sofort bestätigte, und nahm mir direkt anschließend den vor, der dringend zu Ende gebracht werden musste. Im Moment lebte ich von der Hand in den Mund, ich war auf wohlwollende Empfehlungen angewiesen.

Als es gegen elf klingelte, hatte ich einen Großteil der Arbeit erledigt. Eine Pause war sowieso nötig, mein Kopf schien kurz vor der Explosion zu stehen.

Herr Schraft nahm mich wortlos in den Arm. Dann schob er mich zurück und musterte mich besorgt. „Du siehst schlecht aus. Sollen wir unser Gespräch lieber verschieben?"

Bloß nicht! „Ich habe heute Morgen vergessen, meine Tabletten zu nehmen", schwindelte ich und bat ihn herein. Ich bedeutete ihm, auf der Couch Platz zu nehmen, und wandte mich Richtung Küche. „Möchten Sie auch ein Wasser? Oder lieber einen Kaffee?"

„Ein Wasser, bitte." Sein besorgter Gesichtsausdruck war noch nicht verschwunden.

Seit ich denken konnte, war er der Anwalt meines Vaters, nicht nur für die privaten Dinge, sondern auch für die geschäftlichen. Mein Verhältnis zu ihm konnte man als freundschaftlich beschreiben. Früher hatte ich ihn sogar Onkel Holger genannt. Irgendwann war mir das zu kindisch geworden, seitdem siezte ich ihn und redete ihn mit dem Nachnamen an, genauso wie meine Eltern es taten. Er dagegen war weiterhin beim Du geblieben, was mich auch nicht störte. Vom Alter her hätte er mein Großvater sein können, er müsste jetzt – ich überlegte kurz – an die siebzig sein. Sein Sohn hatte schon vor Jahren die Kanzlei übernommen, der Senior kümmerte sich nur noch um altgediente Kunden.

So, die Zeit in der Küche dürfte ausgereicht haben. Er musste nicht unbedingt wissen, dass ich die Schmerztabletten nicht mehr nahm beziehungsweise nur noch bei Bedarf. So krank war ich nicht mehr.

Ich schnappte mir zwei Gläser und die Wasserflasche und ging zurück ins Wohnzimmer. „Was haben Sie mit Ihrer Andeutung gemeint?", fragte ich, während ich in einigem Abstand zu ihm Platz nahm. Liam hatte recht, ich sollte unbedingt einen oder besser gleich zwei Sessel kaufen, sodass man sich vernünftig gegenübersitzen konnte.

„Du hast einen Halbbruder, Jola", kam er gleich zur Sache.

Das war nichts Neues. „Ja, zwei, von meines Vaters Seite." Die hatten die Immobilienfirma geerbt und verwalteten auch mein Haus. Das Verhältnis zu Andreas, dem Älteren, war gut. Markus hingegen mied mich auf Teufel komm raus. Er gab mir bis heute die Schuld an der Scheidung seiner Eltern. Herr Schraft sah mich stumm an und hob eine Augenbraue. Endlich verstand ich. Die beiden waren überhaupt nicht erbberechtigt. „Meine Mutter? Sie hatte einen Sohn?"

Er nickte bestätigend. „Er ist acht Jahre älter als du."

„Und …", warum wusste ich nichts von ihm, wollte ich eigentlich herausplatzen, änderte die Frage jedoch kurzerhand ab. „…seit wann ist Ihnen das bekannt?"

„Seitdem deine Eltern ihr Testament aufgesetzt haben. Dein Vater drängte schon kurz nach der Hochzeit darauf." Er brach ab und betrachtete seine Fingernägel, die wie immer sauber und kurz geschnitten waren. „Ich muss weiter ausholen, wenn ich dir alles erklären soll."

Ich lehnte mich zurück und bemühte mich darum, Gelassenheit vorzutäuschen. „Nur zu."

Er räusperte sich umständlich, bevor er sagte: „Der Junge, Elias ist sein Name, lebte erst einmal weiter bei den Großeltern, bis deine Mutter das

Haus deines Vaters fertig umgestaltet hatte. Dann zog deine Mutter für ein paar Tage zurück in ihr Elternhaus, weil dein Opa und seine zweite Frau einen Autounfall hatten. Sie lag noch im Krankenhaus und er war mit einem gebrochenen Fuß zu Hause. Deine Mutter musste ihn, deinen Halbbruder und das zweite Kind ihres Vaters, einen Sohn, versorgen."

Noch ein Halbbruder! Meine Familie war seltsamer als gedacht.

„Hochschwanger war sie damals", fuhr Herr Schraft fort. „Als das Feuer ausbrach, war es mitten in der Nacht. Es gelang ihr, sich und die zwei Jungen zu retten. Als die Feuerwehr eintraf, war ihr Vater schon tot. Tragisch, sehr tragisch. Durch die Aufregung setzten ihre Wehen ein und du kamst vier Wochen zu früh auf die Welt. Zu dem erlittenen Trauma gesellte sich eine Wochenbettdepression, von der sich deine Mutter nie mehr erholte."

Das war das erste Mal, dass ich nähere Einzelheiten erfuhr. Mein Vater hatte sich auf die nötigsten Tatsachen beschränkt. Alles andere hatte er mir vorenthalten – warum auch immer.

„Nach diesem schrecklichen Vorfall kümmerte sich die Großmutter um Elias. Sie bekam dann später das alleinige Sorgerecht zugesprochen, wobei natürlich in erster Linie die Krankheit deiner Mutter eine Rolle spielte. Sie konnte sich ja selbst um dich nicht ausreichend kümmern."

Wieso hatte uns Elias nie besucht, nie angerufen? Meine Mutter verließ nicht mehr das Haus, trotzdem wäre es doch möglich gewesen, ihn ab und zu vorbeizubringen.

„So eng war die Beziehung zwischen deinem Vater und mir nicht, dass er über Familieninterna mit mir gesprochen hätte", sagte Herr Schraft auf meine dementsprechende Bemerkung.

Vielleicht bekam ich von Frau Krause Auskünfte. „Wissen Sie, wo er wohnt?"

Er nickte, schwieg aber.

„Kommt er zur Beerdigung?"

„Das werden wir sehen."

Gut, wenn er mir die Adresse nicht mitteilen wollte, würde ich eben abwarten, bis ich die Abschrift des Testaments bekam. In den Papieren müsste diese angegeben sein. „Was ist damals genau geschehen?", wechselte ich das Thema. „Wie ist das Feuer ausgebrochen?" Selbst das wusste ich nicht.

Wieder räusperte er sich lang anhaltend. „Die genaue Ursache ist mir nicht bekannt. Dein Opa starb an einer Rauchvergiftung. Er hatte es mit seinem gebrochenen Fuß nicht mehr die Treppe hinuntergeschafft."

Wurden nicht normalerweise Brandermittler eingeschaltet, wenn die Ursache unklar war? Doch von Herrn Schraft würde ich keine weiteren Einzelheiten erfahren, das war mir klar. Bei einem anderen Punkt konnte ich allerdings sehr wohl nachhaken. „Meine Mutter hatte auch einen Halbbruder?"

„Ihr Vater war in zweiter Ehe verheiratet, ja. Seine Frau lag wegen des Unfalls, von dem ich dir erzählte, im Krankenhaus. Der gemeinsame Sohn war nicht mit im Auto gewesen."

„Wie alt ist er?"

„Ich glaube, er war damals neun oder zehn. Ja, genau, die beiden Jungen verstanden sich gut, daher durfte er dortbleiben."

„Wie heißt mein Bruder mit Nachnamen?"

Eine kleine Pause entstand. „Stahl", sagte er schließlich.

Hatte Mama eigentlich dessen Erzeuger geheiratet? „Und der Vater meiner Mutter?"

„Auch Stahl, deine Mutter war ledig." Er hob abwehrend die Hand, bevor ich weiterfragen konnte. „Nähere Einzelheiten kenne ich nicht."

Würde ich eben das Stammbuch meiner Eltern heraussuchen, ich wollte ja sowieso so bald wie möglich ihre Unterlagen durchsehen.

4

Fast zwei Stunden dauerte unser Gespräch. Danach legte ich mich freiwillig auf die Couch. Mir schwirrte der Kopf. Mit diesen Enthüllungen hatte ich nicht gerechnet, unsere Familiengeschichte war viel extremer als gedacht. Dass mein Vater zwei Söhne aus einer früheren Ehe hatte, wusste ich natürlich. Sie kamen anfangs wohl auch regelmäßig an jedem zweiten Wochenende vorbei. Allerdings nicht sehr lange. Ich hatte keine Erinnerung an diese Zeit. Für mich existierten die beiden lange nur durch die Schilderungen meines Vaters.

Erst viel später erzählte mir Andreas, wie unangenehm damals die Stimmung im Haus gewesen war. Meine Mutter schlich wie ein Geist durch die Räume und sprach mit niemandem ein Wort. Ich wurde von einer Kinderfrau betreut. Mein Vater versuchte an diesen Tagen Normalität zu leben und sich seinen Jungen zu widmen, was ihm allerdings nicht sonderlich gut gelang. Denn hinzukam, dass seine Ex ihm die Schuld an der Trennung gab und ihre Söhne gegen ihn und seine Neue aufstachelte. Und die beiden, voll in der Pubertät, hatten sowieso keine Lust auf gemeinsame Unternehmungen. Sie wollten viel lieber mit ihren Freunden rausgehen, was erleben. Später normalisierte sich sein Verhältnis zu ihnen. Er und ich nahmen an Andreas' Hochzeit teil und auch an den Taufen seiner Kinder. Beide Söhne traten in seine Firma ein, nur wollte Markus weiterhin nichts mit uns, meiner Mutter und mir, zu tun haben. Nicht mal auf der Beerdigung meines Vaters ließ er sich dazu herab, uns anzusprechen, was wahrscheinlich auch besser war. Meine Mutter, vollgepumpt mit Beruhigungsmitteln, hatte sich kaum aufrecht halten können. Frau Krause und sie fuhren direkt nach dem Abschiednehmen am Grab nach Hause und nahmen nicht an dem anschließenden, hauptsächlich geschäftsbedingten Leichenschmaus teil.

Ja, es waren hauptsächlich seine Angestellten und Geschäftsfreunde erschienen, dazu seine Söhne – Andreas mit kompletter Familie - und natürlich Herr Schraft. Netterweise übernahmen Andreas und Markus es, sich ihnen zu widmen, sodass Liam und ich uns zurückhalten konnten und die erste Gelegenheit nutzten, ebenfalls zu verschwinden. Ich kannte die meisten Anwesenden sowieso nicht, hatte einige wenige Worte mit unseren nächsten Nachbarn gewechselt und mich ansonsten die meiste Zeit leise mit Liam unterhalten, da mir relativ schnell der Gesprächsstoff ausging. Wenn man niemanden in sein Haus einlud und daher auch keine Einladungen annahm, blieben die Verbindungen oberflächlich und auf kurze, belanglose Plaudereien beschränkt.

Das Klingeln des Telefons unterbrach meine Gedanken. Ich hatte schon geahnt, dass Frau Krause sich garantiert heute melden würde, und hatte es vorsichtshalber auf den Couchtisch gelegt, sodass ich nur danach greifen musste.

„Jola, wie geht es dir? Warum bist du nicht noch ein paar Tage stationär geblieben, um dich richtig auszukurieren. So eine Gehirnerschütterung ist gefährlich. Nicht dass was zurückbleibt."

Ich verzog unwillkürlich das Gesicht. Klar, sie meinte es nur gut. Nur störte es mich mittlerweile gewaltig, dass sie mich ständig wie ein kleines Kind behandelte. „Zu Hause habe ich viel mehr Ruhe. Sie können sich nicht vorstellen, wie störend es ist, wenn die Bettnachbarn von morgens bis abends Besuch bekommen. Wie soll man sich bei dem Geplauder erholen?"

Sie schnaubte. „Man hätte dich in ein Einzelzimmer legen müssen."

Ja, wenn man denn genug Geld hatte, das zu bezahlen! Nein, das Krankenhaus war regelrecht überfüllt, ich hatte mit meinem Dreibettzimmer noch Glück gehabt. Vermutlich war der behandelnde Arzt auch deshalb nicht sonderlich daran interessiert, mich länger zu halten. „Ich habe morgen einen Kontrolltermin. Sind Sie wie immer im Haus? Dann würde ich anschließend vorbeikommen." Natürlich wusste ich durch Herrn Schraft längst Bescheid. Trotzdem fragte ich lieber nach.

Sie seufzte laut. „Selbstverständlich bin ich dort. Aber ich weiß nicht, was du da willst. Ich meine, wenn du lieber bleiben möchtest, sodass ich mich um dich kümmern kann", setzte sie, wie ich es mir bereits gedacht hatte, hinzu. „Das lässt sich einrichten."

„Ich möchte mir nur noch einmal in Ruhe die Fotoalben ansehen", schwindelte ich. Was ich wirklich bezweckte, würde sie früh genug erfahren.

Wieder ein tiefer Seufzer. „Ich bin von acht bis zwei im Haus." Was ihrer regulären Arbeitszeit entsprach. „Wenn du es in dem Zeitrahmen schaffst?"

Das war perfekt. Mein Arzttermin um zehn würde sicherlich nicht lange dauern. „Bis morgen!", verabschiedete ich mich erleichtert.

Komisch eigentlich, sinnierte ich, nachdem ich mich auf die Couch hatte zurücksinken lassen. Frau Krause war von Anfang an eine Respektsperson für mich, die man siezte und die man nicht mit Kleinigkeiten belästigte. Schließlich hatte sie genug zu tun. Natalie, mein Kindermädchen, das sich bis zu meinem zehnten Lebensjahr um mich kümmerte, war ganz anders: Jung, fröhlich, stets bereit, mit mir zu spielen oder auf meine endlosen Fragen einzugehen. Ich hatte sie schmerzlich vermisst, im Prinzip war sie bis dahin meine erste Bezugsperson, die, mit der ich die meisten meiner kleinen Geheimnisse teilte, die, zu der ich hineilte, wenn ich Kummer hatte, und die, die mir all ihre Liebe gab.

An den Wochenenden bemühte sich mein Vater ebenfalls, mir gerecht zu werden. Allerdings beanspruchte meine Mutter einen großen Teil seiner Zeit. Dass wir einen Tagesausflug unternahmen, nur er und ich, war jedes Mal ein Highlight, von dem ich noch lange zehrte. Mit Natalies Weggang zerbrach meine bis dahin heile Welt. Ich zog mich zurück, fühlte mich einsam und unverstanden.

„Sie heiratet", hatte mein Vater versucht mir zu erklären. „Sie will eine eigene Familie gründen, eigene Kinder haben. Dann kann sie nicht mehr hier zu uns kommen."

„Sie könnte ihr Baby doch mitbringen." Ich hatte mir immer Geschwister gewünscht. Schon stellte ich mir vor, wie wir beide gemeinsam mit den Kleinen spielten und im Garten herumtobten.

„Natalie zieht in eine andere Stadt. So ist es leider." Er strich mir über das Haar. „Du bist zehn, Jola. Alt genug, um ohne sie auszukommen. Mama und ich und Frau Krause sind schließlich auch noch da."

Ich hatte nur stumm den Kopf geschüttelt. Entweder konnte oder wollte er mich nicht verstehen. Niemand konnte Natalie ersetzen.

Genug in der Vergangenheit geschwelgt. Ich sollte endlich weiterarbeiten. Immerhin hatte ich morgen früh sowieso keine Zeit.

5

Dr. Rath unterzog mich einer gründlichen Untersuchung und nickte zufrieden. „Alles in Ordnung, soweit ich sehen kann. Haben Sie noch Kopfschmerzen?"

„Nur wenn ich mich zu sehr belaste." Ich hatte keinen Parkplatz in der Nähe gefunden und musste anschließend rennen, damit ich pünktlich zu meinem Termin ankam. Doch der zunehmende Druck im Schädel und die aufkommende Übelkeit zwangen mich zu einem gemäßigteren Tempo.

„Das ist völlig normal", beruhigte mich der Arzt. „Sie sollten es die nächste Woche noch langsam angehen lassen."

Ich wagte es, ihm von meinem Traum zu erzählen. Auch in dieser Nacht war ich von ihm nicht verschont geblieben.

„Hm", Dr. Rath wirkte irritiert. „Ich dachte, Ihre Mutter habe Selbstmord begangen?"

„Mir fehlt immer noch die Erinnerung an diese Stunden", umging ich eine direkte Antwort. „Kann es denn sein, dass ich die Wirklichkeit im Traum durchlebe?"

„Ich denke, in Ihrem Fall ist es wahrscheinlicher, dass Sie den Stress, dem Sie ausgesetzt waren, verarbeiten. Immerhin haben Sie in kurzen Abständen beide Elternteile verloren. Das sind traumatische Erlebnisse, die sich nicht so einfach wegstecken lassen. Ich würde Sie gern an einen Kollegen empfehlen, der Erfahrungen in diesem Bereich hat." Er suchte auf seinem Schreibtisch herum und fand schließlich eine Visitenkarte, die er mir in die Hand drückte.

Ich warf einen Blick darauf: Psychologischer Psychotherapeut, das sagte alles. „Vielen Dank, ich werde mich an ihn wenden", behauptete ich trotzdem und erhob mich gleichzeitig von meinem Stuhl. „Muss ich noch einmal wiederkommen?"

„Nur wenn sich die Kopfschmerzen nicht vollständig legen oder sich andere Symptome wie Schwindel oder Sehstörungen einstellen." Er kam um seinen Schreibtisch herum und brachte mich zur Tür. „Und bitte die nächsten vier Wochen keinen Sport treiben. Muten Sie sich nicht zu viel zu. Lassen Sie es langsam angehen."

„Stellt sich die wahre Erinnerung an das Auffinden der Leiche denn irgendwann ein?", wagte ich eine letzte Frage.

„Manchmal ja, manchmal nein." Er machte ein mitfühlendes Gesicht und öffnete die Tür. „Seien Sie froh, dass Sie im Prinzip so glimpflich bei diesem bösen Sturz davongekommen sind. Es hätte weit schlimmer ausgehen können."

Auf dem Weg zum Auto zerknüllte ich die Visitenkarte und verstaute sie in meiner Jackentasche. Die Psyche! Schoben die Ärzte nicht allgemein alles, wofür sich nicht relativ schnell eine passende Krankheit fand, auf die Psyche?

Hing der Traum vielleicht irgendwie mit der überstandenen Gehirnerschütterung zusammen? Sobald ich zu Hause war, musste ich unbedingt die Anzeichen im Netz googeln. Denn an ein Trauma glaubte ich immer noch nicht. Meinen Vater tot aufzufinden war viel heftiger gewesen. Wenn ich da reagiert hätte, das wäre verständlich. Besonders, weil ich an ihm viel mehr gehangen hatte als an meiner Mutter. Sein plötzlicher Tod hatte mich schwer getroffen – genauso wie die Tatsache, dass die Polizei bis heute ohne Erfolg nach seinem Mörder suchte.

Ich blieb ruckartig stehen. Papa ermordet, Mama ermordet! War ich tatsächlich die Einzige, die da einen Zusammenhang sah?

Umso dringender war es jetzt, Frau Krause auszuhorchen. Wenn jemand etwas wusste, dann sie.

Wie immer parkte ich auf dem abgesenkten Bordstein direkt vor dem Tor. So konnte Frau Krause gleich das Auto erkennen. Ich steuerte das kleine Türchen an, umfasste den runden Knauf und legte den Finger auf den Klingelknopf. Die Haushälterin ließ mich ohne nachzufragen ein.

Unvermittelt durchzuckte mich die Erinnerung: An dem Todestag meiner Mutter war es nur angelehnt gewesen, als hätte sie bereits, während ich ausstieg, aufgedrückt, damit ich nicht warten musste. Das war schon öfter vorgekommen, deshalb hatte ich mir nichts dabei gedacht.

Ich blieb abrupt stehen. Ich war den Steinplattenweg entlanggelaufen, der zur Haustür führte und – nichts. Der Rest blieb im Dunkeln.

23

Die Tür vor mir öffnete sich und Frau Krause sah mir fragend entgegen. Ich beeilte mich, näherzutreten. „Guten Morgen", sagte ich so unbefangen wie möglich.

„Geh gleich durch ins Wohnzimmer", wies sie mich an. „Ich habe dir die Fotoalben bereits herausgesucht und auf den Tisch gelegt."

Typisch! Damit ich gar keine Chance hatte, in den persönlichen Sachen meiner Mutter herumzukramen!

Ich spürte, wie der Frust in mir hochstieg. So hatte sie mich immer schon behandelt, als sei sie diejenige, die über mich bestimmen konnte, was ich zu tun und zu lassen hatte, was ich durfte und was nicht.

Statt mich mit ihr auseinanderzusetzen, griff ich nach dem ersten Buch. Es begann mit meiner Geburt. Seltsam, gab es keine Fotos von der Hochzeit oder von vorherigen gemeinsamen Urlauben oder Unternehmungen?

Ich wiederholte die Frage laut, denn Frau Krause war neben der Tür stehen geblieben und beobachtete mich wie ein Luchs.

„Die sind in dem kleinen Einsteckalbum deiner Mutter", gestand sie widerwillig. „Ich dachte nicht, dass du dich dafür interessierst."

Doch, genau dafür. Ihr Sohn war doch bestimmt auch eingeladen gewesen. Ich sprang auf. „Wo finde ich die?"

„Ich hole sie dir."

Ich musste unbedingt ein weiteres Mal mit Herrn Schraft sprechen, ob sie mir tatsächlich verbieten konnte, hier herumzustöbern.

Um keine Missstimmung aufkommen zu lassen – ich brauchte sie schließlich auskunftswillig -, nahm ich wieder Platz und wartete, bis sie mit dem Album zurückkehrte. Bingo! Es enthielt zahlreiche Schnappschüsse von der Feier. Ich blätterte sie aufmerksam durch. Viele Gäste waren es nicht. Ich erkannte Herrn Schraft, zwei engere Freunde meines Vaters und – welch Überraschung – Frau Krause. Dann waren noch vier Personen anwesend, die ich nicht zuordnen konnte, zwei Frauen und zwei Männer. Ich hielt das Foto unserer Haushälterin hin: „Sind das alle, die an der Hochzeitsfeier teilgenommen haben?" Wo war ihr Sohn?

Sie zückte ihre Brille und schob sie auf die Nase, bevor sie das Bild studierte. „Ja, der Fotograf war gebucht. Es war nur eine kleine Festivität. Deine Eltern hatten ihren engsten Bekanntenkreis eingeladen."

„Und wer sind die beiden Paare?" Ich deutete auf die mir Unbekannten.

24

„Freunde deiner Mutter. Die haben sich nicht mehr gemeldet, nachdem deine Mutter krank wurde."

Ich betrachte die Fotos genauer. Mama wirkte tatsächlich strahlender, ihre Augen funkelten, sie sah gesund und ... ich stutzte. „War sie da schon schwanger?"

„Anfang des fünften Monats", nickte Frau Krause. „Die Scheidung von seiner ersten Frau zog sich etwas in die Länge."

Aha, sie war besser informiert als gedacht.

„Und mein Halbbruder? War der auch da?"

Ihre Gesichtszüge entgleisen. „Wer hat dir denn ..."

„Herr Schraft", unterbrach ich sie. „Mein Bruder ist ebenfalls im Testament erwähnt."

Ich konnte deutlich erkennen, wie sie sich vor mir verschloss. „Die Feier fand nur im engsten Kreis statt", behauptete sie.

Ach, und dazu gehörte der eigene Sohn nicht? „Aber Sie wissen, dass ich einen Halbbruder habe?" Nachzubohren hätte keinen Sinn gemacht. Wenn sie nicht wollte, würde sie nicht reden.

Sie nickte stumm.

„Haben Sie ihn kennengelernt?"

„Nein", sie schüttelte entschieden den Kopf. „Er war nie hier." Sie kam auf mich zu und nahm mir das Fotoalbum aus der Hand. „Dieser Brand und der Tod ihres Vaters waren ja kurz vor deiner Geburt. Danach hätte sie ihn zu sich holen wollen, was dann natürlich nicht mehr ging." Sie wandte sich in Richtung Diele.

„Wie ist es denn zu dem Feuer gekommen? Wurde das geklärt?", fragte ich schnell.

Die Lüge stand ihr ins Gesicht geschrieben, als sie behauptete: „Das weiß ich nicht. Ich musste mich um andere Dinge kümmern, deine Mutter versorgen, ein Kindermädchen einstellen, und der Haushalt forderte mich ebenso."

Bei ihr würde ich nicht weiterkommen, das war klar.

„Seit wann sind Sie hier angestellt?", lautete daher meine nächste Frage.

„In diesem Monat werden es dreiunddreißig Jahre", erklärte sie nicht ohne Stolz.

6

Während der Rückfahrt musste ich aufpassen, dass meine Gedanken nicht ständig abschweiften. Nach kurzem mit sich Ringen hatte Frau Krause mir berichtet, dass Papas erste Ehe an seiner Frau gescheitert wäre. Trotz der Kinder sei sie kaum im Haus zu halten gewesen, ständig habe sie Party machen, was erleben wollen. Nein, einer Arbeit sei sie nicht nachgegangen, wozu, mein Vater hätte gut verdient.

„Die raubte ihm den letzten Nerv." Mittlerweile war sie nicht mehr zu halten. „Die Söhne und der Ehemann kamen unter ferner liefen. Sie wollte sich auf Teufel komm raus selbstverwirklichen."

Deshalb hatte Papa Frau Krause eingestellt, damit wenigstens der Haushalt rund lief.

„Ich habe schon viel eher damit gerechnet, dass er sich trennt", vertraute sie mir mit verschwörerischer Stimme an. „Das war kein Zustand, den man auf Dauer ertragen konnte."

Kennengelernt hatten sich meine Eltern, als Papa ihr eine Wohnung vermittelte. Es sei Liebe auf den ersten Blick gewesen, meinte Frau Krause schwärmerisch. Meine Mutter sei so lieb, so verständnisvoll gewesen - und immer besorgt um ihn. Wäre nicht dieser schwere Schicksalsschlag gekommen … Sie seufzte schwer. „Ja, so schnell kann es gehen, dass das Glück einen verlässt."

Sie war sich so sicher, mich eingewickelt zu haben, dass sie auf meine vorgebrachte Bitte, die Toilette benutzen zu dürfen, gnädig nickte. Ich konnte deutlich spüren, dass sie sich darauf freute, mich endlich loszuwerden. Zuerst schien sie tatsächlich vor dem Gästebad warten zu wollen, dann hörte ich, wie sich ihre Schritte entfernten. Behutsam zog ich die Tür wieder auf und huschte hinüber ins Arbeitszimmer meines Vaters. In der oberen Schublade befand sich ein Reservebund.

Noch einmal lauschte ich angestrengt, irgendetwas klapperte laut, ein Fenster wurde geöffnet. Sie war weit genug weg, ich konnte es wagen. Die

Schublade klemmte, ich zog kräftiger, zu kräftig, beinahe hätte ich sie vollends herausgerissen.

Sie mit einer Hand festhaltend griff ich mit der anderen nach den Schlüsseln, die wie erwartet an ihrem Platz lagen, und stopfte sie in meine Hosentasche. Nur war die Lade anscheinend aus ihrer Führungsschiene gesprungen. Nervös ruckelte ich hin und her, nichts rührte sich.

Dann erklangen Schritte. Sollte ich es riskieren, den Schreibtisch offen zu lassen? Nein, das hätte Frau Krause sofort bemerkt. Ich bückte mich auf Augenhöhe hinunter. Die rechte Seite der Schublade hing herab, ich musste sie noch ein Stück weiter herausziehen, bevor ich sie schließen konnte.

Die Schritte wurden lauter. Mir brach der Schweiß aus. Ruhig Blut, Jola, redete ich mir zu. Selbst wenn sie dich entdeckt, du hast jedes Recht, dich hier aufzuhalten.

Aber ich wusste genau, dass Frau Krause das anders sehen würde.

Sanft glitt die Schublade zu und ich sprang zur Tür. Im selben Moment erreichte die Haushälterin das Gästebad und klopfte gegen das Holz. „Jola, alles in Ordnung?"

„Ich bin hier, Frau Krause." Ich stand genau im Türrahmen des Arbeitszimmers. „Ich wollte einen letzten Blick auf das Bild werfen."

Genau dem Schreibtisch gegenüber hing ein Foto von uns dreien. Ich saß auf Mamas Schoß und Papa umarmte uns beide zärtlich. Es war eines der wenigen Bilder, auf denen wir wie eine normale, glückliche Familie aussahen. Ich betrachtete es wehmütig. Der Fotograf hatte den richtigen Zeitpunkt erwischt. Mama lächelte mich an, ich grinste zahnlos zurück, auch Papas Augen strahlten. „Ging es ihr anfangs noch nicht ganz so schlecht?", fragte ich Frau Krause, die zu mir getreten war.

„Es gab Höhen und Tiefen", erwiderte sie, völlig aus dem Konzept gebracht.

Wetten, dass sie mit mir hatte schimpfen wollen, dass ich mich eigenmächtig weiter umgesehen hatte?

Sie nahm meinen Arm und zog mich zurück in die Diele. „Deine Mutter hat dich geliebt, Jola." Jetzt klang sie wieder wie die fürsorgliche Haushälterin, die ich kannte. „Sie freute sich dermaßen auf deine Geburt, sie konnte den Tag kaum erwarten."

„Ich kenne es nicht anders, als es war", gab ich zurück. „Aber anscheinend hatte sie in meinem ersten Lebensjahr noch gute Zeiten."

„Keiner rechnete damit, dass diese Krankheit bleiben würde." Sie strich mir sanft über den Rücken, für sie eine äußerst intime Geste. „Glaub mir, deine Mutter hat genauso darunter gelitten wie du."

„Und deshalb hat sie das Leben ohne ihn nicht ertragen?", wagte ich nachzufragen.

Hatte ich halb und halb damit gerechnet, dass sie mir vehement widersprechen würde – schließlich hatte sie meine Mutter von uns allen am besten gekannt, wurde ich eines Besseren belehrt. Sie nickte bedeutungsschwer. „Ohne ihn war für sie das Leben nicht mehr lebenswert."

Als ich einparkte, sah ich meine Nachbarin Frau Wimmer zusammen mit ihrem kleinen Liebling aus dem Haus treten.

Wie nicht anders zu erwarten, eilte sie direkt auf mich zu und wartete darauf, dass ich ausstieg, keine Chance, ihr zu entgehen.

„Ach, meine Liebe!", sie versuchte mich zu umarmen, während ihr Hund kläffend an mir hochsprang. „Das muss ja schrecklich für Sie sein!"

Ich entzog mich möglichst unauffällig der Umarmung, indem ich mich abwandte, um das Auto abzuschließen. „Ja, es war ein ziemlicher Schock. Seien Sie mir nicht böse, Frau Wimmer. Ich muss mich dringend hinlegen. Ich war gerade in meinem Elternhaus." Es gelang mir, ein Zittern in meine Stimme zu legen. „Das ist wohl etwas zu früh gewesen. Dazu die gerade erst überstandene Gehirnerschütterung …" Sie war garantiert genauestens informiert.

„Das verstehe ich, meine Liebe." Sie tätschelte meinen Arm. „Ruhen Sie sich aus. Wenn etwas sein sollte, Sie können jederzeit bei uns klingeln."

„Danke schön", brachte ich hervor, während ich gleichzeitig den Zwergspitz von meinem Bein abschüttele, an dem dieser sich festgeklammert hatte. Ich machte einen großen Schritt zur Seite, damit er nicht gleich wieder loslegen konnte, und dachte gerade noch rechtzeitig daran, in einen schwankenden Gang zu verfallen, damit Frau Wimmer meine Lüge nicht durchschaute. Umsonst, wie ich feststellte, nachdem ich aufgeschlossen hatte. Sie war längst mit ihrem Liebling beschäftigt.

Ehrlich, normalerweise liebte ich Hunde. Ich wusste gar nicht mehr, wie oft ich meinen Vater mit dem Wunsch nach einem eigenen nervte, bis er mir schließlich in harschem Ton erklärte, dass ein Tier Mamas Leben zu sehr durcheinanderbringen würde. Als ich auszog, überlegte ich erneut, mir diesen Traum zu erfüllen. Nur wer hätte sich in meiner Abwesenheit um den Hund gekümmert? Bei einer Vollzeitbeschäftigung tat man seinem Tier nichts Gutes, wenn es stundenlang allein bleiben musste.

Nach dem Beginn meiner selbstständigen Tätigkeit stand ich tatsächlich kurz davor, ins Tierheim zu fahren. Dieses Mal hielt mich meine prekäre finanzielle Situation von diesem Schritt ab. Wenn du dein Ziel erreicht hast, hatte ich mir versprochen. Lange wird es bestimmt nicht mehr dauern.

Trotz meiner Hundeliebe war und blieb mir Frau Wimmers Mäxchen ein Dorn im Auge. Er bellte für jede Kleinigkeit lang anhaltend und seine Halterin setzte ihm keinerlei Grenzen. Das war kein Hund, sondern ein verwöhntes Schoßtier. Mehrere Mieter hatten sich bereits über ihn beschwert, doch sie und ihr Mann genossen sozusagen Sonderrechte. Zum einen, weil sie schon seit langem hier wohnten, zum anderen, weil Herr Wimmer definitiv zu krank für einen Umzug war. Seit der letzten Chemo lag er fast den ganzen Tag im Bett und wurde von einem Pflegedienst versorgt. Eine Kündigung war somit ausgeschlossen.

Kaum hatte ich die Wohnungstür hinter mir zugemacht, griff ich zum Telefon, das ich wohlweislich zurück in die Ladestation gestellt hatte.

Herr Schraft sei nicht mehr im Büro, teilte mir eine der Sekretärinnen mit. Ich könne ihn erst am Montag wieder erreichen.

So gut bekannt mit ihm, dass ich ihn zu Hause zu stören wagte, war ich nicht. Ich schaltete den Computer ein und gönnte mir eine Tasse Kakao, eine lieb gewonnene Angewohnheit, die ich in den letzten Tagen vorsichtshalber weggelassen hatte. Auch jetzt nahm ich lieber statt Milch heißes Wasser, um meinen Magen nicht zu überlasten. In den ersten Tagen nach dem Treppensturz hatte dieser verrückt gespielt, ich verspürte weder Hunger noch konnte ich viel essen oder trinken, sonst wurde mir innerhalb kürzester Zeit schlecht. Mittlerweile ging es mir eindeutig besser, auch die Kopfschmerzen traten nur noch selten auf. Zumindest in dem Punkt hatte sich mein Leben normalisiert.

Der erste Schluck war eine Offenbarung. Wie hatte ich nur so lange darauf verzichten können? Ich stellte die Tasse nicht mehr ab, während ich begann, meine bisherige Arbeit zu kontrollieren. Fast perfekt, wenn alles klappte, konnte ich sie spätestens morgen abschließen.

Ich hatte den Gedanken kaum zu Ende gebracht, als mir urplötzlich schlecht, nein, regelrecht kotzübel wurde. Ein heftiger Schwindel erfasste mich, sodass ich vom Stuhl zu Boden sank. Auf allen vieren krabbelte ich Richtung Bad, der Würgereiz war derart heftig, dass ich Angst hatte, es nicht mehr rechtzeitig zu schaffen.

Nun, vielleicht lag es an der Bewegung, vielleicht beschloss mein Magen, das Getränk doch bei sich behalten zu wollen, kaum umklammerte ich schweißgebadet die Toilette, ebbte die Übelkeit ab. Zehn Minuten später stapfte ich auf wackeligen Füßen zurück ins Wohnzimmer. Ich fühlte mich müde und erschöpft, aber immerhin hatte ich den Kakao drin behalten.

Die Buchstaben auf dem Monitor verschwammen vor meinen Augen, es war mir unmöglich, mich zu konzentrieren. Ausruhen, schlafen, der Drang wurde übermächtig. Ich vergaß, den Computer herunterzufahren, und wankte zur Couch.

7

Als ich erwachte, schaute ich mich perplex um. Wieso lag ich auf dem Sofa? Mein erster Blick fiel auf den leise vor sich hin summenden Computer, der nächste auf die Wanduhr. Fünf Minuten vor acht, die Sonne schickte bereits helle Strahlen ins Zimmer. Ruckartig richtete ich mich auf, was ein gewaltiges Echo in meinem Kopf auslöste. Ich fühlte mich wie nach einer durchzechten Nacht mit zu wenig Schlaf. Ermattet ließ ich mich auf das Kissen zurücksinken und schloss erneut die Augen.

Zwei Stunden später weckte mich das Gebell von Mäxchen, der wie schon so oft beschlossen hatte, jeden Vorübergehenden anzubellen, was am Wochenende nicht wenige waren. Der Garagenhof des gesamten Komplexes grenzte an unsere nach hinten gelegenen Gärten. Viele Bewohner der umliegenden Häuser gingen samstags einkaufen und fuhren deshalb mit dem Auto, ein super Spaß für den Hund, der sich bei jedem wie rasend gebärdete.

Zum ersten Mal freute ich mich über sein Zetern, denn sonst hätte ich vermutlich noch länger geschlafen. Ich setzte mich vorsichtig auf – kein Schwindel, keine Übelkeit, das ließ hoffen. Hunger, vermeldete mein Magen, auch meine Blase drückte. Ich schlich ins Bad, schaufelte mir anschließend kaltes Wasser ins Gesicht und wagte einen Blick in den Spiegel. Blass, ein bisschen hohlwangig, die schulterlangen, hellbraunen Haare hingen matt herab, also alles wie immer.

Erst als ich die Küche betrat, wurde mir richtig bewusst, was gestern passiert war. Das hieß ja, ich hatte fast zwanzig Stunden geschlafen!

Völlig perplex sank ich auf den Stuhl und versuchte, die letzten Stunden zu rekonstruieren. Beim Arzt kam ich pünktlich dran und konnte schon gegen elf das Krankenhaus verlassen. Mein Besuch bei Frau Krause hatte bis halb eins gedauert, die Rückfahrt ungefähr zwanzig Minuten. Ja, ich erinnerte mich, dass ich mir ausgerechnet hatte, den angefangenen Auftrag bis spätestens heute fertig zu haben, wenn ich mich ranhielt.

Der Kakao! Ich griff nach der halb vollen Dose, die noch auf dem Tisch stand, öffnete den Deckel und schnupperte daran. Der herbe Geruch nach Schokolade schlug mir entgegen, sonst nichts. Nicht mal schlecht wurde mir davon. Trotzdem versenkte ich die Dose lieber im Mülleimer, so schnell würde ich das Experiment nicht wiederholen.

Du hattest nichts gegessen, fiel mir einen Moment später ein. Vielleicht lag es daran. Schließlich hatte der Arzt mir ans Herz gelegt, auf eine vernünftige Ernährung zu achten, nicht zu viel auf einmal zu essen, aber regelmäßig. Und mein gestriges Frühstück war nicht gerade üppig gewesen.

Mach dich nicht verrückt, Jola, befahl ich mir selbst. Du solltest einfach anfangen, ein wenig besser auf dich aufzupassen.

Als Liam um kurz vor acht endlich klingelte, saß ich noch vor dem Computer. Wir hatten nur diesen Abend und den morgigen Tag, die paar Stunden wollte ich unbedingt gemeinsam mit ihm verbringen.

Und schon wieder das Essen vergessen! Erst als er mit den verführerisch duftenden Pappschachteln eintrat, merkte ich, wie hungrig ich war.

„Mein Retter!" Stürmisch fiel ich ihm um den Hals.

Er umschlang mich mit seinem freien Arm und wollte mich gar nicht mehr loslassen. „Ich habe dich vermisst! Sechs Tage sind viel zu lange."

Wir nahmen unsere Pizza mit in die Küche. Für Liam holte ich ein Bier aus dem Kühlschrank, für mich selbst öffnete ich eine Flasche Wasser.

„Funghi!", ich strahlte ihn an. „Genau richtig."

„He, du nimmst immer mit Pilzen, wie sollte ich das vergessen?" Er griff nach seiner Calzone und begann zu essen.

Seine Pizza verschwand in atemberaubender Geschwindigkeit, ich dagegen war nach knapp der Hälfte pappsatt. Egal wie lecker, mehr brachte ich nicht hinunter. Ich schob den Teller zur Seite. „Den Rest esse ich morgen. Oder willst du?"

Er verzog das Gesicht. „Ich mag keine Champignons. Lieber noch ein Bier."

Während ich seiner Bitte nachkam, bemühte ich mich, meine Gefühle nicht zu zeigen. Eigentlich hatte ich mir den Verlauf des Abends etwas anders vorgestellt.

„He, ich bleibe bis Montagfrüh, okay?" Er musste meine Enttäuschung trotzdem bemerkt haben. „Fahr ich halt um fünf los."

Er sei total geschafft, teilte er mir mit, nachdem wir uns zusammen auf die Couch gesetzt und ein wenig geschmust hatten. Die Anforderungen seien echt heftig gewesen, er fühle sich wie durch den Wolf gedreht. Ob ich einverstanden sei, wenn wir den Abend vor dem Fernseher abhängen würden?

Dann hättest du dir eben nicht ständig mit deinen Kollegen die Nacht um die Ohren schlagen sollen, dachte ich insgeheim. Jedes Mal, wenn wir telefonierten, erwähnte er, dass er sich gleich mit denen treffe und deshalb nur kurz Zeit für ein Gespräch mit mir habe. „Guck du ruhig, ich mache meine Arbeit fertig", sagte ich schärfer als beabsichtigt.

Sofort zog er mich an sich. „He, wir haben heute den ganzen Tag voll durchgezogen. Danach bin ich gleich los und von einem Stau in den nächsten gekommen. Ich bin total fertig."

Ich hatte mal wieder völlig überzogen reagiert. Zur Besänftigung gab ich ihm einen langen Kuss. „War nicht so gemeint. Ich muss wirklich noch arbeiten." Normalerweise hielt ich mir die Stunden frei, wenn wir uns sahen. Da wir dreihundert Kilometer auseinanderwohnten, hatten wir normalerweise nur das Wochenende für uns.

Das würde sich Gott sei Dank bald ändern. Liam hatte angekündigt, dass er nach der Prüfung einen Versetzungsantrag stellen würde und dann hoffentlich bei mir einziehen konnte.

Kaum hatte ich den Computer hochgefahren, packte mich eine zweite Übelkeitswelle, erneut so stark, dass ich dachte, ich müsse erbrechen. Ich versuchte mir nichts anmerken zu lassen, ging langsam und vorsichtig Richtung Bad und sank vor der Toilette zusammen. Was war bloß mit mir los?

Irgendwann registrierte ich das kräftige Schütteln. „Jola? Bist du krank? Soll ich einen Arzt rufen?"

„Nein", rang ich mir mühsam ab. Nicht wieder ins Krankenhaus! „Kannst du mich ins Bett bringen?"

Danach setzte meine Erinnerung erst am nächsten Morgen ein beziehungsweise es war schon später Vormittag, als Liam sich neben mir rührte.

„Wie fühlst du dich?", fragte er und rückte näher.

„Irgendwie seltsam", bekannte ich offen. Ja, ich wollte mich gern in seinen Arm kuscheln, für alles Weitere fehlte mir die Kraft.

Er zog mich behutsam an sich. „Alles klar bei dir?"

„Ich bin kraftlos, wie nach einer schweren Grippe."

„Sind das die Nachwirkungen der Gehirnerschütterung?"

„Keine Ahnung. Ich dachte eigentlich, ich hätte alles überstanden." Und hatte natürlich vergessen, entsprechende Gesundheitsinformationen im Internet zu googeln. „Was ist genau passiert?" Ich hatte keine Ahnung, wie ich im Bett gelandet war.

„Nachdem du länger wegbliebst, bin ich nachgucken gegangen. Du lagst vor der Toilette und hast tief und fest geschlafen. Ich habe dich rüber getragen und ausgezogen. Selbst dabei bist du nicht richtig wach geworden." Tatsächlich fiel mir erst jetzt auf, dass ich nur meine Unterwäsche trug.

Liam gähnte. „Wahrscheinlich hast du dir wieder gleich viel zu viel zugemutet. Du musst dich mehr ausruhen."

Ich nickte, bemüht, mir meine Sorge nicht anmerken zu lassen. Das war eindeutig nicht normal, dass ich zwei Tage hintereinander derartige Probleme hatte. Gleich nach dem Frühstück informierst du dich vernünftig, beschloss ich.

Eine Gehirnerschütterung ist ein leichtes Schädel-Hirntrauma, erfuhr ich. Anschließend konnte es zu Kopfschmerzen, Schwindel, Übelkeit und rascher Ermüdbarkeit kommen, außerdem zu Apathie, Reizbarkeit und vermehrtem Schwitzen. Von derartigen Beschwerden wie bei mir aufgetreten fand ich nichts.

Liam, der neben mir saß, deutete auf einen weiteren Absatz. „Bei manchen kommt es erst nach einiger Zeit zu Symptomen. Dem Patienten, der sich schon vollkommen gesund fühlte, geht es plötzlich schlechter. Die gesundheitlichen Einschränkungen halten einige Wochen, manchmal sogar über Monate hinweg an." Er rückte näher an mich heran und nahm mich in den Arm. „Du musst dich schonen, Jola. Das darfst du nicht auf die leichte Schulter nehmen." Er drückte meinen Kopf an seine Brust. „Hiermit verordne ich dir einen ruhigen Sonntag. Du bleibst auf der Couch liegen und ich versorge dich."

Schon nach zwei Stunden wurde mir langweilig. Liam war geschäftig hin und her gelaufen, um zu lüften, die Küche aufzuräumen und meine Vorräte zu kontrollieren. Er meinte anschließend, ich solle zumindest in der nächsten Woche Frau Krause die außerhäusigen Wege erledigen, sie vielleicht auch bei mir putzen lassen. Und meine Arbeit vor dem Computer, die sei ebenfalls viel zu anstrengend.

Ich diskutierte nicht mit ihm. Glücklicherweise war er weit genug weg, sodass er mich nicht kontrollieren konnte, worüber ich mich zum ersten Mal seit Beginn unserer Beziehung richtig freute. Der Auftrag musste schleunigst zu Ende gebracht werden. Noch lief mein Geschäft nicht gut genug, als dass ich mir eine längere Pause hätte leisten können – und schon gar nicht eine halb fertige Arbeit liegen zu lassen. Irgendwie würde es schon klappen.

8

Kaum hatte Liam die Wohnungstür hinter sich zugezogen, startete ich den Computer. Der gestrige Tag war zwar ausnehmend langweilig verlaufen, aber anscheinend hatte mir die Ruhe tatsächlich gutgetan. Ich fühlte mich voller Tatendrang. Ein neuer Schwindel- und Schlafanfall war nicht mehr aufgetreten.

Ich arbeitete konzentriert bis zum Mittagessen durch. Nach einer Dosensuppe mit dem letzten aufgebackenen Brötchen vom Frühstück und dem von Liam verordneten Orangensaft, den er mir gestern extra von der Tankstelle besorgt hatte, gönnte ich mir ein kurzes Schläfchen beziehungsweise wollte ich mir gönnen, nur war ich wohl nicht müde genug, stattdessen begannen die Gedanken hinter meiner Stirn zu rattern.

Mist, ich hatte völlig vergessen, Herrn Schraft anzurufen. Das musste ich unbedingt gleich nachholen. Ich wälzte mich weitere fünf Minuten herum, dann stand ich auf und setzte mich wieder vor den Computer. Dabei behielt ich die Uhr im Auge, spätestens um drei wollte ich mich in der Kanzlei melden.

Der Senior sei nicht im Haus und käme heute auch nicht zurück, wurde mir mitgeteilt. Ich könne es gern morgen erneut versuchen.

Zurück am Computer rang ich mit mir. Ich wollte unbedingt Antworten, möglichst sofort. Vielleicht sollte ich doch gleich jetzt losfahren?

Nein, die Arbeit war wichtiger. Ich schaffte es tatsächlich, sie zu Ende zu bringen und abzuschicken. Somit waren beide Aufträge erledigt. Im E-Mail-Account fand ich eine Anfrage über Kosten und Zeitaufwand, eine neue Webseite zu kreieren. Einige Anmerkungen, was gewünscht wurde, lagen ebenfalls vor. Ich berechnete meine Kosten und schickte meine Antwort zusammen mit ein paar passenden Vorschlägen ab. Dann gab ich bei Google den Namen Elias Stahl ins Suchfeld ein.

Trotz des recht seltenen Vornamens stieß ich auf eine solche Vielzahl von Treffern, dass ich beschloss aufzugeben. Es war wohl sinnvoller abzuwarten, bis ich wenigstens seine genaue Adresse kannte.

Als Nächstes suchte ich nach dem Brand. Weiter brachten mich die Artikel kaum. Sie bestätigten Herrn Schrafts Angaben und es war auch zu lesen, dass die Brandursache noch unklar sei. Danach fand sich nichts mehr dazu. Seltsam, oder? Müsste man nicht erwarten können, dass das Ergebnis irgendwann genannt wurde?

Es half alles nichts. Ich sollte sehen, dass ich so schnell wie möglich die Papiere meiner Eltern durchsah. Wie ich meine Mutter kannte, hatte sie alle Dokumente meines Vaters aufbewahrt, wahrscheinlich nicht einmal den Versuch unternommen, sie zu sichten.

Ich warf einen Blick auf die Uhr. Nein, heute würde es nicht mehr klappen. Gleich rief Liam an und bei Mirella musste ich mich auch dringend melden. Anschließend sollte ich mich ausruhen, damit mir nicht das Gleiche wie am Freitag und Samstag passierte. Mittlerweile war ich davon überzeugt, dass ich an den Zusammenbrüchen selbst die Schuld trug. Bestimmt lag es daran, dass ich nicht genügend auf mich geachtet hatte. Beide Male hatte ich viel zu lange mein Hungergefühl ignoriert und meinem Magen dann einen fetten Kakao beziehungsweise eine noch fettere Pizza zugeführt. Kein Wunder, dass er rebellierte.

Pflichtschuldig begab ich mich in die Küche und machte mir zwei Toasts mit magerer Wurst. Dazu trank ich Orangensaft, den ich mit Kranwasser verdünnte, damit er bis morgen reichte. Noch so ein Punkt: Ich musste mir angewöhnen, mehr zu trinken. Liam meinte, ich führte meinem Körper viel zu wenig Flüssigkeit zu.

Ab jetzt achtest du auf eine vernünftige Ernährung, nahm ich mir vor. Die Zeit war viel zu kostbar, als dass ich sie im Bett verbringen wollte.

Am nächsten Morgen, ich fühlte mich so gut wie schon lange nicht mehr, setzte ich mich vor meine angefangene Geschichte. Ein deutscher Manga sollte es werden, in dem die handelnden Personen nach japanischem Vorbild diese riesigen Augen hatten und haufenweise knuddelige Tiere vorkamen – zumindest in meinem Fall. Dazu eine Prise Gefühl und Liebe, vor allem die weiblichen Teenies standen auf Derartiges.

Seit mein Vater gestorben war, hatte ich nichts Vernünftiges mehr zu Papier gebracht. Ich hing an dieser Stelle fest, weil ich mich nicht entscheiden konnte, wie sich die Story entwickeln sollte. Lieber einen Fortsetzungsroman über mehrere Bände konzipieren oder meine beiden Helden, einen Jungen und ein Mädchen, sich gleich zusammenfinden lassen und ihnen jeweils neue Abenteuer andichten?

Über eine Stunde saß ich grübelnd am Tisch, bis ich endlich nach dem Stift griff und zu zeichnen begann. Ich würde es laufen lassen und sehen, was dabei herauskam. Diesen Gedanken in die Tat umsetzend vergaß ich alles um mich herum. Das Zeichnen hatte mir schon von klein auf Spaß gemacht und ich war richtig gut darin. Sich eine passende Geschichte auszudenken, war viel schwieriger. Daher probierte ich jetzt einfach eine denkbare Fortsetzung aus, indem ich die Seiten per Hand skizzierte. Erst einmal sehen, ob ich anschließend mit dem Resultat zufrieden war.

Im Prinzip konnte ich mir Zeit lassen, niemand trieb mich – außer ich mich selbst. Diese Idee mit den Mangas war der Hauptgrund, warum ich mir keinen neuen Job gesucht hatte. Durch mein väterliches Erbe war es mir möglich geworden, diesen Traum in die Tat umzusetzen. Nebenbei baute ich mir eine kleine Agentur für Webdesign auf. Beides zusammen, so hoffte ich, würde irgendwann genug Geld einbringen, um davon leben zu können.

Bis zum Mittagessen arbeitete ich daran. Dann taute ich mir ein Hühnerfrikassee auf, aß wieder Brot dazu und trank den letzten Rest Orangensaft. Gesättigt fühlte ich die beginnende Erschöpfung und legte mich eine Stunde hin. Anschließend wollte ich den längst überfälligen Ausflug unternehmen.

Unterwegs kaufte ich mir zwei Flaschen Saft, zwei Toastbrote und mehrere Äpfel. Ab sofort würde ich darauf achten, mehr Vitamine zu mir zu nehmen. Sonderlich gesund lebte ich wirklich nicht, und das nicht nur in den letzten Tagen. Essen war für mich zweitrangig, wenn das Hungergefühl extrem wurde, stopfte ich meist in mich hinein, was ich schnell zubereiten konnte, oder griff gleich nach Keksen und Ähnlichem. Mist! Davon hatte ich mir auch einen Vorrat mitnehmen wollen. Zu Hause lag nur noch eine einzige bereits angebrochene Packung.

Zu spät! Ich war fast an meinem Ziel angekommen. Würde ich eben auf dem Rückweg noch einen Zwischenstopp beim Supermarkt einlegen.

Ich parkte in der Nebenstraße und ging den Rest zu Fuß, steuerte zielstrebig auf das kleine Tor zu und schloss auf. Dabei fühlte es sich an, als würden die Blicke der Nachbarn in meinem Nacken brennen. Nur mühsam widerstand ich dem Impuls, mich umzudrehen. Ich wusste ganz genau, dass die Nelsons von gegenüber erst am Abend zurückkehrten. Und sonst hatte keiner direkten Einblick in die Einfahrt.

Auf dem Weg zum Haus übermannten mich ganz andere Gefühle. Auf Frau Krause zu treffen, war etwas ganz anderes, als zu wissen, dass sich niemand in den Räumen aufhielt. Ich musste ein paarmal tief durchatmen, bevor ich es schaffte, die Tür zu öffnen.

Dunkelheit und tiefe Stille empfingen mich. Ja, klar, die Haushälterin hatte sämtliche Rollläden heruntergelassen, immerhin war das Haus über Nacht unbewohnt. Ich schaltete das Licht ein und machte einige zaghafte Schritte in die Diele.

Wieder überfiel mich ein Flashback. Ich hörte mich selbst „Mama" rufen, erinnerte mich, wie ich stehen geblieben war und auf Antwort gelauscht hatte. Zwei weitere Male rief ich noch, bevor ich mich langsam in Bewegung setzte. Sie wird in der Küche sein, hatte ich gedacht. So war es schon öfter, besonders wenn ich wie an diesem Tag um fünf kam. Dann wartete sie normalerweise mit dem Mittagessen auf mich – weil es gemeinsam viel besser schmeckte, wie sie betonte. Dass es sich dabei nur um ein aufgetautes und in der Mikrowelle zubereitetes Gericht handelte, fiel für sie nicht ins Gewicht.

Ich erreichte die Küche, die jedoch leer und aufgeräumt war. Nichts deutete darauf hin, dass sie mich gleich zum Essen erwartete. Ich rief erneut nach ihr, wechselte hinüber ins Wohnzimmer, wandte mich schließlich der Treppe zu, stieg sie hinauf und … Nichts, die Erinnerung riss unvermittelt ab.

Ich presste beide Hände gegen den Kopf und rieb mir die Stirn, als wenn ich so die Blockade lösen konnte. Ich war so nah dran!

Nichts - was anschließend passiert war, blieb im Dunkeln.

9

Ich wandte mich dem Arbeitszimmer meines Vaters zu. Hier wurden weiterhin die wichtigen Papiere aufbewahrt, vermutete ich. Ich schaltete das Licht ein und setzte mich auf seinen Schreibtischstuhl.

Die Platte vor mir war komplett leer. Ich öffnete die linke Tür mit den Schubfächern. Bingo! Ganz oben lag eine Kopie der beiden Testamente.

Mein Vater hatte damals sein Erbe gleichmäßig aufgeteilt. Meine beiden Halbbrüder bekamen seine Immobilienfirma nebst dem Haus, in dem diese residierte. Meine Mutter erbte ihre gemeinsame Wohnstätte und den größten Teil seines Vermögens. Kleinere Legate gingen an einige Wohltätigkeitsorganisationen, für die er sich immer schon eingesetzt hatte. Für mich blieb das Haus, in dem ich wohnte. Sein früher Tod entpuppte sich so als Glücksfall für mich, nur deshalb war ich in der Lage, meinen Job hinzuschmeißen und mich als Selbstständige zu versuchen.

Dass man sich als Vermieter nicht unbedingt auf ein geregeltes Einkommen verlassen konnte, hatte ich allerdings nicht bedacht. Gleich im ersten Monat gab die Zentralheizung ihren Geist auf, eine Reparatur hätte sich nicht gelohnt, die Anlage musste komplett erneuert werden. Zwar erhielt ich einen Kredit bei unserer Bank, aber die Zinsen und die vereinbarten Rückzahlungen fraßen den größten Teil der Mieten auf. Ich zitterte davor, was als Nächstes anstehen würde. Das Haus war alt und nur teilrenoviert. Ich musste immer damit rechnen, erneut einen Handwerker zu brauchen.

Ich griff nach dem Testament meiner Mutter. Mein Halbbruder erhielt den Pflichtanteil von fünfundzwanzig Prozent, der Rest ging an mich, einschließlich des Elternhauses. Ich schloss kurz die Augen. Das war ja ein Ding! Neugierig suchte ich nach einer Erklärung, leider vergebens. Dafür fiel mir ein dahinter geheftetes Blatt ins Auge, eine genaue Aufstellung des Gewinnanteils meiner Mutter an der Firma ihres verstorbenen Vaters. Die Liste reichte bis Ende letzten Jahres zurück, also war sie bis zu ihrem Tod

Mitinhaberin. Und hatte gar nicht schlecht verdient. Wie es aussah, erwirtschaftete der Betrieb satte Gewinne.

Was hatte sie mit dem Geld gemacht? Ich durchforstete Schublade für Schublade, etwas Relevantes fand sich nicht. Auch die Schränke, in denen hauptsächlich die Unterlagen von Papas Firma aufbewahrt wurden, gaben nichts Neues her, zumindest nichts, was mir im Moment weiterhalf. Deshalb wechselte ich hinüber ins Wohnzimmer und setzte dort meine Suche fort. Wieder vergebens, es schien keinerlei Unterlagen zu geben, weder über die Firma noch über Elias oder andere Familienmitglieder.

Blieb mir nichts anderes übrig, als hinaufzugehen. Davor scheute ich instinktiv zurück. Diese Träume, in denen ich sie von der Decke baumeln sah, während neben ihr die grinsende Fratze des Täters auftauchte, waren schon schlimm genug. Mich dem Ort des Grauens persönlich zu stellen, hatte ich eigentlich nicht vorgehabt.

Mensch, Jola, wovor hast du denn eigentlich Angst! Da ist niemand! Ich gab mir sprichwörtlich einen Tritt in den Hintern. Du bist auf der Suche nach der Wahrheit. Stell dich endlich deinem Trauma!

Zögernd setzte ich den Fuß auf die erste Stufe.

Der befürchtete Flashback blieb aus. Ich erreichte die oberste Stufe und drückte auf den Lichtschalter. Die bewusste Stelle großräumig meidend steuerte ich auf das Schlafzimmer zu, überlegte es mir jedoch im letzten Moment anders. Meine Mutter hatte links davon ihr eigenes persönliches Refugium gehabt, weit ab von meinem Zimmer, das sich am entgegengesetzten Ende des Flurs befand. In diesem Raum hatte sie schon in meiner Kindheit die meiste Zeit verbracht. Das Wohnzimmer nutzte sie nur gemeinsam mit meinem Vater und später mit mir zusammen, wenn ich zu Besuch kam. Also wo würde sie für sie relevante Dinge wohl aufbewahren? Ich schalt mich einen Tölpel und trat über die Schwelle, während ich gleichzeitig den Lichtschalter betätigte. Eine Kommode, eine große Eckcouch, ein Schaukelstuhl und viele fröhliche, bunte Blumenbilder an den Wänden, es war alles noch so, wie ich es in Erinnerung hatte. Auf der Kommode lag ein Stapel Bücher, ich brauchte nicht hinzugucken, sondern wusste genau, um welche Art Lektüre es sich handelte: Reisebeschreibungen und aufgezeichnete Erlebnisse aus fernen Ländern. War meine Mutter gut drauf, konnte sie sich stundenlang damit beschäftigen. Ging es ihr schlecht, saß sie in dem Schaukelstuhl vor dem bis zum Boden reichenden Fenster und schaute stumm in den Garten, ebenfalls stundenlang. Dann reagierte sie nicht mal, wenn mein Vater oder ich sie besuchten.

Ich wandte mich der Kommode zu. Wenn, würde ich hier fündig. Ich zog die erste Schublade auf und erblickte eine lose Papiersammlung, alles Briefe, wie ich kurz darauf feststellte – von Elias, ihrem Sohn. Die obersten waren kurze Grüße zu ihrem Geburtstag, jedes Jahr einer, wie ich beim Durchblättern feststellte. Die darunter, datiert aus dem Jahr meiner Geburt, waren länger. In ungelenker Kinderschrift beteuerte er immer wieder, dass er nicht gewusst habe, was sie da machten, und dass er sehr, sehr traurig wäre über das, was passiert sei. Erschüttert starrte ich auf den ersten Brief aus der Reihe. Elias flehte seine Mama geradezu an, ihm zu verzeihen. Er liebe sie und hoffe, dass sie ihn auch liebe, dass es ihr gut gehe und der kleinen Schwester auch und dass er sie bald einmal besuchen dürfe.

Die Traurigkeit in seinen Zeilen traf mich bis ins Mark. Wie konnte man sein eigenes Kind, das man selbst großgezogen hatte, in einer derartigen Weise von sich stoßen?

Wie alt war der Junge bei dem Unglück? Acht, wenn ich mich richtig an Herrn Schrafts Aussage erinnerte, also in einem Alter, in dem man sich der Gefahren, die man mit unkontrolliertem Zündeln auslöst, nicht bewusst war. Denn das musste die Ursache des Brandes gewesen sein, alles andere ergab keinen Sinn.

Zudem stellte sich mir spontan die Frage, wieso keiner der Erwachsenen etwas von dem Tun mitbekommen hatte beziehungsweise wie die beiden Jungen – ich nahm an, dass beide Kinder zusammen experimentiert hatten – überhaupt an das dafür erforderliche Material gekommen waren? Also ich würde mir zumindest einen Teil der Schuld selbst anlasten!

Oder war genau das der Ursprung ihrer Depression, dass meine Mutter mit ihrem eigenen Versagen nicht fertig wurde? Plötzlich sehnte mich danach, mit irgendjemand über dieses Geheimnis zu sprechen.

Doch noch hatte ich nicht alle relevanten Fakten zusammen. Ich legte die Briefe zur Seite und nahm die Mappe auf, die als Nächstes kam. Seltsam, darin befanden sich Kinderzeichnungen und kleine Basteleien, alles Werke von Elias, wie ich vermutete. Warum hatte sie diese und die Briefe aufgehoben, wenn sie in ihm den Mörder ihres Vaters sah?

Direkt darunter lag ein Fotoalbum. Ich blätterte es aufmerksam durch: Meine Mutter mit ihrem damaligen Freund, Bilder von gemeinsamen Unternehmungen, dann das erste Babyfoto, ich schätzte, es wurde direkt nach der Geburt aufgenommen, denn sie befand sich eindeutig im Krankenhaus. Auf diesem und den folgenden waren immer nur sie und ihr Sohn zu sehen, ab und zu tauchte nun ein anderer, schon älterer Mann auf, mein Großvater, wie ich anhand der Ähnlichkeit zwischen meiner Mutter und ihm schloss. Meist schmiegte sie sich an ihn und er lächelte auf sie herunter. Auch dem Kleinen schien er sehr zugetan.

Fotos von der zweiten Frau und ihrem Kind fand ich nicht. Freie Stellen im Album sprachen allerdings dafür, dass sie nachträglich entfernt wurden. Weil ihr Halbbruder ebenfalls an der Entstehung des Brandes beteiligt war? Oder weil seine Mutter Elias großzog? Trotzdem verstand ich immer noch nicht, warum sie nie wieder Kontakt zu ihrem Sohn aufnahm. Konnte eine Mutter wirklich jedes Gefühl für ihr eigenes Kind verlieren?

Die letzten Fotos zeigten den Geburtstag meiner Mutter im April. Elias lächelte verschmitzt in die Kamera, er hielt einen bunten Blumenstrauß in der Hand. Ich betrachtete ihn genauer. Viel Ähnlichkeit mit seinem Vater schien er nicht zu haben, er sah eher dem Großvater ähnlich, hatte die gleiche störrische Haarlocke, die ihm in die Stirn fiel, die gleichen Augen, die gleichen Ohren. Man hätte fast glauben können ... Ich studierte die Gesichtszüge meiner Mutter. Nein, jetzt war wohl meine Fantasie mit mir durchgegangen. Auch sie wies diese Eigentümlichkeiten auf, die etwas schräg gestellten Augen, die relativ kleinen Ohren, nur ihre braunen Haare lockten sich insgesamt kräftiger.

Auf jeden Fall würde man Elias leicht als meinen Bruder erkennen können, dachte ich, während ich das Album zur Seite legte. Wir würden vom Aussehen her als echte Geschwister durchgehen. Irgendwie waren bei uns beiden die Gene meiner Mutter prägend, von unseren Vätern hatten wir nicht viel mitbekommen.

Mehr fand sich in dieser Schublade nicht, ich legte die herausgenommenen Dinge in der richtigen Reihenfolge zurück und zog die nächste auf. Sie war fast ein Pendant zur ersten, nur dass es sich bei der Sammlung von Fotos - alles Schnappschüsse, die es so im Familienalbum nicht gab - um mich handelte und die Bastelarbeiten Geschenke von mir an meine Mutter waren. Und natürlich gab es wesentlich mehr davon. Tatsächlich entdeckte ich sogar zwei Briefe von mir an sie, aus Urlauben, die ich allein unternommen hatte. Meine Mutter, die Sammlerin, wer hätte das gedacht!

Die unteren Fächer der Kommode waren mit Büchern vollgestopft. Ich zog sie alle heraus, das Familienstammbuch war leider nicht dazwischengeraten.

Blieb das Schlafzimmer. Ich war schon auf dem Weg, als mir die Erleuchtung kam. Wahrscheinlich befand sich das, was ich suchte, im Safe, der ganz klassisch hinter einem Bild im Arbeitszimmer meines Vaters versteckt war. Dort lagerte auch der wertvolle Familienschmuck, den meine Mutter sich stets geweigert hatte zu tragen.

Ich steuerte wieder mit abgewandtem Blick auf die Treppe zu, als ein knackendes Geräusch ertönte. Es schien aus dem Wohnzimmer zu kommen. Ich verharrte mit der Hand auf dem Geländer, mein Herz klopfte wie rasend. Von hier oben konnte ich nicht erkennen, ob sich jemand in einem der unteren Räume aufhielt. Was sollte ich jetzt bloß tun?

10

Dann begann die Standuhr die Stunde zu schlagen, langsam und gleichmäßig. Erleichtert ließ ich den angehaltenen Atem entweichen. Die Uhr knackte jedes Mal, bevor sie aktiv wurde, ein Geräusch, das normalerweise im Gespräch unterging. Nur in der Stille des Hauses war es mir bedrohlich vorgekommen.

Trotzdem beeilte ich mich auf dem Weg ins Arbeitszimmer, nahm das Bild ab und gab die Kombination ein, die mein Vater mir erst kurz vor meinem Auszug verraten hatte. Für den Notfall, wie er damals betonte. Ich achtete nicht auf die diversen Schmuckkästchen und die große Schachtel, in der meine Eltern immer eine große Summe Bargeld aufbewahrten – damit konnte ich mich später noch auseinandersetzen -, sondern griff gezielt nach dem Stammbuch, das obenauf lag. Hastig schlug ich es auf. Da stand es: Iris Büscher, geborene Stahl.

Neugierig studierte ich die Geburtsanzeige. Der Name des Mannes sagte mir nichts. Trotzdem schrieb ich ihn mir zusammen mit Elias' Geburtsdatum auf einen Zettel, den ich mir aus der Schreibtischschublade holte.

In dem Moment, als ich den Tresor schließen wollte, fiel mir die großväterliche Firma wieder ein. Ich suchte und wurde tatsächlich fündig. Die Liste mit den Einträgen war lang. Fassungslos starrte ich auf die Zahlen, wankte zum Schreibtisch und ließ mich auf den Stuhl davor fallen. Wenn ich das richtig verstand, hatte meine Mutter das ihr zustehende Geld kaum angerührt. Auf dem Extrakonto, das damals angelegt wurde, lagen mehr als eine Million Euro.

Vollkommen erschlagen saß ich da. Jetzt erst erkannte ich, was ich eigentlich schon viel eher hätte sehen müssen. Durch den Tod meiner Mutter war ich reich geworden, dazu noch viel reicher, als ich jemals gedacht hätte, so reich, dass ich im Prinzip nie mehr würde arbeiten müssen. Diese Erkenntnis musste ich erst einmal verdauen.

Schließlich raffte ich mich auf, verstaute alles im Safe und verschloss sorgfältig die Haustür hinter mir. Bevor ich das Grundstück verließ, schaute ich aufmerksam nach links und rechts. Niemand in der Nähe! Ich schlüpfte hinaus und nahm Kurs auf meinen geparkten Wagen.

Kurz bevor ich ihn erreichte, hörte ich hinter mir aufgeregte Kinderstimmen. Ein vorsichtiger Blick zurück, entferntere Nachbarn mit Enkelkindern waren auf die Straße getreten. Denen wollte ich nicht begegnen. Ich startete durch, warf mich auf den Fahrersitz und ließ den Motor an. Besser, ich nahm die andere Richtung, um jede Möglichkeit, dass sie mich doch noch erkannten, auszuschließen.

In der Hektik und Aufregung bemerkte ich den Geruch, eine Mischung aus süßlichem Gestank und übelkeitserregender Fäulnis, erst, als ich um die Ecke bog. Instinktiv ließ ich die Fensterscheibe herunter und lenkte an den Straßenrand. Doch es war zu spät, mir wurde von einem auf den anderen Moment derart schlecht, dass ich die Tür öffnete und mich hinausbeugte. Schwindel erfasste mich, der Schweiß trat mir auf die Stirn, mein Herz stolperte. Bloß nicht ohnmächtig werden!

Ich kroch fast aus dem Auto, krabbelte auf den Bürgersteig und lehnte mich gegen die Stoßstange. Tief durchatmen, Jola, dabei aber nicht in Panik verfallen!

Nach jedem Atemzug machte ich eine Pause und zählte die Sekunden, bevor ich erneut Luft in meine Lungen presste, die so verkrampft waren, dass es mir nur mühsam gelang. Ich schloss die Augen und versuchte mich zu entspannen, obwohl es in meinen Armen und Beinen kribbelte, als würden tausende von Ameisen darüber laufen.

Ganz, ganz langsam wurde es besser, nicht erträglich, doch ich merkte, dass ich leichter atmen konnte.

Das Hüsteln neben mir erschreckte mich fast zu Tode. Ich riss die Augen auf und starrte auf den alten Mann, der sich, soweit es sein Gehstock zuließ, zu mir herunterbeugte.

„Ist Ihnen schlecht geworden? Soll ich einen Krankenwagen rufen?", fragte er besorgt.

„Nein, nein, es …. ich habe gerade eine schlechte Nachricht erhalten und muss mich beruhigen, bevor ich weiterfahren kann", stammelte ich.

„Meinen Sie wirklich? Sie zittern am ganzen Körper. In diesem Zustand sollten sie kein Auto fahren."

„Ich … ich rufe mir gleich ein Taxi." Sobald ich mich dazu in der Lage fühle, fügte ich in Gedanken hinzu. Noch war daran nicht zu denken.

„Kann ich Ihnen irgendwie helfen?" Er schien wirklich besorgt um mich.

„Danke, ich komme schon klar." Ich versuchte mich an einem Lächeln.

Er wirkte skeptisch, ich nickte ihm zu und legte so viel Entschlossenheit wie möglich in meinen Blick. Ja, ich fühlte mich von Minute zu Minute besser, aufzustehen traute ich mich allerdings nicht. Der Schwindel lauerte geradezu darauf, wieder stärker zu werden.

„Ja, dann … Alles Gute für Sie." Er drehte tatsächlich ab.

„Danke!", rief ich hinter ihm her.

Kaum war er außer Sichtweite, lehnte ich den Kopf erneut gegen die Motorhaube. Die Augen ließ ich allerdings lieber offen. Diese Schwäche, die sich in mir breitmachte. Was war das bloß? Woher kamen diese elenden Attacken?

Vom Essen jedenfalls nicht, auch nicht vom Hunger, die letzte Mahlzeit lag nicht sehr lange zurück. Konnte es die Aufregung sein, die meine Beschwerden verursachte?

Die erste Attacke kam nach dem Besuch in meinem Elternhaus und dem Gespräch mit Frau Krause. Bei der zweiten war Liam zu Besuch, worauf ich mich gefreut hatte, aber nicht in dem Maße, dass ich deshalb aufgeregt war. Diese Phase lag eindeutig hinter mir. Und direkt davor war nichts Wichtiges geschehen, passte also auch nicht. Klar, gerade eben hatte ich einige erschreckende Feststellungen gemacht, nur hätte ich dann nicht direkt umkippen müssen? Außerdem war es dieses Mal eindeutig der Geruch, der die Beschwerden verursacht hatte. Oder war der pure Einbildung gewesen? Woher konnte er herrühren?

Vorsichtig stemmte ich mich hoch. Meine Beine zitterten ein wenig und mein Puls begann zu rasen. Ich blieb stehen und atmete langsam ein und aus. Fast fünf Minuten verharrte ich so, bevor ich mich langsam am Auto entlangtastete. Die Fahrertür stand weit offen. Ich brachte vorsichtig meinen Kopf in die Nähe der Öffnung und schnüffelte. Nichts, es roch völlig normal. Zu sehen war auf den ersten Blick auch nichts.

Trotzdem blieb ich wie erstarrt stehen und musste mich zwingen, mich hineinzubeugen, um nach meiner Handtasche zu greifen, die auf dem Beifahrersitz lag. Anschließend nahm ich erst einige tiefe Atemzüge an der frischen Luft, bevor ich die Scheibe hochfuhr, den immer noch steckenden Schlüssel abzog und das Auto verriegelte.

Die paar Handgriffe hatten mich total erschöpft. Selbst zu fahren wäre Irrsinn gewesen. Ich kramte in meiner Handtasche nach dem Handy und orderte ein Taxi.

Das Klingeln des Telefons empfing mich, als ich meine Wohnung betrat. Mirella! Sie wie geplant anzurufen, hatte ich total verschwitzt. Bis auf eine SMS, dass ich aus dem Krankenhaus zurück sei und mich weiterhin schonen musste, hatte ich nichts von mir hören lassen.

„Wo warst du? Ich habe mir schon Sorgen gemacht", überfiel sie mich. „Ich stand bei dir unten vor der Haustür und habe x-mal geklingelt. Als keiner aufmachte, vermutete ich schon das Schlimmste."

„Ich bin kurz in den Supermarkt, das Brot war aus", in genau dem Moment fiel mir ein, dass ich die Tasche im Kofferraum vergessen hatte. „Dabei traf ich auf eine alte Schulkameradin. Wir haben uns ewig nicht mehr gesehen. Das Treffen dauerte ein bisschen länger."

„Sonst ist alles okay?" Sie klang eindeutig beleidigt.

„Liam und ich haben uns ein ruhiges Wochenende gemacht", umging ich eine direkte Antwort. „Da konnte ich mich gut erholen."

„Bist du morgen zu Hause?"

„Ganz sicher", ich lachte, doch es klang selbst in meinen Ohren kläglich.

„Kommst du nach der Arbeit?" Somit hätte ich genug Zeit, mein Auto zu holen.

„Wenn ich denn pünktlich Feierabend machen kann."

Das war wohl die Retourkutsche für meinen Ausflug. Dabei hatten wir gar keine Verabredung getroffen. Nur weil ich krank war, hieß das nicht, dass ich nicht rausging. „Ich bin auf jeden Fall zu Hause, egal wann du kommst", wich ich einem längeren Gespräch aus. Dafür fehlte mir im Moment eindeutig der Nerv. Ich wollte nur noch auf meine Couch.

Kaum hatte ich es geschafft, mich hinzulegen, rief Liam an. Auch dieses Telefonat hielt ich kurz. Meine Neuigkeiten konnten warten, bis ich mich besser fühlte. Dieser blöde Schwindel wollte einfach nicht weichen.

Statt mir Gedanken über meine Funde im Elternhaus zu machen oder wenigstens zu versuchen, das Rätsel meiner seltsamen Anfälle näher zu untersuchen, schaltete ich den Fernseher ein und zappte durch die Programme, bis ich eine seichte Komödie fand, die mich zwar nicht fesselte, der es aber gelang, meine Gedanken von allem, was mich belastete, fernzuhalten. Später, wenn ich wieder klar denken konnte, würde ich mich mit beidem auseinandersetzen.

Essen, du musst wenigstens eine Kleinigkeit zu dir nehmen, ermahnte ich mich in der dritten Werbepause. Ich inspizierte den Kühlschrank. Es gab nichts, was mich reizte. Dann fiel mein Blick auf eine angefangene Packung Schokoküsse, die Frau Krause in die hinterste Ecke geschoben hatte. Das war genau das Richtige. Ich nahm die gesamte Schachtel und eine neue Wasserflasche mit hinüber ins Wohnzimmer.

Der erste zerschmolz geradezu in meinem Mund, perfekt! Ich konnte gar nicht mehr aufhören und aß einen nach dem anderen, zwischendurch spülte ich mit zwei Gläsern Wasser nach. Prompt kehrte die Übelkeit zurück. Wie konnte man auch derart blödsinnig agieren!

Viel weiter kam ich nicht mit meinem Selbsttadel, das Fernsehbild verschwamm vor meinen Augen, die Stimmen verzerrten sich, mal waren sie viel lauter als zuvor, mal hörte ich nur ein zischendes Flüstern. Dafür verschwand die Übelkeit, so schnell wie sie gekommen war. Ich fühlte mich trotz der seltsamen Seh- und Hörstörungen blendend, der Geruch der Schokolade lag schwer in der Luft, tief saugte ich den betörenden Duft ein. Das Zimmer nahm seltsame Formen an, was mich zum Lachen brachte. Daraus wurde ein richtiger Flash, als ich aufstand, um zur Toilette zu gehen. Es war mehr ein Schweben, ich fühlte mich so leicht und locker wie schon lange nicht mehr.

Leider hielt dieser Zustand nicht lange an. Plötzlich verzerrten sich die Formen der Möbel, aus den Bildern blickten mir hässliche Fratzen entgegen, zuletzt, bevor ich in einer gnädigen Ohnmacht versank, tauchte der Mörder meiner Mutter im Türrahmen auf. Er winkte mir zu und flüsterte: „Du bist die Nächste."

11

Ich erwachte am Morgen voll bekleidet in meinem Bett. Keine Ahnung, wie ich dorthin gekommen war. Allerdings konnte ich mich noch gut an die Albträume dieser Nacht erinnern. Immer wieder war ich schweißgebadet hochgeschreckt.

Langsam machte ich mir nun doch Sorgen. Sollte ich mir einen Arzttermin besorgen? Aber die Symptome entsprachen nicht denen einer Gehirnerschütterung. Sie mussten einen anderen Grund haben, nur welchen?

Ich gönnte mir ein süßes Frühstück mit Toast und darauf Schokocreme, dazu zwei Tassen Kaffee mit viel Zucker und setzte mich anschließend vor den Computer. Keine neuen Aufträge, der Typ mit der Anfrage hatte sich bisher auch nicht gemeldet.

Eigentlich hätte ich Zeit gehabt, mich meinem Manga zu widmen, allerdings war meine Stimmung zu gedrückt, als dass ich etwas Vernünftiges zustande gebracht hätte. Stattdessen grübelte ich über diese seltsamen Attacken nach, die ich mir nicht erklären konnte.

Wenn ich es nicht besser gewusst hätte, wäre mir der Verdacht gekommen, jemand versuche mich zu vergiften. Aber wer sollte das sein? Und vor allem, wieso war ich dann nicht längst gestorben? An der Menge, die ich jeweils zu mir nahm, konnte es nicht liegen. Und bei dem Geruch im Auto hatte ich viel zu langsam reagiert. Außerdem waren sich die Beschwerden zwar ähnlich, wichen aber insgesamt viel zu sehr voneinander ab, besonders der gestrige fiel total aus dem Rahmen.

Oder, durchzuckte es mich, war ich dabei durchzudrehen? Immerhin vertrat ich ja auch als Einzige die Ansicht, dass meine Mutter ermordet wurde. Vielleicht lag ich schon damit falsch, hatte diese Fratze, die ich in meinen Träumen sah, irgendwann in einem Film gesehen und vermischte sie nun mit den wahren Ereignissen. Vielleicht waren meine gesamten aufblitzenden Erinnerungen ja falsch.

Die Polizei ging davon aus, dass meine Mutter das Törchen und die Haustür extra nur angelehnt hatte, da sie ja wusste, dass ich vorbeikommen wollte. Als wenn Mama mich dem ausgesetzt hätte, war meine bisherige Meinung gewesen. Seit gestern, seit ich die flehenden Briefe von Elias gelesen hatte, die alle unbeantwortet blieben, war ich mir nicht mehr so sicher. Was, wenn sie tatsächlich wollte, dass ich sie fand? Sonst hätte es Frau Krause getroffen, zu der meine Mutter ein ausnehmend gutes Verhältnis hatte, ein besseres als zu mir, wie ich mir eingestand. Die beiden waren ein Herz und eine Seele gewesen. Die Haushälterin schien immer den richtigen Ton zu treffen, wusste bereits im Voraus, in welcher Stimmung sie meine Mutter antreffen würde, war ihre Vertraute, ihre Freundin.

Ich dagegen hatte mich zeitlebens an meinen Vater gehalten, er war mein Ansprechpartner bei guten sowie schlechten Erlebnissen, brauchte ich einen Rat, fragte ich ihn. Sein Tod hatte mich zutiefst getroffen, ihrer trotz des heftigen Schocks beim Auffinden weniger. Da war tatsächlich Natalies damaliger Weggang schmerzlicher gewesen.

Anfangs hatte sie mir die Mutter ersetzt, ich liebte sie heiß und innig. Sie war sechs Tage in der Woche für mich da, den siebten übernahm Papa. Mama saß meist nur dabei – wenn überhaupt – und schaute mir beim Spielen zu. Selbst eine Umarmung oder ein trotziger Wutanfall überforderten sie. Wie sollte man zu so jemandem eine echte Beziehung aufbauen?

Wurde ich nachts krank, kam Natalie an mein Bett, später dann Papa. Als ich älter war, gingen mein Vater und ich dazu über, uns abends über den Tag auszutauschen – allein, meine Mutter blieb in ihrem Zimmer. Selbst an meiner Abschlussfeier nahm sie nicht teil, was ich damals als völlig normal empfand. Auch meinen Auszug organisierte ich allein mit meinem Vater.

Trotzdem fühlte ich mich von ihr geliebt. Papa hatte mir von Anfang an klargemacht, dass sie nur nicht in der Lage war, es zu zeigen. Dank seiner Anleitung akzeptierte ich die guten Tage, an denen sie regelrecht verlangte, dass ich mich ihr widmete, genauso wie die schlechten, an denen sie überhaupt nicht gestört werden durfte, ich kannte es nicht anders. Frau Krause spielte den Schleuser und gab die Regeln vor, an die ich mich zu halten hatte.

Nach dem Tod meines Vaters besserte sich unser Verhältnis etwas. Sie freute sich offensichtlich über meine Besuche, weshalb ich mich bemühte, sie jeden Sonntag zu treffen – allein, ohne Liam. Genau wie ich konnte er mit meiner Mutter wenig anfangen, verstand aber, warum ich mich ihr gegenüber verpflichtet fühlte, und ließ mir freie Hand. Meist bemühte ich mich, den Besuch auf ein, zwei Stunden zu begrenzen, selten blieb ich länger. Trotzdem hatte ich in den vergangenen Wochen nie das Gefühl gehabt, es ginge ihr schlechter, geschweige denn dass sie plante, sich umzubringen.

Das Klingeln und gleichzeitige Klopfen an der Tür rissen mich aus meinen Grübeleien. „Frau Büscher? Sind Sie da?", rief Frau Wimmer laut.

Was lag jetzt wieder an? Normalerweise meldete sie sich nur, wenn sie eine Beschwerde hatte, und davon gab es reichlich: Das Pärchen über ihr stand früh auf und machte dabei ein Riesengetöse, das sie aus dem Schlaf riss. Die Nachbarn daneben schlossen nie die Haustür ab, die junge Frau darüber hatte es gewagt, ihr Fahrrad für eine halbe Stunde im Kellergang stehen zu lassen, natürlich ausgerechnet als sie hinuntermusste, und so weiter, und so weiter.

Falsch gedacht, Frau Wimmer streckte mir einen Zettel entgegen. „Da war gestern am frühen Nachmittag ein Mann, der wollte zu Ihnen, irgendwas an den Zählern kontrollieren."

Bevor ich antworten konnte, zischte ein schwarzes Etwas an mir vorbei und sie schrie auf. „Mäxchen, komm sofort zu mir!"

Tat dieser nicht, also liefen wir hinter ihm her. Ich kam gerade rechtzeitig, um zu sehen, wie er mein liebstes Flauschkissen von der Couch zerrte und aufgeregt daran schnüffelte.

„Du böser Hund!" Frau Wimmer war schneller als ich heran und nahm ihn auf den Arm. Als sie sich aufrichtete, entglitt ihren Lippen ein erstauntes „Oh" und sie begann sich langsam im Kreis zu drehen. „Wunderschön haben Sie es hier. So …" Ihr fiel augenscheinlich kein passendes Wort ein. „Heimelig", ergänzte sie schließlich, nachdem die lange Pause schon beinahe peinlich geworden war. „Nein, wirklich, das ist eine richtige Kuschelhöhle."

Ihre Begeisterung war so offensichtlich, dass ich ihr glaubte. Sofort stieg sie in meiner Achtung, denn die meisten Menschen, die meine Einrichtung sahen, schienen nicht sonderlich angetan davon. Es war ihnen zu plüschig und verspielt.

Ja, ich stand auf niedlichen Schnierkes, die vielen Bilder an meinen Wänden, alle selbst gezeichnet beziehungsweise in Öl gemalt, zeigten Tierbabys mit großen Augen oder farbintensive Sonnenuntergänge, die Kissenlandschaft, die meine Couch zierte, war aus Fellimitaten, die Fliesen im Wohnzimmer wurden von einem dicken Flauschteppich fast verdeckt, etwas kleinere lagen in der Diele, die ähnlich dekoriert war. Meine Möbel bestanden durchweg aus Buchenholz, Kiefer empfand ich als zu nüchtern, Eiche als zu altmodisch, der warme Ton harmonierte gut mit dem zartgelben Anstrich der Wände.

„Freut mich, dass es Ihnen gefällt", war blöderweise alles, was mir als Antwort einfiel.

„Ich muss ja jetzt auf Funktionalität achten", gab sie zurück. „Wir haben das Schlafzimmer in eine Art Wohn-Schlafraum verwandelt." Sie seufzte. „Der Arzt meint, mehr als ein Jahr hat mein Mann nicht mehr."

Und ich hatte mich seit der Rückkehr nicht einmal nach seinem Befinden erkundigt!

„Jetzt kann er vom Bett aus fernsehen, hat seine Musik in Reichweite und so einen Krankenhausnachttisch haben wir auch, wo man ein Tischchen ausklappen kann." Sie drückte den Hund, der ruhig in ihrem Arm lag, fester an sich. „Ja, das Mäxchen gibt mir die nötige Kraft, alles zu regeln. Sie glauben gar nicht, wie sehr ein Tier hilft, schlimme Dinge zu verarbeiten. Manchmal denke ich, er spürt genau, wie es in mir aussieht. Er ist ein Schmuser, ein Tröster, immer zur Stelle, wenn ich ihn brauche."

Deshalb war er dermaßen verzogen! Ich nickte, wie ich hoffte, teilnahmsvoll. „Kann man denn gar nichts mehr machen?"

„Wir müssen morgen zur Nachbesprechung ins Krankenhaus. Da wollen ihm die Ärzte sagen, dass er austherapiert ist. Deshalb kann ich auch nicht zur Beerdigung Ihrer Mutter kommen, er geht nicht mehr allein irgendwohin."

„Das geht vor", nickte ich, während ich fieberhaft überlegte, wie ich sie aus der Wohnung hinauskomplimentieren konnte. Anscheinend wollte sie eine längere Unterhaltung mit mir führen.

Weit gefehlt. Sie drehte sich mit Mäxchen auf dem Arm um und verkündete: „Ich muss wieder rüber. Rufen Sie die Nummer auf der Karte an. Der Mann sagte, er hätte sich angemeldet, wahrscheinlich hätten Sie es vergessen.“

12

Firma Aurich und Söhne stand auf der Karte, nie gehört den Namen. Trotzdem durchsuchte ich die Diele nach einer Benachrichtigung. Vielleicht hatte ich sie zusammen mit einem Stapel Post irgendwo abgelegt und später übersehen. Es fand sich keine.

Ich wählte die angegebene Nummer. Die Frau, die sich meldete, wusste bereits Bescheid. „Unser Monteur war gestern für Ihre Straße eingeteilt. Den neuen Besuch müssten Sie bezahlen, wir haben schon vor über einer Woche Bescheid gegeben, dass wir kommen."

Es handelte sich um eine Unterfirma, die Arbeiten für den Versorger übernahm, wie ich erfuhr. „Ich war ein paar Tage im Krankenhaus", log ich. „Meine Bekannte, die sich um meine Post kümmern sollte, hat es wohl vergessen zu erwähnen. Sonst hätte ich einen Hausbewohner benennen können." Der Zählerkasten war abgeschlossen, der Schlüssel hing an meinem Bord in der Diele. Das hatte ich von meinem Vater so übernommen.

„Sollen wir einen neuen Termin ausmachen?", kam es unbeeindruckt zurück. Wahrscheinlich gab es einige, die sich auf eine Krankheit rauszogen. Nachdem sie mir mitgeteilt hatte, dass sie mich am Freitag gegen zehn einschieben könnten, durchsuchte ich die anderen Zimmer. Auf der Mikrowelle in der Küche wurde ich fündig. Stirnrunzelnd nahm ich die Karte und schaute auf den Poststempel. Sie war am Freitag vor dem Tod meiner Mutter abgestempelt worden, also müsste sie am Samstag im Briefkasten gewesen sein. Hatte ich sie etwa selbst dort oben hingelegt und anschließend vergessen?

Meine Verwirrung wuchs, als Mirella mir am Nachmittag ziemlich eingeschnappt mitteilte, dass wir sehr wohl einen festen Termin ausgemacht hatten. Zumindest habe Liam behauptet, mir wäre der Tag recht. Nein, selbst mit mir gesprochen habe sie nicht, ich würde ein kleines Schläfchen machen, sei Liams Antwort gewesen, deshalb wolle er mich nicht extra wecken, was sie durchaus verstehen könne. Was sie eindeutig nicht verstand, war meine Unpünktlichkeit, beziehungsweise dass mir anscheinend dieses Zusammentreffen mit einer Bekannten wichtiger war als ihr Besuch. Sie sagte es zwar nicht, aber es schwang in ihrem Tonfall mit.

Ich gab ihr deutlich zu verstehen, dass er wohl vergessen hatte, es mir mitzuteilen. Ob sie mir glaubte, konnte ich nicht erkennen. Immerhin kam danach ein einigermaßen vernünftiges Gespräch auf. Na ja, das, was wir normalerweise darunter verstanden. Sie schüttete mir wie immer ihr Herz aus: Der Chef sei ein Arschloch, der seine Mitarbeiter nur ausnutze, der neue Freund melde sich nur unregelmäßig, als sei er nur auf das „Eine" aus, die Mutter nerve mit ständigen Anrufen und Bitten, öfter vorbeizukommen. Also das Übliche, unsere Freundschaft gründete darauf, dass sie in mir eine gute Seele sah, die sich all ihre Klagen anhörte und versuchte sie zu trösten, wurde mir wieder einmal bewusst.

Erst als sie bereits in Aufbruchsstimmung war, erkundigte sie sich nach meinem Befinden. „Du siehst schlecht aus, Jola. Hast du noch mehr abgenommen?"

„Ich schlafe im Moment sehr schlecht", ich zuckte verharmlosend die Achseln. „Das wird sich schon einregeln."

„Ja, du kannst dir ja jetzt die Ruhe antun. Du brauchst dich nun wirklich nicht abhetzen."

Klang da etwa Neid mit? Gut möglich, dachte ich, nachdem ich die Tür eher aufatmend hinter ihr schloss. In ihren Augen hatte ich wahrscheinlich das goldene Los gezogen. Ich war jetzt reich, musste mich nicht mehr abstrampeln, um meine Brötchen zu verdienen. Reich, aber dafür durch irgendwelche seltsamen Beschwerden gehandicapt, verbesserte ich mich. Heute hatte ich den ganzen Tag über mit einer bleiernen Müdigkeit zu kämpfen. Es gelang mir, sie mit literweise Kaffee und jeder Menge Süßkram in Schach zu halten. Trotzdem war die Fahrt mit dem Auto nach Hause – ich hatte mir für den Hinweg ein Taxi gegönnt – eine Tortur. Ich hatte mich kaum konzentrieren können und musste anschließend einen Mittagsschlaf einschieben. Und jetzt fühlte ich mich schon wieder todmüde.

Ich kürzte das Gespräch mit Liam auf das Notwendigste ab und behauptete, wegen der morgen anstehenden Beerdigung früh ins Bett gehen zu wollen. Natürlich hatte er vollstes Verständnis dafür. Erneut bedauerte er, dass man ihm diesen Urlaubstag verwehrte, viel lieber wäre er als Unterstützung an meine Seite geeilt.

Nein, besser er kam erst wie geplant am Samstag. Bis dahin hatte ich mich hoffentlich so weit erholt, dass mir nichts mehr anzumerken war. Was steckte bloß hinter diesen Anfällen? Vor allem traten sie immer unverhofft auf, von einem Moment auf den nächsten, ohne dass sich ein Muster erkennen ließ. Wie sicher konnte ich sein, dass mich nicht morgen während der Trauerfeier – oder noch schlimmer, am offenen Grab – die nächste Attacke traf?

Doch ich war viel zu müde, um weiter zu grübeln. Kaum hatte ich die Augen geschlossen, schlief ich ein.

Ich erwachte völlig verkatert. Selbst eine lange Dusche schaffte es nicht, den Nebel in meinem Gehirn aufzulösen. Vielleicht half ein starker Kaffee. Ich nahm die kräftige Mischung, die sonst Liam vorbehalten war, und aß zwei trockene Toast dazu. Die Beerdigung begann um elf Uhr. Bis dahin musste ich einigermaßen fit sein.

Statt mit dem eigenen Auto zu fahren, rief ich mir noch einmal ein Taxi. Der üble Geruch war zwar gestern Mittag nicht aufgetreten, aber ich wollte lieber auf Nummer sicher gehen. Und natürlich lauerte in mir auch die Angst vor einem neuerlichen Anfall.

Ausgerechnet heute zeigte sich das Wetter von seiner besten Seite. Obwohl der Frühling gerade erst begann, brachten mich die Sonnenstrahlen schon auf dem kurzen Weg zur Trauerhalle ins Schwitzen. Der schwarze Blazer war eindeutig zu warm.

Herr Schraft und Frau Krause saßen zusammen in der ersten Reihe und deuteten mir an, den freien Platz zwischen ihnen zu nehmen. Dankbar ließ ich mich auf den Stuhl fallen. Die übrigen Gäste hatte ich nur verschwommen wahrgenommen, es handelte sich nur um einige wenige Personen, meine Mutter hatte ja keine näheren Bekannten.

Ob Elias auch anwesend war, schoss es mir durch den Kopf. Ich drehte mich zu Herrn Schraft und fragte ihn leise. Bevor er antworten konnte, trat der Pfarrer ein, der schon meinen Vater verabschiedet hatte, und begann seine Predigt.

Während des kurzen Wegs zum Grab stellte ich Herrn Schraft erneut die Frage, die mich so brennend interessierte.

„Benachrichtigt wurde er", gab er flüsternd zurück. „Ich bin erst kurz vor dir gekommen, es blieb keine Zeit, mich umzuschauen."

Frau Krause neben uns räusperte sich nachdrücklich. Ihr missfiel es ungemein, dass wir unsere Aufmerksamkeit nicht der Toten zuwandten. Wir verstummten und ich unterdrückte den Zwang, mich umzudrehen und die hinter uns Gehenden zu mustern. Sobald wir uns um das Grab versammelt hatten, würde ich Gewissheit haben.

Der Pastor sprach noch ein paar Worte, der Sarg wurde hinabgelassen und ich trat vor und warf den Blumenstrauß, den Frau Krause mir in der Trauerhalle in die Hand gedrückt hatte, darauf. Peinlich, dass ich nicht selbst daran gedacht hatte!

Es waren wirklich nicht viele gekommen, Mama die letzte Ehre zu erweisen: Die ehemaligen Nachbarn von gegenüber und die zur Linken, Andreas zusammen mit seiner Frau – Markus natürlich nicht – und einige wenige Angestellte von Papa, von denen ich nicht mal die Namen wusste. Den Mann, der als Letzter auf mich zutrat, erkannte ich auf Anhieb. Die Ähnlichkeit war eindeutig.

„Jolanthe", er streckte mir die Hand entgegen. „Ich bin Elias, dein Halbbruder."

13

Herr Schraft nahm sich die Zeit, gemeinsam mit uns eine Gaststätte in der Nähe aufzusuchen. Ich war ihm für seine Unterstützung dankbar. Noch fühlte ich mich in der Gegenwart von Elias ziemlich gehemmt.

Er dagegen schien dieses Problem nicht zu haben. Er schritt voran, suchte uns einen Tisch am Fenster aus und überreichte mir die Speisekarte. „Lasst uns zuerst bestellen. Dann können wir in Ruhe quatschen."

Kaum hatte die Bedienung unsere Wünsche notiert, unterzog er mich ungeniert einer genauen Musterung. „Ja, wir können wohl unsere Verwandtschaft nicht leugnen, Jolanthe."

„Nenn mich Jola", bat ich ihn. „Das ist mir lieber."

„Verstehe", in seinen Augen blitzte der Schalk, als er erwiderte: „Aber du mich bloß nicht Elli. Das habe ich lange genug in der Schule ertragen müssen. Unsere Namen sind echt ätzend. Wie ist sie da wohl drauf gekommen?"

Nein, mein erster Eindruck von ihm war nicht positiv. Ich fand ihn anmaßend und vorlaut. Schließlich kannten wir uns nicht und er legte trotzdem gleich los. Zudem war er wirklich nicht angemessen gekleidet in seiner Jeans und dem dunkelblauen Hemd. Wollte er damit zeigen, dass er garantiert nicht trauerte?

Elias wandte sich an Herrn Schraft. „Das war echt der Hammer, als ich Ihre Nachricht erhielt. Dass sie mich im Testament bedacht hat, damit habe ich nicht gerechnet."

Der Rechtsanwalt schien sein Verhalten ähnlich unangemessen zu finden wie ich. „Nun, Ihnen steht mindestens der Pflichtteil zu. Das hätten Sie sich denken können", erwiderte er kühl.

Elias hob in einer kapitulierenden Geste beide Hände. „Erwischt. Allerdings hätte ich nie gedacht, dass sie so früh den Löffel abgibt."

„Mama hat Selbstmord begangen", berichtigte ich ihn.

„Echt?"

Wenigstens wartete er ab, bis die Bedienung unsere Getränke abgestellt und sich zurück in Richtung Theke aufgemacht hatte.

„Warum? Ich meine, war sie echt so neben der Spur?"

Mittlerweile ging mir seine Art gewaltig auf die Nerven. Klar, er hatte seit Jahren nichts mehr mit ihr zu tun gehabt. Und die Art und Weise, wie sie sich zuvor ihm gegenüber verhielt, war nicht zu entschuldigen. Trotzdem könnte er etwas pietätvoller sein. Immerhin wusste er nicht, inwieweit ich trauerte. „Was ist damals passiert", fragte ich ganz direkt, „dass sie dich nicht mehr sehen wollte?"

Sein Blick verschleierte sich. „Hat sie dir nicht davon erzählt?", schoss er zurück.

„Würde ich es sonst von dir wissen wollen?"

Der kurze Austausch reichte ihm, sich wieder zu entspannen. Er lehnte sich zurück und grinste. „Dann wird es wohl für immer ein Geheimnis bleiben. Scheinbar ist unsere Mutter zu dem Entschluss gekommen, alles lieber für sich zu behalten. Wer bin ich, dass ich ihr da reinpfusche."

Mein erster Eindruck von ihm hatte mich nicht getäuscht, er war ein echtes Arschloch, ein Aufschneider, ein Möchtegerncasanova, ein … Mir schwirrten zig Begriffe für ihn durch den Kopf, keiner von ihnen war positiv.

Ich entspannte mich ebenfalls und lächelte ihn zuckersüß an. „Erzähl mal, was machst du so? Bist du verheiratet? Wo wohnst du? Was arbeitest du?"

Leider kam mir die Bedienung dazwischen, die unser Essen brachte.

Wie erwartet stürzte er sich gleich auf sein Steak, säbelte riesige Stücke davon ab und stopfte sie sich in den Mund, nicht ohne sie vorher ausgiebig in die scharfe Soße zu tunken, die er sich bestellt hatte. Herr Schraft und ich ließen es langsamer angehen. Mein Hawaii-Schnitzel war ein Gedicht. Ich genoss jeden Bissen und kaute andächtig. Vielleicht sollte ich demnächst öfter mal auswärts essen, vielleicht sogar hier. Die halbe Stunde Fußmarsch, die das Restaurant von meiner Wohnung entfernt lag, wäre ein gutes Training. Ich würde meine Fitness stärken und gleichzeitig eine vernünftige Mahlzeit zu mir nehmen.

Ich musterte unauffällig die Umgebung. Ungefähr zwanzig Tische gab es, davon waren gut ein Drittel besetzt, die meisten mit älteren Paaren, die wahrscheinlich nach ihrem frühen Essen einen Mittagsschlaf hielten. Die Einrichtung empfand ich als etwas altbacken und düster, dunkles Holz und weiße Wände, dazu rotbraune Fliesen auf dem Boden. Die letzte Renovierung lag bestimmt einige Zeit zurück. Aber die Preise für die einzelnen Gerichte waren annehmbar - natürlich bis auf das Riesensteak, das Elias sich bestellt hatte, das Teuerste auf der ganzen Karte.

Nichtsdestotrotz war sein Teller in Rekordzeit leergeputzt. Er griff nach der Salatschale, dessen Inhalt er abfällig als Grünzeug betitelt hatte, und schob sie mir zu. „Willst du?"

„Nein, danke." Zu einem Hawaii-Schnitzel!

Elias zuckte die Achseln und sah Herrn Schraft fragend an. Der schüttelte ablehnend den Kopf. „Nein, danke. Ich bin froh, wenn ich diese Portion vor mir schaffe."

Gespannt wartete ich auf seinen Kommentar und wurde nicht enttäuscht. Elias beugte sich halb über den Tisch und flüsterte in verschwörerischem Ton: „Ich kann Ihnen dabei helfen. Oder den Rest übernehmen, wie es Ihnen lieber ist."

Der alte Rechtsanwalt unterdrückte mit Müh und Not ein Lächeln und widmete sich, ohne etwas zu erwidern, seinem Essen. Schade, ich hatte wirklich gehofft, er würde meinen Halbbruder in seine Schranken weisen. Andererseits, was wusste ich schon von ihm? Vielleicht war er in einem Milieu aufgewachsen, in dem man auf diese Art miteinander kommunizierte. Ich ergriff die Chance und hakte nach. „Jetzt, wo du dich ausreichend gestärkt hast, erzähl uns ein bisschen von dir."

Elias lehnte sich zurück und tätschelte zufrieden seinen Bauch. „Okay, leg ich mal los." Er blinzelte mir zu. „Ich wurde acht Jahre eher geboren als du, bin aber im Gegensatz zu dir ein uneheliches Kind. Meine Mutter war neunzehn, als ich zur Welt kam. Da hatte sie sich schon wieder von dem Typen, der sie schwängerte, getrennt."

Er machte eine kleine Pause und sah mich lauernd an. Ich tat ihm nicht den Gefallen, ihm zu zeigen, wie ich darüber dachte, sondern nickte ihm aufmunternd zu, weiter zu berichten.

„Unsere Mutter zog zurück zu ihrem Vater. Ich wuchs mit ihrem Halbbruder auf, der knapp zwei Jahre älter ist als ich." Ein breites Grinsen überzog sein Gesicht. „Scheint ja mittlerweile normal zu sein, das mit den vielen Halbgeschwistern."

„Sie hatte eine eigene Wohnung, als sie meinen Vater kennenlernte", warf ich ein, ohne auf seine Bemerkung einzugehen.

„Nee", er schüttelte energisch den Kopf. „Sie wollte von zu Hause ausziehen, so hat sie ihn ja kennengelernt. Das funkte bei den beiden ziemlich schnell. Sie ist gar nicht erst in was Eigenes gezogen, sondern direkt zu ihm."

Ich konnte nicht anders, ich warf Herrn Schraft einen Seitenblick zu, um seine Reaktion zu sehen.

Er aß gleichmütig weiter, als hätte er die Worte nicht vernommen. Später musste ich unbedingt noch einmal allein mit ihm sprechen.

14

Obwohl Elias sich offen gab, musste ich ihm jede Kleinigkeit regelrecht aus der Nase ziehen. Nein, er war damals nicht direkt mit in das neue Haus gezogen. Alle Beteiligten hätten es für besser empfunden, wenn er erst einmal bei seinem Großvater und dessen Frau blieb. Seine Mutter war ja stark beschäftigt mit dem Hausumbau und dazu schon schwanger.

„Wann genau haben die sich denn kennengelernt?" Seine Geschichte passte vorne und hinten nicht zusammen.

„Na, bei der Wohnungsbesichtigung. Der hatte eine Immobilienfirma, die auch große Mietobjekte betreute. Und dann zog sie gleich bei ihm ein." Offensichtlich abgelenkt starrte Elias auf die Speisekarte. „Ich glaube, ich bestelle noch ein Eis. Wollt ihr auch?" Er sah auffordernd in die Runde.

Herr Schraft und ich schüttelten die Köpfe. Beide hatten wir Mühe gehabt, unsere Portion aufzuessen. Allein wenn ich daran dachte, darauf ein Eis oder Ähnliches zu setzen, wurde mir übel. Apropos, ich horchte in mich hinein. Tatsächlich fühlte ich mich erstaunlich gut, selbst mein Kopf war viel klarer als heute Morgen. Lag es daran, dass ich meinem Bruder gegenübersaß – ein trotz seines Benehmens aufregendes Ereignis -, oder war es die Erleichterung, die Trauerfeier als endgültigen Abschluss hinter mich gebracht zu haben?

„Ich nehme einen Schwarzwaldbecher", sagte Elias in meine Gedanken hinein.

Ohne dass ich es bemerkt hatte, war die Bedienung an unseren Tisch getreten. „Bringen Sie mir bitte noch eine Cola", ergänzte ich. Vielleicht sollte ich das blöde Wasser erst einmal weglassen und mich auf zuckerhaltige Getränke konzentrieren. Erst der Orangensaft, jetzt die Cola, beide Getränke bekamen mir augenscheinlich bestens.

Herr Schraft bestellte sich einen Kaffee und wandte sich dann an Elias. „Soweit ich weiß, sind Sie an den Wochenenden bei ihrer Mutter gewesen.

Und nachdem sie fertig eingerichtet war, zogen Sie ganz zu ihr. Ist das richtig?"

Wieder grinste Elias. „Nee, so war es eigentlich angedacht. Aber irgendwie klappte das nie. Ich war bis zuletzt bei Oma und Opa. Dann hatten die beiden den Unfall und Mama musste sich kümmern."

„Habt ihr gezündelt?", fragte ich dazwischen. Vielleicht überrumpelte ihn die Frage, sodass er spontan die Wahrheit erzählte.

Stattdessen lachte er dröhnend. Nicht einmal die Blicke von den Nachbartischen konnten seinen Heiterkeitsausbruch stoppen. „Scheiße, nein! Was denkst du von mir?", brachte er schließlich heraus.

Herr Schraft räusperte sich energisch. „Ihre Mutter hat jeweils einen Brief für Sie hinterlassen. Könnten Sie morgen früh in der Kanzlei vorbeikommen, um ihn abzuholen?"

„Was, keine Testamentsverlesung?" Elias war eindeutig enttäuscht.

Nachdem der Rechtsanwalt ihm erklärt hatte, wie es in Deutschland lief, was kurzfristig von der Kellnerin unterbrochen wurde, die unsere Bestellung brachte, zog er ein langes Gesicht. Anscheinend hatte er den Geldregen eher erwartet. Das war mein Einsatz! „Wohnst du hier in der Stadt?"

„Nee, im nächsten Dorf."

Im ersten Moment dachte ich, er wolle mir einen Bären aufbinden. Doch er nickte bekräftigend. „Gut, ist eher eine Kleinstadt. Opa hatte da ja seinen Betrieb. Nach dem Brand baute seine Frau auf dem Grundstück ein neues Haus. Da haben wir gewohnt."

„Du, deine Oma und ihr Sohn?" Ob er wohl die genauen Hintergründe kannte?

Er zuckte gewollt lässig die Schultern. Ob er tatsächlich so ungerührt war, wie er sich gab, wagte ich allerdings zu bezweifeln. Dass Mama ihn nicht mal in den Ferien oder zu den Feiertagen eingeladen hatte, stieß bei mir immer noch auf absolutes Unverständnis.

„Mein Erzeuger wollte nie was mit mir zu tun haben, meine Oma war von Anfang an meine eigentliche Bezugsperson, ich fand es in Ordnung so. Übrigens nenne ich sie Mama." Bevor ich nachhaken konnte, drehte er den Spieß um. „Und du? Hast du noch zu Hause gewohnt? Was machst du?"

„Ich bin mit zweiundzwanzig ausgezogen." Wie alt ich jetzt war, sollte er sich selbst ausrechnen. Er hatte schließlich auch nicht gesagt, dass er jetzt vierunddreißig war. „Ich habe eine kleine Wohnung und arbeite als selbstständige Webdesignerin. Davor habe ich eine Ausbildung zur Mediengestalterin gemacht und anschließend den Kurs angehängt."

„Wow." Er riss in gespielter Überraschung die Augen weit auf.

„Was arbeitest du?"

„Ich bin in Opas Firma angestellt, sozusagen als Mädchen für alles."

Hieß das, er hatte nicht einmal eine Ausbildung absolviert?

„Nicholas, also der Halbbruder unserer Mutter, führt seit kurzem den Laden. Er hat mir für heute und morgen frei gegeben", ergänzte er.

Ich musste unbedingt Herrn Schraft befragen, ob er weitere Informationen hatte! Leider zückte der schon sein Portemonnaie und zeigte der Kellnerin an, dass er zahlen wollte. Und die Frau steuerte sofort auf uns zu. „Alles zusammen", erklärte er und an uns gewandt: „Fühlt euch eingeladen."

Fast hatte ich erwartet, dass Elias rausposaunen würde, er hätte nichts anderes erwartet, doch zu meinem Erstaunen hielt er sich zurück und bedankte sich artig.

Wir brachen direkt auf, denn unbemerkt von mir hatte sich das Restaurant nach und nach gefüllt, sodass die nächsten Gäste an der Theke auf einen freien Tisch warten mussten.

Draußen vor der Tür verabschiedete sich Herr Schraft von Elias und bat ihn, am nächsten Tag um zehn Uhr vorbeizuschauen. Mich sah er fragend an. „Deine Straße liegt auf meinem Weg, Jola. Soll ich dich mitnehmen oder bist du mit dem Wagen da?"

„Nein, ich hatte mir ein Taxi bestellt", und mir vorgenommen, zurückzulaufen. Nur war mir dieses Angebot natürlich lieber. Immerhin wusste ich nicht, was Elias vorhatte. Mit ihm allein eine Strecke zu gehen, dazu war ich bei all meiner Neugier noch nicht bereit.

„Dann komm, mein Auto steht dort drüben." Er wies auf den Parkplatz des Friedhofs.

Elias zwinkerte mir zum Abschied zu: „Wir sehen uns", bevor er sich auf dem Absatz umdrehte und genau in die Richtung losslief, die ich auch eingeschlagen hätte.

„Wissen Sie Genaueres?", platzte ich heraus, sobald er außer Hörweite war. Herr Schraft schüttelte den Kopf. „Ich hatte gehofft, dass er zur Beerdigung kommt, sonst hätte ich ihn anschreiben müssen. Wie findest du ihn?"

Bei seinen letzten Worten prüfte er angelegentlich die Straße, die wir überqueren wollten.

„Äh, gewöhnungsbedürftig", gab ich zu. Schlimmere Adjektive verkniff ich mir lieber. Im Endeffekt war Elias ein armer Kerl, verstoßen von seiner Mutter und seinem Vater und mit Sicherheit seinem zwei Jahre älteren Onkel gegenüber nicht gleichgestellt. Wie sollte man da Selbstbewusstsein entwickeln oder die richtigen Perspektiven für das weitere Leben wählen?

„Ein wenig seltsam", pflichtete er mir bei. „Ich bin wirklich gespannt darauf, wie er auf das Testament …" Er biss sich auf die Lippe und schwieg. Gut, dass ich den Inhalt kannte. Das machte es wesentlich leichter, dem Halbbruder gegenüber Nachsicht walten zu lassen.

15

Da ich morgen gegen zehn den Termin mit dem Handwerker hatte, machte ich mit Herrn Schraft aus, um halb zwölf in seine Kanzlei zu kommen. Als er vor meiner Haustür hielt, stiegen direkt vor uns Frau Wimmer nebst Mann aus einem Taxi.

„Bitte warten Sie noch kurz", bat ich ihn. „Mein Nachbar hat gerade erfahren, wie schlecht es um ihn steht. Da hat er bestimmt keine Lust auf den üblichen Small Talk."

Gehorsam stellte Herr Schraft den Motor ab und drehte sich zu mir. „Das meiste, was dein Bruder heute erzählte, war auch für mich neu. Ich hatte wirklich keine Ahnung."

„Ich ebenso wenig. Mama sprach nie von früher." Ich schluckte hart. „Sie sprach insgesamt nur sehr wenig."

„Dieser Brand löste bei ihr ein schweres Trauma aus, wie ich vermute. Leider wurde im Krankenhaus nicht darauf geachtet und leider sperrte sie sich gegen jede Art von Therapie."

Den letzten Punkt konnte ich aus eigener Erfahrung bestätigen. Wie oft hatte mein Vater versucht, sie zu einem längeren Klinikaufenthalt zu überreden. Aber sie war ja nicht mal bereit gewesen, regelmäßig ihren Psychiater aufzusuchen.

Mittlerweile waren die Wimmers im Haus verschwunden. Ich wollte Herrn Schrafts Zeit nicht länger in Anspruch nehmen. „Danke, für alles."

Er legte seine Hand auf meinem Arm und sah mich an. „Jola, wie geht es dir wirklich?"

„Erstaunlich gut." Das stimmte, zumindest in Bezug auf Mamas Tod. Wie sollte ich ihm meine Gefühle erklären, ohne dass er mich für hartherzig hielt? „Dass Papa ermordet wurde, hat mich viel mehr getroffen", umging ich eine direkte Aussage. „Er hinterließ eine Riesenlücke, die sich kaum schließen lässt."

Unbeholfen tätschelte er meine Hand. „Wenn du irgendwelche Fragen hast oder Hilfe benötigst, melde dich. Ich bin immer für dich da."

Mir kamen fast die Tränen. Mühsam blinzelnd rang ich mir ein Lächeln ab. „Danke, es ist gut, auf jemanden wie Sie bauen zu können." Ich tastete nach dem Türgriff. Bloß raus, bevor ich ganz meine Beherrschung verlor.

Seltsamerweise fühlte ich mich in meiner Wohnung angekommen sofort besser, sogar so gut, dass ich meine Entwürfe auf dem Küchentisch ausbreitete und mich gleich an die Arbeit machte. Ja, die Richtung, in die ich die Geschichte vorwärtsgetrieben hatte, war genau das Richtige. Die Kids würden die fertige Story lieben.

Erst das Klingeln meines Handys riss mich aus meiner Konzentration. Schon halb acht! Das war bestimmt Liam.

„War es schlimm?", fragte er gleich als Erstes.

„Nein, ich habe das Ganze relativ gut überstanden, was vermutlich auch daran lag, dass mein Halbbruder Elias ebenfalls anwesend war."

„Der ist tatsächlich gekommen?" Diese Neuigkeit ließ ihn alles andere vergessen. „Und? Hast du mit ihm geredet?"

„Unser Rechtsanwalt lud ihn und mich anschließend zum Mittagessen ein. Also ja, wir haben uns ein bisschen beschnuppert."

„Wie ist er?"

„Heftig", gab ich ihm gegenüber offen zu. „Ich meine, dass er nicht trauert, ist wohl normal, bei dem, was er durchgemacht hat." Ich berichtete ihm ausführlich von unserer Unterhaltung. „Mein Fall ist er jedenfalls nicht", schloss ich. „Ich denke, ich seiner auch nicht. Nur gut, dass sich Herr Schraft später um die genaue Aufteilung kümmern wird und ich mich nicht mit ihm allein auseinandersetzen muss."

„Ich könnte dich unterstützen – wenn du denn willst."

Ja, genauso, wie er es bisher getan hatte! Nein, das war unfair. Schließlich war ich es, die ihn überredet hatte, lieber seine Verpflichtungen wahrzunehmen. „Wir warten ab, was im Testament steht." Dass ich den genauen Wortlaut kannte, musste ich ihm nicht verraten. Auch nicht, wie reich ich nach dem Antreten des Erbes sein würde. Ob ich ihn überhaupt darüber informieren sollte?

„Ich kann morgen etwas früher Feierabend machen und fahre gleich durch zu dir", erklärte er. „Ich bin schätzungsweise gegen acht da."

Wir beendeten unser Telefonat, weil er gleich noch packen wollte.

Zum Abendessen nahm ich mir nur ein paar Kekse aus der angebrochenen Packung ganz hinten im Schrank, das reichliche Mittagessen wirkte noch nach. Die drei Flaschen Mineralwasser, die aus dem Sechserpack übrig waren, kippte ich in den Abfluss. Gesund ernähren hin und her, im Moment war mir eher nach Orangensaft und Cola. Anschließend packte ich meine Entwürfe zurück in den Schrank. In der Beziehung war ich etwas eigen. Keiner durfte die Geschichte sehen oder gar lesen, solange sie nicht fix und fertig war.

Ich nahm die halb leere Flasche Cola, die ich mir im Restaurant gekauft hatte, und ein Glas mit hinüber ins Wohnzimmer und machte es mir vor dem Fernseher gemütlich. Trotz der Aufregung des heutigen Tages fühlte ich mich überhaupt nicht müde. Vielleicht ging es tatsächlich endlich bergauf.

Am nächsten Morgen wurde ich durch anhaltendes Klingeln geweckt. Verschlafen wollte ich es ignorieren, in dem festen Glauben, es sei mitten in der Nacht - und fiel beinahe von der Couch. Vor Schreck riss ich die Augen auf und erkannte, dass es taghell war. Der Handwerker!

Mittlerweile hämmerte es schon gegen meine Tür. „Ich komme", rief ich beziehungsweise wollte ich rufen. Mein Hals war so trocken, dass nur ein Krächzen herauskam. Schwindel erfasste mich, als ich aufstand und in die Diele stolperte.

Bevor ich öffnete, versuchte ich genügend Spucke im Mund zu sammeln, um sprechen zu können. „Sie muss zu Hause sein", drang Frau Wimmers Stimme an mein Ohr. „Die Rollläden sind alle hochgezogen und das Fenster im Wohnzimmer ist auf Kippe."

Die Luft war mir irgendwie muffig vorgekommen, erinnerte ich mich.

„Außerdem läuft drüben der Fernseher oder das Radio", ergänzte meine Nachbarin. „Ich konnte es im Garten deutlich hören. Hoffentlich ist ihr nichts passiert."

Bevor der Mann antworten konnte, öffnete ich die Tür. „Entschuldigung, ich ..."

„Was ist denn mit Ihnen passiert?" Frau Wimmer starrte mich entsetzt an. „Sind Sie krank?"

Das war die perfekte Ausrede. „Ja, ich muss wohl gleich zum Arzt. Könnten Sie vielleicht den Herrn runterbringen und ihm den Raum aufschließen?" Ich tastete bereits nach dem entsprechenden Schlüssel.

„Selbstverständlich, meine Liebe." Sie musterte mich tatsächlich besorgt. „Ich kümmere mich schon. Fahren Sie am besten gleich los." Sie wandte sich ab und winkte dem Handwerker, ihr zu folgen.

Erschöpft lehnte ich mich gegen die Tür. Dieser kurze Akt hatte mich alle verfügbare Kraft gekostet. Was war bloß mit mir los? Sollte ich nicht doch besser einen Arztbesuch einschieben?

16

Eine lange heiße Dusche später fühlte ich mich besser. Immer noch nicht gut, aber zumindest in der Lage, den verabredeten Termin bei Herrn Schraft einzuhalten. Ich brannte darauf, den Brief meiner Mutter zu lesen. Nichts war wichtiger!

Die Zeit reichte, um mir einen starken Kaffee aufzubrühen, dem ich reichlich Zucker zugab. Wieder hielt ich mich an trockenes Toastbrot, das hatte gestern auch gut funktioniert. Anschließend rief ich mir ein Taxi. Ein Blick in mein Portemonnaie riet mir, mich mit weiteren Ausgaben zurückzuhalten. Trotzdem musste ich unbedingt meinen Vorrat an Süßem auffüllen. Würde ich halt die Billigmarken nehmen.

Ich erschien pünktlich auf die Minute in der Kanzlei, die mitten in der Stadt lag, natürlich in einem wunderschönen Gebäude, in dem nur hochwertige Dienstleister für die bessergestellte Kundschaft angesiedelt waren. Das Normalvolk verirrte sich normalerweise nicht hier hin.

Ich musste unwillkürlich grinsen, als ich mir Elias auf seinem Weg durch das Gebäude vorstellte. Ob das Ambiente ihn sehr eingeschüchtert hatte? Schade, dass unsere Termine so weit auseinanderlagen, er war bestimmt schon auf dem Nachhauseweg.

Die Sekretärin an der Anmeldung lächelte mir freundlich entgegen. Wahrscheinlich hatte sie meinen Heiterkeitsausbruch als Willkommensgruß gedeutet. „Sie können gleich durchgehen."

Sie stöckelte vor mir her, klopfte an die Tür des Büros und öffnete sie mir. „Einen Kaffee oder einen Tee?", fragte sie.

„Nein, danke, für mich nicht."

„Für mich auch nicht." Herr Schraft kam mir entgegen. „Wie fühlst du dich, Jola? Ehrlich gesagt siehst du schrecklich aus", fügte er etwas leiser hinzu, während er meinen Arm nahm und mich zu der kleinen Polstergruppe führte, die vor dem Fenster stand. „Solltest du nicht lieber einen zweiten Kontrolltermin wahrnehmen?"

„Mir geht es gut", versicherte ich ihm und ließ mich vorsichtig auf die Couch sinken. Jede schnelle Bewegung rief immer noch einen heftigen Schwindel hervor. „Es war nur alles etwas viel gestern."

Er nickte verständnisvoll und setzte sich mir gegenüber. „Man denkt, man ist gewappnet, hat das Schlimmste überstanden. Die Beerdigung ist so ein endgültiger Abschluss. Das verkraftet man schwer."

„Dazu der erste Kontakt mit meinem Halbbruder", stimmte ich ihm zu. „Damit hatte ich nicht gerechnet." Langsam begann ich mich zu entspannen. Wenn ich meinen Kopf einigermaßen ruhig hielt, würde ich dieses Treffen überstehen, ohne dass er mir meinen wahren Zustand anmerkte.

„Hat Elias sich seinen Brief abgeholt?"

„Hat er", nickte Herr Schraft. „Allerdings war es ein äußerst kurzer Besuch. Er wollte nicht einmal Platz nehmen, sondern ist gleich, nachdem ich ihm den Brief überreichte, verschwunden."

„Seltsam." Ich hatte eher damit gerechnet, dass Elias sich in aller Ruhe über mich, meine Eltern und das zu erwartende Erbe erkundigen würde.

„Nun, gut." Mein Gegenüber erhob sich und ging hinüber zu seinem Schreibtisch. Es schien mir, als bereue er es, mit mir darüber gesprochen zu haben. Letztendlich war er uns beiden ja gleich verpflichtet.

Er kehrte mit einem großen weißen Umschlag zurück, den er mir mit feierlicher Miene überreichte. „Den hat deine Mutter geschrieben, nachdem dein Vater verstorben ist. Genauso wie sie sich bemühte, alle Papiere auf dem neuesten Stand zu halten. Sie wolle ihre Angelegenheiten vernünftig geregelt hinterlassen, erklärte sie mir." Er setzte eine betrübte Miene auf. „Trotzdem war ich nicht darauf vorbereitet, dass sie ihm so bald folgen würde."

„Ich auch nicht", brachte ich mühsam hervor. Dabei lag mein Fokus völlig auf diesem Brief. Am liebsten hätte ich ihn Herrn Schraft aus der Hand gerissen, sofort geöffnet und gelesen.

Er überreichte ihn mir und versicherte mir wie am Tag zuvor: „Du kannst jederzeit bei mir vorbeischauen, Jola. Ich bin immer für dich da."

„Danke." Ich rang mir ein zaghaftes Lächeln ab. „Das bedeutet mir sehr viel, dass ich Sie im Notfall an meiner Seite weiß." Langsam und vorsichtig richtete ich mich auf, darum bemüht, meinen Kopf gerade zu halten. Es klappte, der erwartete Schwindel blieb aus. „Ich denke, sobald das

Testament eröffnet ist, werden Elias und ich Sie zusammen aufsuchen und besprechen, wie wir am besten vorgehen. Damit jeder zu seinem Recht kommt", fügte ich hinzu.

„Das ist eine gute Idee." Erneut nahm er mich am Arm und brachte mich bis zur Tür.

Während ich die Kanzlei verließ und den Weg zum Aufzug einschlug, musste ich an mich halten, den Brief, den ich in meine Handtasche gesteckt hatte, nicht hervorzuholen und den Umschlag an Ort und Stelle zu öffnen. Nur meine Absicht, mich gleich unten in das kleine Café zu setzen, hielt mich davor zurück. Ich brannte darauf, endlich die Wahrheit zu erfahren.

Der großzügig gestaltete Innenraum machte es mir leicht, einen Tisch weit entfernt von den anderen Gästen zu finden. Ich bestellte bei der herbeieilenden Bedienung einen Mocca und ein Stück Marzipanrolle und konnte mich nun endlich den Zeilen meiner Mutter widmen.

Liebe Jola,

wenn du diese Worte liest, bin ich von dir gegangen, ohne dich über das, was mir geschehen ist, aufzuklären. Ich habe es fest vor, möchte jedoch den passenden Moment abwarten, denn es ist nicht einfach, mich zu öffnen und mich dem damaligen Grauen zu stellen. Bitte verzeih mir, falls ich nicht dazu in der Lage gewesen bin.

Meine Mutter ist sehr früh gestorben, ich wuchs unter der behütenden Liebe meines Vaters auf. Als ich sechzehn war, also in der heftigsten Phase der Pubertät, heiratete er seine langjährige Sekretärin, die ein Kind von ihm erwartete. Du kannst dir sicher vorstellen, dass ich nicht begeistert reagierte. In dem Alter eine Mutter vorgesetzt zu bekommen, stachelte geradezu meinen Widerspruchsgeist an.

Ich geriet an die falschen Freunde, zog mit einem von ihnen sogar zusammen und merkte erst, als ich schwanger wurde, welch großen Fehler ich gemacht hatte. Mein Vater nahm mich wieder auf und Anja, seine Frau, kümmerte sich um das Baby, den kleinen Elias, damit ich eine Ausbildung in der elterlichen Firma absolvieren konnte.

Noch während ich auf der Suche nach einer eigenen Wohnung war, lernte ich deinen Vater kennen. Es war Liebe auf den ersten Blick, von beiden Seiten. Er hatte gerade eine bitterböse Trennung von seiner ersten Frau hinter sich, ich wollte eigentlich zum ersten Mal in meinem Leben auf eigenen Füßen stehen, doch das Schicksal hatte andere Pläne. Ich wurde schwanger und wir beschlossen zusammenzuziehen, in sein Haus, das er von seinen Eltern geerbt hatte und auf das seine Verflossene keinen Anspruch erheben konnte.

Dann jedoch hatten mein Vater und seine Frau einen schweren Verkehrsunfall und ich musste mich um ihn, meinen Halbbruder und um meinen Sohn kümmern. Anja lag zu dem Zeitpunkt mit inneren Verletzungen auf der Intensivstation.

Kurz darauf kam es zu dem verheerenden Brand, der im Zimmer meines Vaters ausbrach. Es gelang mir, die beiden Jungen und mich zu retten, für ihn kam jede Hilfe zu spät. Bei mir setzten durch die Aufregung Wehen ein, du wurdest fast vier Wochen zu früh geboren. Direkt anschließend hatte ich schwere Depressionen, die ich, wie du weißt, nie mehr ganz verlor. Deshalb verblieb Elias bei seiner Oma. Dein Vater und ich meinten damals, es sei besser, wenn wir uns ganz aus seinem Leben zurückzögen, um ihn nicht ständig hin und her zu zerren.

Es ist für dich bestimmt ein Schock, jetzt und auf diese Weise von ihm zu erfahren. Ich kann nur hoffen, dass du bedenkst: Dein Vater und ich haben immer das Beste für dich gewollt.

In Liebe

Deine Mama

17

Enttäuscht ließ ich den Brief sinken. Ich hatte mir viel mehr von seinem Inhalt versprochen. Dazu diese dürren Worte, die nur die wichtigsten Tatsachen erklärten. Klang das nach meiner Mutter? Nein, eher nach Frau Krause, musste ich nach einigem Nachdenken zugeben. Ob sie bei dieser Erklärung ihre Finger im Spiel gehabt hatte?

„Möchten Sie noch etwas?" Ohne dass ich es bemerkte, war die Bedienung an meinen Tisch getreten.

Erstaunt blickte ich auf die halb volle Tasse und den leeren Teller. Ich hätte nicht einmal sagen können, wie der Kuchen geschmeckt hatte. „Das Gleiche noch mal, bitte!" Ich griff nach dem Mocca und trank ihn zügig aus.

Die Bedienung schien leicht irritiert, nickte aber, sammelte das benutzte Geschirr ein und entfernte sich wieder. Ich blickte erneut auf den Brief, las die Zeilen langsam ein zweites Mal. Nein, der Brand, Elias' Zurücklassen und der Grund für ihre Depression blieben ein Geheimnis. Sie hatte nichts erklärt. Ich war genauso schlau wie zuvor.

Frau Krause, sie musste Näheres wissen! Doch die sprach garantiert nicht mit dir darüber, war ich mir sicher. Sonst hätte sie das längst getan. Obwohl sie bei unserem letzten Gespräch bestimmt gemerkt hatte, wie sehr mich Mamas Vergangenheit interessierte, mauerte sie.

Oder sie wollte abwarten, bis ich den Brief gelesen habe, widersprach ich mir selbst. Vielleicht traute sie sich bloß nicht, meiner Mutter vorzugreifen. Ich musste zumindest versuchen mit ihr reden!

Bevor ich mich an mein zweites Stück Marzipanrolle wagte, ging ich zur Toilette. Kein Schwindel, keine Übelkeit, im Gegenteil, ich fühlte mich frisch und erholt.

Trotzdem ist dein Gesundheitsproblem im Moment das Allerwichtigste, machte ich mir klar, als ich an meinen Tisch zurückkehrte. Irgendetwas stimmte mit mir ganz und gar nicht.

Ich versuchte die Situationen, in denen diese seltsamen Attacken aufgetreten waren, noch einmal genau zu rekapitulieren. Ein richtiges Muster blieb aus, das Einzige, was mir auffiel, sie tauchten meist nach einem Essen auf – oder dem dazugehörigen Getränk. Also wollte mich doch jemand vergiften? Dieser Geruch im Auto, den hatte ich erst wahrgenommen, als ich nach meinem Besuch im Elternhaus zurück in den Wagen stieg. Hatte jemand in meiner Abwesenheit irgendeinen Stoff ins Innere gesprüht?

Je länger ich darüber nachdachte, umso sicherer wurde ich mir. Wenn meine Beschwerden auf die überstandene Gehirnerschütterung zurückzuführen wären, müssten sie viel regelmäßiger auftreten. Und dürften nicht dermaßen seltsam ablaufen. Gut, hundertprozentig sicher konnte ich mir natürlich nicht sein. Dafür war ich viel zu unbedarft in medizinischen Dingen. Im Prinzip hätte nur ein Arzt diesen Verdacht erhärten oder aus der Welt schaffen können, wofür allerdings eine intensive Untersuchung erforderlich war. Und auf diesen Termin müsste ich warten, mindestens bis Montag, wenn nicht sogar länger.

Ich schwankte zwischen dem Gefühl, auf der richtigen Spur zu sein, und meiner Ratio, die mich verspottete, jetzt würde meine Fantasie mit mir durchgehen.

Trotzdem, diesen Gedankengang einmal durchzuspielen, war mit Sicherheit sinnvoll.

Wer käme überhaupt in Frage? Frau Krause, ihr hatte ich meinen Wohnungsschlüssel anvertraut, damit sie mir nach meiner Einlieferung ins Krankenhaus Wäsche und andere Utensilien vorbeibringen konnte. Zudem erledigte sie den anfallenden Großeinkauf für mich, sodass mir für die erste Zeit zu Hause genügend Nahrungsmittel zur Verfügung standen. Aber von denen hatte Liam auch gegessen und … Liam! Wenn er mich besuchte, hatte er jederzeit Zugriff auf sämtliche Schlüssel.

Was weißt du wirklich über ihn? Diese Frage stellte sich mir automatisch. Wir waren seit ungefähr vier Monaten zusammen. Kennengelernt hatte ich ihn ausgerechnet am Todestag meines Vaters. Auf dem Weg zu unserem Treffen touchierte Liam mein Auto. Im Endeffekt war er derjenige, der mir das nötige Alibi gab.

Zwei Tage später rief er mich an und lud mich als Wiedergutmachung wegen des Schrecks für das nächste Wochenende zum Essen ein. Zuerst wollte ich ablehnen, ich trauerte, das würde jeder verstehen. Zu meiner eigenen Überraschung drang das Ja schneller über meine Lippen, als ich den Satz für die Ablehnung formuliert hatte.

Wir verstanden uns auf Anhieb. Wir mochten dieselben Filme, hatten einen ähnlichen Musikgeschmack und, das Wichtigste, er war genauso gestrickt wie ich. Er liebte lange Spaziergänge und Kinobesuche, konnte sich über Stunden an einem Flohmarkt ergötzen und nach vergessenen Schätzen kramen. Er hasste Partys und bevorzugte intensive Gespräche in kleinem Kreis.

Im Gegensatz zu mir lebte er noch bei seiner Mutter, einfach weil es billiger war. Nach der Scheidung seiner Eltern hatte er ein schlimmes Tief durchschritten und war verspätet in sein Berufsleben gestartet. Die erste Lehre, eine Ausbildung zum Bürokaufmann, hatte er nach einigen Monaten abgebrochen, weil er merkte, dass ihm diese Arbeit nicht lag. Die zweite zog er durch und durfte sich anschließend Versicherungskaufmann nennen. Im Moment machte er Zusatzkurse, um in den Innendienst zu wechseln, was erstens wesentlich einträglicher war und zweitens eine einigermaßen geregelte Arbeitszeit versprach. Sobald er die Prüfung erfolgreich abgelegt hatte, wollte er umziehen, allerdings war noch unklar, ob direkt zu mir oder zunächst in eine eigene Wohnung.

Bis vor kurzem hätte ich gesagt: Wir versuchen es gemeinsam, auf jeden Fall. Jetzt stand ich der Sache skeptischer gegenüber, selbst ohne diesen neu aufgetauchten Verdacht. Noch war ich mir nicht sicher, was ich selbst wollte. Sollte ich mein Elternhaus verkaufen oder dort einziehen? Immerhin hatte es im Testament explizit geheißen, dass es an mich fiele und Elias anderweitig entschädigt würde. Brachte ich es wirklich über mich, mich von dem Haus zu trennen?

Auf Liam, der im Gegensatz zu mir in relativer Armut aufgewachsen war, musste dieses Erbe wie ein Sechser im Lotto wirken. Seine Einstellung zum Geld kannte ich nicht, allerdings hatte er mir mehr als einmal vorgeschwärmt, dass er – übrigens genau wie ich – das Reisen liebte und wir, sobald sein und mein Verdienst ausreichten, gemeinsam die tollsten Urlaube machen würden. Deswegen behauptete ich auch, dass Haus, mein Erbe, sei noch nicht schuldenfrei und ich hätte ganz schön zu knapsen, um über die Runden zu kommen. Ich wollte, dass er mich liebte und nicht die Tochter eines vermögenden Mannes.

Und wenn er dich und deine Familie gegoogelt hat, schoss es mir durch den Kopf. Es gab einiges im Netz über Papa zu finden, so bestimmt auch Fotos von ihm und mir. Wie oft hatte er mich als Kind zu irgendwelchen Veranstaltungen der Firma mitgenommen und immer stolz erklärt, wer ich war. Es dürfte also keine große Mühe gekostet haben, die Verbindung zu ziehen.

Was wusste ich denn wirklich über Liam? Bisher hatten wir uns ausschließlich bei mir getroffen, alle Aussagen, sein Leben betreffend, stammten aus seinen Erzählungen. Ich kannte keinen seiner Freunde, keinen aus seiner Familie. Angeblich war er ein Einzelkind, so wie ich, wenn ich seinen Angaben glauben durfte. Die Familie war seit der Scheidung extrem zerstritten, sein Vater hatte sich eine Jüngere gesucht, die Affäre lief wohl schon längere Zeit hinter dem Rücken seiner Mutter, zu diesem hatte er keinen Kontakt mehr.

Sein Freundeskreis schien ähnlich dünn wie meiner, wobei es bei ihm an den Arbeitszeiten lag. Als Versicherungsvertreter im Außendienst war er oft bis in den späten Abend unterwegs, darunter litten die Beziehungen. Außerdem hatten alle in seinem Alter eine feste Freundin, bis auf ihn – wenn ich seinen Erzählungen denn tatsächlich glauben konnte! Im Endeffekt hätte er mir das Blaue vom Himmel vorlügen können, bisher hatte ich alles als bare Münze genommen.

„Darf es noch etwas sein?"

Wieder hatte ich die Bedienung nicht kommen gehört. „Nein, die Rechnung, bitte!" Wenn man hier nicht einmal in Ruhe nachdenken konnte, war es wohl besser, ich suchte mir eine Alternative.

18

Ich hatte mich entschieden, durch die Einkaufsstraße zu schlendern. Die Temperaturen lagen heute in einem angenehmen Bereich, die Sonne schien, der böige Wind von heute Morgen hatte sich gelegt. Und wie ließ es sich besser nachdenken, als bei einem zünftigen Marsch!

Frau Krause oder Liam, auf mehr Anwärter kam ich nicht. Das Schloss meiner Wohnungstür hatte mein Vater extra vor meinem Einzug austauschen lassen. Niemand sonst besaß einen Schlüssel, nicht mal meinen Eltern hatte ich einen anvertraut. Zu groß war meine Angst, dass Papa hinter meinem Rücken darin herumschnüffeln würde – wenn auch nur aus Sorge um seine Kleine! Er hatte meinem damaligen Wunsch, mich auf eigene Füße zu stellen, mehr als skeptisch gegenübergestanden. Lieber wäre es ihm gewesen, wenn ich bis zu meiner Heirat weiter bei ihnen gewohnt hätte.

„Besser kannst du es nicht haben." Selbst meine Mutter, die sonst alles, was mich betraf, einfach hinnahm, hatte unerwartet Stellung bezogen. „Du hast keine Unkosten, Frau Krause erledigt den Haushalt und das Kochen. Und genügend Freiraum hattest du immer."

Mein Vater war etwas subtiler vorgegangen. „Mach dir eine Liste und schreib die Vorteile und die Nachteile auf. Falls du danach doch lieber hierbleiben möchtest, könnten wir uns ja eine Art Zimmerabtrennung für dich überlegen, sodass du mehrere Räume zu deiner alleinigen Verfügung hast."

Beide verstanden anscheinend nicht, worum es mir wirklich ging. Mir fehlte die Selbstständigkeit, meine eigenen Entscheidungen zu treffen, ganz für mich allein. Zu Hause hatte ich stets das Gefühl, mich rechtfertigen zu müssen beziehungsweise mein Vater pflegte jede meiner getroffenen Entscheidungen auszudiskutieren. Es war wichtig, dass ich lernte, meine eigenen Fehler zu machen und selbst wieder in Ordnung zu bringen und nicht ständig von ihm dabei unterstützt zu werden.

Bleib beim Thema, Jola, ermahnte ich mich. Mittlerweile hatte ich sämtliche Geschäfte abgeschritten, ohne wirklich weitergekommen zu sein. Was willst du, was kannst du tun?

Ein Privatdetektiv, wurde mir klar. Allein kam ich dem Attentäter nicht auf die Spur. Aber wo sollte ich an einem Freitagmittag jemanden finden, der bereit war, mich nicht nur sofort zu empfangen, sondern auch umgehend mit der Arbeit zu beginnen?

Ein weiterer Grund hielt mich zurück. Ich war im Moment finanziell äußerst klamm. In ein, zwei Monaten sähe die Lage besser aus, mein Erbe nicht mal mit eingerechnet. Doch so lange konnte ich nicht warten. Nein, die Sache war dringend. Wer wusste schon, wie sich das Ganze in nächster Zeit entwickelte.

Ich hielt beim nächsten Sparkassenschalter und stellte erfreut fest, dass das Geld von meinem letzten Auftrag schon eingegangen war. So konnte ich am Automaten gleich neunhundert Euro abheben und behielt noch eine kleine Reserve übrig. Je nachdem, was die Detektei als Vorauszahlung verlangte, musste ich eben die Lebensmittel strecken, die Frau Krause mir mitgebracht hatte.

Dafür legte ich den Weg nach Hause zu Fuß zurück. Gerade als ich die Haustür aufschließen wollte, wurde diese von innen geöffnet, natürlich von Frau Wimmer, deren Hund sich gleich auf mich stürzte.

„Aber Mäxchen!" Sie zog ihn an der Leine zurück, was ihn dazu veranlasste, laut zu bellen. „Wie geht es Ihnen? Waren Sie beim Arzt?", versuchte sie sich über sein Getöse Gehör zu verschaffen.

„Ich habe mir wohl eine Erkältung eingefangen und der Kreislauf spielt verrückt." Das war das Erste, was mir in den Sinn kam.

Prompt wich sie einige Schritte zurück. „Uh, das können wir uns momentan gar nicht leisten, dass ich mich anstecke. Mein Mann ist noch zu geschwächt von der letzten Chemo."

Genial! Damit hatte ich erst mal meine Ruhe vor ihr!

„Ich werfe Ihnen den Kellerschlüssel in den Briefkasten, wenn das für Sie okay ist", fuhr sie fort und zog den Hund ganz dicht zu sich heran, damit ich nur ja nicht mit ihm in Berührung kam.

Tolle Idee von mir! Die gleiche Ausrede würde ich für Liam benutzen. Ich konnte es nicht ertragen, ihn dieses Wochenende um mich zu haben, solange dieser Verdacht im Raum stand. Am besten schrieb ich ihm eine WhatsApp.

Ich setzte den Vorsatz gleich in die Tat um: *Habe mir eine Erkältung oder sogar eine Grippe eingefangen. Muss die nächsten Tage streng liegen. Besser, du bleibst bei dir, damit du dich nicht ansteckst. Vermisse dich jetzt schon!* Ich legte das Handy neben mich an den Computer. Sollte er anrufen, würde ich total verschlafen tun und das Gespräch auf ein Minimum begrenzen.

Im Internet fand ich mehr Adressen, als ich erwartet hatte. Eine zog mich gleich an. Die Detektei lag in der Nähe meines Elternhauses und ich konnte mich dunkel daran erinnern, den Namen bereits gehört zu haben. War das nicht der Typ, der einen Loverboy-Ring hatte auffliegen lassen?

Ich öffnete eine weitere Seite und wurde schnell fündig. Ja, er hatte mit der Polizei zusammengearbeitet, aber den größten Teil der Vorarbeit geleistet. Das war der richtige Mann für mich. Ich griff zum Telefon und wählte die angegebene Nummer. Eine Frauenstimme teilte mir mit, dass zurzeit leider niemand da sei, um meinen Anruf entgegenzunehmen. Ich solle auf Band sprechen, sie würden dann umgehend zurückrufen.

Ich lege auf, ohne der Aufforderung nachzukommen. Es war Freitagmittag, vor Montag würde sich bestimmt niemand bei mir melden. Das war mir zu spät.

Wieder suchte ich im Internet. Da gab es eine Detektei in meiner Nähe, eine größere, wie mir schien, denn sie boten ein ganzes Spektrum an Hilfen an. Und sie konnten auf mehrere Mitarbeiter zurückgreifen. Vielleicht hatten sie die Kapazität, mich kurzfristig einschieben.

Ich bemühte mich, der Dame am Telefon mein Problem in knappen Sätzen darzulegen und gleichzeitig auf die Dringlichkeit hinzuweisen. Glück gehabt, ich erhielt einen Termin am späten Nachmittag. Und das Beste war, dass die Empfangsdame mir erklärte, ich müsse keine Anzahlung leisten. Diese Auskunft hob meine Stimmung gleich noch einmal. Ich nutzte diesen Energieschub, um meine Lebensmittel zu kontrollieren. Wo könnte man irgendeine Substanz einbringen, ohne dass ich es bemerkte?

Außer dem Brot und den Wasserflaschen sah ich eigentlich keine Möglichkeit. Die Tiefkühlgerichte, die Frau Krause besorgt hatte, waren original verpackt, die Dosen fest verschlossen, genauso wie die von einer

Plastikhülle umgebenen Wurstwaren und der Käse. Ich jedenfalls konnte nirgendwo eine Einstichstelle oder ein verdächtiges Pulver entdecken.

Die Brot- und Toastscheiben dagegen ließen sich schnell öffnen und so verschließen, dass ich nichts bemerken würde. Und die Wasserflaschen? Ich prüfte jede einzelne, indem ich sie ans Licht hielt, fand jedoch nichts. Trotzdem wollte ich den Detektiv bitten, die verdächtigen Objekte über-prüfen zu lassen. Vielleicht hatte dieser noch weitere Ideen, wie mir die Substanz, die diese seltsamen Attacken verursachte, zugeführt wurde.

Die Dose mit dem Kakaopulver hatte ich leider schon entsorgt. Mich drau-ßen hinzustellen und den Müll zu durchwühlen, wo ich gerade Frau Wim-mer erklärt hatte, wie krank ich war, kam nicht infrage. Hoffentlich schaffte ich es, mich aus dem Haus zu schleichen, ohne von ihr gesehen zu werden.

19

Beinahe hätte mein Plan nicht funktioniert. Gerade als ich die Türklinke hinunterdrücken wollte, hörte ich die Stimme meiner Nachbarin. Anscheinend unterhielt sie sich mit einem der anderen Bewohner irgendwo im Hausflur. Mir blieb nichts anderes übrig, als den Weg durch den Garten zu nehmen. Das beinhaltete zwar, dass ich die Terrassentür auflassen musste, aber ich würde ein kleines Stück Papier in den Rahmen klemmen, um zu erkennen, ob sich jemand in meiner Abwesenheit Einlass verschafft hatte. Eigentlich ein Unding, nur wusste ich mir nicht anders zu helfen. Von ihr gesehen werden wollte ich auf keinen Fall. Außerdem schloss die Tür fest, niemand würde von weitem erkennen können, dass sie nicht verriegelt war. Ich erreichte ungesehen den kleinen Zaun am hinteren Ende und schwang mich hinüber. Dann musste ich allerdings in einen leichten Trab verfallen, um pünktlich anzukommen. Die Aktion mit dem Papier hatte mich mehr Zeit gekostet als gedacht. So einfach, wie ich es mir vorgestellt hatte, funktionierte es natürlich nicht. Immer wieder flatterte das winzige Stückchen weg, bevor ich die Tür schließen konnte. Es kostete mich nicht nur Zeit, sondern auch jede Menge Nerven, bis es endlich funktionierte.

Außer Atem und fast am Ende meiner Kräfte erreichte ich zwei Minuten vor dem Termin das Gebäude. Kein Aufzug unten! Ohne mich lange aufzuhalten, rannte ich zum Treppenhaus und die Stufen empor. Die Detektei lag in der zweiten Etage, wie ich auf dem Schild am Eingang hatte sehen können. Ich hetzte durch den langen Gang, an dessen Ende sich eine Glastür mit dem erwarteten Namen befand. Sie war abgeschlossen, daher klingelte ich und sah gleichzeitig auf meine Uhr. Eine Minute zu spät, das dürfte ja wohl kein Hindernis sein.

Schon erklangen Schritte und eine junge Frau, etwa in meinem Alter, blickte fragend durch den Türspalt.

„Büscher, ich habe einen Termin", keuchte ich kaum verständlich. Meine Güte, war ich daneben! Immerhin setzte dieser blöde Schwindel nicht ein

– was mich immer sicherer machte, dass mein Verdacht berechtigt sein musste. Wäre ich krank, hätte ich spätestens auf halber Strecke aufgegeben. Die Frau hieß mich eintreten und führte mich an einer Reihe von Türen entlang zu einem der hinteren Büroräume. Ganz schön groß, dieses Unternehmen! Hier waren mehr Mitarbeiter beschäftigt, als ich erwartet hatte. Und es schien gut zu laufen. Die Detektei war mehr als gediegen eingerichtet, eher schon, als gehöre die Klientel zu den oberen Zehntausend. Hoffentlich konnte ich mir deren Preise überhaupt leisten!

Die Frau blieb vor einer halb offenen Tür stehen und steckte den Kopf hinein. „Frau Büscher ist da.“

Das Gemurmel von innen konnte ich nicht verstehen, aber sie bat mich, an ihr vorbeizugehen. Ich trat in ein eher kleines Büro, dessen Einrichtung sich auf einen Schreibtisch mit zwei Besucherstühlen davor und zwei Aktenschränken an der Wand beschränkte. Mehr hätte allerdings auch nicht hineingepasst. Es blieb schon jetzt kaum Raum, sich vernünftig zu bewegen.

Der Mann hinter dem Schreibtisch musterte mich aufmerksam und wies auf die Stühle. „Setzen Sie sich bitte, Frau Büscher.“

Während ich seiner Aufforderung nachkam, bemühte ich mich, mir ebenfalls einen ersten Eindruck von ihm zu verschaffen. Er war mittelalt, hatte kurz geschnittenes schwarzes Haar und ein Dutzendgesicht, insgesamt kein Typ, der einem auf der Straße auffiel. Wahrscheinlich war das für seinen Job eher förderlich, besonders wenn es um irgendeine Beschattung ging.

Weiter kam ich nicht in meiner Betrachtung, denn er nickte mir aufmunternd zu und sagte: „Erzählen Sie bitte, was Sie zu mir führt.“

Also begann ich zu berichten, streifte den Tod meiner Eltern nur kurz, machte allerdings deutlich, dass mich ein beträchtliches Erbe erwartete. Die Attacken beschrieb ich ausführlich und vergaß auch nicht zu erwähnen, dass ich kurz zuvor wegen einer schweren Gehirnerschütterung im Krankenhaus behandelt worden war. Fast eine halbe Stunde benötigte ich für die Auflistung.

Er unterbrach mich nicht einmal, machte sich jedoch eifrig Notizen.

„Was halten Sie davon?“, fragte ich zum Schluss. „Kann es sein, dass mich jemand vergiften will?“

„Sie treten in Kürze ein stattliches Erbe an", gab er zurück. „Und Sie haben vor kurzem bereits geerbt."

„Meinen Sie, es geht ums Geld?"

Er bedachte mich mit einem schmalen Lächeln. „Darum geht es meistens." Aber wie sollten Frau Krause oder Liam … „Das kann nicht sein", platzte ich heraus. „Die Personen, die ich verdächtige, hätten durch meinen Tod nichts zu gewinnen."

Er runzelte die Stirn und schien leicht irritiert.

„Nein", beharrte ich. „Die einzigen Verdächtigen, die die Möglichkeit hätten, mich zu vergiften, erben nichts, wenn ich sterbe."

„Wenn jemand Ihren Tod wollte, hätte man Sie direkt beim ersten Mal ermordet", belehrte er mich. „Es muss einen anderen Grund geben, einen nicht ganz so offensichtlichen, warum man Ihnen derart mitspielt."

Darauf fiel mir keine Antwort ein. Ich starrte ihn stumm an, in der Erwartung, von ihm einen entsprechenden Vorschlag zu bekommen.

„Rache wäre ein weiteres Motiv. Sind Sie jemandem auf die Füße getreten?"

„Keine Ahnung." Noch wusste Elias nichts von dem, was in dem Testament stand. Sonst wäre er meine erste Wahl.

„Das Sinnvollste wäre, Ihre Wohnung mit Kameras zu überwachen. Damit hätten wir den Täter wohl relativ schnell", beendete der Detektiv meine Grübelei.

Wie hieß er noch mal? Ich hatte eben nicht richtig darauf geachtet, als er sich vorstellte, ich war viel zu sehr mit seiner Musterung beschäftigt.

„Würde sich diese Überwachung auf die gesamte Wohnung beziehen?"

„So ziemlich. Das Schlafzimmer können wir, denke ich, auslassen. Im Bad dagegen wäre es dagegen zwingend erforderlich. Zahnpasta, Deo, Flüssigseife, Duschgel, man kann gewisse Substanzen gut über die Haut zuführen."

Damit hätte ich überhaupt keine Privatsphäre mehr. „Und wenn Sie nur die verdächtigen Dinge prüfen?"

„Haben wir keine Spur zum Täter. Er könnte sein Spiel jederzeit fortsetzen." Er beugte sich vor. „Gehen Sie …"

Das Summen meines Handys kündigte eine Nachricht an. Die war bestimmt von Liam, der sich bis jetzt nicht gemeldet hatte. Ich stoppte mein

Gegenüber mit hoch erhobener Hand, holte es hervor und las, was er geschrieben hatte. „Da tut sich gleich das nächste Problem auf", sagte ich an ihn gewandt. „Mein Freund will mich trotz angeblicher Krankheit besuchen und das Wochenende bei mir bleiben."

Er grinste. „Für derartige Fälle sind wir gerüstet. Wir quartieren Sie aus. Sie erzählen Ihren Freunden und Bekannten, dass sich eine entfernte Freundin bei Ihnen gemeldet und spontan angeboten hat, sich bei ihr zu Hause um Sie zu kümmern. Damit ist Ihre Wohnung frei, der Täter wird die Chance sicherlich nutzen. Das heißt, wir müssten ihn schon in wenigen Tagen identifiziert haben."

Ich war ein bisschen erschlagen von dem, was da auf mich zukommen würde. Nachdem ich kurz nachgedacht hatte, stimmte ich jedoch zu. Er hatte recht, am besten wir machten es dem Täter so einfach wie möglich.

„Gut." Er erhob sich. „Ich begleite Sie und spiele den Mann der Freundin, der Ihnen hilft, ein paar Sachen zu packen. Stattdessen bringe ich die Kameras an. Informieren Sie bitte eben noch Ihren Freund, damit er nicht plötzlich auf der Matte steht."

Herr Klein ließ mich kurz vor meinem Garten aussteigen, fuhr um die Ecke und wartete einen Moment, damit ich genügend Zeit hatte, durch die Terrassentür zu schlüpfen. Das Papierchen, das ich eingeklemmt hatte, befand sich noch an Ort und Stelle, ich konnte beruhigt eintreten.

Kaum hatte ich das Wohnzimmer durchquert, klingelte es. Ich begrüßte ihn und bat ihn herein. „Was soll ich einpacken?"

„Kleidung für drei, vier Tage und alles, was Sie benötigen, um einige Zeit drinnen zu verbringen." Er nahm seinen Rucksack ab und machte sich an die Arbeit, wobei er sich zuallererst davon überzeugte, dass ihm der Täter nicht zuvorgekommen war und bereits eine Kamera oder eine Abhöranlage angebracht hatte.

Bei seinen Worten war mir eiskalt vor Schreck geworden. Daran hatte ich überhaupt keinen Gedanken verschwendet. Vielleicht wurde ich schon seit Wochen ausspioniert!

Nein, dem war nicht so, wie mir der Detektiv kurz darauf erklärte. Ich atmete erleichtert auf. Wenn ich mir vorstellte, jemand hätte all meine Gespräche mit angehört oder mich sogar hier in meinen eigenen vier Wänden beobachtet, bei meinem ganz normalen Leben! Eine grauenhafte Vorstellung für mich.

Mit dem Packen war ich schnell fertig: Eine Jeans zum Wechseln, Unterwäsche, ein paar T-Shirts und eine Strickjacke, falls es kühler wurde, meine Skizzen zu dem Manga und jede Menge leere Blätter. Zusätzlich steckte ich zwei Bücher ein, die schon länger auf meine Leselust warteten. Ah, mein Handy-Ladegerät! Das hätte ich beinahe vergessen. „Wie steht es mit Lebensmitteln?", fragte ich ihn.

Herr Klein, der gerade eine Minikamera in der Gardine des Badezimmerfensters verbarg, schüttelte energisch den Kopf. „Nichts mitnehmen!"

„Also muss ich mich mit den notwendigen Körperhygieneartikeln auch neu eindecken?"

Er stieg vom Toilettensitz und griff nach seiner Tasche. „In der Nähe Ihrer neuen Unterkunft befindet sich ein Supermarkt. Wir gehen zusammen einkaufen."

Während er die letzte Kamera im Wohnzimmer anbrachte, informierte ich Frau Wimmer über meine Abwesenheit. „Ich bin die nächsten Tage weg. Ein Bekannter von mir nimmt mich mit, damit ich mich in Ruhe erholen kann."

„Das ist vernünftig von Ihnen", lobte sie mich. „Gute Besserung. Werden Sie schnell wieder gesund!"

Das war einfach gewesen. Doch was sollte ich denen erzählen, die garantiert genauer nachfragten? Bisher hatte ich nur Liam eine kurze WhatsApp geschickt, ich käme kurzfristig in Pflege, ohne nähere Erklärung. Auf wen konnte ich mich berufen, der sich so selbstlos um mich kümmerte? Mir fiel niemand ein.

20

Ich kaufte die nötigsten Dinge für eine Woche, obwohl Herr Klein meinte, das wäre viel zu viel. Mein Motto war: Lieber vorausschauend handeln! Ich würde meinem Unterschlupf nicht verlassen, bevor der Täter gefunden war.

Die Wohnung entpuppte sich als kleines Appartement, ein Wohnraum mit Kochnische und Schrankbett und ein winziges Bad. Immerhin gab es einen Fernseher, eine Kaffeemaschine und einen Backofen, die drei Dinge, auf die ich ungern verzichtet hätte. Mit allem anderen konnte ich gut fertig werden.

Nachdem der Detektiv sich verabschiedet hatte, setzte ich mich an den Tisch und fertigte eine Liste von den Personen an, die ich informieren musste. Frau Krause, Mirella und Liam, mehr Leute gab es nicht. Andreas und Herrn Schraft vielleicht noch? Aber die kamen garantiert nicht infrage. Denk nach, Jola, ermahnte ich mich. Schließlich ging es darum, den Täter zu entlarven. Wer könnte noch ein Interesse daran haben, dir zu schaden? Trotz langem Grübeln fiel mir niemand mehr ein. Also überlegte ich mir einen Text, den ich an die Personen auf meiner Liste weitergeben würde. Am besten, ich tat so, als hätte der Arzt mir eine Unterkunft besorgt, eine bessere Erklärung fand ich leider nicht. Frau Krause zumindest wusste ganz genau, dass ich keine Freunde aus der Schul- oder Ausbildungszeit hatte beziehungsweise nie welche besaß, auf die ich in so einem Notfall zurückgreifen konnte. Ja, Mirella war tatsächlich meine einzige Freundin, wahrscheinlich fiel es mir deshalb so schwer, mich von ihr zu trennen, obwohl die Chemie zwischen uns eindeutig nicht stimmte. Irgendwie war ich wohl der Typ, der lieber lockere Bindungen einging und diese normalerweise zügig beendete, wenn es nicht mehr passte.

„Der Arzt hat angerufen, die Blutwerte, die er zwischenzeitlich in der Praxis durchführte, waren derart schlecht, dass er mich regelrecht dazu zwang zu entscheiden", erklärte ich Liam. „Entweder private Pflege bei einer

Bekannten von ihm oder ins Krankenhaus." Ich stieß ein Geräusch aus, das er bestimmt als Unmut identifizieren konnte. „Ich glaube, ich habe es richtig gemacht. Ich habe ein eigenes Zimmer und meine Ruhe. Das einzig Blöde ist, ich darf keine Besucher empfangen, bleibe also weitgehend isoliert. Dabei hatte ich mich so auf dich gefreut", hängte ich schnell noch an. „Und wie lange soll das dauern?" Er klang eindeutig nicht begeistert.

„Keine Ahnung", behauptete ich. Mir wurde jetzt schon schlecht, wenn ich daran dachte, wie ich ihm später beichten sollte, dass ich auch ihm die Wahrheit verschweigen musste. Ob er dann überhaupt noch die Beziehung weiterführen wollte? „Erst einmal für drei Tage. Mein Hausarzt kommt jeden Tag und guckt nach mir. Halte mir lieber die Daumen, dass ich nicht doch noch stationär muss!" Mein Gewissen drückte mich nach diesen Worten so sehr, dass ich abbrach und nach Luft schnappte.

Als er das Geräusch hörte, wurde er zugänglicher. „Können wir denn wenigstens telefonieren?"

„Ja, nur jetzt muss ich unbedingt Herrn Schraft, meine Nachbarin und Mirella anrufen. Damit die auch Bescheid wissen. Lass uns morgen reden, ich bin nach der Aufregung und dem Umzug tierisch erschöpft."

Bei den anderen von der Liste – ich hatte mich dazu entschieden, auch Andreas zu informieren - hielt ich die Gespräche ähnlich kurz. Es ging ja nur darum, dass sich diese Nachricht verbreitete, sodass mein Peiniger davon erfuhr, und nicht darum, mir ein riesiges Lügengebilde einfallen zu lassen.

Jeder Einzelne verstand, dass ich viel zu krank war, um mich großartig zu erklären. Nur Frau Krause war eindeutig beleidigt, dass ich mich nicht an sie gewandt hatte und mich von ihr pflegen ließ. Wo sie doch durch meine Mutter einschlägige Erfahrung hatte! Trotzdem wünschte sie mir wie alle anderen „gute Besserung" und bat genau wie diese, dass ich gleich Bescheid geben solle, wenn ich das Schlimmste überstanden hatte.

Zufrieden lehnte ich mich auf dem Stuhl zurück. Statt müde fühlte ich mich voller Energie. Als Erstes kochte ich aus den mitgebrachten Einkäufen eine Mahlzeit, wieder eine Suppe, die ich auf dem Herd erwärmte, eine Mikrowelle gab es leider nicht. Dazu aß ich zwei belegte Brötchen und fühlte mich anschließend rundum zufrieden. Ich griff nach meinen

Zeichenblättern und legte los. Tatsächlich vergaß ich für mehrere Stunden meine Situation und die Gefahr, die über mir schwebte, völlig.

Erst als mir vor Müdigkeit fast die Augen zufielen, legte ich den Stift beiseite und betrachtete zufrieden mein Werk. Vielleicht war die Isolation gar nicht so schlecht wie anfangs gedacht. Ich konnte mich nun voll und ganz auf meine Arbeit konzentrieren.

Und wenn es Elias war? Ich saß am nächsten Morgen beim Frühstück und grübelte wieder einmal über den möglichen Täter nach. Dann war alles, was wir unternommen hatten, umsonst. Wie sollte er von meiner Abwesenheit erfahren?

Aber wie hätte er an meine Schlüssel kommen können? Das galt leider ebenso für alle anderen – außer Frau Krause und Liam.

Du ziehst die Sache völlig falsch auf, tadelte ich mich. Überleg lieber mal, wer ein Motiv hätte, dir was anzutun. Herr Klein dachte an Geld oder Rache. Tja, von meinem Tod profitieren würde einzig Elias, da sich dadurch sein Erbe vervielfachte. Und Rache? Mit keinem meiner Bekannten oder Verwandten hatte ich großartige Probleme, eigentlich auch nie gehabt. Nein, es blieb mir ein Rätsel, wer es auf mich abgesehen haben könnte.

Blöd, dass es hier keinen Internetanschluss gab! Das eingeschränkte Datenvolumen meines Handys reichte leider nicht für eine intensive Recherche. Sonst hätte ich mir Elias noch einmal vorgenommen. Und Liam, flüsterte ein leises Stimmchen in meinem Kopf. Bisher hast du seine Aussagen für bare Münze genommen, was, wenn alles ganz anders ist?

Ich sprang auf und begann meine Frühstücksutensilien wegzuräumen und Wasser in die Spüle laufen zu lassen. Dieses Grübeln brachte mich nicht weiter, ich kam nur auf falsche Gedanken.

Ich hatte meine Kleidung in der Reisetasche gelassen und die notwendigsten Dinge ins Bad gestellt. Das werde ich beibehalten, beschloss ich. Vielleicht war ich ja schneller zurück als gedacht. Auf meiner Webseite hatte ich eine Nachricht hinterlassen, dass ich eine Woche abwesend sei, neue Aufträge waren bis dato nicht eingegangen, es fühlte sich tatsächlich fast ein bisschen wie Ferien an, dass ich mich einfach ohne anderweitige Verpflichtungen meinem Hobby widmen konnte. Daher setzte ich mich gleich erneut an den Tisch und zog meine Blätter heran.

Irgendwie kam ich jedoch nicht in Fluss. Besser, ich kontrollierte erst mal das, was ich bisher zustande gebracht hatte, und las dazu die begleitenden Texte. Irgendwo waren garantiert noch Unstimmigkeiten oder falsch gestaltete Übergänge. Außerdem war es sinnvoll, mir jede Einzelheit wieder ins Gedächtnis zu rufen. Durch meine Tätigkeit als Web-Designerin hatten sich längere Phasen ergeben, in denen ich nicht daran gearbeitet hatte. Da vergaß man schon mal, was alles auf dem Papier passiert war.

Ich kontrollierte die Blätter, ob sie in der richtigen Reihenfolge lagen, und begann zu lesen. Bald hatte mich meine eigene Geschichte in den Bann gezogen.

Urplötzlich erstarrte ich und starrte ungläubig auf die Gesichter, die mich, zu hässlichen Fratzen verzerrt, anglotzten. Meine süßen Figuren hatten scheinbar ein Eigenleben entwickelt, waren nicht mehr lieb, nett und hilfsbereit, sondern begannen sich zu bekämpfen und überall Leid und Verwüstung zu hinterlassen.

Ich blätterte weiter. Fünf, sechs Seiten lang ging das Gemetzel, gezeichnet mit harten, zornigen Strichen, doch eindeutig in meinem Stil. Wann hatte ich diese bösartigen Kreaturen erschaffen und warum konnte ich mich nicht daran erinnern?

Der Rest entsprach dem, was ich zuvor fabriziert hatte – als hätte es diese abartigen Szenen nie gegeben. Immer noch entsetzt und sprachlos versuchte ich herauszufinden, wann die Bilder entstanden waren. Konnte es sein, dass ich sie im Wahn, während ich mich unter der Wirkung irgendwelcher Drogen befand, hingekritzelt hatte? Oder war ich vielleicht doch krank? Hatte die Gehirnerschütterung weitreichende Spuren hinterlassen? War ich auf dem besten Wege durchzudrehen?

Es hielt mich nichts mehr auf meinem Stuhl. Ich begann in dem kleinen Appartement hin und her zu laufen, wurde dabei immer hektischer. Mama hatte starke Depressionen, vermutlich ausgelöst durch ein Trauma, wie Papa mir erklärte. Ein Trauma hatte ich definitiv auch erlitten, als ich seine Leiche fand. Wie ich auf Mamas am Strick baumelnde Leiche reagierte, lag weiterhin im Dunkeln. Ziemlich entsetzt wohl, sonst wäre ich nicht zurückgetaumelt und rückwärts die Treppe hinuntergefallen.

Den zweiten Toten in drei Monaten aufzufinden, war mit Sicherheit eine schwere Prüfung für meine geistige Gesundheit. Hätte ich nicht doch besser das Angebot des Krankenhauses annehmen sollen, mich psychothe-rapeutisch behandeln zu lassen?

Ich hielt inne, sank zu Boden und begann bitterlich zu weinen. War ich selbst der Auslöser all dieser seltsamen Ereignisse?

21

Es dauerte lange, bis ich mich wieder beruhigte. Unternehmen konnte ich jetzt sowieso nichts, weil ich ja nicht raus durfte. Das Einzige, was mir blieb, war, dass ich mich genau beobachtete und vor allem darauf achtete, ob und wann neue Attacken auftraten. Sollte das passieren, wäre eindeutig geklärt, es lag an mir. Dann gab es keinen Täter, der mir Übles wollte, sondern ich war auf dem besten Wege verrückt zu werden.

Schließlich raffte ich mich auf und setzte mich an den Tisch und an die Arbeit. Zurück zur Normalität!

Es wurde eine zähe Angelegenheit. Ich versuchte meine Konzentration zu erzwingen und scheiterte kläglich. Alles, was mir einfiel, waren wirre Konstrukte, die mir niemand abnehmen würde und die so gar nicht zu der bisherigen Geschichte passten.

Ich gab auf und schaltete den Fernseher ein. Bis zum Abend lag ich auf der Couch und ließ mich berieseln, nur unterbrochen von einer weiteren Mahlzeit und dem Anruf von Herrn Klein, dass es nichts Neues zu berichten gebe.

Liam spürte sofort, dass ich mies drauf war. „Geht es dir schlechter?"

„Eher besser", schwindelte ich. „Ich bin nur schon nach diesem einen Tag tierisch genervt, dass ich nicht raus kann. Wie soll ich bloß eine ganze Woche überstehen?"

„Eine Woche? Ich dachte, es wären drei Tage."

Ups, nicht aufgepasst! „Der Hausarzt ist der Meinung, wenn schon, denn schon." Die Lüge floss mir so glatt über die Lippen, dass ich selbst erstaunt war. „Er sagt, ich hätte mich nach dem Krankenhaus mehr schonen müssen, dann wäre es gar nicht so weit gekommen."

„Ach, Jola. Ich wünschte, ich könnte dich sehen."

Seine Worte klangen durch und durch ehrlich. Meine Gewissensbisse, dass ich ihn derart belog, wuchsen ins Unermessliche. Andererseits, wenn ich wirklich auf dem besten Wege war, verrückt zu werden, konnte ich zumindest keine Gefahr für ihn darstellen, wenn er nicht in meine Nähe kam. „Sag mal, was ich dich bisher ganz vergessen habe zu fragen: Hat Mirella dir bei eurem Telefonat einen festen Termin genannt, an dem sie mich besuchen wollte?"

Er war von diesem abrupten Themenwechsel verwirrt und es dauerte eine Weile, bis er begriff, was ich wissen wollte. „Davon habe ich dir doch gleich am nächsten Morgen erzählt, noch während wir aneinander gekuschelt im Bett lagen."

Ich war mir hundertprozentig sicher, dass dem nicht so war. Hätte ich mich nicht sonst spätestens bei Mirellas Beschwerde daran erinnern müssen? Mein Misstrauen stieg wieder sprunghaft an. Ich beendete das Gespräch ziemlich abrupt, indem ich behauptete, die Pflegerin sei gerade hereingekommen.

Am nächsten Tag hatte ich mich so weit beruhigt, dass ich mir den Manga erneut vornahm. Ich zerknüllte die Bilder mit den hässlichen Fratzen, fand einen passablen Übergang zu dem Rest und arbeitete die Geschichte weiter aus.

Die Arbeit wurde zu meiner einzigen Beschäftigung. Ich hatte beschlossen, alle anderen Gedanken aus meinem Kopf zu verbannen. Sie brachten mich nicht wirklich weiter, sondern machten mich so down, dass ich zu nichts mehr fähig war. So jedoch schaffte ich es, das Grundgerüst am letzten Tag meiner selbst gewählten Verbannung fertigzustellen.

Die nächsten Schritte ließen sich nun erst von zu Hause durchführen, daher war ich irgendwie schon froh, dass ich in meine Wohnung zurückkehren konnte. Nur das Ergebnis war niederschmetternd: Niemand hatte in meiner Abwesenheit versucht, die Wohnung zu betreten. Und noch schlimmer: Auch in den von mir verdächtigten Lebensmitteln fanden sich keinerlei Rückstände irgendwelcher Drogen.

Als sich auch am dritten Tag nichts getan hatte, bat ich nämlich Herrn Klein darum, wenigstens einige Lebensmittel untersuchen zu lassen. Zu dem Zeitpunkt völlig unsicher hatte ich gehofft, so entsprechende Beweise zu finden. Leider hatte sich diese Hoffnung nicht erfüllt, selbst der Detektiv schien zunehmend irritiert.

Oder machte ich mir etwas vor und er hatte schon längst den einzig passenden Schluss gezogen: Die ist verrückt! Ich wagte nicht, ihn darauf anzusprechen, als er mich abholte, sondern fragte nach der Rechnung. Wider besseres Wissen hatte ich darauf bestanden, dass er die Kameras alle abbaute. Ich konnte mich einer permanenten Überwachung einfach nicht aussetzen. Zu wissen, dass jede meiner Bewegungen, jeder Spruch von mir aufgezeichnet wurde, nein, das hielt ich nicht aus. Immerhin hatte ich mich überreden lassen, mir ein neues, wesentlich sichereres Schloss einbauen zu lassen, falls doch jemand irgendwie an einen Schlüssel von mir gekommen war.

„Die geht Ihnen so Mitte der Woche zu", erwiderte er auf meine Frage. „Sollten sich neue Hinweise ergeben, können Sie jederzeit auf mich zurückgreifen."

Tja, für mich war es im Moment schon ein Problem, die bestimmt horrend ausfallende Rechnung zu bezahlen. Wo sollte ich das Geld hernehmen? Kaum in meiner Wohnung angekommen versank ich in Trübsal. So sehr hatte ich darauf gehofft, dass der Spuk damit vorbei wäre. Stattdessen hatte ich nichts, gar nichts erreicht.

Vielleicht solltest du als Nächstes einen Arztbesuch in Erwägung ziehen, dachte ich mutlos. Eine andere Option gibt es wohl nicht. Du bist anscheinend wirklich dabei, langsam durchzudrehen.

Nein, widersprach ich mir selbst, in den Tagen deiner Verbannung ist nichts passiert. Müsste nicht in so einer Situation: Die neue Umgebung, der Druck, endlich eine Antwort zu bekommen, die täglichen Anrufe des Detektivs ohne Ergebnis und nicht zu vergessen die vielen Telefonate mit Liam und den anderen, die ziemlich an meinen Nerven zerrten, erst recht eine Häufung meiner „Anfälle" auftreten? Ließ dieser Umstand nicht eher darauf schließen, dass jemand mir hier in der Wohnung irgendwelche Substanzen verabreicht hatte?

Wieder kam mir Elias in den Sinn. Was, wenn die Firma seiner Familie plötzlich in finanzielle Schwierigkeiten geraten war? Würden die drei, also sein Onkel und seine Oma und er, ihr Lebenswerk einfach zugrunde gehen lassen oder alles daransetzen, es zu retten? Vielleicht hatte er meine Mutter im Auge behalten und wusste von ihrem Reichtum. Positive Gefühle ihr gegenüber hatte bestimmt keiner von ihnen. Vielleicht war ich tatsächlich ihrem Mörder begegnet und hatte damit sogar den Entschluss ausgelöst, auch mich zu töten. Elias war mein nächster Verwandter und stand damit in der Erbreihenfolge an erster Stelle.

Ja, das wäre auch eine Möglichkeit. Sie klang für mich wesentlich wahrscheinlicher, als dass ich plötzlich zu einer Irren mutierte. Ich musste ihn und seine Verwandten unbedingt überprüfen lassen, am besten gleich am Montag.

Ich wanderte von Zimmer zu Zimmer. Was hatte ich vor meiner Abreise benutzt und seitdem nicht mehr? Hatten wir vergessen, etwas Relevantes untersuchen zu lassen? Obwohl ich nichts fand, was als Ursache für meine Beschwerden infrage kam, fühlte ich mich anschließend zufriedener. Am besten, ich erstellte für jeden neuen Tag eine Liste, in der ich vermerkte, was ich zu mir nahm und welche Pflegeutensilien ich benutzte. Vielleicht lag ich ja mit beiden Theorien falsch und ich hatte eine Allergie auf irgendeinen Stoff entwickelt und das verursachte meine Beschwerden.

Als der Abend heraufdämmerte, rollte ich mich auf der Couch zusammen und ließ mich vom Fernseher berieseln. Mittlerweile war mein Hochgefühl verflogen. Angespannt wartete ich auf die nächste Attacke.

Kurz bevor ich ins Bett ging, ließ ich die Rollläden herunter und schaltete erst danach die überall brennenden Lampen aus. So hatte jeder, der vorbeikam oder mich ausspionieren wollte, erkannt, dass ich wieder daheim war. Es würde mir wohl nichts anderes übrigbleiben, als weiterhin wachsam zu sein, war mein letzter Gedanke, bevor ich die Augen schloss und sofort einschlief.

22

Nach dem Lüften und Aufräumen gönnte ich mir ein Frühstück aus den Lebensmittelresten der Verbannung. Anschließend würde ich mich an meine Arbeit setzen. Es waren zwei neue Aufträge hereingekommen, Liam hatte ich erzählt, ich würde erst am Sonntag in meine Wohnung zurückkehren, so hatte ich den heutigen Tag zu meiner alleinigen Verfügung.

Im Wohnzimmer steuerte ich gleich den Computer an, um ihn hochzufahren. Im selben Moment, in dem ich den Startknopf drückte, entdeckte ich im Sonnenlicht die Fratze auf meiner Terrassentür, in blutrot, mit herabrinnenden Fäden, als sei sie gerade erst aufgetragen worden.

Ich wich zurück, unfähig meinen Blick von diesem Horror abzuwenden, der dem Gesicht ähnelte, dass ich beim Auffinden der Leiche meiner Mutter gesehen hatte. Unvermittelt setzte ein Flashback ein. Ich erinnerte mich, wie ich nach ihr rief und schließlich die Treppe nach oben nahm. Es war vollkommen still im Haus, irgendwie ahnte ich schon, dass etwas Schreckliches passiert sein musste, denn an meinen Unterarmen richteten sich sämtliche feinen Härchen auf. Kurz zögerte ich, bevor ich die Kurve nahm und weiter hinaufstieg. Dann gab ich mir einen Ruck. „Mama?", rief ich erneut.

Als ich die oberste Stufe erreichte, erstrahlte das Deckenlicht. Fünf Schritte von mir entfernt baumelte meine Mutter an einem Balken, das Gesicht aufgedunsen und fleckig, ein so grauenvoller Anblick, dass ich in der Bewegung erstarrte. Dann erst registrierte ich, dass sie leicht hin und her pendelte. War sie gerade erst gesprungen? Konnte ich sie, wenn ich schnell handelte, vielleicht noch retten?

Sie ist eindeutig schon länger tot, sagte mir mein Verstand, während mein Herz mich vorwärtstrieb. Ich schaffte genau einen Schritt, als der Maskierte hinter meiner Mutter auftauchte. Er hob die Hand und deutete auf mich: „Du bist die Nächste", grollte er, stieß die Leiche grob zur Seite und kam auf mich zu.

Fast gelähmt vor Angst taumelte ich rückwärts, bis mein suchender Fuß keinen Halt mehr fand. Ich fiel, krachte gegen die Wand, fiel weiter – Schwärze.

Ruckartig kam ich wieder zu mir, in der Ecke hockend und mit beiden Händen vor dem Gesicht. Langsam ließ ich sie sinken, die rote Fratze starrte mich weiterhin an. Doch meine Gedanken hatten sich geklärt, das, was ich vor mir hatte, war nur eine Schmiererei „Du musst dir einen Zeugen holen!" Ich rannte aus dem Wohnzimmer zur Dielentür. Hoffentlich war Frau Wimmer zu Hause und bereit, schnell mitzukommen.

Die Türklinke in der Hand hielt ich inne. Ein Foto! Ich würde ein Foto machen! Ich griff zu meinem Handy und sauste zurück. Klick, klick, klick, ich machte lieber gleich mehrere Aufnahmen. Triumphierend blickte ich auf meinen Beweis. Erst dann kam mir die Erkenntnis: Wen sollte ich damit überzeugen? Würde derjenige nicht vermuten, ich hätte das Bild selbst auf die Scheibe gemalt?

Meine Füße gaben unter mir nach und ich rutschte an der Wand zu Boden. Meine Lage hatte sich nur insofern verbessert, dass zumindest ich nun eindeutig wusste: Ich war nicht verrückt. Aber irgendjemand war hinter mir her und versuchte mich in den Wahnsinn zu treiben.

Wie lange ich so dasaß, keine Ahnung. Plötzlich gellten schrille Schreie an mein Ohr und rissen mich aus meiner Lethargie. Frau Wimmer! Sie schien sich im Garten aufzuhalten. Ihr Tonfall deutete an, dass sich irgendetwas Schlimmes ereignet haben musste.

Brauchte sie vielleicht Hilfe? Ich rutschte auf allen vieren Richtung Terrassentür, weil ich nicht sicher war, ob meine Beine mich tragen würden. Vielleicht interpretierte ich ja viel zu viel in ihr Geschrei hinein.

Erst als ich mich direkt vor dem Glas befand, konnte ich sie verstehen. Mittlerweile war das Schreien in ein lautes Klagen übergegangen: „Mäxchen, mein Mäxchen. Oh Gott, mein Mäxchen!"

Dem Hund musste irgendetwas zugestoßen sein. Puh! Immerhin nicht ihrem Mann! Und nein, ich würde nicht rausgehen, mich in meinem Zustand um ein verletztes Tier zu kümmern, nein, das schaffte ich nicht.

Ich wechselte hinüber ins Schlafzimmer und lugte durch den unteren Spalt des Rollladens. Frau Wimmer kniete im Gras, ihre Hände waren blutbefleckt. Ein leiser Ruf von nebenan ließ sie herumfahren. Dann sah ich den

Hund, beziehungsweise das, was von Mäxchen übrig war. Irgendjemand musste wie ein Wahnsinniger auf ihn eingestochen haben. Er schwamm in einer riesigen Blutlache.

Nach Luft schnappend wich ich zurück. Wer tat denn so was? Auch wenn der Hund eine echte Nervensäge gewesen war mit seinem verdammten Gebell, ein solches Ende hatte er nicht verdient. Sollte ich nicht doch hinübergehen und versuchen sie zu trösten?

Ich hatte bereits die Gartentür geöffnet, als ich den kleinen Hügel direkt an der Terrasse entdeckte. Stirnrunzelnd ging ich darauf zu. Hatte man auch mir eine unliebsame Überraschung hinterlassen? Ich kniete nieder und tastete vorsichtig über die lockere Erde. Tatsächlich, darunter schien sich irgendetwas zu befinden, ein Gegenstand, kein Tier. Instinktiv fegte ich die obere Schicht zur Seite – und erblickte ein Messer mit rot glänzender Klinge.

Im letzten Moment gelang es mir, einen Schrei zu unterdrücken. Hastig nahm ich die Waffe an mich, fegte die Erde wieder über die kleine Vertiefung und rannte zurück in meine Wohnung. Mein Magen krampfte sich zusammen, das nasse Blut war überall an meinen Händen. Ich rannte in die Küche, warf das Messer in die Spüle und schrubbte über meine Haut, bis diese zu schmerzen begann. Dann hielt ich schwer atmend inne. Nein, ich hatte den Hund nicht getötet, ganz bestimmt nicht!

In den nächsten Stunden durchdachte ich meine Situation. Was bezweckte diese Person mit ihrem Tun? Und vor allem, welche Möglichkeiten gab es, mich dagegen zu wehren? Denn es war eindeutig klar, dass ich als die Mörderin des Hundes dastehen sollte. Bestimmt war die Fratze an der Scheibe mit Mäxchens Blut gezeichnet worden.

Ich kam zu keinem Ergebnis. Keiner, den ich kannte oder der mir nahestand, hatte irgendetwas davon, mich zu quälen. Nahestand, war eigentlich schon ein Witz. Die Beziehung mit Liam steckte in den Anfängen, wir waren noch nicht einmal zusammengezogen. Mirella konnte man bestenfalls als gute Bekannte bezeichnen, mit Frau Krause war ich nie über das Verhältnis Haushälterin – Tochter des Arbeitgebers hinausgekommen, auch mit Andreas beschränkte sich der Kontakt hauptsächlich auf die Verwaltung des Hauses, freundschaftlich miteinander verbunden waren wir nicht. Und Herr Schraft unterstützte mich väterlich in meinen rechtsanwaltlichen

Belangen. Profitieren würde keiner, weder bei meinem Ableben noch bei einer Einweisung in die Psychiatrie. Es blieb nur Elias.

Während ich mir eine tiefgefrorene Pizza im Backofen zubereitete – ich hatte anscheinend Stunden mit Nachdenken verbracht, denn es war bereits Mittag, prüfte ich diese Erkenntnis von allen Seiten. Ja, es blieb der einzige Ansatz, den ich sah. Aber traute ich ihm wirklich etwas Derartiges zu?

So, wie er bei unserem Treffen rübergekommen war, hatte er eher den Eindruck vermittelt, er sei ein Maulheld, jemand mit einem tiefsitzenden Problem und wenig Selbstvertrauen, der blöde Sprüche ablässt, um von dieser Tatsache abzulenken. Ein eiskalter Denker und Planer? Nein, das konnte ich mir beim besten Willen nicht vorstellen.

Und wenn er nun genau dieses Bild vermitteln wollte? Sowohl Herr Schraft als auch ich hatten ihn vorher nie kennengelernt. Was wusste ich denn schon, wie er wirklich tickte!

Oder er wurde von seiner Familie gesteuert. Oder die steckten hinter den Attacken, in der Erwartung, dass er sich schon von ihnen manipulieren lassen würde, wenn er mein Erbe antrat.

Oder verrannte ich mich schon wieder? Denn was hatten die im Endeffekt davon, wenn sie mich als durchgedreht darstellten? Zugriff auf mein Geld bekämen sie dadurch nicht.

Frustriert hämmerte ich auf den Tisch. Ich brauchte dringend Hilfe! Nur - an wen sollte ich mich wenden?

Der Duft aus dem Ofen erinnerte mich an die Pizza. Obwohl mir mittlerweile der Appetit vergangen war, zwang ich mich zum Essen. Ich musste bei Kräften bleiben, um dieses Chaos zu überstehen.

23

Ich würde es am Montag noch einmal bei der Detektei versuchen, die ich von Anfang an bevorzugt hatte, beschloss ich. Bei Herrn Klein hatte ich mittlerweile stark das Gefühl, dass er mich für überspannt hielt und auf dem besten Weg durchzudrehen. Ich brauchte jemand, der unvoreingenommen an die Sache ranging.

Allerdings hatte ich ein gewaltiges Problem, ich wusste ja momentan nicht mal, wie ich die anstehende Rechnung ad hoc begleichen sollte. Wie vermessen war es da, mir gleich den nächsten Profi zu suchen?

Ich schob die Pizza, von der ich kaum etwas heruntergebracht hatte, zur Seite. Sie schmeckte wie Pappe und mein Magen revoltierte bei jedem Bissen.

Nein, es half alles nichts. Ich musste kleine Brötchen backen und mich an den Einzigen um Hilfe wenden, der mir diese hoffentlich gewähren würde. Ich griff zu meinem Handy.

Andreas meldete sich sofort. „Kannst du mir ein paar Tausend Euro leihen?", fiel ich gleich mit der Tür ins Haus. „Du kriegst das Geld zurück, sobald ich über mein Erbe verfügen kann. Wenn du möchtest, können wir auch einen echten Vertrag aufsetzen", fügte ich hinzu, weil mir die entstandene Pause schier endlos erschien.

„Wofür benötigst du das Geld?"

„Das ist eine lange Geschichte", wehrte ich ab.

„Ich habe Zeit", erwiderte er.

„Es ..." Mir fiel nichts Vernünftiges ein, was ich ihm auftischen konnte. Warum hatte ich nicht im Vorfeld darüber nachgedacht? Was sollte ich vorbringen? Die Wahrheit?

„Ich habe noch nicht zu Mittag gegessen", sagte er, bevor ich einen Entschluss gefasst hatte. „Lass uns in den Löwen gehen. In einer halben Stunde, okay?"

Der benötigte Aufschub! In der Zeit gelang es mir bestimmt, mir eine plausible Story auszudenken.

Und wenn er nachhakte und irgendwelche Beweise haben wollte? Immerhin war es nicht wenig Geld, was ich da verlangte. Ach, wenn ich mich doch auf irgendwen hätte stützen können! Jemand, der mir einen guten Rat gab, wie ich am besten vorging.

Leider war ich nicht der selbstständige Typ, der sein Leben durch alle Höhen und Tiefen hindurch souverän meisterte. Bisher hatte ich mich bei ernsteren Problemen zuallererst mit meinem Vater besprochen und von seinen Ratschlägen profitiert. Er war mein Fels in der Brandung gewesen. Mit ihm brach nicht nur meine wichtigste Bezugsperson weg, er fehlte mir auch in so manch anderem Bereich.

Jammern half nichts! Entschlossen griff ich nach einer dünnen Strickjacke und machte mich auf den Weg. Kaum aus der Haustür beschloss ich zu Fuß zu gehen. Es wurde tatsächlich Frühling, die Sonne schien und ein laues Lüftchen wehte – ich konnte einen langen Seufzer nicht unterdrücken. Normalerweise war mir dies die liebste Jahreszeit. Das frische Grün der Bäume, die ersten Blumen, die milden Temperaturen, weckten meinen Tatendrang, der zuvor im Winterschlaf verharrt hatte. Mein sowieso nicht sehr stark ausgeprägter Optimismus erwachte, ich fühlte mich einfach besser, lebensfroher und tatkräftiger. Heute dagegen empfand ich nur einen schwachen Nachhall dieses Gefühls. Die ungelösten Probleme drückten mich regelrecht nieder.

Was erzähle ich Andreas? Ich war noch zu keiner Lösung gekommen, als ich vor dem Restaurant ankam und ihn schon vor der Tür auf mich warten sah.

„Wieder genesen?", fragt er und musterte mich aufmerksam.

„Erzähl ich dir gleich", wich ich aus und quetschte mich an ihm vorbei, um einzutreten.

Das Lokal war zu dieser späten Mittagsstunde nur noch spärlich besetzt. Ohne zu zögern, schritt ich auf einen Tisch an der hinteren Wand zu, weit weg von den anderen Gästen.

Andreas folgte mir und griff gleich zur Speisekarte. „Lass uns zuerst bestellen."

Ich nahm auf sein Zureden eine Suppe, mehr würde ich sowieso nicht hinunterbringen.

Kaum hatte der Kellner sich auf den Rückweg gemacht, sah er mich auffordernd an. Ich holte tief Luft. „Ich habe nach wie vor den Verdacht, dass meine Mutter ermordet wurde und deshalb einen Detektiv eingeschaltet."

„Die Polizei sagt, es handelt sich eindeutig um einen Selbstmord", bemerkte er nur.

„Ich bin anderer Meinung. Ich weiß, dass das, was ich gesehen habe, stimmt", behauptete ich kühn. „Da war jemand hinter ihr und dieser Kerl wollte auch mich umbringen."

Er verzog zweifelnd das Gesicht. „Warum hat er es dann nicht zu Ende gebracht? Du warst bewusstlos. Warum hätte er dich verschonen sollen?"

„Keine Ahnung." Ich verstummte, bis der Kellner die Getränke vor uns abgestellt und sich wieder zurück zur Theke aufgemacht hatte. „Vielleicht dachte er, ein Selbstmord und ein Unfall würden zu seltsam wirken", fuhr ich fort.

„Hm", er schien immer noch nicht überzeugt.

Das Ganze gestaltete sich schwieriger als gedacht. „Jedenfalls habe ich einen Detektiv beauftragt, sich den Mord an Papa und Mamas Selbstmord noch einmal genauer anzusehen." Obwohl es nicht sonderlich warm in dem Lokal war, kam ich langsam ins Schwitzen. Andreas musste mich für komplett übergeschnappt halten. „Wenn nichts dabei rauskommt, bin ich eben um einiges ärmer", gab ich mich trotzig. „Das Einzige, was ich leider nicht bedacht habe, ist, dass die Detektei eine Abschlagszahlung verlangt." Hoffentlich fragte er nicht genauer nach! „Nun hoffe ich darauf, dass du mir einen Vorschuss auf mein Erbe gewährst."

Er wurde einer Antwort enthoben, weil meine Suppe schon serviert wurde. Ich nickte dankend und griff nach dem Löffel, verharrte jedoch über der Terrine und sah Andreas auffordernd an.

„Glaubst du denn, du wärest in Gefahr? Oder willst du nur Gewissheit, was deine Eltern betrifft?"

Meine Güte, konnte er nicht einfach Ja oder Nein sagen? „Ich fühle mich beobachtet", setzte ich an. Kaum waren die Worte heraus, wurde mir klar, dass ich mich damit schon in die Bredouille gebracht hatte. Eindeutig paranoid, dachte er jetzt bestimmt. Selbst Liam hatte bereits vorsichtig angemerkt, ob es nicht sein könnte, dass diese Fratze aus meinen Träumen eine Erinnerung sei, an einen Film zum Beispiel, oder vielleicht hätte ich zu Karneval oder Halloween etwas Ähnliches gesehen. Nach dem, was mir passiert sei, wäre es nur zu verständlich, dass ich traumatisiert sei und sich Fantasie und Wirklichkeit so vermischten, dass ich Ersteres für real hielte. Und ihm gegenüber hatte ich nie von Verfolgung oder dergleichen gesprochen. Oh, Gott! Ich manövrierte mich gerade in eine unhaltbare Situation! Nicht auszudenken, wenn die beiden aufeinandertrafen!

„Was …" Er hielt inne, weil nun sein Schnitzel serviert wurde. „Lass uns gleich weiterreden", bat er. „Ich habe richtig Hunger."

Wir aßen schweigend. Seltsamerweise knurrte nach dem ersten Löffel mein Magen verlangend, sodass ich die Terrine komplett leerte.

„Sehr gut", mit deutlichem Bedauern schob er seinen Teller von sich. „Du hast also bereits einen Detektiv engagiert? An welche Detektei hast du dich gewandt?"

Die würden doch wohl hoffentlich an eine Art Schweigepflicht gebunden sein, oder? Ich nannte ihm den Namen. „Erste Erkundigungen haben die schon eingeholt", behauptete ich kühn. „Leider ist der verlangte Vorschuss höher, als ich erwartet hätte."

Andreas grinste und nickte. „Das kann ich aus eigener Erfahrung bestätigen. Denn ich habe auch einen Detektiv auf die ganze Sache angesetzt. Das Beste wird sein, ich hole ihn dazu."

Meine Hand, die nach dem Colaglas griff, blieb in der Luft hängen. „Du?" Verdammt, das klang viel zu abwertend. Als wenn ich ihm niemals zugetraut hätte, aktiv zu werden. - Hätte ich auch nicht, genau deshalb war ich ja so überrascht.

„Ja, ich." Zum Glück schien er nicht beleidigt zu sein. „Und wie es aussieht, hatte ich das richtige Gespür. Das beweist allein schon deine Aussage."

Teil 2

Oliver

24

zehn Tage zuvor

„Ich muss mich bei Ihnen bedanken, dass Sie mich so schnell dazwischenschieben", sagte der Mann, der mir in meinem Büro gegenübersaß.

„Danken Sie nicht mir, sondern Deniz." Mein bester Freund hatte mich gebeten, sich Herrn Büschers anzunehmen. Die beiden waren gut miteinander bekannt beziehungsweise Herr Büscher, Mitinhaber einer Immobilienverwaltung, schusterte Deniz jede Menge Aufträge zu, seitdem er mitbekommen hatte, wie gut und günstig mein Freund arbeitete. Aber auch mir hatte er mit diesem Auftrag einen Gefallen getan. Nach den in letzter Zeit haufenweise bearbeiteten normalen Fällen lechzte ich nach ein wenig Aufregung. Es ging um mindestens einen Mord, hatte Deniz gesagt, alles Weitere würde mir mein neuer Auftraggeber selbst erzählen. „Dann legen Sie mal los!", forderte ich ihn auf.

„Vor gut drei Monaten ist mein Vater erstochen worden." Er fuhr sich durch sein kurz geschnittenes Haar und schüttelte den Kopf. „Regelrecht abgeschlachtet trifft es besser. Der Rechtsmediziner hat über dreißig Stiche gezählt, von denen mehr als die Hälfte tödlich waren."

„Wo geschah die Tat?", fragte ich nach.

„In seinem Büro. Er ist an dem Tag länger geblieben, weil er sich mit meiner Halbschwester verabredet hatte. Sonst war keiner mehr da. Und der Wachmann im Erdgeschoss hat nichts bemerkt. Er wurde erst durch Jolanthe, meine Schwester, aufmerksam."

„Sie hat ihn gefunden?"

„Er hat sie noch bis auf die Etage begleitet, weil er sowieso mit seiner Runde dran war. Dann hörte er ihren Schrei." Er schluckte. „Es muss ausgesehen haben wie auf einem Schlachtfeld. Da sei überall Blut gewesen, sagte er."

„Um wie viel Uhr war das?" Ich zog einen Block heran und machte mir Notizen. In diesem Anfangsstadium einer Ermittlung konnte jede Kleinigkeit wichtig sein. Es war gut, wenn man sämtliche Details parat hatte.

Er runzelte die Stirn. „So gegen fünf. Nein, später. Sie waren für fünf verabredet, aber Jola hatte einen Unfall. Ich schätze, es war gegen halb sechs."

„Wissen Sie, wann die letzten Mitarbeiter das Haus verließen und wer als Letztes ging?"

Er verzog das Gesicht. „Ich, um Viertel vor fünf. Ich schaute kurz bei Vater rein, um ihn an einen morgigen Termin zu erinnern, zu dem er mich begleiten sollte."

„Erwartete er außer Ihrer Schwester noch weiteren Besuch?"

Herr Büscher schüttelte energisch den Kopf. „Nein, er wollte einiges aufarbeiten, das liegen geblieben war. Mein Vater schob nicht gern Arbeit vor sich her, bei ihm musste alles sofort erledigt werden."

Als Nächstes klärte er mich über seine Familienverhältnisse auf. Der Vater hatte sich von seiner Mutter getrennt, als er fünfzehn und sein Bruder Markus dreizehn war. Kurz darauf lernte er seine neue Frau kennen, die Mutter von Jolanthe, genannt Jola. Und wiederum kurze Zeit später teilte er seinen Söhnen stolz mit, dass er noch einmal Vater werde. Die neue Frau sei zuerst super nett gewesen, wie sie an den Besuchswochenenden alle vierzehn Tage feststellen konnten. „Ja, und dann ist dieses Unglück passiert und nichts war mehr wie zuvor."

Wenn ich alles richtig verstand, war die zweite Frau Büscher bei ihrem Vater zu Besuch, als dessen Haus abbrannte. Für ihn kam jede Hilfe zu spät. Bei der Hochschwangeren setzten durch den Schock die Wehen ein, sie wurde umgehend in ein Krankenhaus gebracht. Direkt danach erkrankte sie an einer schweren Depression, einem Zusammenspiel aus Traumafolgestörung und Kindbettdepression, wie man vermutete. Behandeln ließ sie sich nicht, sondern kehrte baldmöglich zu ihrem Ehemann zurück. Ihr Zustand verschlechterte sich immer mehr, für das Neugeborene wurde eine Säuglingsschwester engagiert, die regelmäßigen Besuche der Jungen fanden zunächst außerhalb statt, später traf man sich nur unregelmäßig zu kürzeren Treffen.

„Wie lange ist das her?", fragte ich nach. Herr Büscher war ein gut erhaltener Mittvierziger, wie ich schätzte, mit noch vollem braunem Haar, einer gesunden Gesichtsfarbe, die mir genau wie sein Körperbau verriet, dass er gern und ausgiebig draußen Sport trieb.

„Sechsundzwanzig Jahre. Ich war sechzehn, als Jola zur Welt kam."

Also erst Anfang vierzig! „Wie entwickelte sich die Ehe weiter?"

Er lachte trocken. „Überhaupt nicht. Die Frau meines Vaters zog sich völlig zurück und litt schweigend vor sich hin. Sie wollte niemanden sehen, sprach mit keinem außer meinem Vater, der Hausangestellten Frau Krause und Jola. Selbst an den üblichen Treffen zu Weihnachten oder zu den Geburtstagen nahm sie nicht teil."

Sehr seltsam! „Ließ sie sich nie behandeln?" Und warum hatte der Ehemann nichts in der Richtung unternommen?

Herr Büscher zögerte mit der Antwort. Er rang sichtlich mit sich, ob er mir reinen Wein einschenken sollte. Schließlich gab er sich einen Ruck. „Darüber wurde nie gesprochen, ich kann Ihnen nur meine persönliche Meinung mitteilen. Ich glaube, sie war mit der Situation selbst ganz zufrieden", fuhr er fort, nachdem ich ihm aufmunternd zugenickt hatte. „Sie lehnte eine Behandlung vehement ab, drohte damit, meinen Vater zu verlassen, falls er keine Ruhe gäbe. War er anwesend, verbrachten sie durchaus ihre Zeit miteinander, ganz normal eigentlich, zumindest soweit ich weiß. Es schien mir eher so, als würde ihr dieses zurückgezogene Leben vollkommen reichen. Ihr Mann trug sie auf Händen, um das Kind kümmerte sich eine Nanny, der Haushalt wurde von Frau Krause erledigt. Mehr verlangte sie anscheinend nicht, um glücklich zu sein." Er hob beide Hände. „Wie gesagt, das ist meine Einschätzung. Vielleicht liege ich damit völlig falsch."

„Wie hat sie denn den Tod ihres Mannes verkraftet?" Das war vermutlich ein guter Anhaltspunkt.

Herr Büscher verzog die Lippen. „Sie hat Selbstmord begangen. Heute war die Beerdigung." Er ließ mir einen Moment Zeit, die Neuigkeiten zu verarbeiten, bevor er fortfuhr: „Das ist der zweite Punkt, den ich ansprechen wollte. Wieder war es Jola, die die Tote fand. Sie verletzte sich schwer, als sie rückwärts die Treppe hinunterfiel. Wenn sie meine Schwester befragen müssen, seien Sie bitte besonders vorsichtig."

Ein seltsamer Zufall! Ich war echt gespannt auf diese Jola. „Wie hat sie es getan?"

Seine Mundwinkel sanken noch mehr herab. „Sie hat sich aufgehängt, in der oberen Diele."

Ich hätte eher auf Tabletten getippt. „Kam sie ohne ihren Mann nicht klar?"

„Da müssten Sie mit Frau Krause sprechen, die kann das eher beurteilen. Herr Schraft, unser Anwalt, kümmerte sich um ihre finanziellen Belange, die Haushälterin unterstützte sie im Haus. Ich hatte ja nie viel Kontakt mit ihr."

„Und Ihre Halbschwester?"

„Ich glaube, die besuchte sie regelmäßig. Aber auch da ist Frau Krause der bessere Ansprechpartner." Erneut zögerte er. „Jola ist der festen Überzeugung, ihre Mutter sei ebenfalls ermordet worden. Sie kann sich an den Tag, an dem sie die Tote fand, nicht erinnern, ihr fehlt der komplette Zeitraum vom Betreten des Grundstücks bis zum Aufwachen im Krankenhaus. Das kommt bei schweren Gehirnerschütterungen wohl öfter vor. Allerdings hat sie seitdem einen immer wiederkehrenden Traum, in dem ein Mann mit Maske hinter der Erdrosselten auftaucht. Ich denke, dass ich Sie besser im Vorfeld darüber informiere, denn Jola wird Sie bestimmt darauf ansprechen."

25

„Das ist ein Fall, in den ich mich richtig verbeißen kann", erklärte ich meiner Tante am nächsten Morgen. „Ich habe dir meine Notizen auf den Schreibtisch gelegt. Schau mal, was du dazu recherchieren kannst."

Tante Simone hatte mich damals, als ich mich in die Selbstständigkeit wagte, vorbehaltlos unterstützt und freiwillig die Büroarbeit übernommen, zuerst umsonst und eigentlich nur für den Übergang gedacht, bis ich mir eine echte Bürokraft leisten konnte. Mittlerweile waren wir ein eingespieltes Team, sie meisterte ihren Teil perfekt und keiner von uns dachte mehr daran, diese für uns so fruchtbare Arbeit zu beenden. Sie hatte eine Aufgabe, die sie beschäftigte, dazu kam ein bisschen Geld rein, ich auf der anderen Seite wusste, dass ich mich voll auf sie verlassen konnte. Was will man mehr?

Als Erstes hatte ich um acht mit den zuständigen Ermittlungsbeamten telefoniert und es tatsächlich geschafft, einen Termin bei ihnen zu bekommen. Von Vorteil war dabei wahrscheinlich, dass ich mich auf Herrn Büscher berufen konnte, dass ich in seinem Auftrag ermittelte. Ich solle gegen zehn Uhr vorsprechen, wurde mir mitgeteilt, deshalb machte ich mich gleich auf den Weg.

Der zuständige Kripokommissar grinste mir sogar freundlich entgegen. „Jetzt wollen Sie sich an dem Fall die Zähne ausbeißen?"

Ich zuckte verhalten die Schultern und setzte mein bescheidenstes Gesicht auf. „Herr Büscher hofft, ich könne neue Bewegung hineinbringen."

Dann klärte er mich auf. Bisher gab es keinen einzigen Hinweis, der auf den möglichen Täter hindeutete. Weder hatte er relevante Spuren hinterlassen noch fanden die Ermittler ein Motiv. Jede Spur lief ins Leere.

„Wir gehen von einer Beziehungstat aus, immer noch", berichtete er. „Der Tatort war ein Schlachtfeld, überall Blut, der Boden, die Wände, sogar die Decke waren voller Spritzer. Der Mörder muss eine immense Wut in sich gehabt haben."

„Konnten Sie den Zeitrahmen eingrenzen?"

„Er wurde, kurz bevor seine Tochter ihn fand, getötet." Er hob den Blick und studierte mich eingehend. „Vielleicht liegen wir auch völlig falsch und es war ein normaler Einbruch. Die herannahenden Personen verscheuchten den Täter, bevor er mit der Durchsuchung des Raumes beginnen konnte. Das würde erklären, warum nichts angerührt wurde."

Als wenn es in einer Immobilienfirma großartig etwas zu stehlen gäbe! „Was ist mit dem Wachmann? Ist während seiner Anwesenheit jemand ins Haus gegangen?"

„Der beginnt seinen Dienst erst um sechzehn Uhr dreißig. Nur rausgekommen, behauptet er, ein Mitarbeiter zusammen mit einem Kunden und der Sohn des Opfers. Die anderen Büros schließen freitags schon gegen Mittag."

Mit dem würde ich mich noch selbst unterhalten. „Vielleicht ist der Täter bereits viel eher erschienen und hat gewartet, bis der Letzte ging."

Zum ersten Mal musterte er mich mit sichtlichem Respekt. „Das vermuten wir auch. Bleibt die Frage, ob er es gezielt auf Herrn Büscher abgesehen hatte oder ob er dachte, die Räume wären leer und er könne sich in aller Ruhe umschauen. Normalerweise machte das Opfer an diesem Tag zwischen halb fünf und fünf Feierabend. Es müsste schon ein gewaltiger Zufall sein, wenn er gewusst hätte, dass es ausgerechnet an dem Tag anders ist."

„Die Tochter hat ein eindeutiges Alibi?"

Er nickte. „Eindeutiger geht es kaum. Ein anderes Fahrzeug hat beim Abbiegen ihre Vorfahrt missachtet. Das war kein getürkter Unfall."

„Und der Wachmann?"

Ein Grinsen huschte über sein Gesicht. „Der hätte es nie geschafft, sich in der kurzen Zeit vernünftig zu säubern. Wir haben ihn natürlich eingehend überprüft, bisher hat er sich nichts zuschulden kommen lassen, nicht mal einen Strafzettel für falsches Parken. Er ist seit Jahren dort beschäftigt, erhält sogar überdurchschnittlichen Lohn. Nein, der hatte absolut keinen Grund."

„Wer profitierte von Herrn Büschers Tod?" Das wusste ich zwar schon, aber ich wollte trotzdem erfahren, was die Ermittler herausgefunden hatten.

„Seine Frau, die zwei Söhne aus erster Ehe, die Tochter", zählte er an den Fingern ab. „Glauben Sie mir, wir haben jeden von ihnen akribisch durchleuchtet. Beide Söhne haben ein eindeutiges Alibi, der eine war im Sportstudio, der andere beim Zahnarzt. Finanziell waren sie schon vorher gut aufgestellt, der Alte hat sich nicht lumpen lassen und ihnen ein gutes Gehalt gezahlt. Die Tochter, tja, die ist ein bisschen neben der Spur, wie mir scheint, ein bisschen spinnert und sehr, sehr zurückhaltend. Trotzdem konnten wir ihr keine Verbindung zu der Tat nachweisen. Die Ehefrau", er grinste vielsagend, „war viel zu sehr in ihrer eigenen kleinen Welt eingesponnen und wurde zudem von der Haushälterin bewacht. Ein Drachen, sag ich Ihnen. Der wäre es aufgefallen, wenn die Frau kurzfristig verschwunden wäre."

„Was ist mit ihrem Tod? War es eindeutig ein Selbstmord?"

Er stützte sich auf seine Ellenbogen und betrachtete mich stirnrunzelnd. „Die Tochter ist felsenfest davon überzeugt, sie sei ermordet worden, weil sie in ihren Träumen", er setzte mit den Fingern Anführungszeiten in die Luft, „einen Mann mit einer blutroten Maske hinter ihr auftauchen sieht. Von dem Tag selbst fehlt ihr jede Erinnerung. Wir haben mit dem behandelnden Arzt gesprochen, der sagt, das wäre bei einer schweren Gehirnerschütterung normal. Es könne sein, dass sie diese Stunden nie wieder wird abrufen können. Die Spurensicherung hat nichts gefunden, was auf einen Fremdtäter hindeutet. An dem Strick waren nur die Fingerabdrücke der Toten und ihrer Tochter, die diesen Umstand jedoch aufklären konnte. Das verwendete Seil stammt aus dem Garten, sie hatte im Auftrag der Mutter einen frisch gepflanzten Baum damit festgebunden. Im Haus selbst gab es keine Veränderungen, auch keine Einbruchspuren."

„Was sagt denn die Haushälterin? War Frau Büscher in ihren Augen selbstmordgefährdet?", konnte ich mich nicht bremsen nachzufragen.

Mein Gegenüber kniff die Augen zu einem schmalen Schlitz zusammen. Ich hatte genau ins Schwarze getroffen. „Von der kam keine eindeutige Antwort. Andererseits: Warum ist sie dann ausgerechnet an diesem Sonntag unverhofft bei ihr vorbeigefahren? Normalerweise arbeitete sie an dem Tag nicht. Und sie wusste, dass die Tochter vorbeikam."

Ich setzte mich aufrechter hin. Das war ja interessant. Davon hatte mein Auftraggeber mir gar nichts erzählt. „Wann genau traf sie ein?"

Er hob bedeutungsvoll die Augenbrauen. „Direkt nachdem die Tochter die Treppe hinabgefallen war, was unmittelbar nach dem Auffinden der Leiche geschehen sein soll. Die war übrigens schon kalt", ergänzte er. „Der Gerichtsmediziner schätzt den Todeszeitpunkt auf etwa sieben Uhr morgens."

Etwas viele Zufälle, wie ich fand. Ich bedankte mich für die Auskünfte und versprach, mich zu melden, falls ich auf sachdienliche Hinweise stoßen sollte. Ein weiteres Gespräch mit Herrn Büscher war dringend angesagt.

26

Das Gebäude, in dem die Immobilienfirma residierte, entpuppte sich als ein gepflegt wirkendes fünfstöckiges Geschäftshaus. Auf den Schildern las ich ab, dass sich im Parterre eine Psychotherapiepraxis befand, darüber ein Rechtsanwalt, in der dritten Etage eine Steuerkanzlei, in der vierten dann die Hausverwaltung und in der letzten Etage die Immobilienfirma. Damit hatte der Vater angefangen, wie Herr Büscher mir berichtete, mit dem Verkauf von Häusern und Eigentumswohnungen und Vermietungsaufträgen. Später war die Verwaltung von großen Gebäuden hinzugekommen, die allerdings mittlerweile den Hauptteil des Geschäfts trug. Er sei von Anfang an für diese Branche zuständig gewesen, sein Bruder kümmere sich um den Rest. Der Vater habe in beiden Bereichen mitgearbeitet, mir schien durchzuklingen, dass er wohl die Oberaufsicht über seine Unternehmen zu Lebzeiten nicht abgeben wollte.

Ich betrat das Foyer, ein ansprechend gestalteter Raum, weiß gefliest, mit großen seitlichen Fenstern, links ging es zur Therapiepraxis, geradeaus zu den zwei Fahrstühlen, einen Portier gab es anscheinend nicht.

Ich nahm den linken Fahrstuhl, geräumig, sauber und mit einem Spiegel an der hinteren Wand, der den Raum noch größer wirken ließ, hinauf in die vierte Etage. Beim Öffnen der Tür stand ich bereits im Anmeldebereich der Büros. Die junge Frau hinter der Theke empfing mich mit einem strahlenden Lächeln. „Wie kann ich Ihnen helfen?"

„Speer, ich hätte gern mit Herrn Andreas Büscher gesprochen."

Sie runzelte die Stirn. „Haben Sie einen Termin?"

Bevor sie in ihrem Computer nachschauen konnte, grätschte ich dazwischen. „Nein, aber ich denke, er wird mich auch so empfangen."

Ihr Blick deutete Skepsis an, trotzdem griff sie folgsam nach dem Telefonhörer. Sie wechselten nur wenige Worte, dann erschien wieder das strahlende Lächeln. Sie erhob sich. „Folgen Sie mir bitte."

Wir gingen an einer langen Reihe von Türen vorbei, wodurch ich zum ersten Mal einen Eindruck von der beachtlichen Größe der Firma bekam. Und die Geschäfte mussten gut laufen, zumindest wenn man von dem Ambiente ausging, das uns umgab. Leider legte die Empfangsdame ein schnelles Tempo vor, sodass ich mich nur flüchtig umschauen konnte. Alles wirkte sehr gediegen und die bunten Drucke an den weißen Wänden waren bestimmt nicht billig gewesen.

Schon hatte die Frau eine der hinteren Türen erreicht, klopfte, öffnete und hieß mich mit einem auffordernden Wink eintreten. Herr Büscher saß hinter einem großen Schreibtisch und sah mir erwartungsvoll entgegen.

Ich hob die Hand, bevor er nachfragen konnte. „Es gibt einige weitere Details, die ich gern abklären möchte. Ich komme direkt von meinem Termin mit dem ermittelnden Beamten", ich ließ mich auf einem der bequem aussehenden Besucherstühle nieder. „Netterweise hat er mir vollen Einblick gewährt."

Mein Gegenüber schnaubte abfällig. „Die haben nichts! Genau deshalb sollen Sie agieren."

„Nun, es war trotzdem interessant, auf die reinen Fakten zugreifen zu können. Allerdings haben Sie recht. Ich müsste selbst noch einmal mit allen Beteiligten sprechen. Können Sie sich erinnern, ob Ihnen etwas Ungewöhnliches auffiel, als Sie das Gebäude verließen?"

„Nein, ich war mit meinen Gedanken schon bei meinem Zahnarzttermin, tut mir leid."

„Sind Sie auf den Wachmann getroffen?"

„Ja, der kommt freitags um halb fünf, bleibt allerdings nur bis zehn Uhr. Wir haben keine Tiefgarage, der Zugang vom Parkplatz aus erfolgt durch eine Seitentür. Der ist ausschließlich den Mitarbeitern der Büros vorbehalten, Besucher müssen sich selbst einen in der Nähe suchen."

„Wieso überhaupt ein Wachmann?", kam ich nicht umhin zu fragen. Die Gegend war eher gehobene Mittelklasse, wen sollte der abschrecken?

„Wir hatten früher mal Theater mit Junkies und Obdachlosen. Herr Steiner wurde damals von meinem Vater gebeten, sich zu kümmern. Er arbeitete zusätzlich als Chauffeur und Bürobote für ihn", ergänzte er. „Mittlerweile steht er kurz vor der Rente. Ich kann ihm schlecht kündigen."

„Waren Sie der Letzte, der ging?"

„Auf dieser Etage ja. Oben war noch ein Mitarbeiter im Kundengespräch, die beiden verließen etwa zehn Minuten später zusammen das Gebäude."

„Wie läuft das, wird der Aufzug dann für diese Etage gesperrt?"

Er nickte beifällig ob meiner Kombinationsgabe. „Sobald die Empfangsdame um vier Feierabend macht. Oben bei meinem Bruder läuft es etwas anders. Die sind oft länger da."

„Und die Tür zum Treppenhaus wird abgeschlossen?"

Er zögerte. „Sollte sie eigentlich. An dem Abend war sie offen."

Der erste Anhaltspunkt, ich beugte mich vor. „Erklären Sie mir diesen Punkt bitte genauer. Wie wäre Ihre Schwester denn normalerweise hinaufgekommen?"

„Die Tür zum Treppenhaus ist eine Fluchttür, sie hat von innen eine normale Klinke, von außen nur einen Knauf und lässt sich mit dem dazugehörigen Schlüssel öffnen. Jola hätte bei ihrer Ankunft meinen Vater anrufen müssen, damit er ihr den Aufzug freischaltet. Ausgerechnet an dem Tag war Herr Steiner allerdings noch nicht dazu gekommen, seine übliche Runde zu drehen. Kurz nachdem er eintrifft, überprüft er das Treppenhaus und schaut in jeder Etage nach dem Rechten. Auf dem Rückweg nimmt er dann den Aufzug und schaltet ihn ab." Er hielt inne und sah mich erwartungsvoll an.

Ich tat ihm den Gefallen nachzufragen: „Was hinderte ihn daran?"

„Eine losgehende Autoalarmanlage. Jemand hatte bei dem Porsche des Psychotherapeuten die Scheibe eingeschlagen und versucht das Navi zu stehlen. Er …"

„Moment", unterbrach ich ihn. „Der war noch in seiner Praxis?"

„Nein, mein Bruder und er gehen jeden Freitag gemeinsam ins Fitnesscenter hier in der Nähe. Die lassen so lange ihre Fahrzeuge hier stehen."

Ich nickte ihm zu, fortzufahren.

„Herr Steiner informierte die Polizei und den Besitzer und wartete kurz draußen. Als er gerade wieder rein wollte, traf Jola ein. Daher bot er ihr an, sie gleich mit hochzunehmen. Sie schickte Vater eine WhatsApp und sie nahmen gemeinsam den Aufzug. Dann entdeckte er, dass die Tür zum Treppenhaus einen Spaltbreit offen stand. Er ging darauf zu, um nachzuschauen, da ertönte bereits Jolas Schrei."

„Sie fanden die Leiche, was tat Herr Steiner anschließend?"

„Er und Jola nahmen den Aufzug nach unten und warteten auf das Eintreffen der Polizei, die er direkt nach dem Auffinden der Leiche informiert hatte."

Damit hatte der Mörder ein genügend großes Zeitfenster, um unbemerkt zu verschwinden. „Ich würde mich gern auf dieser Etage umsehen und mir dabei auch das Büro Ihres Vaters anschauen."

Er hüstelte verlegen. „Sie haben es vor sich. Ich habe es übernommen."

27

Das Chefbüro war tatsächlich das imposanteste auf der gesamten Etage. Mit Ausnahme der Ledergarnitur vor den bis zum Boden reichenden Fenstern habe er seine eigene Einrichtung übernommen, erklärte Herr Büscher mir, und natürlich erst einmal renoviert, bevor er eingezogen sei. Sein ehemaliges Zimmer würde längst anderweitig genutzt. Er stellte es so dar, als habe er aus Platzgründen schnell handeln müssen, aber als ich mir sein ehemaliges Büro anschaute, in dem ein einzelner Mitarbeiter vor seinem Computer saß, erkannte ich, dass dieser Raum eher eine bessere Abstellkammer war. Selbst die anderen Zimmer waren wesentlich größer, wurden allerdings auch von zwei Kräften besetzt.

„Ich wollte einen eigenen Raum für mich", sagte Herr Büscher wie zu seiner Verteidigung. „Wie gesagt, aus Platzmangel blieb nur dieser übrig."

„Das Geschäft läuft gut?", fragte ich, ohne auf seine Ausflüchte einzugehen. Ich musste unbedingt mit irgendeinem Außenstehenden sprechen, um mir ein vernünftiges Bild von den Verhältnissen zwischen dem Toten und seinen Kindern machen zu können.

„Immer besser. Wir haben sogar zwei Außenstellen." Er warf sich in die Brust. „Die habe ich initiiert."

„Ich würde mich gern mit allen Mitarbeitern vor Ort unterhalten", erklärte ich ihm, „und natürlich mit Ihrem Bruder."

Er schreckte zurück. „Ich ... also damit habe ich nicht gerechnet ... es weiß keiner, dass ich Sie engagierte. Ich hatte gedacht ..." Er verstummte und schüttelte abwehrend den Kopf.

Was denn? Dass ich anhand seiner Angaben den Mörder finden würde?

„Wie soll ich sonst an die benötigten Informationen kommen?", hielt ich dagegen. „Ich muss mir ein Bild machen und das geht nur, wenn ich mit all denen rede, die mit ihm umgingen."

Er gab sich einen Ruck. „Ja, wenn das denn wirklich nötig ist ..."

„Ist es", versicherte ich ihm.

„Ja, dann …“ Unschlüssig stand er vor mir.

„Soll ich mit den Mitarbeitern hier anfangen oder zuerst Ihren Bruder aufsuchen?“

„Lieber direkt zu Markus, wenn es Ihnen nichts ausmacht. Sonst …“ Wieder verstummte er.

Nachvollziehbar, es hätte sonderbar ausgesehen, wenn dieser vielleicht schon im Vorfeld von meinen Nachforschungen erfuhr und selbst in keiner Weise darüber informiert war.

„Soll ich mitkommen?“ Begeistert wirkte Herr Büscher immer noch nicht.

„Stellen Sie mir in der Zeit eine Liste zusammen, am besten mit Adressen und Telefonnummern von sämtlichen anderen wichtigen Kontakten Ihres Vaters“, schlug ich vor.

Eindeutig erleichtert trabte er in Richtung seines Büros.

Ich nahm den Aufzug nach oben. Erneut landete ich direkt im Empfangsraum, der ähnlich gestaltet war wie der untere. Die Frau am Schreibtisch blickte mir lächelnd entgegen.

„Speer, ich würde gern mit Herrn Büscher sprechen. Und später auch mit Ihnen.“ Ich überreichte ihr meine Karte.

Sie runzelte überrascht die Stirn. „Erwartet er Sie?“

„Nein. Sagen Sie ihm bitte, ich bin im Auftrag seines Bruders hier.“

Das Stirnrunzeln vertiefte sich. Kommentarlos stöckelte sie zu einer der hinteren Türen.

Dieses Mal dauerte es eine Weile, bis ich in das Büro geleitet wurde. Der jüngere Herr Büscher empfing mich an der Tür und geleitete mich zu einer Sitzecke ähnlich der eine Etage darunter. Wir nahmen fast gleichzeitig Platz.

Statt mit Verärgerung reagierte Markus Büscher amüsiert. „Andreas hat Sie beauftragt, Ermittlungen aufzunehmen? Quatsch, natürlich hat er das“, kam er meiner Antwort zuvor. „Ich habe ihn ja gerade angerufen. Ich bin ziemlich überrascht, muss ich gestehen. Damit hätte ich nicht gerechnet.“

Ich setzte ein fragendes Gesicht auf, um ihn zum Weitersprechen zu ermuntern.

Es klappte. „Andreas ist der Denker und Planer, ein Typ, für den Zahlen alles sind“, gab er offen zu. „Nicht gerade emotional, wenn Sie verstehen, was ich meine.“ Er beugte sich vor und musterte mich ungeniert. „Geht es um den Tod unseres Vaters oder hat ihn der Selbstmord der alten Kuh aus dem Ruder geworfen? Mitleid können Sie von mir nicht erwarten", legte er nach. „Die hat ihn nach allen Regeln der Kunst an sich gebunden. Diese Krankheit", er schnaubte verächtlich. „Mein Vater hat ein ausgeprägtes Verantwortungsgefühl. Nur deshalb blieb er bei ihr."

„Ich ermittle in erster Linie im Fall Ihres Vaters", behauptete ich. „Die Polizei sieht keine Ansätze. Ihr Bruder hofft, ich könne mehr herausfinden."

„Nur zu!" Er lehnte sich entspannt zurück. „Was wollen Sie wissen?"

Anschließend nahm ich mir seine Angestellten vor, drei an der Zahl, und besichtigte jeden Raum. Jeder Mitarbeiter hatte ein eigenes Büro, es gab eine kleine Kaffeeküche und einen Besprechungsraum, dazu zwei weitere Zimmer, in denen Akten und Ähnliches gelagert wurden.

Anfangs war dies das Zuhause der Familie Büscher gewesen, hatte Markus mir erzählt. Damals habe es nur das Büro unten gegeben. Erst als der Vater seines Vaters starb, zog man gemeinsam in die Villa, damit dessen Witwe versorgt werden konnte. Diesen Part übernahm Frau Krause. Seine Mutter und die Schwiegermutter hätten sich nie verstanden.

Bevor ich gezielter nachfragen konnte, lachte der Mann laut auf. „Und dann stirbt sie endlich und meine Eltern trennen sich."

„Von wem ging die Trennung aus", hakte ich nach.

„Von meiner Mutter. Doch das hatte nichts zu bedeuten. Die stritten oft und sie ist halt ab und zu mit uns für ein paar Tage weg. Wenn da nicht sofort die Neue aufgetaucht wäre, hätte das wie immer geendet." Seine Stimme klang hasserfüllt. Wie konnte man sich nach derart vielen Jahren noch dermaßen echauffieren?

„Und Ihre Halbschwester?" Nein, ich würde nicht nachhaken, zumindest nicht bei ihm. Zu einer objektiven Antwort war er nicht fähig.

„Jolanthe? Mit der hatte ich genauso wenig Kontakt wie zu ihrer Mutter. Ich sah sie ein paarmal bei Andreas, halt zu besonderen Festen. Ich ging den beiden aus dem Weg."

„Trafen Sie sie nie bei Besuchen in Ihrem Elternhaus?"

Er verzog abschätzig das Gesicht. „Wenn ich mit meinem Vater reden wollte, konnte ich das hier tun. Ich habe das Haus als Jugendlicher zuletzt betreten."

Man sollte eben nie von dem Äußeren auf das Innere schließen, sinnierte ich, als ich den Aufzug nach unten nahm. Äußerlich glichen sich die beiden Büschers wie ein Haar dem anderen. Ja, sie hätten Zwillinge sein können, hatten die gleiche sportliche Figur, Haar- und Augenfarbe, selbst bei den Gesichtszügen gab es nur wenig Unterschiede, außer dass die beginnenden Falten bei dem Älteren etwas ausgeprägter waren. Während Andreas Büscher eine eher trockene und etwas steife Art hatte, wirkte sein Bruder Markus charmant und aufgeschlossen, ein Sonnyboy, der es verstand, sofort das Eis zu brechen und eine offene Gesprächsatmosphäre herzustellen. Und trotzdem war mir Andreas sympathischer. Dieser ausgeprägte Hass, den Markus kaum verbergen konnte, ließ darauf schließen, dass er eine extrem nachtragende Ader hatte. Wen der einmal als Feind ansah, würde es sein Leben lang bleiben.

28

Nachdem ich mit den Mitarbeitern der Hausverwaltung gesprochen und mir die verlangte Liste bei Andreas Büscher abgeholt hatte, legte ich eine kleine Pause ein. Bis der Wachmann eintraf, würde es noch eine knappe Stunde dauern.

Ich suchte mir einen Imbiss zu einem verspäteten Mittagessen. Bei einer Tasse Kaffee studierte ich das Blatt mit den Namen und überlegte, wie ich weiter vorgehen sollte. Viele Ansprechpartner gab es nicht: die Schwester, die Haushälterin, den Rechtsanwalt, zwei alte Freunde des Vaters. Zu jedem hatte ich ihn gebeten, mir seine Einschätzung der jeweiligen Person zu sagen. Weiter brachten mich seine Antworten kaum, er blieb viel zu vage, als traue er sich kein Urteil zu.

Oder er kennt sie tatsächlich nicht gut genug, versuchte ich ihn instinktiv zu verteidigen. Das war das Komische, ihm gegenüber fühlte ich mich tatsächlich in einer Beschützerrolle. Bruder Markus hatte recht, Andreas stand nicht im Leben, es sei denn, es ging um das Geschäft. Da machte ihm wohl keiner etwas vor. Ansonsten erweckte er den Eindruck eines liebenswerten Trottels, der sich von jedem um den Finger wickeln ließ und keine bösen Absichten erkannte. Ein Wunder, dass er sich überhaupt dazu durchgerungen hatte, einen Detektiv zu engagieren.

Kurz entschlossen setzte ich seine Frau auf meine Liste. Ich war schon jetzt gespannt darauf, sie kennenzulernen.

Gegen fünf schlenderte ich zurück zu dem Firmengebäude. Dieses Mal lehnte ein älterer Mann im Türrahmen, rauchte eine Zigarette und musterte mich aufmerksam, besonders, als ich direkt auf ihn zusteuerte. „Speer, ich hoffe, Herr Büscher hat Sie informiert. Ich …"

„Sie sind der Detektiv", unterbrach er mich und streckte mir die Hand entgegen. „Steiner, ich bin froh, dass sich endlich jemand intensiver kümmert. Dieses Schwein darf nicht davonkommen."

„Haben Sie eine Idee, um wen es sich dabei handeln könnte?" Ganz nach meinem Geschmack, der Kerl. Der sah nicht nur so aus, als stände er mit beiden Beinen fest auf dem Boden, seine Aussage klang genauso.

„Keinen blassen Schimmer, leider. Glauben Sie mir, ich habe mich anfangs richtig bekloppt gemacht, weil der Mord ja geschehen sein muss, während ich hier unten war. Wieder und wieder habe ich mir jede einzelne Sekunde ins Gedächtnis geholt", er schüttelte den Kopf. „Da war nichts, da war keiner."

„Es sind nur der junge Herr Büscher und der Angestellte mitsamt dem Kunden runtergekommen?", vergewisserte ich mich. „Niemand sonst?"

„Es war Freitag, genau wie heute", erinnerte er mich. „Da arbeiten die anderen nur bis mittags."

„Bestünde denn die Möglichkeit, dass jemand schon einige Zeit vorher kam und sich irgendwo versteckt hielt?"

„Könnte sein, ich weiß es wirklich nicht. Normalerweise mache ich eine Runde durchs Treppenhaus, sobald der Letzte gegangen ist. An …"

„Ich dachte, die drehen Sie, sobald Sie ankommen", unterbrach ich ihn.

„Und wurden durch die losgehende Alarmanlage davon abgehalten."

„Nein, ich warte immer, bis … Meinen Sie, der Mörder hat mich dadurch rauslocken wollen?"

War zumindest eine interessante Alternative. „Gesehen haben Sie niemand mehr?"

Er schüttelte den Kopf. „Eigentlich hätte so gar keiner reinkommen können. Die Vordertür war bereits abgeschlossen und für die Seitentür braucht man von außen einen Schlüssel."

Also hatte der Mörder vermutlich doch schon im Treppenhaus gewartet und der versuchte Autoeinbruch war einer dieser Zufälle, die immer mal passierten. „Wie ging es dann weiter?"

„Die Polizei erschien, ich machte meine Aussage, in dem Moment kam Fräulein Jola angefahren. Die war so neben der Spur, dass ich dachte, ich begleite sie lieber nach oben. Und da kriegt sie auf den Schock noch einen viel größeren drauf."

„Wo waren Sie genau, als sie losschrie?"

„Drinnen. Wir sind zusammen mit dem Aufzug hochgefahren, sie ist zu den Büros gegangen und ich in Richtung Treppenhaus", präzisierte er.

„Die Tür vom Notausgang war nur angelehnt, das machte mich stutzig. Die soll immer zu sein. Weit bin ich nicht gekommen, da schrie sie schon wie wild." Er schüttelte mit deutlichem Mitleid in den Augen den Kopf. „Das arme Ding. Als ich ins Büro stürzte, fuhrwerkte sie an ihm rum. Dabei sah man auf einen Blick, dass da nichts mehr zu retten war."

Demnach hatte der Täter für seine Flucht wirklich das Treppenhaus gewählt, und zwar kurz bevor Herr Steiner und Jolanthe Büscher die Etage betraten. Eine Frage in diese Richtung erübrigte sich, wenn er irgendetwas wahrgenommen hätte, wäre Herr Steiner schon damit herausgeplatzt. Andererseits … „Dass Sie die junge Frau begleiteten, war die absolute Ausnahme?"

Er nickte heftig. „Fräulein Jola hat ihren Vater öfters abgeholt. Manchmal rief sie ihn auf dem Handy an und er kam runter, manchmal, wenn er noch zu tun hatte, fuhr sie rauf."

„Und an dem besagten Tag?"

„Hat sie ihm von unterwegs eine Sprachnachricht geschickt, wegen dem Unfall. Sie war weiß wie die Wand und zitterte heftig. Deshalb nahm ich sie am Arm und brachte sie hoch. Vorher hat sie ihrem Vater noch eine WhatsApp geschickt, damit der wusste, dass sie auf dem Weg ist."

Ein guter Einstieg, um mehr über die drei Geschwister in Erfahrung zu bringen. Ich begann mit Jolanthe Büscher. Sie sei ein richtiges Herzchen, erfuhr ich. Zart und sensibel, viel zu sehr für diese raue Welt. Er kannte sie gut. Der Senior habe sie öfter mit ins Büro gebracht, wenn keiner zu Hause aufpassen konnte. „Wie ein kleines Mäuschen, die sah und hörte man nicht."

Sonst wusste er leider nicht viel über sie. Nach ihrer Ausbildung sei sie in eine der Wohnungen vom Chef gezogen, über ihre Freunde und Bekannten könne er nichts sagen, sie habe nie jemanden mitgebracht. „Sie war nicht besonders redselig, durchaus freundlich und bemüht. Ach, ich weiß nicht, wie ich das erklären soll", er schnaufte heftig. „Ich glaube, ihre extreme Schüchternheit stand ihr im Weg", nahm er einen neuen Anlauf. „Von Small Talk hatte sie keine Ahnung."

Andreas Büscher war für ihn der eigentliche Chef. „Ein absoluter Zahlenmensch. Der hat alles im Griff. Gut, dass der alte Herr ihm eine Chance gab. Der ist ein Glücksfall für die Firma."

Unter seiner Leitung sei erfolgreich expandiert worden, führte er aus, wobei den Grundstein der Opa gelegt hätte. Der habe die Firma anfangs mit seinem Sohn zusammen geführt und dieser sei erst nach dessen Tod in die Hausverwaltung eingestiegen. Aber für die große Erweiterung mit Filialen in zwei anderen Städten sei ausschließlich Andreas verantwortlich.

„Wieso eine Chance?", hakte ich nach. „War es denn nicht klar, dass der Junior hier anfing?"

„Nee, der Junge wollte damals nicht, hat ein Studium angefangen, ich glaube, Wirtschaftswissenschaften. Während der Semesterferien arbeitete er regelmäßig mit, um sich ein bisschen was nebenbei zu verdienen. Dann wurde die Freundin schwanger und er wollte sich lieber absichern. Der ist kein Risikotyp. War die richtige Entscheidung, wenn Sie mich fragen. Obwohl sein Vater es natürlich besser gefunden hätte, wenn der Andreas das Studium zu Ende gebracht hätte."

„Und wie war es bei seinem Bruder?"

Herr Steiner verzog das Gesicht. „Der ist ein ganz anderes Kaliber."

29

Die Rollläden vor der Detektei waren bereits herabgelassen, dafür brannte Licht in der Küche meiner Tante. Wenn ich Glück hatte, bekam ich gleich eine vernünftige Mahlzeit vorgesetzt.

Ich sparte mir den Umweg in mein eigenes kleines Häuschen und nahm sofort den Weg zum Haupteingang. Bevor ich klingeln konnte, öffnete sich die Tür. „Ah, habe ich doch richtig gehört. Komm rein, das Essen ist gerade fertig geworden." Tante Simone wandte sich ab und lief leichtfüßig vor mir her. Sie schien heute besonders gut drauf zu sein.

„Interessanter Fall", bemerkte sie denn auch, sobald sie uns mit ihrer Fleisch-Gemüse-Pfanne versorgt hatte. „Musste schnell gehen", sie warf mir einen entschuldigenden Blick zu. „Ich habe mich viel zu lange drüben mit der Recherche aufgehalten."

Wo sie in ihrem Alter den Elan hernahm, verstand ich sowieso nicht. Ich hätte mich auch mit einer Tiefkühl-Pizza begnügt. Tomaten, Zucchini, Paprika, Zwiebeln, Fleisch und Reis – das war eindeutig richtige Arbeit. Ich nahm eine Gabel voll. „Lecker."

„Ich habe dir den genauen Werdegang der Firma ausgedruckt", berichtete sie, während ich weiter aß. Wie immer hatte sie sich mit einer Mini-Portion zufriedengegeben und war wesentlich eher fertig als ich. „Die Zusammenfassung lautet: Die Immobilienfirma wurde von dem Vater des Toten gegründet. Nach dessen Tod kamen die Hausverwaltungen hinzu, anfangs eher in kleinem Rahmen, würde ich sagen. Dieser Bereich wuchs immens, seitdem sein Sohn Andreas das Sagen hat. Ich schätze mal, dreiviertel der Einnahmen stammen aus diesem Bereich."

Einzig der letzte Satz war interessant, alles andere wusste ich ja schon. Trotzdem hob ich anerkennend den Daumen - meine Tante hatte mir beigebracht, nicht mit vollem Mund zu sprechen, und beharrte darauf, meine Tischmanieren zu rügen, wenn ich dagegen verstieß. Gnädigerweise wartete sie, bis ich geschluckt hatte und meine Frage loswerden konnte: „Hat man denn früher allein mit der Vermittlung von Häusern und Wohnungen dermaßen viel Geld verdient?" Andreas Büscher hatte mir die Vermögenswerte seines Vaters aufgezählt, die waren beachtlich.

Tante Simone grinste vergnügt. „Altes Geld", verkündete sie. „Die Frau des ersten Herrn Büscher kam aus reichem Haus. Sie brachte nicht nur die Villa, sondern gleich zwei weitere Immobilien mit in die Ehe."

Trotzdem lief wohl auch das Geschäft hervorragend. Der Sohn wurde gleich zum Teilhaber gemacht, sein Reichtum wuchs. Nur wieso hatte er sich bei seinen eigenen Kindern nicht genauso großzügig gezeigt? Die waren bis zuletzt bei ihm angestellt gewesen.

„Vielleicht wollte er das Heft nicht aus der Hand geben", vermutete meine Tante. „Oder es gab doch Unstimmigkeiten. Da musst du tiefer schürfen."

Das musste ich auf jeden Fall. Schon die Informationen, die ich von Herrn Steiner bekommen hatte, boten einiges an, was ich überprüfen wollte. Nachdem ich einen Nachschlag des wirklich köstlichen Essens abgelehnt – so blieb genügend für morgen übrig – und den Pudding, den ich trotzdem noch vorgesetzt bekam, mit Müh und Not verzehrt hatte, verabschiedete ich mich, um in meine eigene Wohnung zu gehen. Ein bisschen Entspannung vor dem Fernseher war nun angesagt.

Noch während des Frühstücks informierte mich Herr Büscher, dass seine Schwester erkrankt sei und sich in eine spezielle Pflege begeben habe. Den Besuch bei ihr konnte ich mir schenken.

Probiere ich es eben bei Frau Krause, beschloss ich. Sie wusste bereits Bescheid und bat mich, sie direkt in der Villa aufzusuchen, die sie auch samstags bis mittags betreute. Ich machte mich sofort auf den Weg.

Villa war eindeutig der richtige Begriff. Das pompöse weiße Gebäude war hinter dem hohen Gitterzaun kaum zu erkennen. Ein gewundener Weg führte darauf zu, von knorrigen Eichen gesäumt, die fast dem gesamten Vorplatz Schatten spendeten. Mein Erstaunen wuchs mit jedem Schritt. Das Haus war aufs Beste gepflegt, selbst die nachträglich eingesetzten, bestimmt dreifachverglasten Fenster hatte man dem Stil vergangener Zeiten angepasst. Das Objekt hätte jederzeit für einen dieser Filme, die im letzten oder vorletzten Jahrhundert spielten, verwendet werden können. Wer hier aufwuchs, lebte eindeutig in einer besonderen Atmosphäre.

Eine gepflegte Dame empfing mich in der offenen Tür stehend, ungefähr in Tante Simones Alter, also Anfang sechzig, schätzte ich. Sie wäre durchaus als Hausherrin durchgegangen, zumindest ihrem Äußeren nach. Der Hosenanzug und die dezent gestreifte Bluse kamen definitiv nicht von der Stange, die flotte Frisur sprach von einem erfahrenen Coiffeur und die Halbbrille, die an einer Kette um ihren Hals baumelte, stammte ebenfalls nicht aus einem Billigladen. Nur die harten Gesichtszüge und vielen Falten ließen eine über längere Zeit vernachlässigte Hautpflege erkennen.

„Speer", wiederholte ich, was ich ihr schon über die Sprechanlage mitgeteilt hatte. „Ich bin der von Herrn Büscher engagierte Detektiv."

Sie wich zurück, ohne mir die Hand zu geben. „Ich weiß zwar nicht, wie ich Ihnen helfen soll, aber wenn es denn nötig ist." Sie wandte sich abrupt um. „Folgen Sie mir bitte!"

Ich betrat eine riesige dämmerige Diele, von der links und rechts mehrere Türen abgingen. In der Mitte wuchs eine hölzerne Treppe in einem langen, gewundenen Schwenk nach oben, sodass sie in der nächsten Etage an der rechten Wand endete. Demnach musste die Tochter schon auf den obersten Stufen gefallen sein, wenn sie so heftig gegen die Wand prallte, dass sie bewusstlos wurde. Im Vorbeigehen musterte ich das Monstrum. Wäre sie erst später gestürzt, hätte sie wahrscheinlich den Tod gefunden, das untere Stück war wesentlich steiler als das obere, die gewundenen Stäbe des Geländers sahen nicht so aus, als könnten sie einen fallenden Körper aufhalten.

Frau Krause hatte meinen Blick bemerkt. „Lassen Sie uns erst reden", schlug sie vor. „Anschließend zeige ich Ihnen alles, was für Sie wichtig sein könnte."

Das Wohnzimmer, in das sie mich führte, hatte ungefähr so viele Quadratmeter wie die gesamte Wohnfläche meiner kleinen Behausung. Nein, eher mehr, verbesserte ich mich, nachdem ich eingetreten war und der Haushälterin zu den weißen Ledersofas folgte, drei an der Zahl, die großzügig um einen länglichen Tisch aus weißem Marmor drapiert worden waren. Die wenigen, in hellem Holz gehaltenen Möbelstücke und die Landschaftsbilder an den leeren Wänden vertieften noch den Eindruck der Weitläufigkeit, genauso wie die moderne Essgruppe am anderen Ende, ein Glastisch mit

Freischwingern, an dem bestimmt zwölf Personen Platz fanden. Irgendwie hatte ich mir das Innere dieses Hauses ein wenig anders vorgestellt.

30

Frau Krause wies auf das Sofa an der Wand, sie selbst setzte sich auf das gegenüberliegende. Meine Füße versanken regelrecht in dem hochflorigen, beigefarbenen Teppich, der nicht einen Flecken aufwies. Und hier waren mehrere Kinder aufgewachsen?

„Was wollen Sie denn wissen?"

Irrte ich mich oder war die Haushälterin alles andere als begeistert von meinem Einsatz? „Seit wann haben Sie für die Büschers gearbeitet?"

Ihr Gesicht wurde weicher. „Dreiunddreißig Jahre sind es jetzt. Ich wurde damals eingestellt, um mich um Frau Büscher senior zu kümmern", fuhr sie tatsächlich von sich aus fort. Dabei hatte ich schon Angst gehabt, ich müsse ihr jedes einzelne Wort aus der Nase ziehen. „Sie und die erste Frau des Toten … na ja, die fanden nie einen Draht zueinander. Außerdem waren da noch die Kinder." Sie verstummte abrupt, als hätte sie bereits zu viel gesagt.

Ich nickte, wie ich hoffte, mitfühlend. „Und dann wollte niemand mehr auf Sie verzichten?"

Ups, falsche Wortwahl, sie maßregelte mich mit einem strengen Blick. „Als die alte Dame starb, war fast gleichzeitig die Trennung der Eheleute. Kurz darauf kam Herr Büscher mit seiner Neuen an. Es oblag in erster Linie mir, mich um den Umbau und die allgemeine Renovierung zu kümmern."

„Wie viel Abstand war zwischen dem Auszug der Ehefrau und dem Einzug der Neuen?", hakte ich nach. Hatte Herr Büscher tatsächlich die eine durch die andere ersetzt?

Sie kniff die Augen zusammen und überlegte. „Vier, fünf Monate?" Sie nickte heftig. „Länger auf keinen Fall. Sie war schon schwanger, natürlich wollten sie da nicht erst noch getrennte Wohnungen."

Ich gab mich verwirrt. „Also war sie der Grund der Trennung?"

Sie biss sich auf die Lippe. „Mit der ersten Frau gab es ständig Krach", gestand sie widerwillig. „Das war ein ständiges Hin und Her. Ich denke, irgendwann hat er sich woanders Trost gesucht und auch gefunden."

„Vor oder nach der Trennung?"

„Kurz danach", sie maß mich mit einem weiteren missbilligenden Blick. „Das ist Jahre her. Was soll das mit dem Überfall auf ihn im Büro zu tun haben?"

„Keine Ahnung." Ich lächelte sie beschwichtigend an. „Ich versuche nur, mir ein vernünftiges Bild zu machen. Das gelingt am besten, wenn man viele, möglicherweise auch unwichtige Einzelheiten kennt. Die neue Frau Büscher behielt Sie, nehme ich an", fuhr ich ansatzlos fort. Eine lange Diskussion darüber, wie ich das Gespräch führte, wollte ich garantiert nicht lostreten.

Sie lächelte süffisant. „Es blieb ihr gar nichts anderes übrig. Wir hatten gerade erst die Renovierung abgeschlossen, als ihr Vater einen Unfall hatte, wobei er sich den Fuß brach und auf Krücken gehen musste. Deshalb und weil sie sich der beiden Jungs annehmen sollte, fuhr sie für ein paar Tage hin. Am vierten Tag ihres Aufenthaltes brannte es nachts im Haus, der Vater starb, sie und die Kinder konnten gerettet werden. Durch die Aufregung setzten die Wehen ein, Jolanthe kam vier Wochen zu früh zur Welt. Frau Büscher erkrankte an einer schweren Depression, daher bat mich ihr Mann zu bleiben."

„Diese Krankheit bestand bis zuletzt?"

Sie nickte mit ernster Miene. „Mal war es etwas besser, mal schlechter, richtig gut nie."

„Sie schmissen den gesamten Haushalt und kümmerten sich um das Kind?"

„Nein, die Kleine hatte von Anfang an ein Kindermädchen. Ich blieb für den Rest zuständig, den Haushalt und Frau Büscher. In der ersten Zeit bin ich noch mit ihr einkaufen oder zum Arzt gefahren, später verließ sie das Haus gar nicht mehr. Dafür brauchte sie jemand, der ihr Gesellschaft leistete."

„Arbeiteten Sie jeden Tag?"

„Das mache ich immer noch", sagte sie von oben herab. „Solange nicht entschieden ist, wer das Haus erbt und was anschließend damit geschieht, gilt mein Vertrag weiter. Von montags bis samstags, jeweils von acht bis zwei, treffen Sie mich hier an."

„Apropos erbt, wussten Sie von Frau Büschers Sohn?" Gut, dass ich bei dem Anwalt, Herrn Schraft, schon am Telefon Informationen eingeholt hatte.

„Selbstverständlich! Der sollte mit einziehen. Wegen der Krankheit behielt die Oma das Kind in ihrer Obhut. Aus dieser wohl nur für den Übergang gedachten Lösung wurde dann ein Dauerzustand."

„Kennen Sie ihn?"

Sie schüttelte nachdrücklich den Kopf. „Bei der Renovierung konnten wir kein Kind gebrauchen, wirklich nicht."

„Und Sie fanden es nicht seltsam, dass er anschließend nicht einmal zu Besuch kam?"

„Woher … nein, keine Ahnung, vielleicht … ich weiß es nicht." Sie hob den Kopf und funkelte mich böse an. „Außerdem stand es mir nicht zu, eine Meinung zu äußern."

„Aber er erbt jetzt ebenfalls?"

Sie befand sich kurz vor dem Platzen, schien es mir. „Da wissen Sie vermutlich mehr als ich. Mich hat keiner über das Testament informiert."

Sie war mir eindeutig nicht mehr wohlgesonnen, deshalb erhob ich mich und bat um die versprochene Hausführung. Besser, sie nicht zu sehr nerven. Sie schien genauestens über die Büschers informiert. Ich musste mich nur bemühen, die richtigen Knöpfe zu drücken.

Statt zurück in die Diele trat sie zur Terrassentür beziehungsweise der Glaswand aus vier bis zum Boden reichenden Fenstern, durch die man einen ungehinderten Blick in den weiträumigen Garten werfen konnte, eher schon ein kleiner Park, mit einem kleinen Teich, viel Wiese und jeder Menge Beete und Blumenkübel. Natürlich gab es auch die ein oder andere Laterne, die die angelegten Wege aus Rindenmulch beleuchtete. „Sehen Sie den kleinen Baum am hinteren Gartenzaun?"

Ich stellte mich neben sie und folgte ihrem Zeigefinger, bis ich eine winzige Lücke in den dichten, mannshohen Heckenpflanzen entdeckte. Genau davor hatte jemand einen immergrünen Baum gesetzt. Daneben stand ein stabiler Stützstab, allerdings fehlte das Seil, das die Neuanpflanzung mit diesem verband.

„Frau Büscher hat das Band genommen und sich damit erhängt", teilte sie mir mit unbewegter Miene mit.

31

Ich enthielt mich jeglichen Kommentars, bis wir die Treppe hinaufgegangen waren und die obere Etage betraten. Wieder deutete Frau Krause auf eine Stelle: „Da, an dem Balken hat sie das Seil befestigt, ist auf einen Hocker aus dem Schlafzimmer gestiegen und dann ..." Sie hielt inne und schluckte mehrfach. „Den Anblick werde ich wohl nie vergessen."

„Das war an einem Sonntag?", fragte ich vorsichtig nach.

„Am Tag zuvor hat Frau Büscher mich gebeten, dass ich bitte zum Treffen mit Jola kommen solle. Sie müsse etwas Wichtiges mit uns beiden besprechen. Was, wollte sie mir nicht sagen. Ich muss kurz nach ihr eingetroffen sein. Jolanthe kam immer etwas zu früh. Jedenfalls sah ich sie auf der Treppe liegen, als ich eintrat. Da dachte ich noch an einen Unfall und rief nach Frau Büscher. Erst als ich schon den Notruf abgesetzt hatte, entdeckte ich ihre Leiche." Sie wandte sich ab und begann die Treppe hinabzusteigen.

„Die Tochter denkt, ihre Mutter sei ermordet worden", tastete ich mich vor, unsicher, ob sie überhaupt antworten würde.

Zu meiner Überraschung erklärte sie mir offen, sie halte das für ein Hirngespinst. Frau Büscher habe eindeutig Selbstmord begangen, die Polizei sei sich hundertprozentig sicher. Das Ganze habe sich in den frühen Morgenstunden abgespielt, wieso solle der Mörder gewartet haben, bis jemand eintreffe? „Außerdem bin ich ja im Haus geblieben, bis die Polizei kam. Ich hätte es gehört, wenn sich außer mir eine weitere Person hier aufgehalten hätte."

„Nun, Herr Büscher ..."

„Ist im Prinzip meiner Meinung", fiel sie mir schroff ins Wort. „Wahrscheinlich ist er deshalb darum bemüht, den Mörder seines Vaters zu finden, um seine Schwester zu beruhigen. Der gehen im Moment die Nerven durch. Ist ja auch kein Wunder. Erst findet sie den toten Vater, dann die

Leiche ihrer Mutter. Das ist für einen normalen Menschen schon kaum zu verkraften."

„Was wollen Sie damit sagen?"

„Hat er Ihnen denn nichts über Jolanthe erzählt." Frau Krause schüttelte den Kopf und seufzte tief. „War ja eigentlich klar. So etwas überlässt er lieber mir." Sie machte einen Schritt in Richtung Küche. „Kommen Sie, das dauert länger."

Zuvor hatte sie nur auf die einzelnen Türen gedeutet und mir erklärt, was sich dahinter befand: das Arbeitszimmer, die Gästetoilette, der Abgang zum Keller, die Küche. Jetzt trat ich in einen großen Raum mit hellen Holzmöbeln, die im Rechteck angeordnet waren und sämtliche Elektrogeräte enthielten, die ein Haushalt brauchen kann. Eine Sitzecke und ein Tisch im gleichen Holzton rundeten den Gesamteindruck purer Gemütlichkeit ab.

Mir entschlüpfte ein überraschter Ausruf. Nach dem eher kühlen und in meinen Augen trotz der Kargheit protzigen Wohnzimmer war der Unterschied umso bemerkenswerter.

Frau Krause reagierte mit einem knappen Lächeln. „Da geht es Ihnen wie jedem, der reinkommt. Das ist Jolanthes Werk. Ihr Vater wollte die Küche kurz vor ihrem Auszug renovieren lassen. Sie bat ihn, das selbst zu übernehmen. Ist nicht schlecht geworden, oder?"

Das war die Untertreibung des Jahres! „Warum ist sie nicht Innenarchitektin geworden?"

Die Haushälterin deutete auf die Sitzecke. „Nehmen Sie Platz. Ich koche uns eben schnell einen Kaffee." Sie wandte sich zu einer der neuesten und angesagtesten Espressomaschinen. „Jolanthe ist ein wenig seltsam. Und stur, sie lässt sich nicht reinreden."

Während wir gemeinsam am Tisch saßen und den wirklich hervorragenden Espresso tranken, begann sie zu erzählen. Von klein auf sei Jolanthe still und in sich gekehrt gewesen. Das hätte sich später noch gesteigert, sie habe niemand wirklich an sich herangelassen, nicht mal mehr den Vater. Dabei sei der durch die Krankheit der Mutter ihre wichtigste Bezugsperson gewesen. Sie schilderte mir sogar langatmig ein paar Erlebnisse, damit ich besser verstand. Früher hätten die beiden viel zusammen unternommen, später sei Jolanthe an den Wochenenden allein losgezogen, freiwillig. „Meist war sie morgens schon aus dem Haus, wenn Herr und Frau Büscher aufgestanden sind." Sie warf mir einen bedeutungsvollen Blick zu. „Fast immer kehrte sie erst im Abendbereich wieder zurück."

Nein, Freundinnen habe sie nie gehabt. Wie denn auch, wenn man niemand mit nach Hause bringen durfte? Ihrer Mutter waren die Ruhe und Einsamkeit wichtig, die durften nicht von spielenden oder gar tobenden Kindern durchbrochen werden.

Armes, reiches Mädchen, dachte ich bei mir. Es gab also auch andere Wege als offene Brutalität, um eine Kindheit zu zerstören.

Jolanthe sei damit gut klargekommen, merkte Frau Krause an. Ein Einzelgängertyp wie ihr älterer Bruder sei sie. Wenn die Frau vom Andreas damals nicht die Initiative ergriffen hätte, wäre der bestimmt noch Single.

„Aber wieso ist Markus dann einer?", warf ich ein. Der war mit Sicherheit aus einem anderen Holz geschnitzt.

Sie lachte laut auf. „Der kann sich nicht festlegen. Gibt zu viele, die ihm schöntun. Ja, der Markus." Versonnen führte sie die Tasse zum Mund und stellte irritiert fest, dass sie leer war. „Wollen Sie auch noch einen?"

Sicher, ich hoffte auf weitere Aufklärung.

„Der Markus ist ein Filou, aber einer mit einem umwerfenden Charme", klärte sie mich auf. „Der sitzt genau auf dem richtigen Posten. Der dreht Ihnen alles an, was möglich ist. Der kommt eindeutig nach seiner Mutter."

„Und hat einen riesigen Hass auf die Neue und das Kind", versuchte ich sie aus der Reserve zu locken.

Leider biss sie nicht an. Außer, er stünde eben auf der Seite seiner Mutter, ließ sie sich zu keiner weiteren Äußerung über ihn verleiten.

„Und sein Bruder? Der wollte eigentlich gar nicht in die Firma eintreten, richtig?"

„Der wurde vor vollendete Tatsachen gestellt. Die Schwangerschaft kam plötzlich und unerwartet", ergänzte sie auf meinen fragenden Blick. „Ihm ging die Sicherheit eines geregelten Einkommens vor. Sein Vater hingegen hätte es lieber gesehen, wenn er das Studium zu Ende gebracht hätte. Nur deshalb hat er sich anfangs quergestellt."

„Trotzdem scheint die Entscheidung richtig gewesen zu sein. Er hat die Firma viel größer aufgestellt."

„Ja, er hatte Erfolg", gab sie ohne große Begeisterung zu.

Irrte ich mich oder war Markus ihr eindeutiger Favorit?

„Das Sorgenkind war Jola", wechselte sie unerwartet das Thema. „Mit der hatte er echte Probleme."

32

Ich hatte mich so lange bei Frau Krause aufgehalten, dass ich es nicht mehr schaffte, zum Mittagessen nach Hause zu fahren. Ich informierte Tante Simone auf der Fahrt zu Herrn Schraft, dass ich später kommen würde. Die Investition in eine Freisprechanlage machte sich mehr und mehr bezahlt. Es war wesentlich effektiver, auf den Wegen, die ich zu erledigen hatte, zu telefonieren.

Der Rechtsanwalt hatte mir bei meinem Anruf mitgeteilt, es würde ihm am besten um die Mittagszeit herum passen. Wie viele Leute seines Alters nehme er schon gegen zwölf seine Mahlzeit zu sich, schlafen lege er sich erst später. Clever gedreht, so blieb mir eine knappe Stunde, um mich mit ihm auszutauschen.

Auch er wohnte in einem älteren Haus, dem man im Gegensatz zu dem eben verlassenen allerdings sein Alter deutlich ansah. Außerdem war es längst nicht so groß und nur mit einem kleinen Vorgarten ausgestattet. Ich parkte auf dem Bürgersteig vor der Einfahrt zur Garage und legte die paar Schritte bis zur Haustür zurück. Auf mein Klingeln öffnete sie sich sofort, als habe Herr Schraft direkt dahintergestanden.

„Ich sah Sie ankommen", bestätigte er meine Vermutung. „Hier entlang, bitte!"

Er ging vor mir her durch eine schlauchartige Diele, trotz seines Alters in gerader Haltung und mit energischem Schritt. Wenn man ihn so von hinten sah, hätte man niemals auf einen über Siebzigjährigen getippt.

Er führte mich in sein Arbeitszimmer, das wohl wirklich zum Arbeiten gedacht war. An den Wänden befanden sich hohe, gut gefüllte Bücherregale, auf dem wuchtigen Schreibtisch lagen mehrere Aktenordner. Ich wartete, bis er dahinter Platz genommen hatte und setzte mich ihm gegenüber.

„Herr Büscher betonte, dass Sie in seinem Auftrag Ermittlungen zum Tod seines Vaters aufnehmen", begann er. „Wie kann ich Ihnen helfen?"

„Ich bin noch in der Anfangsphase. Daher bitte ich Sie um eine Skizzierung der einzelnen Personen, einfach, damit ich mir ein besseres Bild von ihnen machen kann." Ein kluger Schachzug, wie ich hoffte. Der alte Herr sah nicht so aus, als würde er freiwillig Privates über seine Kunden ausplaudern.

Seine Augen hinter den dicken Brillengläsern funkelten. Hatte er mich durchschaut? „Der Tote und ich waren befreundet", begann er. „Seine und meine Familie sind seit langem miteinander bekannt, wir besuchten dieselbe Klasse, trafen uns auch privat. Mein Interesse, dass dieser Fall aufgeklärt wird, ist ebenfalls groß."

Das klang nicht schlecht. „Hatte er Feinde? Gab es irgendeinen Vorfall vor seiner Ermordung, der Ihnen im Nachhinein zu denken gibt?"

Er schüttelte den Kopf. „Mir ist nichts Derartiges bekannt."

Trotzdem zäumte ich das Pferd lieber von hinten auf. Wäre ich sofort mit Fragen zu den Kindern herausgeplatzt, hätte ich ihn vermutlich zu schnell aufmerksam gemacht, worauf mein Fokus wirklich lag. „Das Verhältnis zu seinen Angestellten, wie war das?"

Wieder schüttelte er den Kopf. „Hermann war in meinem Alter. Dass er noch arbeitete, lag daran, dass er es gern tat. Sein Sohn Andreas hatte im Prinzip die Leitung. Er war zuständig für sämtliche Mitarbeiter. Er trug die Verantwortung."

„Für alle und alles?", rutschte es mir heraus. Mist, damit hatte ich doch schon auf die Familie übergelenkt.

Sein listiges Lächeln gab mir recht. Der alte Fuchs war äußerst clever. „Andreas ist der Kopf der Firma", belehrte er mich. „Sein Bruder kümmert sich ausschließlich um die Vermittlung zum Kauf stehender Gebäude. Darin ist er gut, die Leitung eines Geschäfts liegt ihm nicht."

Nett ausgedrückt! „Also waren die Söhne gleichberechtigt?", stellte ich mich dumm.

Statt einer Antwort zog er die buschigen Augenbrauen hoch und betrachtete mich ausgiebig. Ihm schien langsam aufzugehen, dass ich ein ebenbürtiger Gegner war. „Nein", erwiderte er schließlich bedächtig. „Hermann wollte die Führung nicht aus der Hand geben. Seine Söhne bekamen eine Gewinnbeteiligung und ein mehr als angemessenes Gehalt."

Ja, weil der eine ein Hallodri war, der sich in unzählige Affären stürzte, auch mit verheirateten Frauen, wie mir der Wachmann Herr Steiner unter dem Siegel der Verschwiegenheit berichtet hatte, und schon öfter nur knapp an einem handfesten Skandal vorbeigeschlittert war, und der andere dem Alten zu schnell vorging, was die Erweiterung der Firma betraf. Hermann Büscher wäre es lieber langsamer angegangen.

Schade, dass beide ein nicht zu erschütterndes Alibi hatten. Andreas war pünktlich zu einer längeren Sitzung beim Zahnarzt erschienen, Markus nicht nur mit dem Psychotherapeuten, sondern mit weiteren Kumpeln zusammen gewesen. Was jedoch nicht ausschloss, dass sie jemanden beauftragt hatten, den Mord zu begehen. Ich musste dringend mehr über die Söhne erfahren.

Nun, Herr Schraft würde mir keine weiteren persönlichen Einzelheiten mitteilen, das war mir klar. Deshalb stellte ich meine nächste Frage zu der Tochter und seinem Verhältnis zu ihr.

Ein gütiges Lächeln – man konnte es tatsächlich nicht anders nennen – glitt über sein Gesicht. „Die arme Kleine. Sie hat am meisten unter Hermanns Tod gelitten. Falsch, sie leidet immer noch, vor allem nach diesem zweiten Vorfall."

„Sie meinen den Selbstmord ihrer Mutter?"

Er zögerte. „Ich weiß, Jola denkt, sie sei ebenfalls ermordet worden. Was bestimmt kein Wunder ist nach dieser schweren Gehirnerschütterung." Seine Augen warnten mich davor, weiter zu fragen.

Ich kapitulierte. „Wie Sie mir am Telefon bereits sagten, hat Frau Büscher einen Halbbruder, der im Testament bedacht ist, richtig?"

„Er und sie sind die Erben", bestätigte er mit einem leichten Nicken. „Frau Krause erhält ebenfalls eine kleinere Summe."

„Wusste Frau Büscher von dem Bruder?"

„Nein, ihre Mutter erzählte ihr nicht von ihm. Es war eine ziemliche Überraschung für sie."

Ich musste mein Erstaunen nicht mal spielen. „Sie hatte überhaupt keine Ahnung?"

„Iris Büscher war nach der Geburt zu krank, sie konnte sich nicht einmal um das Neugeborene kümmern. Es war für alle Beteiligten besser, dass der Junge bei seiner Oma blieb, in der altvertrauten Umgebung. Warum der

Kontakt ganz einschlief, kann ich Ihnen nicht sagen. Darüber sprach Hermann nie."

Ich verzog mitfühlend das Gesicht. „Das ist ein ganz schöner Hammer, wenn man zu dem ganzen anderen …", beinahe hätte ich Scheiß gesagt, „… zu diesen extremen Belastungen noch so eine Nachricht erhält", verbesserte ich mich. „Wissen Sie irgendetwas über ihn?"

„Ich schickte ihm eine Benachrichtigung an die Adresse seiner Oma und er kam wie erhofft zur Beerdigung der Mutter." Wie erwartet blieb Herr Schraft einsilbig.

„Ah, ja, die Adresse. Könnte ich die bitte von Ihnen bekommen? Es wird mir wohl nichts anderes übrigbleiben, als den jungen Mann persönlich aufzusuchen. Ich muss jeden Beteiligten abklopfen", kam ich seinem Einwand zuvor. „Auch wenn die Idee weit hergeholt ist, dass Ihr Freund sterben musste, weil seine Frau die Haupterbin war."

33

„Wenn die nicht alle dermaßen mauern würden", beklagte ich mich bei Tante Simone, nachdem ich mein Essen hinuntergeschlungen hatte. „Bisher habe ich nur durch den Wachmann ein paar relevante Einzelheiten erfahren."

„Der war wirklich gut informiert. Ich habe heute Morgen die bisherigen Aussagen abgetippt, seine erscheint mir am vielversprechendsten. Vor allem ist er relativ neutral, ich habe nicht das Gefühl, dass er, außer gegenüber dem Chef, für irgendjemanden weitergehende Gefühle hat, weder positive noch negative."

„Doch, für die junge Frau Büscher", widersprach ich. „Von der schwärmt er geradezu. Genau wie der Rechtsanwalt", setzte ich hinzu. „Anscheinend kommt sie bei älteren Herren besonders gut an."

„Nur bei Männern?"

„Frau Krause, die Haushälterin, tat zwar ziemlich besorgt, trotzdem habe ich nicht den Eindruck, dass sie viel von ihr hält. Sie sei immer schon komisch gewesen, sehr zurückhaltend, eher eigenbrötlerisch. Der Beruf, für den sie sich entschied, sei ein ewiger Streitpunkt zwischen ihrem Vater und ihr gewesen. Mediengestalter", fügte ich hinzu. „Das ist eine schulische Ausbildung."

„Und was ist daran so falsch?"

„Sie hat eine starke künstlerische Begabung", ich dachte an die heimelige Küche. „Sie hätte sich etwas viel Besseres aussuchen, hätte Kunst oder Innenarchitektur studieren können. Sie wollte nach der zehnten Klasse unbedingt abgehen, da kam es wohl zu diversen Streitgesprächen. Später fand sie nur kurzfristige Anstellungen, es scheint, als hätte sie sich wohl doch den falschen Beruf ausgesucht. Die letzte besorgte ihr der Vater, auch bei der Firma wurde ihr Vertrag nicht verlängert."

„Das muss nichts heißen", ergriff unerwartet meine Tante für sie Partei. „Vielleicht spricht dieser Punkt sogar für sie. Integrität wird heutzutage kleingeschrieben. Du müsstest nachforschen, weshalb ihr gekündigt wurde."

„Jedenfalls kam ihr der Tod des Vaters mehr als gelegen", konnte ich mich nicht hindern hinzuzufügen. „Sie war gerade arbeitslos geworden. Mit ihrem Erbe, dem Haus, in dem sie lebt, konnte sie es sich erlauben, den Sprung in die Selbstständigkeit zu wagen. Keine Ahnung, wie es läuft."

„Wann sprichst du mit ihr?"

„Sobald sie von ihrer Krankheit genesen ist. Angeblich hat sie eine schwere Virusinfektion und ihr Arzt brachte sie bei einer privaten Pflege unter. Keiner darf sie besuchen, heißt es."

„Nun, ja. Nach allem, was sie durchgemacht hat. Was ist mit den Brüdern? Die haben genauso vom Tod des Vaters profitiert."

„Die sehe ich mir selbstverständlich auch genauer an, ebenso diesen Halbbruder mütterlicherseits. Seltsam, dass keiner von ihm wusste, findest du nicht?"

Meine Tante, die schon viel erlebt hatte, schüttelte langsam den Kopf. „Du glaubst gar nicht, was es für Familienkonstellationen gibt. In den wenigsten ist alles Friede-Freude-Eierkuchen."

Na ja, das hier setzte so ziemlich allem die Krone auf, was mir bisher untergekommen war.

Bevor ich hinüber in mein Häuschen ging, googelte ich in der Detektei die Anschrift von Elias Stahl, dem Halbbruder. Ah, sieh mal einer an! Denen gehörte eine kleine Fabrik, in der allerhand elektronisches Zubehör für Handys und Computer hergestellt wurde. Ob der junge Mann auch dort angestellt war?

Ich schrieb mir seine Privatadresse und die seiner Mutter und die dazugehörigen Telefonnummern heraus. Einem Impuls folgend wählte ich als Erstes ihre. Wenn ich mich nicht täuschte, würde sie mir ein genaueres Bild vermitteln können.

Eine weibliche Stimme meldete sich. „Ja, bitte?"

„Speer", stellte ich mich vor. „Ist Herr Elias Stahl zu sprechen?"

„Worum geht es denn?"

„Ich ermittle im Mordfall Hermann Büscher und zum Selbstmord seiner Frau. Um die Hintergründe besser zu verstehen, würde ich gern mit ihm

reden. Die Verhältnisse sind schon sehr seltsam", fügte ich meiner Einge-
bung folgend hinzu.

Die unbekannte Frau lachte meckernd. „Wem sagen Sie das! Da wäre es
wohl besser, ich erkläre Ihnen die Zusammenhänge. Ich bin seine Oma
und habe ihn großgezogen."

Ha! Das lief blendend. „Gern", beeilte ich mich zu erwidern. „Wann passt
es Ihnen denn?"

„Arbeiten Sie auch am Sonntag? Das käme mir sehr entgegen, wenn wir
das Gespräch am Wochenende erledigen könnten."

Ich erhielt eine Einladung zum Kaffeetrinken um vier und legte zufrieden
den Hörer zurück in die Station.

Kaum hatte ich ein wenig Ordnung geschaffen, klingelte es und Deniz
stand vor der Tür. Ab und zu, meist einmal im Monat, trafen wir uns zu
einem gemütlichen Beisammensein und ließen alte Gewohnheiten aufle-
ben, guckten zusammen zum x-ten Mal denselben alten Film, verbrachten
Stunden an der Spielekonsole oder arbeiteten gemeinsam mit meinen Han-
teln, was bei Deniz im Prinzip verlorene Liebesmüh war, er konnte sich
allein einfach nicht zu einem regelmäßigen Training aufraffen.

Seine Freundin hatte tatsächlich nichts gegen unsere Alleingänge einzu-
wenden, oft war sie an diesem Tag ebenfalls unterwegs, es machte ihr allerdings auch nichts aus, sich zu Hause selbst zu beschäftigen. Wirklich die
ideale Beziehung, hatte ich schon mehr als einmal gedacht. Wenn du doch
auch so jemanden finden könntest!

„Na, wie läuft's?", fragte Deniz bei seinem Eintreten.

„Wir hatten am Donnerstag unser Erstgespräch, was erwartest du da?"

„Zumindest eine vorsichtige Einschätzung", grinste er.

„Kennst du denn alle persönlich?"

Das war eher als rhetorische Frage gedacht. Zu meinem Erstaunen nickte
er. „Die meisten. Ich arbeite für die, seitdem ich den Laden eröffnet habe.
Der alte Büscher nahm mich damals als Notstopfen, weil sein Handwerker
in Konkurs ging." Das Grinsen auf seinem Gesicht zerfloss richtig. „Er
war so zufrieden mit mir, dass er seitdem immer auf mich zurückgriff."

Deniz hatte ein eigenes Geschäft rund um Alarmanlagen und spezielle
Haussicherungen. Normalerweise konnte er auf ein großes Kontingent an
Hilfskräften zurückgreifen, dass er selbst Hand anlegte, kam eigentlich nur

143

noch selten vor. Trotzdem fragte ich nach: „Hast du viel mit ihm zu tun gehabt?"

Wieder nickte er. „Der war so ein Typ, der wollte, dass der Chef sich selbst kümmert." Er grinste. „Also habe ich mich gekümmert."

Umso besser, somit konnte er meine wenigen Fakten sicherlich ergänzen.

34

„Deniz hat ungefähr die gleichen Ansichten wie ich", berichtete ich meiner Tante am nächsten Morgen beim gemeinsamen Frühstück. Ja, wir nahmen gerade am Wochenende oft unsere Mahlzeiten gemeinsam ein. War auch viel gemütlicher, und zu quatschen hatten wir immer etwas.

„Die da wären?", ermunterte sie mich, weiter auszuholen.

„Markus ist ein Blender, kann allerdings gut verkaufen. Der quatscht dir eine Klinke ans Bein – O-Ton Deniz. Schon vor dem Tod des Alten mimte er den Playboy, Deniz glaubt, dass der immer am Rande des Bankrotts lebt."

„Also eindeutig jemand, der vom Tod des Vaters profitierte. Hast du ihn darauf angesetzt, dir Material zu besorgen?"

Tante Simone konnte man nichts vormachen. Obwohl ich illegal erworbene Informationen immer als von einer anonymen Quelle stammend ausgab, hatte sie die richtige Verbindung längst gezogen.

Ich lächelte sie unschuldig an. „Deniz' Verbindungen sind eben besser als meine."

Sie verdrehte gut sichtbar die Augen. „Und, hast du?"

„Klar. Nicht nur von Markus, auch von Andreas und seiner Schwester." Wenn schon, denn schon. In der Abrechnung des Kunden wurde dieser Punkt natürlich anders deklariert, meine Tante fand jedes Mal einen plausiblen Ansatz.

„Was denkt er über diese beiden?"

„Andreas ist Geschäftsmann pur, penibel, korrekt, ein kühler Rechner, ihm fehlt jedoch die verbindliche Art seines Vaters. Andererseits schien er mit den Gegebenheiten durchaus zufrieden gewesen zu sein. Ihm dünkte nicht nach mehr Macht oder Geld, meint Deniz. Jolanthe kennt er kaum, er hat sie vielleicht ein-, zweimal kurz gesehen. Sie ist der Typ, der bei jedem Mann einen Beschützerinstinkt auslöst, sagt er."

Meine Tante, die gerade nach ihrer Tasse griff, ließ diese sinken und prustete los.

„Was ist daran so erheiternd?"

„Ich bin echt gespannt, wie du mit ihr klarkommst", verkündete sie, nachdem sie sich wieder beruhigt hatte. Trotz mehrmaliger Nachfrage bekam ich nicht heraus, wie sie diese Aussage meinte.

Nach einem Besuch im Sportstudio und einer ausgiebigen Dusche machte ich mich auf den Weg zu Frau Stahl. Die Fahrtzeit betrug eine knappe Dreiviertelstunde, vom Haus der Büschers aus ungefähr zehn Minuten länger, eigentlich keine lange Strecke, um nach seinem Kind zu sehen. Ich war wirklich gespannt, was die alte Dame mir erzählen würde.

Alte Dame? Weit gefehlt! Ich konnte mein Erstaunen kaum verbergen, als mir eine schlanke, sportliche Mittfünfzigerin die Tür öffnete. Die konnte nicht viel älter sein als die verstorbene Frau Büscher!

Entweder hatte ich es doch geschafft, meine Mimik glatt zu halten, oder sie achtete nicht genauer darauf. Lächelnd trat sie vor und gab mir die Hand. „Sie sehen tatsächlich so aus, wie ich mir einen Detektiv vorstelle, fast wie im Fernsehen."

Diesen Ausspruch durfte ich wohl als Kompliment betrachten. Ich muss gestehen, er nahm mich sofort für sie ein.

Sie führte mich in ein helles, behaglich eingerichtetes Wohnzimmer, gediegen, war der passende Ausdruck, nichts Weltbewegendes, aber mit ausgesprochener Wohlfühlatmosphäre. Der Esstisch war mit Geschirr eingedeckt, in der Mitte prangte eine Torte.

„So habe ich wenigstens Gesellschaft bei meinem heimlichen Laster", lächelte sie. „Die Jungs führen ihr eigenes Leben, wir sehen uns fast nur noch in der Firma."

Während des Essens, selbst gebackener Streuselobstkuchen – wirklich hervorragend -, unterhielten wir uns über Belanglosigkeiten: Das Wetter, die Schwierigkeiten einer alleinstehenden Frau im eigenen Haus, die nicht handwerklich begabt ist – da konnte ich mitreden, Tante Simone war ähnlich gestrickt -, die zunehmende Rücksichtslosigkeit in der Gesellschaft. Kaum hatte ich mein zweites Stück verdrückt, griff sie nach dem Aschenbecher und ihren Zigaretten, die an der Seite gelegen hatten. „Sie auch?"
Ich schüttelte den Kopf. „Ich bin Nichtraucher."

Sie rückte etwas von mir ab. „Ein weiteres meiner Laster. Ich kann einfach nicht davon ablassen."

„Mich stört es nicht", versicherte ich ihr. „Es ist Ihr Zuhause", und Ihre Gesundheit, verkniff ich mir lieber, „außerdem bin ich derjenige, der etwas von Ihnen will."

Schlagartig wurde sie ernst. „Ich würde ja gern sagen: Das ist die gerechte Strafe, nur komme ich mir mit dem Spruch ziemlich gemein vor. Obwohl er stimmt. Was die beiden abgezogen haben, war nicht normal."

Ich verkniff mir einen Kommentar und fragte stattdessen: „Was ist denn damals genau passiert? Wissen Sie das?"

Sie nickte nachdrücklich und nahm einen tiefen Zug von ihrer Zigarette. „Besser, ich fange von vorn an, damit Sie die Zusammenhänge verstehen. Iris' Mutter starb bei deren Geburt. Konrad war untröstlich. Das Baby wurde von Anfang an verhätschelt und verwöhnt, fast wie ein Heiligtum. Er nahm sie überall mit hin, sie durfte alles, war stets die Nummer eins. Er hat einen richtigen Kult um sie getrieben."

Mir schwante Schreckliches. „Aber er hatte doch Bedürfnisse, schätze ich."

„Dafür gab es mich", gestand sie mit einem leisen Lachen. „Und vor mir wahrscheinlich weitere. Ich machte damals meine Lehre in der Firma und verliebte mich quasi sofort in den netten, gut aussehenden Chef. Dass er fast zwanzig Jahre älter war, störte mich nicht. Wir kamen kurz nach meiner Prüfung zusammen, da war ich neunzehn und er achtunddreißig. Iris durfte natürlich nichts von mir wissen, nein, die wollte und musste ihren Papa nicht teilen." Sie griff nach ihrer Kaffeetasse und nahm einen winzigen Schluck.

Klar, die Erinnerung tat sicherlich noch immer weh. Die Liebe spielte die zweite Geige, das war bestimmt nicht einfach gewesen – und wurde es in der Erinnerung auch nicht.

„Ich gebe zu, die Schwangerschaft war geplant", sie zuckte die Schultern. „Ich verstand ihn nicht. Wann wollte er denn endlich anfangen, sich ein eigenes Leben zu gestatten? Iris stand mittlerweile vor ihrem sechzehnten Geburtstag und er dachte immer noch, er könne ihr keine Stiefmutter zumuten. Dabei machte jeder längst sein eigenes Ding." Ein wehmütiges Lächeln glitt über ihre Züge. „Ich hatte Konrad richtig eingeschätzt. Er war begeistert und wollte mich heiraten, je eher, desto besser."

Also lagen zwischen Iris Büscher und ihr einige Jahre mehr als gedacht!
„Und seine Tochter?"

Sie seufzte. „Gab sich freundlich-neutral. Doch kaum war Nicholas auf der Welt, zog sie zu ihrem damaligen Freund, brach die Schule ab und lebte mehr oder weniger in den Tag hinein. Sie wolle sich selbst finden, überlegen, was sie mit ihrem weiteren Leben anfangen solle. Der Typ war ein Loser, der hatte überhaupt keinen Bock zu arbeiten, nicht mal eine Lehre hatte der gemacht. Als sie schwanger wurde, merkte Iris schnell, dass sie an den Falschen geraten war. Er ..." Die Türklingel unterbrach sie. Stirnrunzelnd erhob sie sich. „Wer kann das sein. Ich erwarte niemand. Einen Moment, bitte."

Ich lauschte angestrengt, um die Begrüßung mitzubekommen. Dann fiel mein Kinn vor Enttäuschung nach unten. Ausgerechnet Elias wollte seiner Oma einen unverhofften Besuch abstatten. Weitere Enthüllungen konnte ich garantiert vergessen.

35

Es gelang Frau Stahl nicht, ihn abzuwimmeln. Schließlich bat sie ihn herein und führte ihn ins Wohnzimmer. „Ich habe Besuch", warnte sie ihn vor.

Ich blickte ihm gespannt entgegen. Ja, er hatte eindeutig Ähnlichkeit mit Jolanthe Büscher, soweit man das nach dem einen Foto, das mir Frau Krause gezeigt hatte, entscheiden konnte. Die Halbgeschwister hatten die gleichen leicht gelockten, mittelbraunen Haare, nur trug Elias diese im Gegensatz zu seiner Schwester relativ kurz, bei ihr reichten sie bis auf die Schultern. Auch die längliche Gesichtsform mit den betonten Wangenknochen glich der ihren, genauso wie die etwas schräg gestellten Augen. Ich musste mir unbedingt ein Bild von Konrad Stahl und von Iris zeigen lassen.

„Hi", begrüßte Elias mich. Dann entdeckte er den gedeckten Tisch. „Wow, dein Streuselkuchen! Kann ich ein Stück haben?"

„Sogar eine Tasse Kaffee, er müsste noch heiß genug sein." Frau Stahl warf mir einen entschuldigenden Blick zu.

Ich lehnte mich zurück und signalisierte ihr, dass ich warten würde. „Speer", stellte ich mich vor. „Ich ermittle im Mordfall Büscher, in den Sie am Rande mitverwickelt sind." Klar, ich hätte lügen können, aber ich wollte ihn ja sowieso befragen. Daher lieber mit offenen Karten spielen.

Sofort hatte ich sein Interesse gewonnen. „Ein echter Detektiv?" Auf mein Nicken fuhr er ansatzlos fort: „Und was wollen Sie von Mama?"

Einen Moment war ich irritiert, bis ich begriff. Er meinte seine Oma. „Ich interessiere mich für die Hintergründe der Familie. Und dazu gehören auch Sie und Ihre ..." Jetzt wusste ich nicht, wie ich sie nennen sollte.

Frau Stahl erkannte meine Verlegenheit. „Oma, Mama, ist egal. Elias nennt mich Mama, weil ich das für ihn bin, obwohl er genau weiß, wer seine biologische ist."

Dieser hatte in der Zwischenzeit neben mir Platz genommen und griff verlangend nach dem Teller, den sie ihm hinhielt. „Wie viele darf ich?"

„So viel du möchtest." Auch Frau Stahl setzte sich zurück an den Tisch.

Elias tat sich gleich zwei Stücke auf einmal auf, nahm eins in die Hand und biss hinein. „Lecker!" Drei weitere große Bissen und es war verschwunden.

„Möchtest du was Bestimmtes oder ist dies ein Zufallsbesuch?", fragte Frau Stahl, während Elias mit dem zweiten Kuchenstück genauso verfuhr. Er kaute und schluckte, bevor er antworten konnte. „Ich wollte dir den Brief zeigen, den sie hinterlassen hat. Willst du ihn sehen?" Ohne ihre Antwort abzuwarten, griff er in die Hemdtasche und zog ein mehrfach gefaltetes Papier hervor.

Ich unterdrückte ein Grinsen. Ein bisschen seltsam war Elias schon.

Seine Oma schien sich nicht daran zu stören. Sie streckte verlangend die Hand aus und strich den zerknitterten Brief auf der Tischplatte glatt, bevor sie ihn anhob. Schon bei den ersten Worten verengten sich ihre Augen, ihre Miene wurde immer grimmiger, je weiter sie las. „Den hätte sie sich schenken können!", platzte sie empört heraus. „Hast du was dagegen, wenn ich ihn Herrn Speer zeige?"

„Nee, mach ruhig!" Elias war bereits mit Kuchenstück drei und vier beschäftigt. Ihn schien der Inhalt nicht besonders getroffen zu haben.

Frau Stahl reichte ihn mir herüber und ich las aufs Äußerste gespannt die paar Zeilen, die sich seine echte Mutter abgerungen hatte. *Lieber Elias, wie von deinem Opa gewünscht, erhältst du meinen Anteil an der väterlichen Fabrik. Versuche, in seinem Sinne zu handeln und dein Erbe zu erhalten. Am besten vertraust du auf deine Oma, und Nicholas. Diese sind bestens in der Lage, die Firma zu führen. Ich habe in mein Testament den Zusatz aufgenommen, dass du von dir aus keinen Verkauf veranlassen kannst. So wirst du bis an dein Lebensende dein Auskommen haben. Ich wünsche dir alles Gute, Iris Büscher.*

Obwohl durch Frau Stahls Gesichtsausdruck vorgewarnt musste ich nun an mich halten, um mit meiner plötzlich aufkommenden Wut nicht laut herauszuplatzen. Was war das denn für eine Mutter? Kein einziges persönliches Wort!

„Ich bin dann wieder weg", verkündete Elias ungerührt und sprang auf. „Kann ich den Brief hier bei dir lassen?"

„Kein Problem", nickte Frau Stahl.

Ich hielt ihn am Jackenärmel zurück. „Haben Sie einen Moment Zeit? Dann könnte ich die paar Fragen, die ich an Sie habe, gleich loswerden."

Er warf einen Blick auf seine Armbanduhr und ließ sich zurück auf den Stuhl fallen. „Ein paar Minuten habe ich noch."

„Wussten Sie von Ihrer Schwester?" Es fiel mir doch sehr schwer, ihn auf das Verhältnis zu seiner Mutter anzusprechen, daher nahm ich lieber den Umweg in Kauf. Ob ich ihn überhaupt zu diesem befragen sollte oder mich besser auf die Oma verließ? Abwarten, wie sich das Gespräch entwickelte.

„Also, dass ich ein Geschwisterchen bekommen sollte, war ja klar." Sonderlich betroffen klang er nicht. „Dass es ein Mädchen wurde und die den Namen Jolanthe bekam, hat mir Mama erzählt." Er wies auf seine Oma. Dann kicherte er. „Die hatte sie nicht mehr alle! Elias und Jolanthe – wie heftig ist das denn? Blöder geht schon gar nicht mehr."

Ich stimmte ihm insgeheim zu. Da war ich besser weggekommen.

„Gesehen habe ich die zum ersten Mal auf der Beerdigung. Ist ein bisschen zurückhaltend und ernst, aber anscheinend ganz nett."

„Wussten Sie von der Bestimmung im Testament?"

Er hob die Schultern und ließ sie wieder fallen. „Ich hätte ja nie gedacht, dass sie so früh stirbt. Das war gut, wie es lief. Ich mache meine Arbeit und kriege ein super Gehalt." Er blickte mir offen in die Augen. „Schätze, viel wird sich daran nicht ändern jetzt."

„Es bleibt alles beim Alten", ließ sich Frau Stahl vernehmen und klang dabei sehr energisch. „Das hat sich bisher super bewährt."

„Sag ich doch", brummte Elias und sah mich abwartend an. „Sonst noch was?"

„Kannten Sie Hermann Büscher?"

„Nee, keinen von denen."

Weitere Fragen fielen mir beim besten Willen nicht ein. Ich bat um seine Handynummer, falls sich neue ergeben sollten, und er gab mir zum Abschied die Hand. „Hoffentlich haben Sie Erfolg bei Ihren Ermittlungen. Für Jola ist es bestimmt wichtig, die macht das Ganze richtig fertig."

So viel Einfühlungsvermögen hätte ich ihm gar nicht zugetraut.

Seine Oma brachte ihn zur Tür und umarmte ihn. „Bis morgen. Ich bringe dir den restlichen Kuchen mit."

Er drückte ihr einen Kuss auf die Wange und grinste. „Du bist die Beste."

Kaum zurück wedelte sie auffordernd mit der Hand. „Kommen Sie, wir machen einen Spaziergang. Beim Gehen redet es sich leichter."

36

Frau Stahl wohnte in einem kleinen Dörfchen, richtig ländlich gelegen, mit viel Wald und Wiese drum herum. Ohne mich zu fragen, bog sie kurz nach ihrem Haus auf einen schmalen, sanft ansteigenden Feldweg ab.

Eine Weile wanderten wir schweigend nebeneinander her. Noch während ich mir meine Fragen im Kopf zurechtlegte, begann sie zu sprechen. „Iris war ungefähr im siebten Monat, als sie zu uns zurückkehrte. Der Typ hatte sie rausgeschmissen, der wollte kein Kind. In die Schule zurück hätte sich nicht mehr gelohnt, also saß sie daheim rum, bis die Wehen einsetzten. Elias war ein kleiner Schreihals, er kam nur schlecht zur Ruhe." Sie streifte mich mit einem kurzen Seitenblick. „Wer weiß schon, was zwischen den beiden jungen Leuten abging."

Frau Stahl gefiel mir von Minute zu Minute besser. Sie nannte die Dinge beim Namen und war dabei auskunftsfreudiger, als ich erwartet hatte. Besser konnte ich es gar nicht treffen.

„Iris stellte relativ schnell fest, dass es sehr anstrengend sein kann, sich um ein Baby kümmern zu müssen. Daher griff sie Konrads Vorschlag auf, einen vernünftigen Schulabschluss zu machen." Frau Stahl lachte höhnisch. „Dreimal dürfen Sie raten, wer ab da für den Kleinen zuständig war."

„Sie natürlich", erwiderte ich, ohne groß nachzudenken. Eine andere Option bot sich nicht.

„Klar, wer sonst? Hatte ich eben zwei Kinder, um die ich mich kümmern musste."

„Das war bestimmt nicht einfach", stimmte ich ihr zu.

„Nicholas ist zwei Jahre älter, eigentlich sollte er ab dem dritten Lebensjahr in den Kindergarten gehen. Ich wollte zurück in meinen Job, ich habe meine Arbeit immer geliebt."

Und dann saß sie zu Hause fest, wie ich erfuhr. Denn nach Beendigung der Schule besorgte Konrad Stahl seiner Tochter direkt eine Lehrstelle – natürlich bei sich in der Firma. Und die arme Iris war so eingespannt, dass sie kaum Zeit für ihren Sohn fand. Da war selbst ihr Mann eher bereit, mit den beiden Jungen zu spielen.

„Konrad war mit der Situation glücklich und zufrieden: Seine geliebte Tochter blieb unter seiner Fuchtel, sein Sohn und sein Enkel wuchsen zusammen auf und er hatte all seine Lieben jeden Tag um sich."

Frau Stahl begehrte erst auf, als Iris sich auch nach bestandener Prüfung nicht auf eigene Füße stellen wollte. „Sie müssen sich das so vorstellen, als hätten Sie eine erwachsene Tochter im Haus, die sich wie ein Kind von vorne bis hinten bedienen lässt. Das Kochen, Putzen, Einkaufen, die Wäsche, alles blieb an mir hängen, obwohl ich da auch schon halbtags arbeitete. Und natürlich die Jungs. Sie musste sich abends erholen und am Wochenende auch."

Frau Stahl war während ihres Berichts immer schneller geworden, wir hatten die Anhöhe mittlerweile erreicht, von der Wege in drei Richtungen abgingen. Nur leicht schnaufend blieb sie stehen und sah mich prüfend an. „Welchen sollen wir nehmen? Der runter führt in einem Bogen durchs Dorf und zum Haus zurück, bei den anderen beiden können wir umkehren, wann immer wir wollen."

„Entscheiden Sie!"

Sie musste nicht lange überlegen. „Dann nehmen wir den linken. Der ist der landschaftlich schönere." Sie warf mir ein verschmitztes Lächeln zu. „Den gehe ich am liebsten in Begleitung. Es ist ziemlich einsam im Wald." Was soll's, dachte ich. Du hast heute nichts anderes vor, erfährst alles, was du wissen willst und machst nebenbei dieser Frau noch eine Freude. Warum also nicht?

Ich wurde nicht enttäuscht. Kaum schritten wir nebeneinander her, fuhr Frau Stahl mit ihrem Bericht fort. Es dauerte eine Weile, bis sie ihren Mann davon überzeugen konnte, dass Iris dringend auf eigenen Füßen stehen müsse. Anfangs weigerte er sich, das Offensichtliche zu sehen, nämlich dass seine Tochter überhaupt keine Lust hatte, aus ihrem Kind-Status herauszukommen. „Immer und immer wieder gab er ihr einen zu, selbst als klar wurde, dass Iris auch auf der Arbeit nur das Nötigste tat und bei jeder Kleinigkeit krankfeierte." Sie schnaubte laut. „Identifizierung mit der Firma, die sie mal erben sollte? Nicht die Bohne!"

„Das war von Anfang an festgelegt, das mit dem Erbe?", warf ich schnell ein. Denn sonderlich erstaunt über Iris' Zeilen war sie nicht gewesen, nur erzürnt, dass diese nicht ein persönliches Wort für ihren Sohn gefunden hatte.

„Konrad wollte, dass die Fabrik von seinen Kindern übernommen wird", bestätigte sie mit einem Nicken. „Ich habe bei unserer Heirat einen dementsprechenden Vertrag unterschrieben. Bei seinem Tod erbte ich das Haus und eine gewisse Summe Geld, der Rest ging zu gleichen Teilen an seine Kinder Iris und Nicholas. Später folgte der Zusatz, dass seine Tochter ihren Anteil nicht veräußern dürfe, sondern für Elias bewahren müsse. Sie erhielt ihre monatliche Abrechnung und das Geld, das ihr zustand. Irgendeinen Einfluss aufs Geschäft hatte sie nicht."

Also hatte Herr Stahl irgendwann seine Tochter doch durchschaut! „Wie kam es dazu, dass sie dann auszog?", wechselte ich zurück zu der Stelle ihres Berichts, an dem wir kurz abgewichen waren.

„Mein Mann ließ ihr gar keine Wahl. Weil sie keine Anstalten machte, sich zu kümmern, schaltete er kurzerhand eine Immobilienfirma ein, die von Herrn Büscher. Tja", sie stieß mich leicht in die Seite. „Und kurz darauf waren die beiden ein Paar und sie schwanger."

Mit dieser Pointe hatte ich fast gerechnet. Trotzdem pfiff ich beeindruckt durch die Zähne. Warum sollte ich ihr nicht die Freude machen?

„Der arme Kerl lebte in Scheidung", sie kicherte, „und würde schon bald vom Regen in die Traufe kommen. Das war mir von Anfang an klar. Nur das Wie war mir ein Rätsel."

Iris hatte ihn sich in der Absicht an Land gezogen, versorgt zu sein und ein ruhiges beschauliches Leben führen zu können, zumindest Frau Stahls Meinung nach. Sie charakterisierte ihre Stieftochter als Mensch, der sich selbst genügte, der überhaupt keine Lust hatte, sich großartig auf einen anderen einzulassen, weder auf einen Mann noch auf ein Kind, der zufrieden damit war, seinen Hobbys nachzugehen, der gern für sich blieb und keine Freunde, Bekannten oder besondere Aktivitäten brauchte, um glücklich zu sein. Der aber am liebsten dabei umsorgt werden wollte und nicht bereit war, sich um irgendetwas selbst zu kümmern.

„Ehrlich gesagt graute mir davor, Elias abgeben zu müssen", gestand sie. „Er war so ein liebes Kind, zwar sehr lebhaft, aber so was von gutmütig. Und sie hatte gar keine richtige Beziehung zu ihm."

Damals nannte er sie allerdings noch Oma und seine Mutter Mama, worauf Iris Wert legte. Schließlich war sie es, die ihn zur Welt gebracht hatte. Auch schien ihr daran gelegen, ihn in das neue Heim mitzunehmen. Nicht während der Renovierung, nein, da wäre er nur im Weg gewesen. Aber anschließend würden sie gemeinsam dort einziehen, daran ließ sie keinen Zweifel.

Endlich näherten wir uns dem Thema, das mich am meisten interessierte.

„Dazu kam es jedoch nicht mehr?"

„Nein, der Brand und Konrads Tod veränderten alles."

37

Fast zwei Stunden waren wir durch den Wald spaziert und Frau Stahl hatte mir ausführlich über die Gegebenheiten berichtet. Als ich mich vor der Haustür von ihr verabschiedete, verfluchte ich mich dafür, sie nicht gefragt zu haben, ob ich unser Gespräch aufnehmen könne. Denn mir schwirrte mittlerweile der Kopf von all den Informationen.

Unterwegs hielt ich an einem Imbiss und kaufte mir einen Döner. Nach der ganzen Bewegung war ich selbst zu faul, mir eines der vielen gefrorenen Fertiggerichte im Backofen zuzubereiten, die in meiner Gefriertruhe lagerten.

Trotzdem setzte ich mich nach dem Essen pflichtschuldig hin und sprach meinen Bericht auf Band, damit Tante Simone ihn am nächsten Tag abtippen konnte. Danach gönnte ich mir ein wenig Freizeit, die im Prinzip daraus bestand, dass ich vor dem Fernseher abhing, bis ich die Augen kaum noch aufhalten konnte.

„Und, hat sich was Neues ergeben?", überfiel sie mich, nachdem ich das Büro betreten hatte.

Ich wedelte mit dem Diktiergerät. „Du kannst die Abschrift gleich in Angriff nehmen. Und tue mir bitte noch einen Gefallen, versuche rauszukriegen, wie dieser Hausbrand damals entstanden ist. Das genaue Datum findest du auf dem Band." Nach diesen kryptischen Worten drehte ich schleunigst um und nahm Kurs auf meinen Wagen. Sonst hätte sie garantiert so lange geprökelt, bis ich ihr jede Einzelheit erzählte.

Den gesamten Vormittag verbrachte ich in der Fabrik, die sich als mittelgroße Anlage entpuppte, so ziemlich auf dem neuesten Stand, wie es mir vorkam – um Genaueres sagen zu können, hätte ich Deniz mitnehmen müssen. Der kannte sich mit technischen Dingen viel, viel besser aus als ich.

Frau Stahl hatte mir freie Hand gegeben und wohl auch schon mit den Mitarbeitern gesprochen. Jedenfalls traf ich nur auf entgegenkommende

Menschen, die mir freiweg erzählten, was sie wussten. Viel war es allerdings nicht. Da lagen Jahrzehnte zwischen. Zwei Personen fand ich, die schon damals hier gearbeitet hatten, eine Sekretärin und einen der Schichtleiter. Erstere konnte sich noch gut an Iris erinnern, denn der Chef hatte sie öfter bei ihr geparkt, wenn er einen wichtigen Termin wahrnehmen musste.

„Dann bin ich zu nichts gekommen", berichtete Frau Paul. „Die Kleine war unheimlich verwöhnt, die wollte, dass man sich ausschließlich um sie kümmerte. Beim Chef benahm sie sich ganz anders, da saß sie brav an seiner Seite und malte oder hörte ihre Kinderkassetten. Na ja", schwächte sie ihr Urteil ab. „Sie war ein kleines Kind. Die können schließlich nicht den ganzen Tag rumsitzen."

„Und wie stellte sie sich während der Ausbildung an?"

Frau Paul verzog unwillkürlich das Gesicht. „Es war schon schwierig mit ihr", gab sie zu. „Sie tat das Nötigste, mehr nicht. Keinerlei Arbeitseinsatz darüber hinaus. Nicht nur ich atmete auf, als es hieß, sie käme nicht zurück."

„Was war sie für ein Mensch? Wie würden Sie sie beschreiben?"

Sie zögerte, bis ich ihr aufmunternd zunickte, und sagte: „Frau Stahl zählt auf Sie. Je mehr ich erfahre, desto eher sind Sie alle mich wieder los."

Ein Lächeln glitt über ihr Gesicht. „Die ist das Beste, was dem Chef passieren konnte, ehrlich. Anfangs waren wir natürlich eher entsetzt, wegen dem Altersunterschied. Bis sie uns vom Gegenteil überzeugte. Der Chef blühte richtig auf, sie zeigte weiterhin Interesse, brachte sich regelmäßig ein und kehrte auf ihren Platz zurück, als die Jungs alt genug waren. Die lebt und atmet für den Betrieb – genau, wie er es getan hat."

„Wer leitet diesen jetzt?" Natürlich kannte ich die Antwort, trotzdem wollte ich ihre Reaktion erleben.

„Der gemeinsame Sohn Nicholas und der damalige Vertriebschef." An ihrer Miene war rein gar nichts abzulesen.

„Es läuft gut?"

„Könnte nicht besser sein. Wir waren damals alle erleichtert über die testamentarische Verfügung", setzte sie nun freiwillig hinzu. „Wir dachten zuerst, jetzt wird die Firma verkauft."

„Und, ist Nicholas ein guter Chef?"

Sie grinste. „Vom Charakter her ganz der Vater. Er ist ein würdiger Nachfolger."

„Und Elias?"

Wieder zögerte sie kurz. „Man kann die beiden nicht miteinander vergleichen. Elias ist lieb und nett, ein guter Kumpel, immer bereit zu helfen." Sie wurde lebhafter. „Dem ist keine Arbeit zu viel, zu schmutzig oder zu eintönig. Der springt überall ein. Und hat dabei immer gute Laune."

Etwas Ähnliches erzählte mir der Betriebsleiter. Elias sei nun mal keine Führungspersönlichkeit, aber ein wertvoller Gewinn für die Firma. Mit Nicholas komme er gut aus, sie lägen auf einer Wellenlänge und ergänzten sich, was mir in etwas anderen Worten sämtliche Mitarbeiter bestätigten. Dies schien ein Unternehmen zu sein, bei dem sich alle wohlfühlten, na ja, fast alle, den einen oder anderen gab es natürlich, der was zu meckern hatte, allerdings nichts wirklich Relevantes.

Beim gemeinsamen Mittagessen mit Frau Stahl, das wir in der Kantine mitten unter den Angestellten und Arbeitern einnahmen, lernte ich den viel gelobten Sohn endlich selbst kennen.

Auch Elias war mit von der Partie. Er freute sich sichtlich, mich zu sehen. „Toll, was meine Mutter und Nicholas leisten, ne?"

„Ja", gab ich ehrlich zu. „Hier würde es sogar mir gefallen."

Er kicherte und widmete sich seinem Essen.

„Und, alles abgeklärt?", fragte mich Nicholas Stahl.

Er hatte unheimliche Ähnlichkeit mit seinem Vater und damit auch mit seinem Bruder. Sie hätten als waschechte Geschwister durchgehen können. Nur war er von seiner Art her genau das Gegenteil, ruhig und bedächtig, mit meist ernstem Gesichtsausdruck. Dass er an Elias hing, war nicht zu übersehen, er nahm ihm gegenüber gleich eine beschützerische Haltung ein, als er erklärte: „Das Erbe ändert nichts an dem Ablauf, es bleibt alles beim Alten."

„Und wie sieht es mit Elias' Gehalt aus?", konnte ich mir nicht verkneifen nachzufragen.

Statt ärgerlich reagierte er zögernd und antwortete erst, nachdem seine Mutter ihn mit einem knappen Nicken dazu aufgefordert hatte. „Darüber müssen wir noch genauer nachdenken, wie wir das regeln. Bisher erhielt

Frau Büscher eine monatliche Abrechnung mit ihrem Gewinnanteil. Wir
drei wollen zunächst einen Anwalt zurate ziehen."

38

„Auch der Schichtleiter, der um zwei anfing, bestätigte die vorhergehenden Aussagen", beendete ich meinen Bericht. „Iris interessierte sich nicht die Bohne für den Betrieb. Sie galt als unnahbar, nahm mit niemandem näheren Kontakt auf, blieb für sich."

„Von wem hast du das?"

„Sowohl vom Schichtleiter als auch von der Sekretärin." Ich war extra noch einmal ins Büro zurückgekehrt, um zu erfahren, ob Tante Simone etwas Relevantes über den Brand herausgefunden hatte. Aber natürlich musste zuerst ich berichten. „Angeblich waren alle damals der Meinung, sie könne ihren Vater um den kleinen Finger wickeln. Für ihn blieb sie immer sein Augenstern, er hielt die Hand über sie. Dass sie heiratete und auszog, schlug wie eine Bombe ein."

Meine Tante konnte ihre Überraschung nicht verhehlen. „Weil sie schwanger wurde und heiraten wollte?"

„Nach diesem ersten Typ gab es nie einen neuen. Man munkelte, sie habe nach dieser katastrophalen Beziehung die Nase voll von Männern."

Sie zog geschäftig ein Blatt Papier heran. „Hast du seinen Namen? Soll ich ihn überprüfen?"

„Nicht nötig, er ist seit gut fünfzehn Jahren tot. Er muss ein richtig schlimmer Finger gewesen sein, er starb bei einer Gang-Auseinandersetzung."

„Hm, also eindeutig die falsche Richtung?", fragte sie nach kurzem Nachdenken.

„Ich lasse von Deniz noch die Finanzen prüfen, um völlig sicher zu gehen. Sollte sich nichts ergeben, denke ich, wir können die Familie als für unseren Fall unbedeutend abhaken."

„Trotzdem war es den Abstecher wert. Ich habe deinen Bericht hintereinander weg getippt, das war richtig spannend, besonders das mit dem Brand und dem, was anschließend geschah."

„Hast du jemanden gefunden, der dir Frau Stahls Angaben bestätigen konnte?" Angeblich lag ein dementsprechender Bericht der Versicherung vor, gesehen hatte ich ihn bisher jedoch nicht.

Sie grinste. „Das stand später sogar in der Zeitung. Man muss nur lange genug suchen, dann findet man fast alles."

In Internetrecherchen war meine Tante wesentlich besser, wie ich neidlos zugeben musste. Sie hatte schon alle relevanten Details für mich ausgedruckt. Ich überflog die Seiten und pfiff durch die Zähne. „Interessant!"

„Umso unverständlicher finde ich Iris Büschers Verhalten. Welche Mutter reagiert auf diese Art und Weise?"

„Du hast ein gutes Beispiel direkt vor der Nase", konterte ich. „Meine war auch nicht ohne."

Augenblicklich verlor sie das Interesse an einer weiteren Unterhaltung. Dabei wussten sie und ich beide, dass ich recht hatte. Obwohl sie es gewesen war, die mich aufnahm, kam bis heute kaum ein schlechtes Wort über die missratene Schwester von ihr.

Egal, ich hatte meinen Frieden mit der Vergangenheit längst gemacht. Wie für Elias die Oma war Tante Simone für mich die einzige wichtige Bezugsperson. Ich tat für sie, was ich konnte, und umgekehrt war es genauso. Dass wir uns nun als Detektivteam gefunden hatten, festigte unsere Beziehung noch mehr.

„Für morgen früh habe ich einen Termin mit der Frau von Andreas Büscher. Bin schon gespannt, was es über die andere Seite zu erzählen gibt." Mit diesen Worten erhob ich mich, um hinüber in mein Büro zu gehen.

„Hast du mir die gesammelten Fakten über die einzelnen Familienmitglieder ausgedruckt und auf den Tisch gelegt."

„Natürlich, Boss", grinste sie. „Ist ganz schön was zusammengekommen." Ich nahm mir den Stapel vor und las konzentriert jede einzelne Aussage. Mist! Wie hatte ich das übersehen können! Ein Blick auf die Uhr, Herr Steiner war vermutlich gerade auf dem Weg zu seiner Arbeitsstätte. Ungeduldig wartete ich, dass die Zeiger der Uhr vorwärts wanderten.

So, jetzt müsste er angelangt sein. „Speer, hallo, Herr Steiner. Ich habe da noch eine Frage. Wie läuft das, wenn Sie anfangen? Schließen Sie dann sofort die Türen ab oder erst, wenn der Letzte gegangen ist?"

„Ach, ja, das habe ich ganz vergessen, Ihnen zu erklären. Also das ist unterschiedlich. Von montags bis donnerstags haben die Büros ja länger auf", begann er umständlich. „Der Psychologe arbeitet oft bis neunzehn oder zwanzig Uhr. Normalerweise schließe ich gegen sechs die Vordertür ab. Ich bin ja da, um die Letzten rauszulassen. Wobei die meisten, also die Angestellten, eh durch den Seiteneingang zum Parkplatz gehen. Am Freitag …"

„Moment", unterbrach ich ihn. „Bleibt diese Tür offen?"

„Also von außen brauchen Sie ja einen Schlüssel, von innen kann jeder raus. Aber freitags ist das anders. Deshalb fange ich auch eine halbe Stunde eher an. Da schließe ich schon um fünf komplett ab. Ist ja dann keiner mehr da."

„Nur an dem besagten Freitag nicht", erinnerte ich ihn, das war der einzige Tag, der mich interessierte.

„Herr Büscher informierte mich telefonisch, dass er noch im Haus ist und auf seine Tochter wartet. Die Türen habe ich trotzdem abgeschlossen, nachdem der Letzte gegangen war, also um kurz vor fünf."

„Beide?", vergewisserte ich mich.

„Habe ich doch gesagt!"

Ich verbiss mir einen Kommentar, er würde schon bald merken, worauf ich hinauswollte. „Bevor der Alarm des Autos losging?"

Er stutzte kurz. „Ja, ich musste aufschließen, als ich raus wollte."

„Und Sie sind mit Frau Büscher direkt durch die Tür wieder reingegangen?"

Er zögerte. „Die muss man immer aufschließen, wenn man von draußen kommt", erinnerte er mich. „Und wäre da jemand rausgekommen, hätte ich den gesehen."

„Haben Sie die Tür anschließend verschlossen?"

„Natürlich, ich …" Langsam schien ihm ein Licht aufzugehen. „Das ist ja ein Ding! Wie ist denn der Täter rausgekommen?"

„Das ist eine gute Frage." Eine längere Pause entstand, ihm fiel wohl nichts mehr ein, was er dazu sagen konnte. „Sind die Fenster im Treppenhaus gesichert?"

„Sind allesamt vergittert. Und der Zugang zum Dach ist abgeschlossen", ergänzte er.

„Wurde das überprüft?" Verdammt, ich war mir nicht sicher, schloss das Haus direkt ans Nachbarhaus an?

„Ein Polizist ist mit mir durch das ganze Gebäude gegangen, wir haben zusammen jede Etage kontrolliert, auch das Dach. Ich musste sogar aufschließen, damit er sich oben umschauen kann. Es fanden sich keine Spuren, wäre auch unlogisch gewesen, sich dort zu verstecken. Der Abstand zu den anderen Dächern ist zu groß, als dass man springen könnte."

Damit hatte sich diese Frage erledigt.

„Wie ist der Täter bloß rausgekommen?", wiederholte er.

„Keine Ahnung", erwiderte ich, obwohl es natürlich nur einen einzigen Weg gab, den er genommen haben konnte. „Ich werde mich auf jeden Fall noch einmal mit der Polizei in Verbindung setzen."

39

Am nächsten Morgen rief ich gleich um acht den zuständigen Ermittler an. „Ja, daran hatten wir auch zu knacken", gestand er. „Der Täter muss über die Schlüssel verfügt haben. Allerdings sind sämtliche Sätze bei ihren Besitzern gewesen, als wir diesen Punkt überprüften. Was unseren Verdacht, dass es sich um eine Beziehungstat handelte, noch verstärkte."

Damit war Elias eindeutig aus dem Rennen, wurde mir klar. Wäre ich aufmerksamer gewesen, hätte ich mir Ermittlungen in diese Richtung schenken können. Immerhin dachte ich daran, den Kommissar nach den Alibis aller betreffenden Personen zu fragen, also diejenigen, die ich bisher überhaupt nicht im Auge gehabt hatte. Danach war ich nicht wirklich schlauer. Tatsächlich besaß jeder Einzelne eins, was absolut unnormal ist. Normalerweise konnte man froh sein, wenn sich wenigstens die Hälfte der Verdächtigen ausschließen ließ.

Gut, einige waren nicht gerade das Gelbe vom Ei. Frau Krause und Iris Büscher gaben sich gegenseitig ein Alibi. Die Frau von Andreas Büscher hatte den besagten Nachmittag mit ihren beiden Kindern verbracht, was schon seltsam anmutete. Die waren im Teenageralter und hingen in ihrer Freizeit mit der Mutter rum? Außerdem konnte ich nicht ausschließen, dass es sich bei dem Täter tatsächlich um einen Fremden handelte, engagiert von einem der Brüder. Vielleicht schaffte es Deniz, anhand der Kontobewegungen die entsprechende Verbindung zu finden.

Punkt zehn Uhr hielt ich vor dem Haus von Andreas Büscher. Die Familie wohnte relativ zentral kurz hinter der Innenstadt in einem gepflegten Vorort, in dem ältere Häuser dominierten. Ihres hatte bestimmt ebenfalls an die hundert Jahre auf dem Buckel, wurde aber liebevoll gepflegt, sowohl das Gebäude wie auch der Garten, wie ich mit Kennerblick feststellte. Meine Tante war ja ähnlich veranlagt.

Claudia Büscher bat mich mit einem freundlichen Lächeln herein und führte mich ins Wohnzimmer. Wir setzten uns einander gegenüber, ich auf die Couch, sie in einen Sessel.

„Ich habe mit meinem Mann telefoniert", bekannte sie offen. „Er sagt, ich soll Ihnen wenn möglich all Ihre Fragen beantworten. Er will, dass der Täter gefasst wird, unbedingt."

Das klang schon mal vielversprechend. „Wie kamen Sie mit Ihrem Schwiegervater klar?"

„Gut, er war ein angenehmer Gesprächspartner, ein aufmerksamer Vater und Opa und ein auf das Wohl seiner Angestellten bedachter Chef. Ich wüsste niemanden, mit dem er im Streit lag oder der ihm Übles wollte."

„Und die Beziehung zu seiner Frau und Tochter?"

Sie verzog das Gesicht. „Ich habe Iris kaum gekannt, sie kam nie zu Besuch und auch wir sind nur äußerst selten zu ihnen gefahren. Dann blieb sie meist oben und ließ sich nicht blicken. Ich kann nicht einschätzen, ob sie keinen Kontakt wollte oder wirklich so krank war."

Noch jemand, der nicht an eine über Jahre bestehende schwere Depression glaubte. „Und die Tochter?", wiederholte ich.

Ihre Züge wurden weich. „Das arme Ding. Immer nur auf sich gestellt, kein Wunder, dass sie etwas seltsam ist."

„Ich dachte, sie hätte ein Kindermädchen gehabt."

„Ja, bis zu ihrem zehnten Geburtstag, danach gab es keine echte Bezugsperson mehr. Der Vater war ein Workaholic, der sich vielleicht mal am Wochenende Zeit nahm, Frau Krause", wieder verzog sie das Gesicht, „ist weder herzlich noch hatte sie große Lust, sich mit der Kleinen abzugeben, die Mutter blieb für sich. Nicht mal Freunde durfte sie nach Hause einladen. Wie soll sich ein Kind da vernünftig entwickeln?"

„Das Kindermädchen heiratete, hätte man für die paar Jahre eine Neue einstellen sollen?"

Sie schüttelte wild den Kopf, sodass ihr blonder Pferdeschwanz hin und her wippte. Überhaupt war Frau Büscher eine äußerst attraktive Frau, schlank, mit ausdrucksstarken braunen Augen und ebenmäßigen Gesichtszügen. Wie hatte es der eher nüchterne und nicht gerade gut aussehende Andreas geschafft, sie einzufangen und zu halten?

„Natalie und Iris hatten einen schlimmen Streit, daraufhin wurde ihr gekündigt. Die Geschichte mit der Hochzeit war gelogen."

„Ach!" Etwas anderes als dieser Ausruf fiel mir tatsächlich nicht ein.

„Ich weiß nicht, was Iris an sich hatte, dass Hermann ihr regelrecht verfallen war. Ich meine, das ist doch kein Leben, was die führten! Und trotzdem nahm er sie immer in Schutz, blieb ihr gegenüber sanft und verständnisvoll, tanzte nach ihrer Pfeife." Sie atmete mehrmals tief durch. „Vom Regen in die Traufe, sagte ich mehr als einmal zu meinem Mann. Meine Schwiegermutter ist eine ähnliche Katastrophe", fuhr sie auf meinen verständnislosen Blick hin fort. „Nur in die genau entgegengesetzte Richtung. Die wollte sich ständig selbst verwirklichen. Bekam sie ihren Willen nicht, setzte sie sich mit den Kindern zu ihren Eltern ab und wartete, bis er angekrochen kam. Irgendwann machte er das Spielchen nicht mehr mit und sah sich anderweitig um. Da ging die ab wie eine Rakete."

„Sie stachelte die Jungen gegen den Vater auf?" Diese Frau war eine echte Goldgrube. Mein Glück, dass Andreas sie zur Offenheit aufgefordert hatte!

„Ich lernte meinen Mann mit achtzehn kennen und habe ihm den Zahn schnell gezogen." Sie lächelte in Erinnerung an diese Zeit. „Markus dagegen ist irgendwann insoweit zu Kreuze gekrochen, dass er sein Verhältnis zum Vater normalisierte. Iris und Jola hasste er bis zuletzt wie die Pest. Wenn seine Halbschwester und er sich auf einem unserer Feste begegneten, ignorierte er sie, bei Tisch setzte er sich möglichst ans andere Ende. Und zu der Beerdigung der Mutter ist er natürlich auch nicht gegangen."

„Die Besserung im Verhältnis zum Vater, war das wegen des Jobs?", hakte ich nach.

Sie nickte. „Vorher hatten die beiden kaum Kontakt. Dann backte er auf einmal kleine Brötchen. Na ja, so offensichtlich natürlich nicht - er war und ist ein Großmaul. Hat es so gedreht, als würde er dem Vater damit einen Gefallen tun. Okay, gut verkaufen kann er, trotzdem wäre er ohne entsprechende Hilfe nie hochgekommen. Der hat mit Ach und Krach seinen Immobilienwirt gemacht, vorher ist er zweimal mit seinem eigenen Geschäft gescheitert." Sie warf mir einen bedeutungsvollen Blick zu. „So ist das eben, wenn man ständig mehr Geld ausgibt, als man einnimmt."

„Sie sind nicht unbedingt begeistert von Ihrem Schwager", stellte ich fest.

„Garantiert nicht. Der ist viel zu sehr von sich eingenommen, hat ständig wechselnde Partnerschaften und Hobbys, die nicht die unseren sind. Selbst mein Mann will außerhalb der Firma so wenig Kontakt wie möglich mit ihm." Sie sprang auf. „Was bin ich für eine Gastgeberin. Möchten Sie einen Kaffee oder etwas anderes zu trinken?"

40

Nachdem sie uns mit Kaffee versorgt hatte, fragte ich ganz direkt: „Könnten Sie sich vorstellen, dass Ihr Schwager seinen Vater loswerden wollte?"
Sie schüttelte energisch den Kopf. „Bestimmt nicht."
„Auch nicht wegen der Erbschaft?"
Beinahe hätte sie vor Lachen ihren Kaffee verschüttet. Behutsam stellte sie die Tasse ab, bevor sie erwiderte: „Nein, er erhielt ein mehr als angemessenes Gehalt – mein Mann übrigens auch. Durch den Tod meines Schwiegervaters änderte sich nicht wirklich etwas. Seine Witwe bekam nach wie vor den Anteil, den er für sich genommen hatte. Die Firma darf die nächsten zehn Jahre nicht verkauft werden. Diese Details waren beiden Söhnen bekannt."
Nach dem Tod von Iris Büscher sah die Lage nun anders aus. Doch diesen Gedanken behielt ich erst mal für mich. „Die Söhne erbten die Firma inklusive des Gebäudes, die Tochter ein Wohnhaus und seine Frau den Rest, ist das richtig?"
„Die Villa, das Barvermögen und den Anteil am Geschäft und den Mieten", nickte sie.
„Das Haus, das die Tochter bekam …"
„… ist ein Acht-Familien-Haus", ergänzte sie prompt, „und eindeutig weniger wert als das, was ihre Brüder erbten. Aber dafür sollte sie später die Villa erhalten, das hat mein Schwiegervater auch testamentarisch verfügt."
Damit war Jolanthe die Einzige, die vom Tod der Mutter profitierte – neben Elias verstand sich. „Ihre Schwägerin, wie würden Sie sie beschreiben? Ich hatte bisher keine Gelegenheit mit ihr zu sprechen, sie ist krank und darf keinen Besuch empfangen, hörte ich."
„Sie muss mittlerweile völlig neben der Spur sein", stellte mein Gegenüber richtig. „Überlegen Sie mal: Erst findet sie den Vater blutüberströmt auf, dann, drei Monate später, entdeckt sie ihre am Strick baumelnde Mutter, bestimmt auch kein schöner Anblick. Ihre gesamte Familie bricht plötzlich

weg. Das bisschen Kontakt, das Andreas und ich zu ihr haben, zählt im Grunde nicht. Und sie ist nicht der Typ, der leicht Freundschaften schließt."

„Sie hat einen Beruf und eine eigene Wohnung."

Mir entging nicht, dass sie sich unwillkürlich auf die Lippe biss, schon das zweite Mal in Bezug auf Jolanthe. „Sie zog aus, weil der Vater es ihr nahelegte und ihr die Wohnung in dem Haus besorgte. Er wollte, dass sie endlich selbstständiger wird. Jola hat nach der Schule lange nicht gewusst, was sie machen soll. Abitur? Keine Chance! Eine Ausbildung? Tja, welche denn? Wir hatten alle das Gefühl, dass, wenn man nicht aufpasst, sie wie ihre Mutter wird, sich zurücklehnt und einen auf hilflos macht." Sie schlug die Hand vor den Mund. „Entschuldigen Sie, im Eifer des Gefechts …"

„Nein, je offener Sie zu mir sind, umso besser kann ich die Familienverhältnisse und die einzelnen Personen verstehen", beruhigte ich sie. „Schönfärberei wäre fehl am Platz." Insgeheim klopfte ich mir auf die Schulter, dass ich den Termin mit Frau Büscher so gelegt hatte, dass ich sie allein erwischte. Ihre Mitteilungen waren Gold wert. „Sie besuchte dann eine Schule für Webdesign", ermunterte ich sie fortzufahren.

„Die sie mit super Noten abschloss. Sie hat künstlerisch wirklich was drauf. Eigentlich hätte sie auch als Malerin Erfolg." Sie wies auf ein Bild, das an der Wand hinter dem Esstisch hing. „Ein Geschenk von Jola zu meinem vierzigsten Geburtstag."

Es war mir schon vorher aufgefallen, weil es die Villa der Büschers äußerst realistisch wiedergab. Ich hätte es eher einem bekannten Maler zugeordnet. „Wunderschön." Das war durchaus ehrlich gemeint, das Gemälde erweckte bei dem Betrachter den Wunsch, die Villa zu besitzen und gleich einzuziehen.

„Meiner Meinung nach verschwendet sie ihr Talent, wenn sie sich nur mit Grafiken und Webdesign abgibt. Sie kann einfach alles zeichnen, egal ob Tiere, Landschaften oder Menschen. Nur hat sie sich halt auf diese andere Richtung versteift, keine Ahnung warum. Aber in der Beziehung ist Jola stur, sie lässt sich von keinem reinreden."

„Wie kommt sie mit den Arbeitgebern und den Anforderungen klar?"

„Gar nicht. Sie hat keinen Job länger als ein Jahr behalten, selbst der letzte, den ihr Vater ihr besorgte, wurde nach dem festgelegten Zeitrahmen nicht verlängert. Zwischendurch war sie immer wieder arbeitslos, wie es jetzt ist, weiß ich nicht. Sie bekommt ja die Mieten. Und angeblich hat sie sich selbstständig gemacht. Danach fragen Sie besser meinen Mann. Zu dem hat sie noch das beste Verhältnis. Er war bei ihr im Krankenhaus und auch auf der Beerdigung."

„Wie haben Sie sie erlebt, wenn sie hier war?"

„Sie kümmerte sich um meine Kinder. Sie ist acht Jahre älter als Felix und neun Jahre als Christin." Sie errötete. „Wir dachten damals, machen wir das Beste aus der Situation und schließen gleich die Familienplanung ab. So haben wir später Zeit, uns selbst zu verwirklichen. Jola konnte gut mit den Kleinen umgehen, sehr sanft und liebevoll. Ja, mit den Kindern spricht sie heute noch mehr als mit mir, wenn ich darüber nachdenke. Aber wie gesagt, wir sehen sie vielleicht einmal im Jahr."

„Wie stand sie zu ihren Eltern?"

„Den Vater hat sie geliebt, heiß und innig. Die Mutter? Keine Ahnung. Ich habe sie nie zusammen erlebt."

Während der Rückfahrt überdachte ich das, was ich erfahren hatte. Half mir irgendetwas davon wirklich weiter?

„Die Einzige, die deutlich aus dem Rahmen fällt, ist die Tochter", berichtete ich meiner Tante beim gemeinsamen Mittagessen. Trotz der vielen Arbeit ließ sie es sich nicht nehmen, jeden Tag zu kochen. „Wenn die nicht ein astreines Alibi hätte, wäre sie meine Verdächtige Nummer eins."

„Die Schwiegertochter fällt also auch raus?"

„Der Sohn gab am Samstag eine Party zu seinem Achtzehnten. Die Mutter und die Kinder fertigten zusammen die Einkaufsliste an und fuhren anschließend gemeinsam zum Supermarkt." Ich grinste in mich hinein. „Ich bin nicht der Sklave meiner Kinder", hatte Frau Büscher freimütig erklärt. „Die sind alt genug, so ein Fest mit ein bisschen Unterstützung meinerseits allein zu organisieren." Sie studiere schon seit längerem an einer Fernschule und bereitete sich gerade auf ihre Masterarbeit vor, erfuhr ich. Das sei ihre Selbstverwirklichung.

„Sie war sehr informativ", sagte ich an meine Tante gewandt. „Ich denke, ich kann ihren Angaben vertrauen." Zumindest stand sie mitten im Leben und hatte vernünftige Ansichten, wie mir schien.

„Wie machst du jetzt weiter?"

„Ich gucke, was sich über die Tochter ausgraben lässt." Herr Büscher, den seine Frau auf meine Bitte hin anrief, hatte mir den Namen und die Adresse des letzten Arbeitgebers seiner Schwester genannt. Bei diesem wollte ich gleich einmal nachfühlen.

41

Die Agentur befand sich am Rande der Stadt, was den Vorteil hatte, dass ich mühelos einen Parkplatz fand. In dem Haus selbst waren nur gewerbliche Betriebe ansässig, Herr Sterzel residierte in der dritten Etage. Der Vorraum, den ich betrat, war relativ klein, zwei Schritte und ich befand mich vor dem Schreibtisch, hinter dem eine ältere Frau eifrig beschäftigt tat. Erst nach mehreren Minuten nahm sie mein Erscheinen zur Kenntnis. „Sie wünschen?", und das nicht sonderlich freundlich.

„Speer, ich habe einen Termin mit Herrn Sterzel." Gut, dass ich ihn im Vorfeld bereits angerufen hatte. An dem Drachen wäre ich sonst bestimmt nicht vorbeigekommen.

Sie musterte mich und griff nach dem Telefon. „Chef, hier ist ein Herr Speer. Er …" Sie wurde unterbrochen und lauschte kurz. „Dritte Tür auf der linken Seite." Sie blieb einfach sitzen, beobachtete mich aber, ob ich ihrer Aufforderung nachkam.

Ich klopfte und trat ein. Auch dieses Büro war kleiner als erwartet. Der Mann hinter dem Schreibtisch, etwa sechzig, wie ich schätzte, mit einer wilden weißen Haarmähne, als würde er sich ständig hindurchfahren, ignorierte mich und starrte auf den Monitor vor sich. „Setzen Sie sich", knurrte er. „Ich bin gleich so weit."

Seine Miene verfinsterte sich immer mehr, während er mit seiner Maus hin und her klickte. „Mist!", stieß er hervor. „Das ist völliger Mist!" Er drückte auf eine altmodische Gegensprechanlage, bellte: „Greg, sofort zu mir!", hinein und stierte weiter auf den Bildschirm. Erst als er aufsah, weil es klopfte, erinnerte er sich wieder an mich. „Warte kurz draußen", fuhr er den eintretenden Mitarbeiter, einen jungen, milchgesichtigen Kerl, an. „Das hier dauert nicht lange."

„Ich versuche mir im Rahmen einer Ermittlung ein vollständiges Bild von jedem einzelnen Beteiligten zu machen", begann ich vorsichtig. „Dazu gehört auch Jolanthe Büscher. Sie war bis vor kurzem bei Ihnen angestellt. Mich würde interessieren, warum Sie sich von ihr trennten."

Wider Erwarten schaltete er um auf super freundlich. „Ja, Andreas hat mich angerufen. Sie untersuchen den Mord an seinem Vater. Was hat das denn mit Jolanthe zu tun?"

„Wie gesagt, ich versuche mir ein Bild von jedem Angehörigen zu machen", wiederholte ich.

„Ich kenne sie nur von der Arbeitgeberseite her", wehrte er ab. „Habe kaum mit ihr gesprochen und wenn, meist im Rahmen eines Auftrags, da waren dann mehrere gleichzeitig anwesend."

Oder wenn es was zu meckern gab, dachte ich im Stillen. „Gefiel Ihnen ihr Stil nicht oder weshalb wurde ihr Vertrag nicht verlängert?"

Er machte eine wegwerfende Handbewegung. „Sie war nicht teamfähig. Wenn man gemeinsam an einem Auftrag arbeitet, kann man nicht sein eigenes Ding durchziehen. Das hat sie bis zuletzt nicht kapiert."

„Wie muss ich das verstehen?" Hoffentlich wurde er mal ein bisschen deutlicher. Mit diesen kurzen, hingeworfenen Sätzen konnte ich nichts anfangen.

Er verdrehte deutlich sichtbar die Augen. „Sie tauschte sich nicht genügend mit ihren Kollegen aus, versuchte alles allein hinzukriegen. Das ist nicht Sinn der Sache. Die arbeiten meist zu mehreren an einem Projekt. Jeder soll sich einbringen."

„Waren ihre Arbeiten denn schlecht?"

Sofort war er wieder auf hundertachtzig. „Darum geht es doch überhaupt nicht! Jolanthe ist in meinen Augen nicht in der Lage, sich mit mehreren um ein Projekt zu kümmern. So jemanden kann ich hier nicht brauchen. Deshalb habe ich ihren Vertrag nicht verlängert." Er sah ostentativ auf seine Armbanduhr. „Sonst noch Fragen?"

„Nur eine einzige. Ist einer ihrer Arbeitskollegen mit ihr befreundet gewesen?"

„Mirella." Die Erleichterung, mich relativ einfach abschieben zu können, stand ihm ins Gesicht geschrieben. „Die sitzt im hintersten Zimmer auf der linken Seite. In einer halben Stunde hat sie Feierabend. Wenn Sie so lange warten wollen?"

Mein Eindruck von ihm bestätigte sich. Er war mit Sicherheit kein großzügiger Chef, der Wert auf ein gutes Verhältnis zu seinen Angestellten legte. Noch deutlicher wurde das, als der junge Mann nach mir eintrat. Kaum hatte sich die Tür geschlossen, begann Herr Sterzel zu brüllen, sämtliche Schimpfwörter, und es waren nicht wenige, konnte man auf dem Flur klar und deutlich verstehen.

Trotzdem wandte ich mich nicht in Richtung Ausgang. Ich würde wenigstens kurz bei der Genannten vorbeischauen.

Dieser Raum war besonders winzig, es passte nicht mehr hinein als ein Computertisch mit entsprechendem Arbeitsmaterial. Die junge Frau dahinter hatte ein ausgesprochenes Pferdegesicht, schmal und lang, was von dem bis zu den Augen reichenden Pony noch betont wurde. Fragend, fast erschrocken, schaute sie mich an.

„Speer, ich stelle Nachforschungen im Mordfall Büscher an", sagte ich schnell. „Könnte ich Sie gleich nach Feierabend kurz sprechen?"

Sie hob bestürzt die Hand zum Mund. „Ist Jola etwa verdächtig?"

„Nein, nein. Ich benötige nur ausreichend Hintergrundinformationen zu den einzelnen Personen."

Eine Tür klappte laut und sie zuckte erschrocken zusammen. „In einer halben Stunde unten vor der Tür", haspelte sie, während sie sich bereits ihrem Monitor zuwandte.

Ich verließ eilig das Büro. Auf der Straße angekommen schickte ich Deniz eine WhatsApp: *Wie sieht's aus? Schon Material?*

Er antwortete umgehend: *Wenn alles klappt, kriegst du die Unterlagen heute Abend.*

Ich vertrieb mir die Zeit mit einem Spaziergang. Zwar blies ein relativ kalter Wind, aber immerhin war es trocken. Trotzdem fühlte ich mich durchgefroren und lechzte nach einem heißen Getränk, als ich pünktlich auf der gegenüberliegenden Straßenseite auf Mirella wartete. Ihre Kollegen mussten nicht unbedingt mitbekommen, dass wir uns trafen.

Sie war eine der Ersten, die das Gebäude verließen. Unschlüssig blieb sie stehen und schaute nach links und rechts. Ich hob die Hand und winkte sie herüber. Gleich nebenan befand sich eine Cafeteria, ich lud sie auf ein Getränk ein.

Der Laden war um diese Zeit nur mäßig besetzt. Wir ließen uns an einem Tisch weiter hinten nieder, mit etwas Abstand zu den restlichen Gästen. Mirella hatte sich für einen Kaffee Latte entschieden, sie griff danach und betrachtete mich neugierig über den Rand ihres Bechers.

„Wie schon erwähnt", begann ich, weil sie stumm blieb. „Ich ermittle im Mordfall Büscher. Mir wurde gesagt, sie und Frau Büscher seien befreundet."

„Wir haben uns gut verstanden und blieben in lockerer Verbindung", stellte sie richtig. „Also so richtige Freundinnen sind wir nicht."

42

Viel hatte Mirella nicht beizutragen. Immerhin erfuhr ich, warum Jolanthe wirklich gekündigt wurde. Sie sei ziemlich eigen gewesen, erzählte Mirella. Immer wieder habe sie ihre Ideen einbringen wollen, dabei zählten die Vorgaben, die der Chef und die Kunden machten. Das habe sie nie begriffen. Außerdem sei sie nicht sonderlich kollegial, habe lieber allein gearbeitet und die anderen außen vor gelassen. „Jetzt hat sie sich ja selbstständig gemacht. Ich glaube, das liegt ihr mehr. Da kann sie ihre Vorstellungen umsetzen, wie sie es will."

Klang da Neid aus ihren Worten mit? Ja, eindeutig. „Das war nach dem Tod des Vaters?"

Mirella nickte heftig. „Auch wenn sich das seltsam anhört, für sie war das ein Glücksfall. Ich meine, sie hatte echt nicht damit gerechnet, dass ihr Vertrag nicht verlängert wird, hatte sich nirgendwo beworben und war direkt in die Arbeitslosigkeit geschlittert. Dann hatte sie plötzlich den Grundstein für eine eigene Firma."

„Das wäre auch über das Arbeitsamt gegangen", widersprach ich. „So eine Art Gründerkredit."

„Ach", sie machte eine wegwerfende Handbewegung. „Das dauert, bis das klappt. Durch das Erbe hat sie es viel einfacher."

„Und ist ihr eigener Chef", ich zwinkerte ihr zu. „Ihrer kann ganz schön heftig werden, oder?"

Sie seufzte. „Wenn ich was Besseres finde, bin ich auch weg. Der fordert volles Engagement zu ausgesprochen mieser Bezahlung. Und die Überstunden kann man kaum noch zählen. Vor allem kommen sie ganz unerwartet. Was meinen Sie, wie viele Verabredungen ich schon platzen lassen musste, weil er verlangte, dass dies oder jenes unbedingt sofort erledigt werden sollte."

„Wie hat Ihre Kollegin denn den Tod ihres Vaters verkraftet?", kam ich auf unser ursprüngliches Thema zurück.

Als Antwort schüttelte sie ihren Becher, um mir zu zeigen, dass er leer war, und stellte ihn auf den Tisch.

„Noch einmal dasselbe?"

„Gern."

Ich holte das Gewünschte und sah sie auffordernd an.

„Jola zeigt ihre Gefühle nicht", erwiderte sie. „Der sieht man nicht an, wie sie sich fühlt. Mich wundert, dass …"

„Ja?", fragte ich nach, weil sie statt weiter zu sprechen, ausgiebig an ihrem Strohhalm nuckelte.

„Dieser Typ, der den Unfall verursacht hat, als sie zu ihrem Vater wollte, mit dem ist sie jetzt zusammen." Wieder klang eindeutig Neid aus ihrer Stimme. „Der ist total verliebt."

„Ich gehe davon aus, auch Sie leben in einer Beziehung", preschte ich vor. Ich hasste dieses zögerliche Herumgehampel, immer nur in Andeutungen zu sprechen. „Haben Sie sich öfter zu viert getroffen?"

Sie verzog unwillkürlich das Gesicht, bemerkte selbst ihre Reaktion und versuchte sich an einem Lächeln. „Nein, Liam, also ihr Freund, wohnt weiter weg. Die beiden sehen sich nur am Wochenende. Und dann wollen sie traute Zweisamkeit."

Wieder keine eindeutige Antwort. „Aber Sie kennen ihn?"

„Ich habe ihn einmal gesehen und einmal mit ihm telefoniert, kurz nachdem Jola aus dem Krankenhaus entlassen wurde. Sie schlief schon und er wollte sie nicht wecken. Sonderlich zuverlässig scheint er nicht zu sein", setzte sie nach. „Er vergaß, ihr Bescheid zu geben, dass ich sie in der folgenden Woche besuchen wollte."

Ihre Worte klangen ausgesprochen gehässig. Vermutlich neidete sie ihrer ehemaligen Kollegin den neuen Job und den Freund. Mich wunderte ehrlich gesagt, warum Frau Büscher sich weiterhin mit ihr abgab. Das musste ihr doch auffallen!

Dieses Gespräch war absolut unergiebig, stellte ich denn auch auf dem Weg zum Auto fest. Zuletzt hatte Mirella versucht mich auszufragen, was meine Ermittlungen betraf. Es war mir ein Vergnügen gewesen, ihr genauso auszuweichen, wie sie es getan hatte.

Statt nach Hause lenkte ich den Wagen zu dem Haus, in dem Iris Büscher gestorben war. Zwar hatte die Polizei, als man noch an ein Verbrechen glaubte, die Nachbarn befragt, allerdings nur sehr oberflächlich, weil kurz darauf schon auf Selbstmord erkannt wurde. Besser, ich vergewisserte mich selbst.

Bei denen im linken Haus handelte es sich um ein älteres Ehepaar. Sie fertigten mich gleich auf der Schwelle ab. Zu den Büschers hätten sie kaum Kontakt gehabt, zur Zeit des Selbstmordes der Frau seien sie im Urlaub gewesen.

Auf der rechten Seite öffnete niemand, es befanden sich auch keine Autos vor der Tür. Daher wechselte ich auf die gegenüberliegende Straßenseite. Die Frau, die mir öffnete, war ungefähr in meinem Alter. Als ich nach den Büschers fragte, überschüttete sie mich mit einem Schwall Wörter, allerdings in einer Sprache, die ich nicht verstand, was ich ihr durch Gesten deutlich machte.

„Warten!", stieß sie hervor und schloss mir die Tür vor der Nase. Dann wurde diese aufgerissen und sie schob einen kleinen Jungen vor sich, vielleicht fünf oder sechs schätzte ich. „Was willst du denn wissen?", fragte er in perfektem Deutsch.

„Kennt ihr die Nachbarn direkt gegenüber?" Ich wies auf das Haus der Büschers.

Er wandte sich an seine Mutter und übersetzte. Sie schüttelte den Kopf und die Worte sprudelten nur so aus ihr heraus. „Wir sind gerade erst eingezogen. Mama kennt niemanden hier und ich auch nicht. Gibt wohl keine Kinder in meinem Alter", setzte er hinzu.

Ich verbiss mir ein Lächeln. „Wann seid ihr denn eingezogen?"

Er runzelte die Stirn und fragte seine Mutter. „Vor fünf Wochen. Papa muss andauernd arbeiten und wir müssen alles allein machen. Wir kriegen nichts von den anderen mit."

„Habt ihr gesehen, dass die Polizei und ein Krankenwagen drüben vor dem Haus hielten?"

Er grinste. „Nee, leider. Wir hatten Besuch. Erst als der ging, haben wir das mitgekriegt. War bestimmt spannend, hätte ich gern zugeguckt. Ich weiß aber, dass die sich selbst erhängt hat. Das war gar kein Mord." Er klang enttäuscht.

„Kennst du die Haushälterin oder kennt deine Mutter sie?"

Dieses Mal kam von dieser nur ein Kopfschütteln. Leider hatte der Kleine dem nichts hinzuzufügen. Ich bedankte mich bei ihm und seiner Mutter und fragte nach seinem Alter. Er drückte sich nämlich für so ein kleines Kind ungewöhnlich gut aus, wie mir schien. Tja, ich musste unbedingt an meinem Einschätzungsvermögen, besonders was Kinder betraf, arbeiten. Der Junge war zehn!

43

Die beiden Nachbarn rechts und links der beiden waren ebenfalls nicht zu Hause. Ich beschloss, am nächsten Tag einen neuen Versuch zu unternehmen.

Obwohl ich früh aufstand, traf ich meine Tante im Büro sitzend an, begierig darauf, das Neueste zu erfahren. Ich musste sie enttäuschen. Die Aussage von Mirella war im Grunde nichts wert, zu sehr hatte ich den Eindruck, dass sie im Endeffekt neidisch auf die ehemalige Kollegin war und deshalb kein gutes Haar an ihr ließ.

Umso ergiebiger gestalteten sich Deniz' Informationen. Ihm war es tatsächlich gelungen, an sämtliche Kontodaten meiner Verdächtigen zu gelangen – wie, das wollte ich lieber gar nicht wissen. Bei Andreas Büscher gab es keinerlei Auffälligkeiten. Sein Konto blieb über die Jahre hinweg im Plus. Bei seinem Bruder Markus hingegen war es ein Auf und Ab. Der Mann gab eindeutig zu viel Geld aus, allerdings gelang es ihm jeweils relativ schnell, wieder aus den Miesen herauszukommen, oftmals durch einen Scheck seines Vaters, wie ich feststellte. Jolanthe Büscher bekam bis zu seinem Tod ebenfalls regelmäßige Unterstützung – bei ihrem Gehalt kein Wunder.

„Die beiden hätten einen Grund gehabt, den Vater zu ermorden", schlussfolgerte meine Tante, die über meiner Schulter hing. „Was, wenn er auf einmal nicht mehr bereit gewesen wäre, ihnen auszuhelfen?"

Ich brummte nur, denn etwas anderes weckte mein Interesse. Jolanthe hatte direkt nach dem Antritt ihres Erbes eine große Summe an eine Handwerksfirma zahlen müssen, so viel, dass sie einen Kredit bei ihrer Bank beantragen musste, dessen Tilgung noch einige Zeit dauern würde. Neben den Mieten waren ausschließlich kleinere Beträge eingegangen, vermutlich von ihrer Arbeit als Webdesignerin.

Warum hatte ihr die Mutter nicht ausgeholfen, sinnierte ich, während ich deren Kontoauszüge studierte. Gut, diese lebte nicht unbedingt sparsam –

allein das Gehalt, das die Haushälterin bezog -, trotzdem hätte sie bei dem Guthaben auf ihrem Konto die Tochter ohne Mühen unterstützen können. Oder war Jolanthe gar nicht auf die Idee gekommen, sie zu fragen? Ich musste unbedingt endlich selbst mit ihr sprechen.

Leider sei seine Schwester weiter in Quarantäne, teilte mir Andreas Büscher bei meinem Anruf mit. Vielleicht würde sie zum Wochenende entlassen, genaues stände bisher nicht fest. Er gab mir ihre Handynummer, damit ich selbst nachfragen konnte. Damit blieb Jolanthe erst einmal außen vor. Jemand, der zu den Verdächtigen gehörte, bei einem wichtigen Gespräch nicht direkt vor Augen zu haben, widersprach meiner Vorstellung von einer vernünftigen Ermittlung. Ich musste ihre Reaktionen sehen, ihre Emotionen spüren können. Außerdem hatte Andreas mir gebeichtet, dass er sie noch gar nicht über mein Engagement informiert hatte. Nein, da wartete ich lieber ab, bis ein Treffen möglich war.

Warum diese Geheimnistuerei, hatte ich ihn gefragt, woraufhin er sich wand. Jola stehe im Moment ziemlich neben sich, erst der Schock über das Auffinden des ermordeten Vaters, kurz darauf der Selbstmord der Mutter und ihr Sturz die Treppe hinunter, der ihr eine schwere Gehirnerschütterung einbrachte. Nun sei sie schon wieder krank, sie wäre sowieso nicht die Belastbare.

Das war eine hervorragende Überleitung zu den Fragen, die sich nach dem Gespräch mit Frau Krause ergeben hatten. „Die Haushälterin berichtete, Ihr Vater habe sich schon seit einiger Zeit Sorgen um Ihre Schwester gemacht. Sie war nicht in der Lage, einen ihrer Jobs länger zu halten. Er hatte Angst, sie käme allein nicht klar."

„Jola ist ein wenig stur", gab er nach kurzem Zögern zu. „Doch ich bin mir sicher, sie hätte sich irgendwann gefangen."

„Dieses Treffen am Tag seines Todes, wollte Ihr Vater da mit ihr über ihre weitere Lebensplanung sprechen?"

„Keine Ahnung, kann sein. Aber das ist nicht relevant. Im Zweifelsfall wäre Jola auch in der Firma untergekommen, das stand außer Frage. Irgendetwas hätten wir schon gefunden, was ihr Spaß gemacht hätte."

Diese Aussage wurde sehr energisch vorgebracht. Ich hakte nicht nach, obwohl ich noch einiges gern abgeklärt hätte, sondern beendete das Gespräch.

Anschließend nahm ich mir die einzelnen Akten vor, die meine Tante angelegt hatte. Viel Neues fand sich darin nicht.

„Wie soll ich denn an weitere Informationen kommen?", fragte sie, als ich sie darauf ansprach. „Sobald ich tiefer grabe, werden sie davon erfahren. Willst du das?"

Nein, wollte ich natürlich nicht. Also musste Deniz ran! Doch zuerst würde ich die Freunde von Hermann Büscher aufsuchen. Vielleicht waren diese auskunftsfreudiger.

Da es auf dem Weg lag, fuhr ich noch einmal zur Villa von Iris Büscher, um die nächsten Nachbarn zu befragen. Bis auf einen traf ich alle an. Leider konnte mir niemand weiterhelfen. „Die Häuser sind wie kleine Inseln", erklärte mir eine ältere Frau. „Bei den großen Grundstücken bekommt man nicht mit, was in den anderen Gärten passiert. Und von dem im Inneren schon gar nicht. Zu Fuß ist hier niemand unterwegs, man begegnet sich also höchstens im Vorbeifahren im Auto."

Seltsam, nahm denn nicht mal jemand für den Nachbarn ein Paket an oder passte auf, wenn derjenige im Urlaub war?

Der einzige Hinweis, der sich vielversprechend anhörte, betraf den direkten Nachbarn zur Rechten, einen alleinlebenden Mann, um die vierzig, Frührentner und, wenn ich die Personen, die mir den Tipp gaben, richtig verstanden hatte, ein wenig spinnert – was immer das heißen sollte. War er psychisch krank oder nur ein Eigenbrötler? Keiner schien ihn näher zu kennen, das Einzige, was ich erfuhr, war, dass er immer zu Hause sei, ich ihn um diese Zeit jedoch nicht erreichen würde. Der Typ schlief tagsüber und war in der Nacht aktiv.

Trotzdem nahm ich den Plattenweg zu seiner Haustür. Eigentlich wirkte das Gebäude durchaus gepflegt, die Steine, die zum Eingang führten, waren erst kürzlich gesäubert worden, ebenso wie die Beete links und rechts. Selbst die Fenster wirkten frisch geputzt. Auffällig war vielleicht, dass es keine Gardinen gab und vor den Scheiben blickdichte Rollos hingen, sodass man nicht den kleinsten Blick auf das Innere erhaschen konnte. Und natürlich, dass es für eine einzelne Person viel zu groß dimensioniert sein musste.

Na ja, abwarten, wie sich das Gespräch entwickelte! Ich klingelte mehrfach, ließ beim letzten Mal sogar den Finger lange auf der Schelle. Nichts rührte sich. Ich musste unverrichteter Dinge wieder abziehen.

Die Telefonnummern der beiden Freunde hatte ich parat. Kaum saß ich hinter dem Lenkrad, rief ich sie nacheinander an. Glück gehabt, der eine fragte, ob ich gleich vorbeikommen könne, mit dem anderen machte ich einen Termin im späten Nachmittagsbereich aus.

Doch beide brachten mich keinen Schritt weiter. Herr Büscher senior habe keine Feinde gehabt, hieß es. Mit seinen Söhnen sei er gut klargekommen, überhaupt habe er sich nie in irgendeiner Form über eines seiner Kinder beklagt. Ja, die Situation mit seiner Frau sei schwierig gewesen. Aber er habe sie geliebt und sie unterstützt. Soweit sie wüssten, sei er mit seinem Leben durchaus zufrieden gewesen.

Nach dem zweiten Besuch versuchte ich es noch mal bei Iris Büschers Nachbarn. Jetzt waren die Rollläden überall heruntergelassen, nicht der kleinste Spalt zeigte, ob in einem der Räume Licht brannte. Wieder klingelte ich mehrfach und lang anhaltend, niemand öffnete.

44

Zurück im Büro fand ich weitere Unterlagen von Deniz vor. Er hatte mittlerweile auch die Finanzen der Familie Stahl durchleuchtet. Der Betrieb stand ausnehmend gut da, Mutter und Sohn besaßen ein dickes Bankkonto, einzig Elias war deutlich schlechter aufgestellt, allerdings immer noch so gut, dass er sich jeden seiner Wünsche erfüllen konnte.

Du hast bisher nichts herausgefunden, das hilft, den Mörder zu finden, musste ich mir eingestehen. Obwohl erstaunlich viele Personen wirklich offen und detailliert berichteten, hast du keinen Schimmer, wo du noch ansetzen sollst. Und war der Selbstmord von Iris Büscher nun einer oder nicht? Auch dazu hatte ich nichts ausgegraben. Im Prinzip war ich nicht klüger als am Anfang meiner Ermittlung.

Klar, erst drei Monate nach einem Mord anzufangen, war ein gewisses Handicap. Andererseits hatte auch die Polizei nichts herausgefunden. Und die besaßen deutlich mehr Möglichkeiten als ich. Außerdem hatte diese bei Frau Büscher auf Selbstmord befunden, das hieß, die Spurenlage war eindeutig.

Die Einzige, die eine engere Überprüfung wert schien, war weiterhin die Tochter Jolanthe. Immerhin war sie mir von mehreren Personen als seltsam beschrieben worden. Dazu kam ihr Festhalten an der Story, da sei ein Mann mit Maske hinter der Erhängten aufgetaucht und habe sie bedroht. Was wollte sie damit bewirken?

Da ich keine weiteren Angaben zu ihrem Freund bekommen konnte – Andreas Büscher kannte ihn nicht, wusste nicht mal seinen Namen –, fuhr ich am nächsten Morgen zu Jolanthes Adresse, die dieser mir gegeben hatte. Es handelte sich um eine reine Wohnstraße, dementsprechend waren Parkplätze Mangelware. Es dauerte eine Weile, bis ich mich endlich in eine kleine Lücke gequetscht hatte. Für die Anwohner gab es einen relativ großen Parkplatz mit Stellplätzen und Garagen, entdeckte ich auf meinem

Rückweg. Neugierig schwenkte ich auf diese Einfahrt zu, um mir die Häuser von hinten anzusehen.

Der Eindruck, den ich mir von vorn beim Vorbeifahren gemacht hatte, bestätigte sich. Die aneinandergebaute Gebäudereihe stammte circa aus dem Anfang des neunzehnten Jahrhunderts. Sie war durchweg liebevoll restauriert, mit neuen, großen Fenstern und fein ausgearbeiteten Malerarbeiten an den zu dieser Zeit üblichen Verzierungen des Mauerwerks. Der Clou war jedoch, dass die Parterrewohnungen alle über einen kleinen Garten nebst Terrasse verfügten, manche Besitzer hatten sich zu den Parkplätzen mit hohen, blickdichten Zäunen abgeschottet, bei anderen konnte man bei offener Tür bis ins Wohnzimmer sehen.

Anhand der Hausnummern hatte ich abgezählt, in welchem Gebäude Jolanthe Büscher wohnte. Links im Parterre, hatte ihr Bruder gesagt, also war es ihr Garten, der nur mit einem Jägerzaun versehen war. Allerdings zeigten die heruntergelassenen Rollläden, dass niemand zu Hause war. Dafür entdeckte ich nebenan eine ältere Frau, die mit einem kleinen Hund spielte, der, sobald ich näherkam, aufgeregt bellend auf den halbhohen Maschendrahtzaun zulief.

Einem Impuls folgend trat ich an das geschlossene Tor. „Entschuldigen Sie, bitte! Könnte ich Sie vielleicht kurz sprechen?"

Mit deutlichem Misstrauen trat sie näher, während ihr Hund kläffte und wild hin und her sprang. „Pscht, Mäxchen. Ist gut." Halbherzig versuchte sie ihn zu stoppen.

„Die Büschers haben mich beauftragt, den Mordfall des Vaters zu untersuchen", begann ich und zog gleichzeitig meine Karte aus der Jackentasche. Für Fälle wie diesen hielt ich sie immer parat. Die Leute glaubten mir eher, wenn sie die Bezeichnung Detektiv schwarz auf weiß lasen.

Sie nahm die Karte und hielt sie weit von sich, um die relativ kleinen Buchstaben lesen zu können. „Die Frau Büscher ist nicht da." Das klang nicht mehr ganz so abweisend.

„Ich weiß", nickte ich. „Sie ist krank und derzeit nicht zu sprechen. Trotzdem will ich schon mal einige Erkundigungen einziehen. Der Verstorbene war doch zuvor der Besitzer dieses Hauses, richtig?"

„Ja." Sie griff nach dem immer noch bellenden Hund und nahm ihn auf den Arm. „Ruhe!"

„Nun, ich dachte, ich könnte mich in einem ersten Schritt an langjährige Hausbewohner wenden, die Herrn Büscher persönlich kannten", fuhr ich fort. „Gehören Sie dazu?"

Sie warf sich in die Brust. „Ich bin am längsten von allen hier. Das ist ja nicht mehr so wie früher, dass man irgendwo einzieht und dann sein gesamtes Leben dort verbringt", setzte sie leiser hinzu, da der Hund mittlerweile verstummt war. „Mein Mann und ich haben jahrelang oben in der dritten Etage gewohnt. Mit Beginn seiner Krebskrankheit, also vor vier Jahren, sind wir runtergezogen, wegen der vielen Treppen."

Ich legte den Kopf in den Nacken und ließ meinen Blick über das Haus wandern.

„Auf der gleichen Seite. Eigentlich wollten wir uns ja lieber verkleinern. Die nebenan haben ein Zimmer weniger. Aber zur gleichen Zeit suchte die Tochter von Herrn Büscher eine Wohnung. Die ging natürlich vor."

Ich horchte auf, da hatte ein Unterton in ihrer Stimme mitgeschwungen, der mir sagte, dass sie ihr diese Bevorzugung bis heute nachtrug. „Ach, und da mussten sie zurückstecken?" Ich hoffte, ich hatte die richtige Prise Verständnis in meine Frage gelegt.

„Familienbande halt. Da kommt man auch als langjähriger Mieter nicht mit."

Ja, eindeutig Frust. „Hätte man sich denn nicht absprechen können? Ich meine, Frau Büscher ist noch jung. Ihr wäre doch mit einer größeren Wohnung besser gedient."

Sie schüttelte den Kopf. „Nein, das wollte die nicht. War ihr angeblich zu teuer." Sie nutzte die Gelegenheit, während sie den Hund absetzte, um heftig zu schnauben. „Na ja, mein Mann wird es sowieso nicht schaffen. Vielleicht ziehe ich nach seinem Tod aus und suche mir woanders was Kleineres. Obwohl – vermissen tät ich die Gegend schon. Wenn man so lange wie ich hier lebt."

„Da haben Sie im Moment bestimmt viel Arbeit. Ist ihr Mann zu Hause oder im Krankenhaus?"

„Die? Die machen nichts mehr", brach es aus ihr heraus. „Er ist austherapiert, er kriegt seine Medikamente, das war's."

„Schrecklich!" Ich brauchte mein Mitgefühl nicht mal zu heucheln.

„Sie sagen es." Ihr traten die Tränen in die Augen, sodass sie sich schnell bückte, um den erneut kläffenden Hund auf den Arm zu nehmen.

„Und dann komme ich und belästige Sie mit meinem Fragen."

„Ach, lassen Sie mal. Ist schon in Ordnung." Sie drückte das Tier fester an sich. „Mein Mann schläft. Außerdem war Herr Büscher ansonsten ein sehr, sehr netter und umgänglicher Vermieter. Bis auf seine Tochter, die konnte ihn um den Finger wickeln."

Ich beugte mich vor und fragte leise. „Wie ist sie denn so? Ich hörte bisher zwei verschiedene Versionen. Die einen beschreiben sie als lieb und umgänglich, die anderen als schwierig, sehr eigen und zudem wenig gesellig."

Sie runzelte die Stirn. „Ist sie nicht eine Ihrer Auftraggeberinnen?"

„Den Auftrag erhielt ich von ihrem Bruder", erklärte ich wahrheitsgemäß. „Im Auftrag der Familie. Allerdings weiß ich nicht, ob man ihr überhaupt schon Bescheid gegeben hat. Herr Büscher meint, sie wäre sehr krank und zudem wegen der beiden Todesfälle ziemlich verstört. Genau deshalb wäre ich Ihnen dankbar, wenn Sie mir helfen könnten, mir ein Bild zu machen. Sie als Nachbarin können sie bestimmt gut einschätzen."

45

Am Abend traf ich mich mit Deniz und seiner Freundin zum Essen, was mindestens einmal im Monat Usus war, natürlich jedes Mal in einem anderen Restaurant. „Bis wir alle durchprobiert haben", hatte Deniz getönt. Blöderweise war Britta darauf aus, mich zu verkuppeln, und hatte immer eine besonders gute Freundin im Schlepptau, natürlich Single wie ich, wobei sie nie offen zugab, dass eine bestimmte Absicht hinter ihrem Tun steckte. Deshalb hatte ich extra am Morgen bei Deniz angerufen und ihn gebeten, das heutige Essen auf uns drei zu beschränken, da ich einige Fragen an seine Freundin hätte. Diese war mir als Psychologin schon mehrmals bei entsprechenden Fällen behilflich gewesen. Und sie liebte es, mit eingespannt zu werden.

Meine Gesichtszüge wären beinahe entgleist, als der Kellner mich zu unserem Tisch führte, an dem neben Deniz und Britta noch eine weitere Frau saß. Was an meiner Bitte hatten die beiden nicht verstanden?

„Das ist Rebecca, eine ehemalige Studienkollegin von mir", erklärte Britta. „Sie arbeitet seit einiger Zeit in der Psychiatrie, genauer gesagt auf der Geschlossenen, kennt sich also mit jeglicher Form von psychischer Störung aus. Ich habe sie schon darauf vorbereitet, dass dies heute eine Art Arbeitsessen wird."

Ich setzte ein freundliches Lächeln auf und hoffte, dass man mir mein Unbehagen nicht ansah. Mit Deniz und Britta über einen meiner Fälle zu reden, war das eine, Fremde mit einzubeziehen war eher nicht meins.

Rebeccas Augen blitzten auf, sie hatte meinen Verdruss bemerkt. „Sie können natürlich selbst entscheiden, was Sie offenlegen wollen. Oder soll ich lieber gehen?"

„Nein", beeilte ich mich zu sagen. „Im Gegenteil, Ihre Einschätzung wäre sicher wertvoll, da ich unter meinen Verdächtigen einen Kandidaten habe, über den ihr Psychologen mir sicherlich mehr verraten könnt. Ich war zwar erstaunt, bin aber im Endeffekt froh, gleich zwei Expertinnen befragen zu können." Gut aus der Affäre gezogen, dachte ich bei mir, setzte mich neben Deniz und griff nach der Speisekarte.

Nachdem wir unser Essen geordert hatten und Deniz' Bitte zum Du überzugehen, brav gefolgt waren, begann ich zu berichten. „Der ältere Bruder hat eher eine beschützende Haltung der Schwester gegenüber", erklärte ich zum Schluss. „Der jüngere hasst den gesamten Familienzweig. Die Haushälterin, die angebliche Freundin, die Nachbarin, selbst die Schwägerin beschreiben sie als seltsam. Wie seht ihr das?"

Britta nickte Rebecca zu, sie solle den Anfang machen. Bevor sie loslegen konnte, kam der Kellner mit unserem Essen. Schweigend warteten wir, bis er sich zurückgezogen hatte.

„Zuerst genießen!", bestimmte Deniz. „Das ist ein Spitzenlokal, ihr vergesst sonst das Wichtigste des heutigen Abends."

Wir fügten uns seinem Diktat und betrieben leichten Small Talk, obwohl ich feststellen konnte, dass Rebecca darauf brannte, mir ihre Sicht der Dinge darzulegen, was mich durchaus für sie einnahm. Die bisherigen Freundinnen von Britta waren nicht an meiner Arbeit interessiert gewesen, unsere Gespräche bei Tisch nie über allgemeine Themen hinausgekommen. Sie hingegen hatte anscheinend nicht nur ein annehmbares, in meinen Augen sogar sehr anziehendes Äußeres vorzuweisen, sondern war sofort tiefergehend interessiert.

„Wenn ich dich richtig verstanden habe", begann sie dann auch gleich, nachdem sie Messer und Gabel weggelegt hatte, „ist diese Jolanthe sehr isoliert aufgewachsen, nur mit ihrem Kindermädchen als echten Ansprechpartner."

„Und ihrem Vater, zumindest am Wochenende", verbesserte ich sie.

Sie winkte ab. „Und ab ihrem zehnten Geburtstag gab es niemand, der sich um sie kümmerte. Spielgefährten durfte sie nicht mit nach Hause bringen, was dafür sorgte, dass sie keine weiterführenden Kontakte ausbilden konnte. Das holt man später nur schwer wieder auf, wenn man in das Alter kommt, in dem man sich außerhäusig trifft. Vor allem, wenn man es gewohnt ist, auf sich allein gestellt zu sein."

„Armes Kind", nickte Britta. „Gerade in jungen Jahren sind Sozialkontakte sehr wichtig, um sich zu entwickeln."

„Eine typische Eigenbrötlerin", stimmte Deniz zu. „Der Umgang mit ihr gestaltet sich bestimmt schwierig."

Dabei hatte er vor kurzem noch anders getönt! Aber ich verkniff es mir, ihn darauf hinzuweisen, die Einschätzungen der beiden Frauen waren wichtiger.

„Das muss nicht sein", widersprach Rebecca. „Es kommt auf viele weitere Dinge an. Wie war der Kontakt zu dem Kindermädchen? Hast du sie befragt? Was gibt sie für eine Einschätzung über das Kind ab?"

Ja, das war ein Punkt, den ich aufgreifen konnte. Vielleicht erfuhr ich über Claudia Büscher ihren Namen und ihre damalige Adresse oder vielleicht wusste sie sogar, wo diese sich zurzeit aufhielt. „Kümmere ich mich gleich morgen drum. Trotzdem, wie seht ihr das? Wäre sie in der Lage, aus Frust, Geldnot oder was weiß ich heraus, ihre Eltern umzubringen beziehungsweise jemanden damit zu beauftragen?"

Rebecca stützte den Arm auf und rieb sich gedankenverloren über die Wange. „Wir kennen sie nicht persönlich. Besser wäre es, wenn wir bei deinem Gespräch dabei sein könnten. Bisher hast du nur Meinungen einzelner wiedergegeben, die immer auch persönliche Ressentiments beinhalteten."

„Frage diese Natalie, lass sie den Charakter des Kindes beschreiben, versuche rauszukriegen, wie die Mutter sich zu Tochter stellte", empfahl mir Britta. „Der andere Sohn, Elias, ist ein gutes Beispiel, wie schlimm es für ein Kind ist, wenn die wichtigste Person sich nicht kümmert beziehungsweise es ablehnt."

„Der hatte immer die Oma", kam ich nicht umhin zu protestieren.

„Ja, und? Das Kind leidet trotzdem unter so einer Situation und versucht, Nähe zur Mutter herzustellen. Das wirkt sich meist auf das Selbstbewusstsein aus, wie man an Elias erkennen kann."

„Der scheint allerdings auch ein wenig", hm, wie drückte ich es den Damen gegenüber am besten aus, „… minderbegabt zu sein." Ja, das passte. „Sonst hätte er garantiert eine andere Position in der Firma."

„Dieses Vorlaute und Sprunghafte ist auf jeden Fall ein Zeichen für mangelndes Selbstbewusstsein", war sich Britta sicher.

Ich hütete mich zu widersprechen, obwohl ich anderer Meinung war. Im Endeffekt hatte mich meine Mutter genauso im Stich gelassen und meine

Tante mich großgezogen. Und ich war ein ganz anderer Typ als Elias. Ich hatte mein Leben im Griff. Aber wir schweiften für meinen Geschmack zu sehr vom Thema ab, Jolanthe war wichtiger. „Würde mich denn eine von euch zu meinem Termin mit der Tochter begleiten?"

„Bei mir geht es erst im Abendbereich. Oder am Wochenende." Rebecca war eindeutig interessiert.

„Ich würde mich da ganz nach dir richten." Damit hatte ich einen guten Grund, sie nach ihrer Handynummer zu fragen und schon bald erneut zu treffen.

46

Bei Claudia Büscher hatte ich tatsächlich Glück. „Natalie ist hier in der Gegend wohnen geblieben. Sie heißt jetzt Kluge, hat selbst zwei Kinder und macht private Kinderbetreuung bei sich zu Hause. Soll ich Ihnen ihre Telefonnummer geben?"

Es dauerte eine Weile, bis ich sie erreichte. Als sie hörte, warum ich sie sprechen wollte, blieb es einen Moment still. „Um sechzehn Uhr? Haben Sie meine Adresse?"

Ich hatte eher mit einer Absage gerechnet, begeistert klang sie nicht. Daher sagte ich sofort zu. Somit blieb mir viel Zeit, sämtliche Aussagen der einzelnen Personen noch einmal durchzuarbeiten, die Bankdaten erneut zu überprüfen und mir zu überlegen, wie ich vorgehen sollte. Viele Ansatzpunkte sah ich nicht.

„Außer der Tochter hat niemand ein Motiv", tat ich beim Mittagessen mit Tante Simone meine Meinung kund. „Hoffentlich kehrt die mal langsam aus ihrer Klausur zurück, damit ich sie persönlich kennenlerne."

„Und Markus?" Sie legte ihr Besteck zur Seite und verschränkte die Arme vor der Brust. „Du musst wirklich tiefer graben. Vielleicht lag der mit dem Vater im Clinch, weil dieser sich weigerte, seinem Sohn andauernd auszuhelfen. Laut der Unterlagen haben die alten Büschers relativ bescheiden gelebt. Meinst du nicht, dass ihm irgendwann der Kragen geplatzt ist, bei der Art, wie Markus mit Geld um sich warf?"

Leider musste ich ihr recht geben. „Zu blöd, dass die Kontobewegungen nichts hergeben. Wie soll ich nach drei Monaten noch einen vermutlich einmaligen Kontakt zu einem gedungenen Mörder finden?" Markus hob grundsätzlich jeden Monat eine beachtliche Summe in bar ab. Noch war ich nicht dahinter gestiegen, was er damit tat.

„Kennt Deniz keinen Profi, der sich in die Computer einhacken könnte?" Meine Tante hielt große Stücke auf meinen besten Freund.

„Nein." Das war selbst für ihn eine Nummer zu groß.

„Schade." Sie widmete sich wieder ihrem Essen.

Natalie Kluge wohnte knapp fünf Minuten von Andreas Büscher und seiner Frau entfernt. Allerdings wurde dieses Viertel eher von kleineren, neu gebauten Einfamilienhäusern geprägt. Ihres stach mit seiner dunkelroten Farbe von den sonst einheitlich in Weiß gehaltenen Fassaden deutlich ab. Gerade als ich vorfuhr, öffnete sich die Tür und eine junge Frau mit einem Kind an der Hand trat heraus. Hinter den beiden tauchte eine weitere Person auf, deutlich älter, die zum Abschied winkte. Dann entdeckte sie mich und wartete, bis ich heran war.

„Speer." Ich griff nach einer meiner Karten und hielt sie ihr hin.

Sie schüttelte abwehrend den Kopf. „Claudia hat mich schon auf Sie vorbereitet. Ich weiß, dass alles seine Richtigkeit hat. Kommen Sie bitte herein." Sie führte mich durch die kleine Diele in Richtung Küche und bat mich, an dem großen Holztisch Platz zu nehmen. „Kaffee? Ich brauche jetzt dringend einen Koffeinschub."

Das konnte ich mir lebhaft vorstellen. Ein kurzer Blick ins Wohnzimmer hatte mir gereicht. Dort sah es aus, als hätte eine Bombe eingeschlagen. Wie viele Kinder betreute sie wohl?

Sie stellte einen großen Becher vor mich hin, dazu Milch und Zucker, und goss uns ein. „Vorsicht, der Tisch klebt!"

„Halb so wild." Trotzdem behielt ich meinen Löffel lieber in der Tasse. „Ich würde gern …"

„… alle Details aus meinem Leben mit Jola erfahren", unterbrach sie mich. „Kein Problem, ehrlich gesagt ist alles wieder hochgekocht, als Claudia mich anrief. Ich kenne sie von früher", fügte sie erklärend hinzu. „Ihre und meine Schwester waren in einer Klasse und haben bis heute Kontakt."

„Wieso hochgekocht?", stellte ich mich unwissend.

Sie stellte ihre Tasse, die sie gerade zum Mund hatte führen wollen, mit einem Ruck ab. „Die haben mich rausgeschmissen, von einen Tag auf den anderen. Nach all den Jahren."

„Und was war der Grund?"

Dieses Mal trank sie erst mehrere Schlucke, bevor sie antwortete. „Diese Situation, irgendwann war es zu viel. Man kann ein Kind nicht ständig wegstoßen und sich ihm nur unregelmäßig und so lange, wie man Lust hat, widmen. Ich bin mit Frau Büscher aneinandergeraten, und zwar nicht zu knapp. Am Abend rief mich ihr Mann in sein Arbeitszimmer und kündigte mir fristlos wegen unüberbrückbarer Differenzen."

Der war anscheinend wirklich blind und taub gegenüber den Fehlern seiner Frau, anders konnte ich mir seine Reaktion nicht erklären.

„Ich habe mich sofort bei ihnen gemeldet, als ich von der Anzeige hörte", fuhr Frau Kluge fort, ohne dass ich nachfragen musste. Sie wollte sich ihren Frust von der Seele reden, eindeutig. „Ein einzelnes Kind zu betreuen, dazu mit geregelten Arbeitszeiten und für das Gehalt, das die boten. Ich wäre blöd gewesen, mich nicht zu bewerben."

Sie wurde eingestellt, musste allerdings in den ersten drei Jahren im Haus wohnen, da sich der Zustand der Mutter eher verschlechterte als verbesserte. „Mein einziger freier Tag war der Sonntag und auch dann nur bis zum Abend, damit ich nachts für die Kleine aufstehen konnte. Alles halb so wild", wehrte sie ab, als sie meinen fassungslosen Gesichtsausdruck sah. „Ich habe dem freiwillig zugestimmt, natürlich auch wegen der Zulagen, die ich erhielt. Ja, vom Geld her hat Herr Büscher sich nicht lumpen lassen."

Schnell entwickelte sich eine enge Beziehung zwischen ihr und dem Baby. Die Mutter sah die Kleine etwa eine Stunde am Tag, wenn Herr Büscher von der Arbeit kam und sie mit ins Wohnzimmer nahm. Sonst war ausschließlich Natalie für sie verantwortlich. „Das Schlimme ist, man kann keinen Abstand halten, so wie bei den Kindern, die ich jetzt betreue. Und ich war damals auch wesentlich jünger und unerfahrener."

Jola, wie sie genannt wurde, hing an ihr, wie man normalerweise an der eigenen Mutter hängt. Und Natalie versuchte, ihr die Isolation zu Hause zu versüßen, indem sie viel mit ihr unternahm. „Ich bin mit ihr überall gewesen, regelmäßig auf dem Spielplatz, im Zoo, im Schwimmbad, auf Jahrmärkten."

Trotz der besonderen Umstände wuchs Jolanthe zu einem fröhlichen Kind heran. Einzig, dass sie nie andere Kinder zu sich einladen durfte, störte sie. Denn dadurch kam ab der Einschulung eine gewisse Distanz zu den Klassenkameraden auf. „Wenn man nie jemanden mitbringen kann, wird man sehr schnell auch nicht mehr von anderen mit nach Hause genommen. Ihre Kontakte zu den anderen Kindern beschränkten sich schon bald nur noch auf die Schule. Wobei das, solange es mich gab, nicht ganz so schlimm war." Natalie lächelte in Erinnerung an diese Zeit. „Sie war wie mein eigenes Kind. Ja, wir zwei waren eine Einheit. Ihr muss es wie ein Verrat vorgekommen sein, dass ich sie im Stich gelassen habe. Ich weiß nicht, was die Eltern ihr erzählten. Traurig ist für mich, dass sie sich als Erwachsene nie bei mir meldete. Ich hatte gedacht ..." Sie verstummte und schüttelte den Kopf. „Wunschträume halt."

47

Auf dem Rückweg fuhr ich wieder bei dem Nachbarn der Büschers vorbei, wie auch schon am Tag zuvor auf meinem Weg zum Restaurant. Doch genau wie gestern waren alle Rollläden heruntergelassen. Als auf mein Klingeln niemand antwortete, steckte ich einen im Büro geschriebenen Zettel in den Briefkasten, auf dem ich mein Anliegen vortrug. Vielleicht hatte ich so eine Chance, ihn zu erreichen.

„Der macht nie auf." Einer der anderen Bewohner der Straße, den ich befragt hatte, kam mit einem großen Schäferhund an der Leine auf mich zu. „Das ist vergebliche Liebesmüh."

„Wann geht er denn einkaufen?" Das wäre eine Möglichkeit - wenn er denn feste Zeiten hatte.

„Der kriegt sein Zeug geliefert. Die stellen es ihm vor die Hintertür. Außerdem kommt ab und zu ein Gärtner, ach, ja, dann ist da noch eine Art Hausmeister, der sich um das Äußere des Hauses kümmert. Rein geht keiner von denen." Er zuckte die Schultern und hielt seinen Hund zurück, der mich unbedingt beschnuppern wollte.

„Also gibt es einen Angehörigen, der sich kümmert?"

Erneut zuckte er die Schultern. „Keine Ahnung, wirklich." Er hieß den Hund sich ablegen und trat näher an mich heran. „Von dem kriegen Sie sowieso keine vernünftige Antwort", sagte er leise. „Der bekommt nichts mit, will der gar nicht. Der lebt völlig abgeschottet."

Was habe ich für Anhaltspunkte, an denen ich ansetzen kann, überlegte ich am nächsten Morgen, nachdem ich meine Unterlagen auf den neuesten Stand gebracht hatte. Tante Simone verbrachte das Wochenende zusammen mit einer Freundin — um bei ihr zu renovieren. Das Helfersyndrom meiner Tante beschränkte sich nicht ausschließlich auf mich.

Ich griff nach dem ersten der Ordner, die sie mir auf den Tisch gelegt hatte, dem Hintergrundmaterial zu den einzelnen Familienmitgliedern. Am besten war es wohl, wenn ich mir genaue Fragen aufschrieb, bevor ich Deniz einspannte.

Als ich den Aktendeckel aufschlug, kam mir eine weitere Idee. Ich machte mir eine Notiz: Tante Simone sollte unbedingt auch den Wachmann durchleuchten. Es war ja nicht auszuschließen, dass ich bis jetzt in die völlig falsche Richtung ermittelt hatte und es sich doch um einen Racheakt handelte. Vielleicht steckte er mit einem der anderen Mitarbeiter unter einer Decke. Demnach kam auch Frau Krause infrage. Wusste ich denn, wie das Verhältnis zwischen ihr und ihrem Arbeitgeber und der zu Pflegenden wirklich gewesen war? Herr Büscher reagierte anscheinend knallhart, wenn es um seine Frau ging. Sollte sich die Haushälterin mit ihr überworfen haben, nutzte ihr auch ihre jahrelang erbrachte Fürsorge nichts. Und auch sie hätte die Möglichkeit besessen, sich die Schlüssel vom Bürogebäude nachmachen zu lassen.

Nur die Stahls stellte ich zunächst hintenan. Gut, wahrscheinlich verhielt ich mich nicht objektiv genug – und das mit dem Schlüssel könnte sich im Nachhinein als Fehlschluss erweisen. Trotzdem war ich davon überzeugt, dass sie nichts mit dem Mord oder den Morden zu tun hatten - beziehungsweise mit dem Mord an Hermann Büscher. Bei seiner Frau tippte ich eher auf Selbstmord. Warum hätte diese sonst die Haushälterin an einem Sonntag zu sich bitten sollen?

Besser, ich ließ Deniz auch zu den anderen Mitarbeitern recherchieren. Vielleicht gab es unter diesen jemand, der seiner seit langem schwelenden Wut Luft gemacht hatte.

Anschließend griff ich nach dem Ordner von Markus Büscher. Seinen Namen hatte ich ganz oben auf die Liste gesetzt. Es musste doch rauszukriegen sein, ob er sein Geld verprasste oder ein heimliches Laster hatte.

Kaum hatte ich angefangen den Inhalt durchzugehen, klingelte mein Handy.

„Herr Speer", sagte Andreas Büscher, „ich sitze hier mit Jolanthe zusammen beim Essen. Sie hat mir einige erstaunliche Dinge mitgeteilt. Hätten Sie Zeit, zu uns zu stoßen?"

Endlich! Ich ließ mir die Adresse geben und versprach, in spätestens einer Viertelstunde dort zu sein. Während ich mir meine Jacke schnappte, wählte ich schon die Nummer von Rebecca.

„So ein Mist!", rief sie aus tiefstem Herzen. „Ich bin bei meinen Eltern, die wohnen außerhalb."

Bei Britta brauchte ich es gar nicht erst zu versuchen. Sie hatte ein Wochenendseminar, wie ich von Deniz wusste. Musste ich eben sehen, wie ich allein klarkam.

Schon während ich auf den Tisch, an dem Andreas Büscher und seine Schwester saßen, zuging, erwachte mein Beschützerinstinkt. Jolanthe war ein kleines, zartes Persönchen mit feinen Gesichtszügen und ausdrucksstarken Augen, in denen die Qual der gesamten Welt zu liegen schien. Sie blickte mir entgegen und ballte nervös ihre Hände zu Fäusten, öffnete und schloss sie, bis ich direkt vor ihr stand.

„Das ist Herr Speer", stellte mich Andreas Büscher vor. „Er ermittelt bereits seit über einer Woche. Ich denke, es ist sinnvoller, wenn wir uns zusammenschließen."

Ich nahm gegenüber der jungen Frau Platz und orderte bei dem herbeieilenden Kellner eine Gulaschsuppe und ein Wasser.

„Ihm kannst du vertrauen", wandte sich Herr Büscher an seine Schwester. „Erzähl ihm von deinen Gedanken und deinen Gefühlen. Vielleicht ergibt sich so ein ganz neuer Weg." Er warf einen Blick auf seine Armbanduhr. „Kommt ihr zwei allein zurecht? Ich bin mit meiner Frau verabredet. Aber wenn nötig, sage ich den Termin ab."

Jolanthe schluckte, schüttelte jedoch den Kopf. „Fahr ruhig. Und", ihr Unbehagen war ihr deutlich anzusehen, „denkst du über meine Bitte nach? Sonst müsste ich …"

Einen Moment schien er irritiert, bevor er eine wegwerfende Handbewegung machte. „Das ist kein Problem. Sag mir Bescheid, wenn dir die genaue Summe vorliegt."

Wir warteten stumm, bis er dem Kellner gewunken, die Rechnung bezahlt und sich verabschiedet hatte. Dann sah ich Jolanthe auffordernd an. „Ich hörte bereits, dass Sie der Ansicht sind, Ihre Mutter wurde ebenfalls ermordet", versuchte ich ihr den Einstieg in unser Gespräch zu erleichtern. „Wissen Sie mittlerweile genauer, was sich an dem Tag abgespielt hat?"

Sie gab sich einen sichtlichen Ruck. „Es ist alles wesentlich komplizierter, als mein Bruder ahnt." Sie zögerte. „Ich habe das Gefühl, jemand will mich vergiften", platzte sie dann heraus.

In genau dem Moment kam ausgerechnet meine Suppe und sie verstummte wieder. „Erzählen Sie am besten alles, was Ihnen wichtig erscheint", forderte ich sie auf. „Fragen kann ich später noch stellen."

Gut, dass ich mit meinem Essen beschäftigt war. Denn das war schon starker Tobak, den ich zu hören bekam. Im Moment wusste ich noch nicht, was ich davon halten sollte. Entweder war Jolanthe Büscher total verrückt oder sie schwebte tatsächlich in großer Gefahr.

Hinter uns räusperte sich der Kellner, um auf sich aufmerksam zu machen. Jolanthes Bericht hatte ziemlich lange gedauert, unbemerkt von uns hatte sich das Lokal geleert, wir waren die letzten Gäste.

Ich winkte ihn heran und bezahlte, froh darüber, dass ich ihr nicht direkt antworten musste. Als wir vor dem Lokal standen, wusste ich immer noch nicht, was ich von ihrer Geschichte halten sollte. Ich berührte die junge Frau, die mir gerade mal bis zur Schulter reichte, leicht am Arm und deutete in die Richtung, aus der ich gekommen war. „Am besten, wir setzen uns in ein Café in der Nähe, ich denke, es gibt noch eine Menge zu besprechen."

Natürlich hätte ich sie auch mit in mein Büro nehmen können. Davon nahm ich vorerst lieber Abstand. Noch war ich mir wirklich nicht im Klaren, wie ich sie einschätzen sollte. Und mit einer durchgeknallten Verrückten allein in dem kleinen abgeschlossenen Bereich sitzen, wollte ich definitiv nicht.

Teil 3

48

Jolanthe

Ich atmete tief durch vor Erleichterung. Er glaubte mir und war bereit, mir zu helfen. Das erste Hindernis war genommen.

Anfangs war ich nicht begeistert von Andreas' Enthüllung. Vor allem, dass er ausgerechnet den Detektiv engagiert hatte, den ich selbst kontaktieren wollte! Und dass er heimlich hinter meinem Rücken agiert hatte, fand ich äußerst befremdlich. Traute er mir nicht oder warum war er nicht im Vorfeld auf mich zugekommen?

Glücklicherweise hatte er einen Termin und verabschiedete sich. In seinem Beisein hätte ich mich nicht getraut, offen über meine Probleme zu sprechen. Jetzt allerdings sah das anders aus. Ja, so schwer es mir auch fiel, ich musste ihm alles erzählen. Nur so konnte ich auf seine Hilfe hoffen.

„Andreas weiß nichts von dem, was mir passiert ist", sagte ich, als wir die Straße hinunterspazierten. „Bei ihm habe ich mich darauf rausgeredet, dass ich einen Detektiv engagierte, um meinem Verdacht nachzugehen, meine Mutter sei auch ermordet worden. Und ich habe behauptet, dass ich mich verfolgt fühle."

„Ist besser", stimmte er mir zu, griff wieder nach meinem Arm und dirigierte mich auf einen kleinen Imbiss zu. „Ich weiß nicht, wie es Ihnen geht, aber ich habe immer noch Hunger. Wäre es Ihnen recht, wenn wir hier …"

„Sehr recht." Mir ging es ähnlich. Mein Magen verlangte knurrend nach Nahrung. Die Suppe war eher wie ein Appetithäppchen gewesen.

„Und, was meinen Sie zu alldem?", fragte ich, nachdem wir Platz genommen und bestellt hatten.

„Es sieht so aus, als wäre jemandem daran gelegen, Ihre gesamte Familie zu bestrafen", erwiderte er.

Ich nickte, genau wie ich es mir gedacht hatte! „Für mich ist der Einzige, der sich als Täter anbieten würde, Elias. Außer ihm profitiert niemand von meinem Tod."

Herr Speer schien nicht meiner Meinung zu sein. Er kniff die Augen zusammen und wog seine Worte sorgfältig ab. Das gab mir die Gelegenheit, ihn in aller Ruhe zu betrachten. Während ich meine Geschichte erzählte, war ich viel zu aufgeregt gewesen, um ihn genauer anzuschauen. Er trug das dunkelblonde Haar kurz geschnitten, hatte braune Augen, war schlank mit gut definierten Muskeln – na ja, er sah nicht gerade aus wie ein Filmstar. Dafür waren seine Gesichtszüge zu unsymmetrisch, vor allem die huckelige Nase, die etwas schief stand, sprang hervor. Aber er wirkte sowohl sympathisch als auch kompetent.

Andererseits hatte ich das Gleiche von Herrn Klein gedacht. Ich war so sicher gewesen, dass er mir helfen könne!

„Elias ist sehr stark in die Familie eingebunden", begann Herr Speer zu erklären. „Das Unternehmen ist solvent, die Geschäfte laufen bestens. Ihn würde ich als Erstes ausschließen." Statt mir nähere Erklärungen zu geben, wie er zu dieser Einschätzung kam, legte er sofort nach: „Ich schlage vor, wir beide fahren gleich gemeinsam zu Ihnen nach Hause. Sie packen ein paar Sachen zusammen, dort können Sie nicht bleiben."

„Nein", ich schüttelte energisch den Kopf. „Ich will das mit Ihrer Hilfe aussitzen, mich anbieten, nur so lässt sich herausfinden, wer da gegen mich vorgeht."

Zu meiner Überraschung grinste er anerkennend. „Genau daran dachte ich ebenfalls. Für eine derartige Falle bietet sich das Haus Ihrer verstorbenen Eltern geradezu an: Keine direkten Nachbarn, die gefährdet sind, keine Zeugen in der Nähe, wenn jemand Sie angreift." Er wurde ernst. „Wobei ich eher das Erste vermute. Der Täter will Sie aus irgendeinem Grund psychisch unter Druck setzen."

„In dem Haus ist meine Mutter gestorben", erinnerte ich ihn.

„Wäre das ein Problem?"

„Der Täter muss einen Schlüssel haben. Er kann jederzeit rein."

„Umso besser." Er hob abwehrend die Hände, als ich widersprechen wollte. „Ich sorge dafür, dass immer eine zweite Person bei Ihnen bleibt, als Wächter sozusagen. Jemand mit einer besonderen Ausbildung."

Darauf hatte mein Vorschlag ebenfalls abgezielt, allerdings hatte ich das in meiner Wohnung durchziehen wollen. Nur hatte er leider recht. In dem Mehrfamilienhaus würde mein Bewacher nicht lange unbemerkt bleiben, dafür hockte man einfach zu eng aufeinander. Auch von draußen war ich viel besser zu überwachen. In der Villa meiner Eltern dagegen blieb ich unsichtbar.

Obwohl ich mich mutig gegeben hatte, die Sache anzugehen, war mir nun trotzdem mulmig zumute. Nur ich und eine weitere Person, konnte das gut gehen?

Ja, wenn er meine Bewachung selbst übernähme, das wäre was anderes. Bei ihm fühlte ich mich ausreichend beschützt. Ihm traute ich tatsächlich zu, es mit jedem Angreifer aufnehmen zu können. Zwar war er nicht direkt muskulös, zumindest nicht so auffällig, dass er wie ein Kraftpaket aussah, trotzdem merkte man an seinen Bewegungen und seiner Haltung, dass er irgendeine Art von Sport trieb. Direkt darum zu bitten, traute ich mich nicht, was wohl auch besser war, denn seine nächsten Worte zeigten, dass er bereits eine andere Wahl getroffen hatte. Er erklärte mir, ein guter Freund von ihm habe entsprechende Kontakte, darunter sei bestimmt auch jemand, der gleich in der Lage sei einzuspringen.

„Kann ich denn so einfach dort einziehen?", gab ich zu bedenken. „Noch ist das Testament nicht verlesen."

„Wer erbt denn das Haus?"

„Wohl ich, damals, als mein Vater starb, hat er das so in seinem Testament verfügt." Dass ich herumgeschnüffelt hatte, musste er nicht unbedingt erfahren.

„Sie rufen gleich Herrn Schraft an." Er warf einen Blick auf seine Uhr.

„Lieber etwas später, nicht dass wir ihn bei seinem Mittagsschlaf stören."

Er hatte eindeutig bereits mit ihm gesprochen. Woher hätte er sonst gewusst, dass dieser sich immer relativ spät hinlegte. Bevor ich ihn darauf ansprechen konnte, wurde unser Essen serviert. Ich stürzte mich regelrecht darauf. Jetzt, da sich endlich ein Lichtblick zeigte, ich Hilfe bekam, sah die Welt gleich viel freundlicher aus.

„Was ist mit Ihrem Freund?", fragte Herr Speer, nachdem wir in aller Ruhe gespeist hatten. „Wie schätzen Sie ihn ein?"

Damit hatte er mich gleich zum nächsten Punkt gebracht. Da war ich mir mittlerweile nicht mehr sicher. „Liam hat für den Mord an meinem Vater ein Alibi", wandte ich ein.

„Ja, und? Ich gehe davon aus, dass mindestens zwei Personen involviert sind." Er zuckte die Achseln. „Das ist mehr ein Gefühl. Ich möchte einfach jeden überprüfen, der mit Ihnen näher bekannt ist."

Gut, da gab es ja keine große Auswahl. Ich nickte und diktierte ihm Liams genaue Adresse und Nachnamen. „Selbst dort gewesen bin ich nicht. Er wohnt noch bei seiner Mutter. Deshalb haben wir uns immer bei mir getroffen."

„Dieser Unfall, erzählen Sie mal!"

„Da war bestimmt nichts getürkt. Das ist eine Kreuzung, an der es schon öfter Zusammenstöße gegeben hat. Die Straße, die er befuhr, wirkt wie eine vorfahrtsberechtigte, nur diejenigen, die sie regelmäßig benutzen, wissen das und achten auf die Abbieger. Ich muss gestehen, ich war tief in meinen Gedanken und habe nicht nach links geschaut. Er hat noch gebremst, es ist kein großer Schaden entstanden, nur die Fahrertür war etwas eingedrückt. Liam hat sofort gesagt, dass er schuld ist. Wir sind an den Rand gefahren und haben unsere Adressen ausgetauscht. Im Endeffekt war er geschockter als ich, das war sein erster Unfall."

„Kam es bereits da zu der nächsten Verabredung?"

Sie lachte auf. „Nein, er rief mich ein paar Tage später unter dem Vorwand, er habe seine Meldung an die Versicherung geschickt, an. Dabei bat er um ein Treffen. Er wolle sich mit einem Restaurantbesuch bei mir entschuldigen."

Wieder blickte Herr Speer auf die Uhr. „Sie telefonieren mit Herrn Schraft, ich bezahle."

Selbstverständlich könne ich vorübergehend einziehen, das sei überhaupt kein Problem, erklärte der alte Herr. Ob er Frau Krause anrufen solle oder ich das übernähme? Wegen des Schlüssels. Da hätte ich beinahe einen Fehler begangen! Gut, dass er mich rechtzeitig aufmerksam machte.

„Ich muss die Haushälterin informieren, damit sie mich einlässt", sagte ich auf dem Weg zu Herrn Speers Auto.

„Sie haben keinen eigenen Schlüssel?"

„Nein", log ich. „Das war ja nie nötig. Es war immer jemand da. Übrigens", lenkte ich schnell zu einem anderen Thema über. „Würde es Ihnen etwas ausmachen, wenn Sie allein mit meiner Nachbarin Frau Wimmer sprechen? Sie muss informiert werden, dass ich in den nächsten Tagen nicht erreichbar bin. Dann kümmert sie sich um alles, was anliegt. Sie und ich … unser Verhältnis ist ein wenig angespannt", schloss ich ziemlich lahm. Dabei wusste ich nur nicht, wie ich ihr nach Mäxchens schrecklichem Tod begegnen sollte.

49

Oliver

Je näher wir unserem Ziel kamen, desto einsilbiger wurde Jolanthe. Sie plagte eindeutig Angst, der Nachbarin zu begegnen. Doch niemand erschien und wir gelangten ohne Weiteres in ihre Wohnung.

Das neue Schloss war ein super teures und sicheres Exemplar, so weit konnte ich das Handeln meines Vorgängers nachvollziehen. Dafür hatte er meiner Meinung nach einen eklatanten Fehler begangen. Diesen Punkt hatte ich Jolanthe gegenüber bisher nicht angesprochen. Ich wollte sie nicht zu nervös und unsicher machen.

Bevor ich den Garten inspizieren konnte, musste ich sie in jeden Raum begleiten, um sicherzugehen, dass niemand ihre Abwesenheit für einen erneuten Besuch genutzt hatte.

„Nein, alles unverändert", seufzte sie erleichtert. „Dieses Mal habe ich ein paar Fallen vorbereitet." Sie wurde tatsächlich rot. „Haare und Flusen an bestimmten Stellen verteilt."

„Eine gute Idee", lobte ich sie. Ehrlich gesagt wusste ich immer noch nicht, was ich von ihr halten sollte. Manchmal wirkte sie wie ein kleines Mädchen, das für alles Hilfe benötigte, dann biss man plötzlich auf Granit und sie stellte sich stur. Wie mit dieser Nachbarin zum Beispiel. Angeblich hatte die von Anfang an einen Hass auf Jolanthe gehabt, weil sie sich mit der Wohnung übergangen fühlte. Aus Jolanthes Sicht hatte die Absprache mit der Wohnung schon Wochen vorher festgestanden, lange bevor Frau Wimmer einen Anspruch erhob. Andererseits hatte sie nicht nachgegeben, als kurz darauf die zweite Wohnung gekündigt wurde. Die sei ihr zu groß, hatte sie zu mir gesagt, und zu teuer. Der Vater habe ihr nicht entgegenkommen wollen. Frau Wimmer solle froh sein, dass es relativ schnell geklappt habe. So krank sei der Mann ja damals nicht gewesen.

Mangelndes Einfühlungsvermögen? Auch hatte mir die Nachbarin berichtet, Jolanthe Büscher reagiere mal so, mal so. Einmal sei sie redefreudig, dann wieder wortkarg, teilweise sogar unfreundlich. Ich musste unbedingt mit Rebecca über sie sprechen. Und ihr die Einrichtung beschreiben, die man im nettesten Fall als kuschelig bezeichnen konnte. Überall Plüsch, die Bilder an den Wänden hätten eher in ein Kinderzimmer gepasst, die Möbel schienen nach Gemütlichkeit ausgesucht und passten farblich überhaupt nicht zueinander.

Während Jolanthe ihre Sachen zusammensuchte, zog ich den Rollladen der Terrassentür hoch. Sofort fiel mein Blick auf die Fratze. Eindeutig von außen aufgemalt! Das hätte jeder tun können, auch sie selbst. Ich öffnete die Tür und trat hinaus. Auf den Fliesen war kein Blut zu erkennen, deshalb schritt ich langsam den gesamten Garten ab. Zur Nachbarin war ein relativ hoher Maschendrahtzaun gesetzt, mit gepflanzten Büschen davor, sodass man kaum etwas erkennen konnte. Erst hinten am kleinen Gartentürchen gab es eine Stelle, die nicht zugewuchert war. Von dort aus hatte ich einen Einblick bis fast auf die Terrasse. Nein, es hielt sich niemand im Garten auf, niemand würde mich beim Telefonieren hören.

„Hast du eine Person an der Hand, die in den nächsten Stunden eine Vierundzwanzig-Stunden-Überwachung übernehmen könnte, wenn möglich eine Frau?", fragte ich Deniz.

„Knapper geht's wohl echt nicht!"

„Hast du oder hast du nicht?"

„Natürlich habe ich. Ich muss sie eben anrufen, ob sie Zeit hat."

„Halt! Du musst sie über einige Merkwürdigkeiten informieren, wenn sie annimmt", stoppte ich ihn, da er das Gespräch schon beenden wollte. „Die zu bewachende Person ist aus meiner Sicht nicht eindeutig das Opfer. Es könnte sich bei ihr auch um die Täterin handeln." Ich schilderte ihm meine Bedenken.

„Das schafft Irina locker", war er sich sicher. „Gibt allerdings Gefahrenaufschlag."

„Kein Problem." War ja nicht mein Geld.

„Ich melde mich gleich zurück."

Auf dem Rückweg zur Terrasse hielt ich mich dicht an dem äußeren Zaun. Nur deshalb entdeckte ich die winzigen Blutstropfen im Gras, die bis genau zu der Stelle führten, an der das Messer vergraben wurde. Ich bückte mich und studierte sämtliche Fliesen der Terrasse. Weder ein Blutstropfen noch ein Fußabdruck.

Mein Handy signalisierte eine eingegangene Nachricht. Irina wartete auf meinen Anruf.

Jolanthe kam gerade aus dem Schlafzimmer, als ich den Rollladen hinunterließ. Sie schleppte einen Koffer und eine große Tragetasche und stellte diese in die Diele. „Ich habe Frau Krause informiert. Sie will in einer halben Stunde vor dem Haus sein. Was ist mit den Lebensmitteln, die ich noch hier habe. Soll ich die mitnehmen? Ist alles frisch gekauft", fügte sie schnell hinzu.

Ich nickte. „Ihre Bewachung ist ebenfalls organisiert. Irina kann den Vorkoster spielen."

„Eine Frau?" Sie wirkte angenehm überrascht.

„Wir stellen sie als eine Freundin vor. So genau kennt Frau Krause ihre Verhältnisse nicht, als dass sie Verdacht schöpfen könnte."

Sie runzelte die Stirn. „Ich soll sie auch belügen?"

„Keiner erfährt die Wahrheit", schärfte ich ihr ein. „Selbst Ihr Halbbruder Andreas nicht." Ohne sie weiter zu beachten, wählte ich Irinas Nummer und wir sprachen die notwendigen Formalitäten ab.

Nach einem Blick auf die Uhr beschloss ich, mich jetzt Frau Wimmer zu stellen. Jolanthe sollte so lange in der Wohnung warten.

Es dauerte, bis sich die Tür einen Spalt öffnete. Sie sah schrecklich aus, rote Augen, verquollenes Gesicht, ihre Hand auf der Türklinke zitterte.

„Frau Wimmer, ich weiß, das ist der falsche Zeitpunkt, aber ich muss Ihnen eben Bescheid geben, dass ich Frau Büscher mitnehme und an einem geschützten Ort unterbringe. Wie es aussieht, ist ihr Leben in Gefahr."

„Was?" Mein Gegenüber riss überrascht die Augen auf. „Ich dachte …"

„Sie hat mitbekommen, dass ihr Hund schwer verletzt wurde", setzte ich hinzu, weil sie verdattert schwieg. Vielleicht war der gar nicht tot und Jolanthe hatte sich …

„Man hat ihn umgebracht. Jemand hat immer und immer wieder auf ihn eingestochen." Sie konnte die Tränen nicht zurückhalten. „Ach, mein Mäxchen!" Sie schluchzte auf.

„Wann war das denn genau, dieser Angriff auf ihn?", fragte ich nach.

Sie holte tief Luft und wischte sich über die Augen. „Gleich am frühen Morgen. Ich lasse ihn immer vor dem Frühstück in den Garten, damit er sein Geschäft machen kann. Er hat laut gebellt, aber ich war mit meinem Mann beschäftigt. Der", sie biss sich auf die Lippe, „benötigt eine Urinflasche, die ich ihm halten muss. Dann war das Mäxchen ruhig und ich dachte, er ist reingekommen. Erst als ich in die Küche ging und er nicht kam, habe ich nachgeguckt." Das Schluchzen wurde so stark, dass sie nicht weitersprechen konnte.

„Waren bei Ihrer Nachbarin die Rollläden schon hochgezogen?" Ich versuchte, mich professionell zu geben, obwohl es mir bei ihrem offensichtlichen Leid schwerfiel.

Sie nickte heftig.

„Frau Wimmer", ich legte einen ernsten Unterton in meine Stimme. „Es kann sein, dass Ihr Hund mit seinem Gebell den Angreifer vertrieben hat. Ich glaube, Frau Büscher schwebt in höchster Gefahr. Haben Sie die Polizei eingeschaltet?"

Ich hatte es tatsächlich geschafft, sie abzulenken. Ihr Schluchzen verstummte und sie riss die Augen noch weiter auf. „Ja, die haben eine Anzeige aufgenommen. Sie sagen, das ist nur Sachbeschädigung." Erneut kämpfte sie mit den Tränen. „Selbst wenn die den Täter erwischen, bekommt der vermutlich nur eine Geldstrafe, können Sie sich das vorstellen? Mein Mäxchen! Ein Hund ist keine Sache!"

„Nun, ich werde mich sofort mit den Beamten in Verbindung setzen. Wenn die hören, dass es eventuell um einen Mordversuch geht, werden sie sich garantiert besonders einsetzen."

Mein Versprechen gab ihr wenigstens etwas Auftrieb, sie schaffte sogar ein kleines Lächeln. „Machen Sie das, bitte. Und bestellen Sie Frau Büscher, sie soll sich nicht sorgen, ich melde mich bei der Hausverwaltung, wenn irgendwas sein sollte."

50

Jolanthe

Kurz bevor wir mein Elternhaus erreichten, fuhr Herr Speer rechts ran. Eine junge Frau, schlank, mit kurz geschnittenen schwarzen Haaren trat auf das Auto zu und öffnete die Beifahrertür. „Soll ich meinen Koffer hinten reinpacken?"

Anschließend nahm sie auf der Rückbank Platz, beugte sich vor und streckte mir ihre Hand entgegen. „Ich bin Irina. Besser, wir duzen uns von Anfang an. Ich soll ja so was wie eine Freundin abgeben."

Nicht nur ihre Sprechweise war forsch, auch ihr Händedruck hatte es in sich. Trotzdem war sie mir gleich sympathisch. Ich hatte vollstes Vertrauen in sie, dass sie mich beschützen konnte.

Wir legten die letzten paar Meter schweigend zurück. Frau Krause wartete bereits am Tor auf mich. Wie es bei uns Usus war, hatte sie ihr Auto direkt davor geparkt. Als wir hinter ihr anhielten, stieg sie aus und kam auf mich zu. „Jolanthe, das ist ja furchtbar! Meinst du, du bist hier sicher?"

Wir hatten im letzten Moment entschieden, ihr wenigstens von der Bedrohung zu erzählen. So sehr konnte ich mich gar nicht zusammenreißen, dass sie davon nichts mitbekam. „Herr Speer", ich wies auf den Detektiv, „kümmert sich um mich. Außerdem habe ich eine Freundin überredet, mich zu begleiten." Jetzt nickte ich in Richtung Irina.

„Und ich komme selbstverständlich auch jeden Tag vorbei", versprach Frau Krause.

„Nein", mischte sich Herr Speer ein. „Sie halten sich genau an die normalen Vorgaben. Wir wollen den Täter nicht darauf aufmerksam machen, dass wir Bescheid wissen. Er soll denken, Frau Büscher habe sich zurückgezogen, um sich weiter zu erholen. Alles soll so normal wie möglich wirken."

„Der Schlüsselbund, der in der Schreibtischschublade von Herrn Büschers Büro lag, ist verschwunden", platzte sie aufgeregt heraus. „Leider habe ich keine Ahnung, wann das passiert ist."

Mist! Dann musste ich Herrn Speer wohl doch aufklären.

Dieser nickte mit gewichtiger Miene. „Ich werde mich am Montag um den Einbau eines neuen Schlosses kümmern."

Wie? Ich dachte, wir wollten den Täter herlocken? Langsam verstand ich gar nichts mehr.

Frau Krause übergab ihm ihren Schlüsselbund. „Ich komme am Montag gegen acht", sagte sie zu mir gewandt. „Wenn du irgendwelche Fragen hast oder irgendetwas dringend benötigst, ruf mich an. Ich bin zu Hause."

Nacheinander traten wir durch das Tor. Irina musterte das Haus und das weitläufige Gelände, enthielt sich jedoch eines Kommentars.

„Wo werden Sie schlafen?", fragte Herr Speer, als wir die Diele betraten.

„Ich denke, in meinem ehemaligen Kinderzimmer. Du kannst dir einen Raum aussuchen", meinte ich zu Irina.

„Ich kampiere im Wohnzimmer", gab diese zurück und schlenderte gleich in die richtige Richtung.

Ich drückte auf den Schalter an der Tür, um die Rollläden hochzufahren. Anschließend gingen wir von Raum zu Raum, damit Irina und Herr Speer sich mit den Gegebenheiten vertraut machen konnten.

„Ich habe die Schlüssel aus der Schreibtischschublade genommen", beichtete ich dem Detektiv. „Kurz nachdem ich von Elias erfuhr. Ich wollte mich in Ruhe umschauen, ob ich hier irgendwelche Hinweise auf ihn finde. Frau Krause …", ich verstummte und hoffte, dass er verstand.

„… will die Geheimnisse der Familie zusammenhalten", ergänzte er. „Sie zeigen ihr den Schlüssel am Montag mit der Bemerkung, sie hätten ihn bei den Sachen Ihrer Mutter gefunden."

„Ist besser so", mischte sich Irina ein. „Bei uns ist dein kleines Geheimnis sicher."

„Haben Sie Hinweise auf den Bruder gefunden?", fragte Herr Speer nach.

Ich zählte die Dinge auf, die ich entdeckt hatte. „Und im Schreibtisch lag eine Abschrift des Testamentes." Wenn schon, konnte ich gleich alles aufdecken. „Darin ist die genaue Aufteilung des Erbes vermerkt und dass ich das Haus bekommen soll."

„Darf ich es sehen?"

Also marschierten wir in das ehemalige Büro meines Vaters und ich öffnete erneut die Schreibtischschublade. Während er sich das Papier aufmerksam durchlas, holte ich den Kasten, in dem mein Vater eine größere Summe Bargeld aufzubewahren pflegte, aus dem Safe. Dass ich nicht eher daran gedacht hatte! Vielleicht musste ich Andreas' Hilfe gar nicht in Anspruch nehmen.

Ich hob den Deckel ab und wollte schon hineingreifen. Meine Hand erstarrte. Nichts, die Schachtel war vollständig leer. Hatte meine Mutter etwa das gesamte Geld ausgegeben?

„Seltsam", stimmte Herr Speer mir zu. „Wie sieht es mit anderen Werten aus? Schmuck, Münzen, sonstige Gegenstände", ergänzte er.

Ich warf einen flüchtigen Blick in die Kästchensammlung. Nein, alles noch vorhanden. „Nur ich kenne die Kombination." Oder etwas auch Frau Krause? Meiner Mutter war alles zuzutrauen.

„Sie sollten in den nächsten Tagen jeden Raum und den Inhalt der Schränke kontrollieren", empfahl er mir. „Natürlich nur in Abwesenheit der Haushälterin."

Diese Anmerkung hätte er gar nicht dazusetzen müssen, dass sie außen vor bleiben sollte, war mir bewusst. „Ich habe genug zu tun", stellte ich klar. „Es sind zwei neue Aufträge reingekommen, die ich abarbeiten muss. Damit kann ich mich in diesen Stunden gut beschäftigen."

„Morgen früh will ich bei Ihrem Freund vorbeifahren, wenn das möglich ist. Am Nachmittag würde ich gern mit einer Freundin von mir wiederkommen, damit wir zusammen den gesamten Fall durchgehen. Sie ist Psychologin und hat mir schon mehrfach wertvolle Hinweise geben können."

Im ersten Moment wollte ich ablehnen. Das Manöver war viel zu eindeutig. Die sollte mich begutachten. Anscheinend war er doch noch nicht so ganz von meiner Unschuld überzeugt. Ich spürte, wie mich die Enttäuschung überflutete. Er hatte so einen kompetenten Eindruck gemacht, ich hatte schnell Vertrauen zu ihm gefasst und war mir so sicher gewesen, dass er mir glaubte und nicht eher lockerlassen würde, bis er den Täter geschnappt hatte.

Du musst Zugeständnisse machen, wenn du wirklich Hilfe kriegen willst, wurde mir klar, eine schroffe Ablehnung bereits auf der Zunge. Also schluckte ich sie hinunter, nickte folgsam und behauptete, ich freue mich darauf, sie kennenzulernen.

Nach einem kurzen Gespräch allein mit Irina verließ er uns. „Du tust einfach so, als wäre ich nicht da", sagte diese anschließend. „Mach dein Ding, ich komme klar. Falls du das Haus verlässt, und sei es nur, um in den Garten zu gehen, sag Bescheid. Draußen machst du keinen Schritt mehr allein."

Damit war mir eine weitere Last von den Schultern genommen. Ich hatte schon hin und her überlegt, wie sich unser Zusammenleben gestalten sollte. Ich war eben nicht gut darin, mich mit mir völlig Fremden zu unterhalten. Und bei Irina spürte ich trotz ihrer zur Schau getragenen offenen Art eine deutliche Reserviertheit. Vielleicht waren wir uns ähnlicher als erwartet.

Ich richtete mich in meinem ehemaligen Kinderzimmer ein und begab mich anschließend ins Wohnzimmer. Den Rest des Tages würde ich mir freinehmen und vor dem Fernseher abschalten. Das hatte ich mir eindeutig verdient.

51

Oliver

Auf der Rückfahrt erledigte ich meine Telefongespräche. Zuerst rief ich Liam, den Freund von Frau Büscher, an und teilte ihm mit, dass auf diese ein Anschlag verübt worden sei und ich deshalb dringend mit ihm sprechen müsse.

„Wieso? Ich dachte, sie ist noch in Quarantäne?"

Richtig, sie hatte ja behauptet, diese dauere bis Sonntagabend. „Ihr Zustand besserte sich schneller als gedacht, weshalb der Arzt sie schon am Samstagmorgen gehen ließ", behauptete ich kühn. „Kaum zu Hause angekommen, versuchte jemand bei ihr einzudringen. Dabei wurde der Hund der Nachbarin erstochen."

„Sie hat mich nicht mal angerufen!"

„Das wird sie gleich noch nachholen", beruhigte ich ihn. „Bisher waren wir damit beschäftigt, sie sicher unterzubringen. Sie ist in ihr Elternhaus gezogen und hat einen Bodyguard an ihrer Seite, der sie Tag und Nacht bewacht."

„Kann ich zu ihr?"

Nein, ich wollte ihn in seinem angestammten Umfeld erleben. Außerdem hatte ich Jolanthe empfohlen, den Kontakt auf Telefonate zu beschränken. Sicher war sicher. „Sie ist nervlich am Ende. Geben Sie ihr bitte etwas Zeit."

Nach einigem Hin und Her sah er die Notwendigkeit ein und verabredete sich mit mir um elf in einem Café bei ihm in der Nähe. Zu sich nach Hause könne er mich nicht mitnehmen, gestand er verschämt. Seine Mutter, bei der er wohne, sei äußerst neugierig, wir hätten keine ruhige Minute. Damit war er der nächste Kandidat, über den Tante Simone sich weitergehend informieren musste.

Rebecca freute sich, von mir zu hören. Ich berichtete von allem, was sich in der Zwischenzeit ereignet hatte. „Jolanthe Büscher ist mir immer noch ein Rätsel", räumte ich ein. „Ich kann sie überhaupt nicht einschätzen. Wenn du sie siehst, erinnert sie dich eher an ein Kind als an eine erwachsene Frau, scheu, zurückhaltend, defensiv. Aber innendrin hat sie meiner Meinung nach einen eisenharten Kern. Die weiß genau, was sie will, und handelt nach ihren Interessen. Ich hoffe auf dich, dass du sie durchschaust."

„Gleich bei meinem ersten Besuch?" Rebecca lachte laut auf. „So funktioniert das nicht."

„Egal, Hauptsache, du begleitest mich und begutachtest sie. Zur Belohnung lade ich dich zum Essen ein." Mein Herz klopfte wie rasend, obwohl ich mich bewusst lässig gab. Hoffentlich nahm sie an.

„Eine gute Idee. Dann können wir gleich ein Resümee ziehen."

Ich benötigte den ganzen Abend, um einigermaßen runterzukommen. He, das wird kein richtiges Date, sagte ich mir immer wieder. Sie hilft dir, weil sie dieser seltsame Fall fasziniert. Trotzdem schaffte es nur ein heftiges Work-out-Programm, mir die nötige Nachtruhe zu geben.

Am nächsten Morgen machte ich mich früh auf den Weg und erreichte mein Ziel vor der Zeit, sodass ich mich in aller Ruhe umschauen konnte. Liam Scholz wohnte in einem älteren Mehrfamilienhaus in einer Reihe ähnlicher. Die Gegend war bestenfalls als mittelmäßig zu bezeichnen, mit einigen kleineren Geschäften in der näheren Reichweite, einem ziemlich heruntergekommenen Spielplatz und einer Grundschule, die nicht viel besser aussah. Ein paar kleinere Kinder spielten dort lautstark, ein Erwachsener war nicht in Sicht.

Liam entpuppte sich als hochgewachsener, schlanker Typ, die leichte Stupsnase und die freundlich blickenden Augen verliehen seinem Gesicht mit den leicht verwuschelten blonden Haaren ein gewinnendes Aussehen. Er trug Jeans und Sweatshirt, keine Markenklamotten. Allerdings stellte ich schnell fest, dass er mit beiden Beinen fest auf dem Boden stand und eine ruhige, ausgeglichene Art besaß. Man hatte nicht das Gefühl, mit einem Fremden zu reden, sondern fand fast sofort genügend Gesprächsthemen, über die man sich austauschen konnte.

214

Da er noch nicht gefrühstückt und ich ebenfalls nur ein Brot hastig heruntergeschlungen hatte, bestellten wir uns jeder zwei belegte Brötchen und jede Menge Kaffee. Während wir aßen, unterhielten wir uns über Nebensächlichkeiten.

Liam schob seinen Teller weg und sah mich auffordernd an. „Ich habe gestern kurz mit Jola gesprochen, sie war noch ganz fertig. Sie würden mir die ganze Geschichte erzählen, sagte sie."

Ich gab ihm einen kurzen Abriss ähnlich dem, den ich bei Frau Wimmer benutzt hatte, wobei ich die Gefahr für Jolanthe Büscher in den Vordergrund stellte. „Wir müssen alles daransetzen, den Täter, der vermutlich auch ihren Vater und ihre Mutter getötet hat, zu stellen", schloss ich.

„Krass!", platzte es aus ihm heraus. „Die Mutter also auch?" Dann ging ihm wohl auf, dass dieser Ausdruck nicht gerade passend war. Er lief rot an und stotterte: „Äh … ich meine … die Arme. Das muss eine … ziemliche Belastung für sie sein."

Sonderlich betroffen wirkte er nicht. War sie doch nicht seine große Liebe, wie Jola vermutete? „Haben Sie irgendeinen Verdacht, um wen es sich bei diesem Täter handeln könnte?" Lieber das Pferd vom Schwanz her aufziehen.

Er schüttelte heftig den Kopf. „Ich kenne niemand aus ihrem Bekanntenkreis, außer dieser ehemaligen Arbeitskollegin. Die treffen sich aber nur selten. Zu ihrer Mutter hat sie mich zwei-, dreimal mitgenommen, an einem Sonntag zum Essen. Das war", er zögerte kurz, „ein wenig seltsam. Es wurde kaum gesprochen. Ich hatte nicht den Eindruck, dass die beiden sich gut verstehen."

„Und ihre Freundin? Hat sie sich zu den Verbrechen nie geäußert? Zum Beispiel irgendeine Bemerkung gemacht, wem sie etwas Derartiges zutrauen würde?"

Er überlegte mit gekrauster Stirn. „Nein. Sie hat sowieso nicht viel darüber geredet. Es war, als wolle sie das Schlimme ausblenden, möglichst schnell vergessen."

„Dazu muss man es erst einmal verarbeiten", warf ich ein.

„Sie sagen es! Bloß ist Jola sehr stur, einen einmal gefassten Entschluss verfolgt sie verbissen weiter. Wenn sie nicht über eine Sache reden will, macht sie dicht, da komme ich nicht durch."

„Ist bestimmt keine einfache Beziehung."

Er wandte den Kopf und starrte für mehrere Sekunden aus dem Fenster. „Sagen wir mal so, sie hat eine besondere Aura, die ich sofort anziehend fand." Er brach ab, setzte noch mal an. „Es ist schwierig zu erklären. Anfangs war ich hin und weg. Es gab auf Anhieb so viele Dinge, bei denen wir ähnlicher Ansicht waren. Wir lagen auf einer Wellenlänge. Mittlerweile habe ich aber immer mehr das Gefühl, sie lässt mich nicht richtig an sich ran, nicht an ihren Gedanken und Gefühlen teilhaben. Wie soll man da eine Beziehung aufbauen?"

Ich nickte bestätigend. „Sie öffnet sich nicht."

„Ich liebe sie, wirklich. Bis vor kurzem habe ich gedacht, sie sei die Frau fürs Leben. Jetzt schließt sie mich immer mehr aus."

„Sie wohnen noch bei Ihrer Mutter?"

Er grinste spitzbübisch und sein gesamtes Gesicht veränderte sich. Jetzt sah er richtig gut aus. „Besser kann ich es nicht haben, ich werde bekocht, gute Hausmannskost, meine Mutter erledigt sämtlich Einkäufe, putzt bis auf mein Zimmer jeden Raum und ich muss nur meinen Anteil an Miete und Nebenkosten zahlen. Dagegen fällt jede WG ab." Er wurde lebhafter. „Ich spare für eine nette Eigentumswohnung oder ein kleines Häuschen. Mit dem Ende der Umschulung kann ich mir die Anzahlung für was Eigenes leisten."

52

Oliver

Da wir beschlossen hatten, gemeinsam zu Jolanthe Büscher zu fahren, holte ich Rebecca ab. Sie wartete bereits vor dem Haus, in dem sie wohnte, ein moderner Appartementblock mit ansprechender Grünanlage – war bestimmt nicht billig hier. Das Wetter hatte umgeschlagen, es war wesentlich wärmer geworden, dementsprechend trug sie eine dünne Leinenhose und ein kurzärmeliges T-Shirt.

„Und, wie war dein Gespräch mit dem Freund?", fragte sie, kaum dass sie eingestiegen war.

„Rein gefühlsmäßig ist er ein netter, lieber Kerl, der sich etwas schwertut mit ihrer Art", gab ich zurück und lenkte aus der Parkbox. „Ich glaube nicht, dass er in diese Mordgeschichte involviert ist. Trotzdem lasse ich ihn morgen von meiner Mitarbeiterin überprüfen."

„Deiner Tante", berichtigte sie mich lächelnd.

Aha, sie hatte anscheinend bei Britta nachgehakt. Woher hätte sie sonst von diesem besonderen Arrangement wissen können?

„Wie sieht er seine Freundin?"

„Erzähle ich dir später. Zuerst sollst du dir einen eigenen Eindruck verschaffen."

„Das fällt dir reichlich spät ein. Dann hättest du mir nicht von deinen Zweifeln erzählen dürfen."

„Ach, als Psychologin bist du in der Lage, diese beiseitezuschieben und objektiv auf dein Gegenüber zuzugehen", schoss ich zurück. Erst dann fiel mir auf, dass ich mir nun selbst widersprach. Trotzdem wollte ich ihr Liams genaue Einschätzung vorenthalten, bis sie zu einem eigenen Urteil gekommen war. Der hatte mir nämlich zum Abschied versichert, dass er Jola zutiefst bedaure. Sie sei ein schwieriger Mensch, was bestimmt an ihrer Kindheit läge, auch wenn er bisher nur Bruchstücke kenne. Aggressionen seien ihr jedoch fremd, dafür würde er die Hand ins Feuer legen. Als Täterin oder Mitbeteiligte bei diesen Morden könne ich sie definitiv ausschließen.

Nicht so dumm, wie ich gedacht hatte, musste ich mir auf dem Rückweg eingestehen. Dabei hatte ich meine Fragen in diese Richtung äußerst vorsichtig formuliert, bemühte mich eher darum, sie als Opfer hinzustellen. Dass er nicht darauf hereinfiel und trotzdem zu ihr hielt, nahm mich wiederum für ihn ein. Ob seine Aussage irgendeinen Wert besaß, bezweifelte ich.

„Ich bin echt gespannt auf sie."

Rebeccas Worte rissen mich in die Gegenwart zurück. „Es wird ein langes Gespräch", warnte ich sie vor. „Wir haben einiges abzuklären."

„Umso besser", sie tätschelte mir leicht den Arm. „Dann haben wir während des Essens reichlich Gesprächsstoff."

Was sollte das nun heißen? Ehrlich gesagt hätte ich lieber auf persönliche Themen umgeschwenkt. War sie weniger an mir als an dem Fall interessiert? Du fragst am besten Britta, beschloss ich. Die kann das garantiert einschätzen. Immerhin verband uns mittlerweile auch eine gute Freundschaft. Sie würde mir ehrlich Rede und Antwort stehen.

„Wow!" Rebeccas Ausruf galt dem Anwesen der Büschers, vor dessen Tor ich gerade hielt. „Der Wahnsinn!"

„Auch reiche Leute haben Probleme", gab ich zurück. Zwar meist andersgeartete als die Armen, aber garantiert nicht weniger schlimm.

„So war das nicht gemeint." Sie warf mir einen belustigten Blick zu. „Soweit ich weiß, wohnst du auch nicht gerade übel."

„Ich bin Mieter eines winzigen Häuschens auf dem Anwesen", ja, so konnte man es ohne zu protzen nennen, „meiner Tante. Diese hat, um die Unkosten zu senken, ihre Villa in drei Wohnungen aufgeteilt, von denen sie die im Parterre selbst nutzt."

Ihr Lächeln wurde breiter. „Ich werde es wohl bald selbst sehen, oder?"

Ein Glücksgefühl durchströmte mich. Also lag ihr nicht nur der Fall am Herzen! „Ich lade dich demnächst offiziell zum Essen ein", versprach ich, während wir den Weg zum Haus entlangschritten.

Bevor sie antworten konnte, öffnete sich die Tür und Irina trat uns entgegen. „Sie hat heute Nacht einen heftigen Albtraum gehabt, hat geschrien wie am Spieß", flüsterte sie leise. Laut sagte sie: „Ist alles ruhig geblieben, keine besonderen Vorkommnisse. Eher gar keine", berichtigte sie sich. „Du lebst hier wie auf einer einsamen Insel." Sie trat zur Seite, um uns einzulassen.

Jolanthe tauchte in der Diele auf und winkte uns in die Küche. Dort standen bereits drei Tassen, eine Kaffeekanne, Zucker und Milch neben einer Schale mit Gebäck auf dem Tisch. Ich stellte Rebecca offiziell vor, danach verzog sich Irina ins Wohnzimmer.

Kaum hatten wir Platz genommen, sah mich Jolanthe erwartungsvoll an. „Was gibt es Neues? Wie hat Liam reagiert?"

„Sehr besorgt." Ich hatte mir im Vorfeld überlegt, was ich antworten sollte. „Am liebsten würde er an Ihre Seite eilen und den Kampf mit Ihnen gemeinsam aufnehmen."

Sie verzog unwillkürlich das Gesicht, begeistert war sie darüber nicht. „Sie glauben ihm?"

„Ich werde ihn morgen ausgiebig überprüfen lassen, aber ja, ich denke, er hat mit alldem nichts zu tun."

Sie legte die Hände um ihre Kaffeetasse und presste sie so fest auf das Porzellan, dass die Finger weiß wurden. „Also doch Elias?"

„Was wissen Sie über ihn?", stellte ich die Gegenfrage.

Ihre Augen fixierten mich, als sie antwortete: „Nichts, meine Mutter hat sich mir nie erklärt." Sie griff nach einem Blatt Papier, das auf dem Küchenschrank lag, und hielt es mir hin. „Lesen Sie selbst!"

Unterirdisch! Wie konnte man sein Kind derart im Regen stehen lassen! Ich gab den Brief wortlos an Rebecca weiter. Sie schüttelte anschließend den Kopf und enthielt sich wie ich jeglichen Kommentars.

Ich nahm zur Stärkung einen Schluck des wirklich exzellenten Kaffees und begann zu berichten, was ich von Frau Stahl erfahren hatte. Jolanthe saß still auf ihrem Stuhl und lauschte bewegungslos. Erst als ich bei dem Brand angekommen war, rührte sie sich. „Was ist in der Nacht wirklich passiert?"

„Bevor wir dazu kommen, müssen Sie weitere Details erfahren. Ihre Mutter", ich zögerte einen Moment. Nein, keine falsche Rücksichtnahme. „Ihre Mutter war mit der Haushaltsführung und der Beaufsichtigung der beiden Jungen heillos überfordert. Schon nach zwei Tagen machte sich die Abwesenheit von Frau Stahl unliebsam bemerkbar. Die Familie versank im

Chaos. Als sie dann kurz darauf ihrem Vater zu verstehen gab, sie wolle nun doch nicht mit dem Vater ihres Kindes zusammenbleiben, sondern in ihr Elternhaus zurückkehren, regte dieser sich ziemlich auf. Es gab einen heftigen Streit, Herr Stahl zog sich in sein Zimmer zurück und telefonierte lange mit seiner Frau, die ihn natürlich bei seiner strikten Ablehnung unterstützte." Die war ihm Endeffekt froh, dass er endlich die Tochter im richtigen Licht sah und erkannte, wie sie wirklich tickte.

Jolanthe war blass geworden. „Wie kam es zu dem Feuer?", wiederholte sie.

53

Jolanthe

Meine Mutter die Drückebergerin! Langsam wurde mir klar, wie sie wirklich gewesen war: Immer darauf bedacht, sämtliche Verantwortung von sich zu schieben und sich ein behagliches Leben einzurichten, in dem andere das Sagen hatten und für sie sorgten. Ihre Kinder – nur Mittel zum Zweck der Versorgung, wie es schien. „Wie kam es zu dem Feuer?", wiederholte ich.

„Ihr Opa ist beim Rauchen eingeschlafen, die Glut hat sich durch das Bettzeug gefressen und es in Brand gesteckt."

„Was?" Damit hatte ich nicht gerechnet. „Wieso machte sie dann Elias dafür verantwortlich, wenn das zweifelsfrei feststand? Und wieso entschuldigte er sich in seinen Briefen an sie, die ich gefunden habe, andauernd bei ihr?" Log Herr Speer mich an? Oder hatte die Frau meines Opas die Unwahrheit erzählt. Das passte nicht zusammen.

„Am Tag des Unglücks hat Ihre Mutter die beiden Jungen im Garten beim Zündeln erwischt und ein Riesentheater abgezogen. Sie mussten zur Strafe auf ihre Zimmer gehen. Kurz danach fand die Aussprache mit ihrem Vater statt, die damit endete, dass er ihr zu verstehen gab, er würde sie nicht mehr aufnehmen. Wenn sie sich von dem neuen Mann trennen wolle, solle sie sich eine eigene Wohnung suchen. Er blieb hart, obwohl sie weinte und ihn regelrecht anflehte. Irgendwann ließ er sie einfach stehen und zog sich auf sein Zimmer zurück, kam auch nicht herunter, als sie zum Abendessen rief. Etwas später ließ er sich von Elias eine Flasche Schnaps bringen, eine Sorte, die ihr Vater gern trank. Nur nahm er wegen seiner Schmerzen starke Schmerztabletten und zusätzlich eine Schlaftablette für die Nacht. Er hätte nichts trinken dürfen. Das ist kein Punkt, den man dem Kind zum Vorwurf machen könnte", setzte er eilig hinzu. „Ihr Opa hat selbst entschieden. Trotzdem nimmt man an, dass die Kombination von Alkohol und Tabletten ihn benebelte und er mit der brennenden Zigarette einschlief. Bis sich die Glut durchgefressen hatte und es zum Brand kam, dauerte es eine Weile. Entweder schlief er tief und fest oder war schon durch die sich entwickelnden Rauschwaden bewusstlos – vielleicht kam beides zusammen."

Ich war viel zu geschockt, um nachfragen zu können. Das erledigte zum Glück Herrn Speers Freundin für mich. „Wieso hat Frau Büscher dann anschließend ihren Sohn verantwortlich gemacht?"

„Frau Stahl meint, sie hat sich da reingesteigert, um sich von jeder eigenen Schuld freizusprechen. Schon als die Feuerwehr eintraf, schrie sie die beiden Jungen an und behauptete, die beiden hätten den Brand verursacht. Genau deshalb wurde besonders akribisch ermittelt. Doch sie weigerte sich auch später, den Ermittlern zu glauben, und beharrte weiter darauf, die Jungen seien die Verursacher des Feuers."

„Gibt es darüber Unterlagen?", ich krächzte mehr, als dass ich sprach.

Herr Speer nickte. „Von der Versicherung, denen lag natürlich das Gutachten vor. Sie zahlte den Schaden trotz der groben Fahrlässigkeit, weil es eine entsprechende Klausel im Vertrag gab."

„Haben Sie eine Kopie davon?" Ich wusste, ich klang furchtbar misstrauisch. Nur wurde die Geschichte für mich immer unfassbarer. Wie hatte meine Mutter sich dermaßen verrennen können?

Wieder nickte der Detektiv. „Ich bringe sie Ihnen nächstes Mal mit."

„Für Ihre Mutter ist mit dem Tod des Vaters ihre sichere Welt zusammengebrochen", erklärte seine Freundin mit sanfter Stimme. „Der gesamte Tag war ein einziger Albtraum für sie. Zuerst das Zündeln der beiden Jungen, das sie nur durch Zufall überhaupt bemerkte, dann die Zurückweisung des Vaters mit seiner Weigerung, sie erneut aufzunehmen, schließlich der Brand und die Rettung in buchstäblich letzter Sekunde. Bevor sie sich davon erholen konnte, setzten die Wehen ein. Ihre Mutter war anscheinend nie sehr belastbar – und weigerte sich wohl auch, das Ganze sofort psychologisch aufzuarbeiten."

Genauso wie sie sich später nie dazu hatte aufraffen können! Trotzdem, noch war diese Familie nicht aus meinem Fokus verschwunden. „Wie läuft denn die Firma meines Opas?" Gut, ich hatte die Abrechnungen gesehen, trotzdem war das kein echter Beweis. Vielleicht waren die getürkt und sie hielten sich nur mit Ach und Krach über Wasser. Oder es hatte einen plötzlichen Einbruch gegeben.

Herr Speer schüttelte langsam den Kopf. „Hervorragend, könnte gar nicht besser sein. Weder Frau Stahl noch die beiden Männer leben über ihre Verhältnisse oder haben Schulden."

„Auch nicht Elias?" Ich musste einfach noch einmal nachfragen. Er war mir bei unserem Treffen nicht wie ein erfolgreicher Geschäftsmann vorgekommen.

Der Detektiv zögerte. „Elias hat ADHS, das beeinträchtigt ihn. Zusätzlich ist er wohl doch nicht so gut mit der Ablehnung seiner Mutter klargekommen. Sein Selbstbewusstsein ist wenig ausgeprägt." Wieder zögerte er. „Die Oma und sein Onkel kümmern sich um ihn, sie sind die eigentlichen Betriebsleiter. Aber Elias scheint damit einverstanden zu sein. Die Oma ist weiterhin seine engste Bezugsperson."

Sollte ich ihn darauf hinweisen, dass er erst durch den Tod meiner Mutter zum Teilhaber aufgestiegen war? Eine berechnende Frau im Hintergrund brachte fast jeden Mann dazu, Dinge zu tun, an die er normalerweise keinen Gedanken verschwendet hätte. Und hatte er nicht selbst angedeutet, dass Elias nicht der Hellste war? Wäre es nicht sinnvoll, sein näheres Umfeld zu überprüfen?

Doch was Herr Speer nun vor mir ausbreitete, widersprach dieser These deutlich. Ich verspürte sogar Mitleid mit meinem Halbbruder. Im Endeffekt war es ihm nicht besser ergangen als mir. Unsere Mutter hatte sich nie richtig um ihn gekümmert und ihn nach dem Brand völlig im Stich gelassen – wenn ich an seine Bettelbriefe dachte, zog sich mir das Herz zusammen. Wie konnte sie auf diese Weise reagieren? Hatte sie denn überhaupt keine Gefühle für ihr Kind?

Dagegen war sie zu mir ja richtig nett gewesen! Oder lag es daran, dass mein Vater dafür sorgte, dass wir wenigstens ab und zu wie eine Familie agierten? Ja, er hatte sich bemüht, für mich da zu sein, und mich immer ermuntert, auch meine Mutter mit einzubeziehen, wenn wir gemeinsam im Wohnzimmer saßen. Zwar war sie für mich keine echte Bezugsperson, doch immerhin nahm sie in geringem Maße Anteil an meinem Leben.

Elias dagegen – plötzlich verspürte ich unbändige Lust darauf, ihn näher kennenzulernen, ihn, seinen Onkel und dessen Mutter. Schließlich waren sie neben Andreas und Markus meine einzigen noch lebenden Verwandten.

„Das ist eine gute Idee, finde ich", erwiderte Herr Speers Freundin, nachdem ich sofort damit herausgeplatzt war. „Lassen Sie uns gemeinsam überlegen, wie Sie dieses Vorhaben trotz der im Moment schwierigen Situation durchführen könnten."

54

Oliver

Ich hatte verstanden, Rebecca wollte mit Jolanthe allein sprechen. Also verzog ich mich ins Wohnzimmer zu Irina, die vor ihrem Laptop saß. „Wie läuft es zwischen euch?"

Sie blickte auf und lehnte sich grinsend zurück. „Gar nicht. Es ist, als würden wir uns das Haus so WG-mäßig teilen. Jolanthe macht ihr Ding und ich meins."

„Wie ist das beim Essen?", hakte ich nach. „Worüber unterhaltet ihr euch?" Ich erwartete nach vierundzwanzig Stunden keine Charakterstudie, nur hatte ich natürlich gehofft, Irina könne mir bei einer näheren Einschätzung helfen.

„Gestern Abend und heute Morgen machte sich jeder von uns was, wenn er Hunger hatte. Beim Mittagessen sorgte ich dafür, dass wir es gemeinsam einnahmen. So konnte ich sie ein wenig ausfragen, sie arbeitet nämlich an einem eigenen Comic. Da taute sie nach und nach auf – na ja, als sie merkte, dass ich wirklich interessiert bin -, wurde zugänglich und gab mir auf jede meiner Fragen ausführliche Antworten. Sonst ist sie eher der verschlossene Typ, der freiwillig nichts über sich berichtet."

„Ein Comic?" Davon hatte selbst ich nichts gewusst, nicht mal mitbekommen, dass sie entsprechende Unterlagen eingepackt hatte.

„Ihr erster. Wenn sie die Seiten vernünftig geordnet hat, darf ich ihn mir angucken. Im Moment arbeitet sie noch an zwei Aufträgen für irgendwelche Kunden, Websites erstellen." Wieder grinste sie. „Natürlich hat sie keine Ahnung, dass ich mir die Gelegenheit nicht entgehen ließ. Sie saß unten im Wohnzimmer vor ihrem Laptop, ich überprüfte ein weiteres Mal sämtliche Zimmer. Dabei fielen mir die Blätter in die Hände. Doch", sie nickte nachdrücklich, „nette Geschichte, herzallerliebste Charaktere – genau das Richtige für weibliche Teenies."

225

„Also kein Mord und Totschlag", folgerte ich.

„Eine Friede-Freude-Eierkuchen-Geschichte mit den üblichen Verwicklungen, bis er und sie sich endlich finden. Trotzdem interessant, weil die beiden einige Abenteuer überstehen müssen."

„Ist sie angespannt?"

Irina überdachte meine Frage gründlich, bevor sie antwortete. „Sie versucht es nicht zu zeigen, sich normal zu bewegen und zu geben. Selbst diesen nächtlichen Albtraum tat sie mit einer Handbewegung ab. Ich denke schon, dass sie Angst hat, sie will es nur nicht zeigen."

Eigentlich hatte ich auf etwas ganz anderes hinausgewollt, wollte jedoch nicht deutlicher werden. Wenn Jolanthe zu seltsamen Anwandlungen neigte, würde Irina es bald merken. Vierundzwanzig Stunden am Tag konnte man sich bei derartigen Problemen nicht zusammenreißen.

Ähnlich lautete Rebeccas Urteil. Jolanthe sei sehr eigen, agiere am liebsten auf sich gestellt, vertraue keinem, lasse niemanden näher an sich heran. „Bei der Kindheit kein Wunder! Es gab keinen, der sich ihrer annahm. Auch nicht der Vater", kam sie meinem Einspruch zuvor. „Dafür war der viel zu wenig da und wenn, musste er seine Aufmerksamkeit zwischen seiner Frau und der Tochter aufteilen."

„Deshalb die Schwierigkeiten in der Beziehung mit Liam?"

Sie nickte bestätigend und griff zu ihrem Glas. Wir waren vom Haus der Büschers direkt zu der Pizzeria gefahren, in der ich häufiger für mich und meine Tante Essen bestellte. Kaum hatte der Kellner unsere Wünsche aufgenommen, war sie von sich aus auf das Thema zurückgekommen. „Ich habe ihr empfohlen, eine entsprechende Therapie in Angriff zu nehmen. Begeistert war sie natürlich nicht. Ich kann nur hoffen, dass sie die Notwendigkeit einsieht. Sonst kommt sie aus diesem Muster nicht heraus."

„Und ihre geistige Gesundheit?"

Sie zögerte. „Für eine fundierte Aussage ist es nach diesem einen Gespräch viel zu früh."

„Gib mir einfach deinen Eindruck von ihr."

Sie seufzte. „Jolanthe ist voller Widersprüche. Auf der einen Seite bemüht sie sich, ihr Leben autark zu regeln, obwohl es ihr nicht leichtfällt, ihr Selbstbewusstsein und ihre Selbstständigkeit sind nicht besonders stark ausgeprägt. Auf der anderen spürt man deutlich den in ihr brodelnden

Zorn über all die Steine, die ihr dabei in den Weg gelegt werden: die launischen Arbeitgeber, die aufdringliche Nachbarin, der Mord an ihrem Vater, der Tod der Mutter, der Sturz die Treppe hinunter, der plötzlich aufgetauchte Verfolger."

„Es prasselt aber auch ganz schön viel auf sie ein." Eigentlich hatte ich gar nicht ihre Partei ergreifen wollen! Trotzdem musste man auch diese Punkte bedenken.

„Das ist wirklich schwer zu verkraften", gab Rebecca mir recht. „Die Frage ist halt, wie kompensiert sie es beziehungsweise schafft sie es überhaupt? Auch aus diesem Blickwinkel wäre eine Therapie enorm wichtig."

„Könntest du dir vorstellen, dass sie in die Todesfälle verwickelt ist?", wurde ich deutlicher.

Sie lachte laut auf. „Du erwartest eine ehrliche Antwort? Ja, nein, ich weiß es nicht. Dafür war dieses eine Gespräch nicht ausreichend, um mir ein Urteil erlauben zu können."

„Verrat mir wenigstens dein Gefühl", drängte ich.

Sie schüttelte entschieden den Kopf. „Jolanthe ist ein Mensch, der dazu neigt, seine Emotionen zu verstecken. Ich kann dir keine genaue Einschätzung geben."

Damit musste ich mich zufriedengeben. Ich wechselte das Thema, indem ich das Gespräch auf sie lenkte. Das war mindestens genauso interessant.

Wir verbrachten einen angenehmen Abend und waren uns beide sicher, dass wir etwas Ähnliches bald wiederholen sollten. Ich machte gleich Nägel mit Köpfen und fragte nach ihren Terminen unter der Woche. So, wie es aussah, würde mich der Fall wohl nur tagsüber beschäftigen.

Wir verabredeten uns für den Mittwochabend. Ich brachte sie nach Hause und fuhr anschließend selbst heim. Doch kaum hatte ich sie abgesetzt, waren meine Gedanken zurück bei Jolanthe. Sie blieb für mich im Moment schlicht und ergreifend ein Rätsel. Das, was sie mir im Anschluss an ihre Unterhaltung mit Rebecca berichtet hatte, war zumindest mehrere neue Ansätze wert. Morgen würde ich erneut das Gespräch mit Andreas Büscher suchen. Und Tante Simone konnte gleich weitere Recherchen in Angriff nehmen.

Als ich vor der Detektei parkte, war bei ihr schon alles dunkel. Auch gut, ich verspürte sowieso wenig Lust, mich gleich ihrem Verhör zu stellen. Wetten, dass sie vor allem an dem Verlauf meines Abends interessiert war? Während ich auf meine Haustür zuging, grinste ich in mich hinein. Meiner Tante war sehr daran gelegen, mich unter die Haube zu bringen. Sie wartete sehnsüchtig darauf, dass ich endlich die Richtige fand und mit dieser eine Familie gründete.

Mein Grinsen verging mir, als die durch einen Bewegungsmelder ausgelöste Lampe über dem Eingang erstrahlte. Mitten auf der Tür prangte eine grässliche rote Fratze. Sie wirkte noch gruseliger durch die herabgelaufenen Farbstreifen, die wie Blut im Lichtschein glänzten. Vorsichtig prüfte ich mit dem Finger den Grad der Trockenheit. Nein, es musste sich um Lackfarbe handeln, daher der Glanz. Ein Blick auf die Uhr verriet mir, dass es fast elf war. Gut, ich würde mich gleich morgen früh mit Irina in Verbindung setzen. Vielleicht konnte ich damit Jolanthe schon aus dem Kreis der Verdächtigen streichen.

55

Jolanthe

Gut, dass ich durch die Arbeit keinen Gedanken mehr daran verschwendet hatte, was es wohl zu bedeuten hatte, dass diese Freundin, die er mitbringen wollte, Psychologin war. Es wurde mir nämlich bald klar, dass die beiden ein Paar waren. Anscheinend besprach er alle seine Fälle mit ihr und legte Wert auf ihre Meinung, vielleicht um die einzelnen Menschen besser einschätzen zu können.

Während Herr Speer sich mit Irina austauschen wollte, beratschlagten wir gemeinsam, wie ich mich Elias annähern sollte.

„Sie rufen ihn oder Frau Stahl an und geben offen zu, dass Sie gern Kontakt zu diesem Teil der Familie hätten", schlug sie vor. „Ja, ich würde Ihnen raten, machen Sie es offiziell über Frau Stahl. Sie ist der Kopf der Familie. Es wäre unsinnig, sie außen vor zu lassen."

Ganz meiner Meinung. Vielleicht, wenn wir uns angenähert hatten, würde daraus ein regelmäßiges gegenseitiges Besuchen erwachsen. Und vielleicht lag mir der Teil der Familie sogar mehr als der meines Vaters. „Ich rufe sie gleich morgen an", beschloss ich.

„Was ist mit Ihren anderen beiden Halbbrüdern?", wollte Rebecca – ich hatte leider bei ihrem Nachnamen nicht aufgepasst – wissen.

„Mit Andreas habe ich zwangsläufig Kontakt, er verwaltet mein Haus. Im Prinzip kümmert er sich um alles, was das betrifft. Seine Frau lädt mich regelmäßig zu den Geburtstagen und zu Weihnachten ein. Meist sage ich unter einem Vorwand ab", gab ich ehrlich zu. Rebecca hatte irgendetwas an sich, das einem signalisierte, man könne ihr vertrauen. „Mir kommt es immer so vor, als würden die mich nur aus Mitleid dazuholen."

Klar, dass sie mehr erfahren wollte. Ich berichtete von früheren Treffen, zu denen ich gemeinsam mit meinem Vater gegangen war. Solange ich mich mit Andreas' Kindern beschäftigen konnte, war es auch gar nicht so schlimm. Unangenehmer empfand ich dieses Absitzen bei Tisch mit all den Fremden, die sich über meinen Kopf hinweg unterhielten. Nein, daran musste ich nicht unbedingt teilnehmen.

„Und der andere Bruder?" Rebecca wirkte echt interessiert.

„Markus hasst mich - immer noch. Der ist der Meinung, meine Mutter hat seiner Mutter den Mann weggenommen. Und ich bin der Grund, warum sein Vater sich auf diese neue Beziehung einließ." Unwillkürlich seufzte ich. „Auch deswegen gehe ich nicht gern zu den Büschers, weil ich ihm dort begegne."

Rebecca beugte sich interessiert vor. „Wie läuft das ab?"

„Er tut, als sei ich Luft. Er und ich gehen uns großräumig aus dem Weg."

„Wie war das denn, als Sie klein waren? Sind die beiden Jungen nicht hierhergekommen, um den Vater zu besuchen?"

Ich zog die Stirn kraus. „Wenn, kann ich mich nicht mehr daran erinnern. Oder mein Kindermädchen machte dann mit mir einen Ausflug, damit wir nicht aufeinandertrafen. Nein, halt! Da ist ein Bild in meinem Kopf. Ich sitze weinend auf einer Decke und drücke meinen Teddy an mich. Mein Vater ist sehr zornig, er brüllt in Richtung Flur." Ich brach ab und schüttelte den Kopf. „Klarer wird es nicht. Trotzdem habe ich das Gefühl, Markus und Andreas sind da gewesen. Es muss irgendetwas passiert sein, das meinen Vater derart in Rage brachte."

„War Ihr Kindermädchen ebenfalls anwesend?"

„Nein, vielleicht war es an einem Sonntag, da hatte sie frei."

„Sind die Jungen immer an diesem Tag zu Besuch gekommen? Oder blieben sie über Nacht? An jedem Wochenende oder nur jedem zweiten?"

„Jedes …" Plötzlich war die Erinnerung zurück beziehungsweise eine Flut von Eindrücken: Andreas, der neben mir auf dem Boden lag und meinen Teddy bewegte, als sei dieser lebendig. Markus, der beleidigt am Fenster stand und quengelte, sein Bruder solle mit ihm spielen, mein Lachen, weil der Teddy so einen Quatsch erzählte. „Andreas hat mit mir gespielt, Markus ist immer wütender geworden. Er hat meinen Teddy weggerissen und gedroht, ihm ein Bein auszureißen. Dann ist Papa reingekommen und wollte ihm den Teddy wegnehmen." Ja, ich sah die Bilder deutlich vor mir: Markus schreit Beschimpfungen in meine Richtung, er ist knallrot im Gesicht. Papa packt ihn am Arm und zerrt ihn in die Diele. Ich weine laut:

„Teddy!" Andreas eilt hinterher und kommt mit meinem Schmusetier zurück. Doch ich weine heftiger, er kann mich nicht beruhigen. Er ruft nach Papa. Endlich erscheint dieser im Türrahmen und lächelt mich beruhigend an. Er macht ein paar Schritte in den Raum hinein, da taucht Markus hinter ihm auf und schreit wieder so etwas wie Balg und Missgeburt in meine Richtung. Papa explodiert und will sich Markus greifen. Andreas ist schneller. Alle drei verschwinden im Flur. Ich brülle mittlerweile wie am Spieß. Papa kommt zurück und redet beruhigend auf mich ein. Kaum sieht er eine Bewegung im Türrahmen, wird er erneut ungehalten - aber nicht gegen mich. Er bleibt so lange bei mir, bis ich nicht mehr weine.

Erstaunt blickte ich zu Rebecca. Eine so simple Frage hatte die Erinnerung zurückgebracht?

Herr Speer, der kurz darauf zu uns stieß, war ebenfalls angetan. „Funktioniert das auch in Bezug auf das Auffinden der Mutter?"

Über die Rückkehr meiner Erinnerungen hatte ich bisher geschwiegen. Selbst ich war mir nicht mehr sicher, ob diese Flashbacks mir die Wahrheit zeigten oder in dem Moment des Entsetzens mein Gehirn nur den Traum rekapitulierte.

Rebecca versuchte ihr Bestes und ging sämtliche Einzelheiten dieses Tages gemeinsam mit mir durch. Doch ich sperrte mich wohl innerlich, es gelang mir nicht, die Ereignisse hintereinander abzurufen. „Der Traum erzählt die Wahrheit", war ich mir trotzdem sicher. „Es muss so abgelaufen sein. Diese Fratze, dieselbe wie auf meinem Fenster, das ist kein Fantasieprodukt."

„Es handelt sich um eine Horrormaske, wie man sie zu Halloween trägt", informierte der Detektiv seine Freundin.

„Ist die Person, die sie trägt, ein Mann oder eine Frau?", fragte diese mich.

„Ein Mann", antwortete ich wie aus der Pistole geschossen. „Eindeutig."

„Schätzen Sie bitte die Größe! War er schlank oder dick?"

Obwohl ich ihn Herrn Speer längst beschrieben hatte, wiederholte ich ihr zuliebe, dass er etwas größer als ich gewesen sein müsse und ich seine Gestalt aufgrund des lose sitzenden Ganzkörperanzugs nicht hatte schätzen können. „Selbst seine Stimme kann ich nicht näher beschreiben. Sie klang irgendwie dumpf."

„Wegen der Maske", nickte der Detektiv.

„Sie sind überzeugt, dieser Mann hat Ihre Mutter getötet?", übernahm wiederum Rebecca.

„Sie hat sich nicht selbst umgebracht, auch wenn die Polizei davon ausgeht. Ich meine, der Internetverlauf, wie man eine Schlinge knüpft und wie man es richtig anstellt, damit man sich das Genick bricht und nicht jämmerlich erstickt, ist vom ungefähren Todeszeitpunkt. Das ist für die ein Indiz, dass sie ihren Selbstmord plante. Und eben, dass es keine fremden Fingerabdrücke im Haus und auf der Schlinge gab, nicht mal auf dem Hocker, auf dem sie gestanden hat. Gestohlen wurde auch nichts, das Türschloss ist unbeschädigt, das Einzige, das ihnen anfangs zu denken gab, ist, dass meine Mutter trotz all ihrer Vorbereitungen qualvoll erstickte. Leider ist Mama immer schon ungeschickt gewesen, diesen Punkt musste sogar ich zugeben."

„Ist schon seltsam, freiwillig den Strick zu nehmen", sprach Herr Speer das aus, was mich ebenfalls von Anfang an störte.

„Angeblich hat Frau Krause seit dem Tod meines Vaters vorsichtshalber die Beruhigungsmittel versteckt und ihr zugeteilt", gab ich weiter, was die Ermittler gesagt hatten. Und auf meinen Einwand, sie hätte sich meiner Meinung nach eher die Pulsadern aufgeschnitten, anstatt diesen qualvollen Tod zu wählen, hatten sie vorgebracht, dass ihr Plan schon gut durchdacht gewesen sei. Sonst hätte sie nicht zuerst ausgiebig nach der richtigen Form des Erhängens im Internet recherchiert, wie es der Browserverlauf deutlich mache.

Herr Speer blickte grübelnd vor sich hin. „Ich werde noch einmal versuchen, Ihren direkten Nachbarn zu befragen. Sonst hat leider keiner etwas Relevantes gesehen. Mir wurde gesagt, er sei immer die ganze Nacht über wach. Es war ja noch sehr früh am Morgen, als Ihre Mutter starb."

Ich merkte auf. „Der Björn? Der öffnet Ihnen nicht. Der will mit keinem Kontakt."

56

Jolanthe

Kaum hatte ich die Worte ausgesprochen, fiel mir ein, dass er sich mir gegenüber früher anders verhalten hatte. Unsere Gespräche waren nie weltbewegend, ich zeigte ihm meinen Teddy, damals mein liebstes Schmusetier, erzählte von meinen Ausflügen und von den Erlebnissen in der Schule, auch dass keiner mich einlud, weil ich nie Besuch haben durfte. Eine Zeit lang war es schon fast Usus, dass wir uns regelmäßig frühmorgens am Gartenzaun trafen – so oft es mir damals gelang, unbemerkt das Haus zu verlassen.

Mir gegenüber hatte er sich mitfühlend verhalten, sogar von einigen eigenen Erlebnissen berichtet, die ähnlich negativ waren wie meine. Besonders nach dem Verlust von Natalie hatte er mich getröstet. Für mich war er damals der einzige Freund, dem mein Wohlergehen am Herzen lag.

Natürlich hatte ich da längst mitbekommen, dass mein Vater und die Nachbarn ihn als komischen Kauz bezeichneten. Deshalb hütete ich mich, von unseren Treffen zu erzählen. Kurz nach meinem zwölften Geburtstag verschwand er, er sei im Krankenhaus, erfuhr ich von Frau Krause, die so ziemlich alles wusste, was sich in der näheren Umgebung tat. Trotzdem schlich ich mich immer wieder in mein Versteck und wartete auf ihn. Doch er kam nicht, weder nach einer Woche noch nach einem Monat noch nach einem halben Jahr. Irgendwann gab ich enttäuscht auf. Dann nahmen meine eigenen Probleme immer mehr Raum ein und ich vergaß tatsächlich, dass es mal eine besondere Verbindung zwischen ihm und mir gegeben hatte.

Ich werde versuchen, mit ihm zu sprechen, beschloss ich, aber allein. Wenn, würde er vielleicht mir gegenüber so weit auftauen, dass ich erfuhr, ob er in der fraglichen Nacht irgendeine Beobachtung gemacht hatte.

„Wurden eigentlich die Alibis meiner Brüder und von Frau Krause überprüft?", lenkte ich ab. „Bei mir hat nämlich keiner nachgefragt."

„Nein, die Polizei geht ja von Selbstmord aus." Er fixierte mich. „Es fehlt
das Motiv. Warum sollten Ihre Brüder sie ermorden? Sie ziehen keinen
Nutzen daraus. Frau Krause ebenso wenig", fügte er nach einer kurzen
Pause hinzu.

Die Einzige, die erbte, war ich. Und Elias, aber den hielt er eindeutig für
unschuldig. Ich hatte die Nacht zusammen mit Liam verbracht, er konnte
bezeugen, dass ich zu Hause geblieben war. Genauso wie er mir das Alibi
für den Tod meines Vaters gegeben hatte, wurde mir bewusst. Das schrie
ja geradezu nach einem gemeinsamen Vorgehen.

Fast automatisch zog ich mich zurück, wurde einsilbig, beantwortete die
nächsten Fragen nur noch knapp und atmete erleichtert auf, als Herr Speer
und seine Freundin sich verabschiedeten.

Kaum hatte ich die Tür hinter ihnen geschlossen, nahm ich die quälenden
Gedanken wieder auf. Wie konnte ich den Detektiv davon überzeugen,
dass ich nichts mit den Morden zu tun hatte? Nicht dass er noch auf die
Idee kam, ich hätte alles andere nur arrangiert, um von meinem Tun abzulenken.

Das Einzige, was half, wäre, wenn Irina Zeugin von einem weiteren Angriff
auf mich würde, lautete das Resümee, das ich schließlich zog. So sehr mir
davor graute, ich sah keine andere Möglichkeit, Herrn Speer endgültig auf
meine Seite zu ziehen und mich von jedem Verdacht reinzuwaschen.

Um mich abzulenken, setzte ich mich an den Computer. Doch ich konnte
mich nicht auf die Gestaltung der Website konzentrieren, nicht mal auf die
Arbeit an meinem Comic. Selbst Liams Anruf verschaffte mir nur kurzfristig Erleichterung.

Ich wanderte ruhelos umher. Es war äußerst seltsam, zurück in dem Haus
meiner Kindheit zu sein. Ich kam mir eher vor wie ein Gast und nicht wie
die zukünftige Besitzerin. Zusätzlich sah ich jedes Mal, wenn ich die
Treppe hochging, meine Mutter an diesem Seil pendeln. Dabei vermied ich
es, in diese Richtung zu schauen, trotzdem tauchte das Bild vor meinen
Augen auf. Genauso wie der Albtraum zurückgekehrt war. In der Nacht
schreckte ich von meinen eigenen Schreien hoch.

Klar, dass mich Irina darauf ansprach. Ich speiste sie mit einer dürftigen Geschichte ab, schließlich agierte sie als meine Aufpasserin, nicht als meine Psychologin. Glücklicherweise hatte sie bereits gefrühstückt, sodass ich keinen Small Talk betreiben musste. Überhaupt hatte ich erleichtert festgestellt, dass sie anscheinend nicht daran interessiert war, sich wie eine Mitbewohnerin zu verhalten. Sie ging ihren Weg, ich meinen, saß ich im Wohnzimmer, hielt sie sich in der Küche oder einem der anderen Räume auf, ging ich nach oben, blieb sie unten. Mit dieser Art des Zusammenlebens konnte ich auch längere Zeit klarkommen.

Nach dem Frühstück hatte ich mich an meinen Laptop gesetzt und mit dem ersten Auftrag begonnen. Wider Erwarten gelang es mir, alle anderen Gedanken auszublenden und mich zu konzentrieren, sodass ich gegen Mittag schon weit fortgeschritten war. Irina hatte nur einmal kurz hereingeschaut und mich gefragt, was wir essen sollten. Ich verwies sie auf die Gefriertruhe, die bestimmt gut gefüllt war. Sonntags hatte sich meine Mutter grundsätzlich ein Gericht daraus serviert und mir ebenso, wenn ich zu Besuch kam.

Eine halbe Stunde später rief Irina zum Essen. Keine Ahnung wieso, aber sie hatte tatsächlich zwei Portionen aufgetaut und erhitzt, sodass wir uns dann doch am Tisch gegenübersaßen. Kaum griff ich nach Messer und Gabel, begann sie mich über meine Arbeit auszufragen. Besonderes Interesse zeigte sie, als ich den Comic erwähnte. Dabei war mir nur eine klitzekleine Bemerkung dazu herausgerutscht. Immerhin schien ihre Aufmerksamkeit nicht gespielt zu sein, also antwortete ich ausführlicher, als ich es eigentlich vorgehabt hatte. Nur ihre Bitte, den Comic ansehen zu dürfen, schlug ich ihr ab. Nicht bevor ich selbst mit dem Ergebnis vollauf zufrieden war.

Trotzdem hatte es Spaß gemacht, sich jemand mitzuteilen, der echtes Interesse zeigte, stellte ich nun im Rückblick fest. Vielleicht sollte ich mir einen Ruck geben und die Geschichte tatsächlich einer oder zwei anderen Personen zeigen, bevor ich sie an einen Verlag schickte.

Die Bewegung und meine Gedanken ließen mich langsam zur Ruhe kommen. Obwohl ich immer noch keinen Hunger hatte, begab ich mich in die Küche und öffnete nacheinander sämtliche Schranktüren, um den Inhalt zu begutachten. Frau Krause hatte wie immer reichlich Vorräte angelegt.

Die stammten bestimmt noch aus der Zeit vor dem Tod meiner Mutter. Sobald das Testament verlesen war, musste ich damit beginnen, sie zu verbrauchen.

Oh, eine Dose mit Malzkaffee, früher eines meiner Lieblingsgetränke, vor allem mit Milch. Bis ins Teenageralter hinein hatte ich abends vor dem Schlafengehen einen großen Becher davon getrunken. Automatisch griff ich danach und prüfte das Verfallsdatum. Nein, noch ein Jahr haltbar. Ich öffnete den Deckel. Ein, vielleicht zwei Portionen waren herausgenommen worden. Genüsslich sog ich den Duft ein. Warum eigentlich nicht?

Im Kühlschrank fand sich eine noch verschlossene Tüte Milch. Ich goss sie in einen großen Becher und erwärmte sie in der Mikrowelle, bevor ich das Pulver hineinrührte. Gleich der erste Schluck entspannte angenehm meinen Magen, ein wahrer Genuss. Die Aufregung der letzten Stunden verklang endgültig und wich einem angenehm trägen Gefühl. Ich würde noch einen kurzen Spaziergang durch den Garten machen und früh zu Bett gehen.

Zuvor musste ich mich mit Irina auseinandersetzen, die dieser Idee nicht gerade positiv gegenüberstand. Sie befahl mir, im Haus zu warten, bis sie jeden Winkel begutachtet hatte. Doch es zog mich hinaus, die intensive Schwärze der Nacht, die funkelnden Sterne, der betörende Duft der blühenden Bäume – das ganze Szenario erschien mir magisch.

Ich trat durch die geöffnete Tür auf die Terrasse, entdeckte den Strahl von Irinas Taschenlampe und schlug die entgegengesetzte Richtung ein. Das geheimnisvolle Rascheln der Sträucher versetzte mich in Abenteuerlust, selbst das Gras fühlte sich unter meinen Schritten federnd an.

Als ich mich der Grundstücksgrenze näherte, erinnerte ich mich an mein Geheimversteck aus der Kinderzeit. Dort würde ich mich niederlassen und den Geräuschen der Nacht lauschen.

57

Oliver

Ich hörte Tante Simones Aufschrei bis in die Küche. „Wer ist denn für diese Schmiererei verantwortlich?", fragte sie erbost, als sie eintrat. „Das kriegen wir nie mehr raus aus dem Holz."

Bevor ich antworten konnte, klingelte mein Handy. Irina!

„Gestern Abend ist was Seltsames passiert", berichtete sie. „Jolanthe war nach eurem Besuch ziemlich unruhig. Am Abend wollte sie unbedingt in den Garten. Ich bat sie, drinnen zu warten, bis ich die Lage gecheckt hatte. Als ich zurückkam, war sie weg, weder im Haus noch im Garten zu finden. Ich war drauf und dran, dich anzurufen, da tauchte sie völlig verdreckt wieder auf. Sie sei wohl eingeschlafen, meinte sie, weil ich sie anging, sie hätte auf mein Rufen nicht reagiert. Sie ist dann gleich ins Bett. Heute Morgen hat sie sich nach dem Frühstück ins Wohnzimmer zurückgezogen und will nicht gestört werden. Sie habe wichtige Arbeiten zu erledigen."

Ich verspürte ein unangenehmes Ziehen im Magen. „Von wann bis wann war sie verschwunden?"

„So von zehn bis zwölf. Und sie war irgendwie seltsam, völlig neben der Spur. Meinst du, die wirft was ein?"

„Nutze die Gelegenheit und kontrolliere die Zimmer. Aber so, dass die Haushälterin es nicht bemerkt. Die ist gekommen, oder?"

„Ja, die schwirrt hier rum. Putzt, als würden wir schon mindestens einen Monat hier wohnen."

„Ich rufe Jolanthe gleich an. Ich wollte ihr sowieso sagen, dass sie sich bei der Familie Stahl erst einmal nicht melden soll. Und auch der Freund darf nicht vorbeikommen. Ich begründe diese Entscheidung mit der Sorge, dass ihnen sonst etwas zustoßen könnte."

„Du denkst aber in eine ganz andere Richtung?"

„Ehrlich, ich bin mir in diesem Fall nicht sicher, wie die Wahrheit aussieht", gab ich zu. „Ich bin hin und her gerissen zwischen: Sie ist die Schuldige, und: Ihr wird Schlimmes angetan."

„Danke, für deine Offenheit. Ich achte von jetzt an auf jede Kleinigkeit." Meine Tante starrte mich fassungslos an. „Ist es so, wie ich denke?"

„Noch sehe ich nicht klar. Warte kurz." Ich wählte Jolanthes Nummer. „Speer, Frau Büscher, ich habe gestern noch lange überlegt, wie wir vorgehen sollen. Bitte nehmen Sie keinen Kontakt zur Familie Stahl auf und sagen Sie auch Ihrem Freund, dass er sich in den nächsten Tagen weiter von Ihnen fernhalten soll. Will Ihnen jemand schaden, wären diese die Ersten, die mir einfielen."

Es blieb so lange still, dass ich schon dachte, die Leitung stände nicht mehr. „Frau Büscher?"

„Ja, ich bin noch da. Das ist … warum … was vermuten Sie denn?"

„Der Täter scheint es darauf anzulegen, sie verdächtig wirken zu lassen. Bei dem Tod Ihres Vaters hatten Sie es dem Wachmann zu verdanken, dass die Polizei Ihnen glaubte, bei dem Ihrer Mutter Frau Krause, die kurz nach Ihnen auftauchte. Ihnen wurden meiner Meinung nach in letzter Zeit Substanzen verabreicht, die Sie und andere an Ihrem Verstand zweifeln lassen. Dann stirbt der Hund und wieder weist alles auf Sie hin. Wir dürfen nicht riskieren, dass noch eine Person aus Ihrem Umfeld in Gefahr gerät."

Diese Erklärung klang durchaus plausibel, fand ich.

Ihr Atem ging hastig, als sie sagte: „Sie haben vollkommen recht. Ich werde Liam nachher gleich Bescheid geben. Telefonieren mit ihm darf ich?"

„Wenn Sie mögen, jeden Tag. Nur die Stahls lassen wir vorerst aus dem Spiel."

„Sehe ich genauso", erklärte sie zu meiner Erleichterung.

„Ich treibe die Ermittlung mit Hochdruck voran. Spätestens in ein, zwei Wochen dürfte ich den Täter kennen", versprach ich.

Sie seufzte hörbar. „Danke, so lange halte ich garantiert durch."

„Du spuckst ganz schön große Töne", tadelte mich Tante Simone. „Machst dem armen Kind Hoffnung, obwohl wir im Dunkeln tappen."

„Nein, ich denke tatsächlich, dass wir bald Gewissheit haben, so oder so." Ich überlegte, ob ich Jolanthe und Irina nicht zum Arzt schicken sollte. Eine Blutuntersuchung würde uns Klarheit verschaffen, ob irgendwelche

Substanzen im Spiel waren, was nach dem gestrigen Vorfall durchaus im Bereich des Möglichen lag. Letztendlich entschied ich mich dagegen. Damit hatten wir immer noch keinen echten Beweis, vor allem aber wären wir dem Täter keinen Schritt nähergekommen, hätten ihn wahrscheinlich jedoch so vorgewarnt – wenn es denn einen gab!

Bevor wir ins Büro hinüberwechselten, fotografierte ich die Haustür und schickte die Aufnahme an Rebecca, zusammen mit einer kurzen Zusammenfassung von dem, was ich von Irina erfahren hatte. Noch bevor ich meinen Schreibtisch erreichte, kam eine Nachricht zurück. *Müssen uns in meiner Mittagspause unbedingt unterhalten!*

„Könntest du bitte Frau Krauses Hintergrund checken?", bat ich meine Tante. „Ich will mir den Wachmann vornehmen.

„Okay, Chef", grinste sie. „Einen kompletten Hintergrundcheck?" Und als ich nickte: „Dann treibe ich mich am besten mal in ihrer Wohngegend rum und gucke, was mir die Nachbarn so erzählen."

„Bitte äußerst diskret", ermahnte ich sie, den Telefonhörer schon in der Hand. Ich musste unbedingt noch einmal mit Andreas Büscher sprechen, bevor ich mich um Herrn Steiner kümmerte.

Tja, leider sei der Chef heute in den Filialen, wurde mir auf meine Anfrage hin mitgeteilt. In dringenden Fällen könne ich ihn per Handy erreichen. Ich warte lieber bis morgen, beschloss ich. Ein persönliches Gespräch, bei dem ich die Reaktionen meines Gegenübers beobachten konnte, war auch in diesem Fall besser.

Ich suchte mir die Adresse des Wachmanns heraus – Tante Simone war bereits aufgebrochen – und rief auf dem Weg zum Auto Deniz an. „Ich habe zwei weitere Namen, die du für mich überprüfen sollst." Ich gab ihm die genauen Daten. „Schick mir die Ergebnisse bitte zu meinem privaten E-Mail-Account. Meine Tante muss nicht unbedingt wissen, dass ich zusätzlich auf dich setze."

Deniz lachte. „Ihr zwei seid euch so ähnlich! Was meinst du, was sie mir sagt? Bin ich nun euer offizieller Hintergrundrechercheur oder nicht?"

„Sie ist gerade selbst auf dem Weg zu einer der Personen. Eigentlich sollte ich abwarten, was sie herausfindet, es ist nur …" Ich gab mir einen Ruck. „Ich habe so ein dummes Gefühl, dass bald wieder was passieren wird.

Deshalb will ich möglichst viel Material möglichst schnell zusammenbekommen."

„Ah, ja, ich soll dich von Britta fragen, ob Rebecca sie auf den neuesten Stand bringen darf. Beruflich natürlich, privat hält sie sich wohl zurück. Das Einzige, was wir wissen, ist, dass ihr euch am Mittwoch erneut trefft."

„Wir?" Sieh mal einer an! Das war Deniz' Art, mich auszufragen. Oder steckte Britta dahinter?

„Na ja, wäre doch schön, wenn aus euch ein Paar wird. Sie passt echt gut zu dir. Und du zu ihr", fügte er mit einiger Verspätung hinzu.

„Näheres erfährst du, sobald es was zu erzählen gibt", versprach ich ihm. Wetten, dass Rebecca es mit Britta ähnlich hielt?

Statt direkt den Weg zum Auto zu nehmen, ging ich auf das Tor zu, das meine Tante wie immer hinter sich geschlossen hatte, ein Punkt, der mich jedes Mal aufs Neue ärgerte. Warum konnte es nicht wenigstens tagsüber offenbleiben? Wer aufs Grundstück wollte, kam sowieso herein.

„Sieh zu, was du erreichst, und melde dich schnellstmöglich", verabschiedete ich mich von Deniz, zückte meinen Schlüssel und entriegelte die Fahrertür. Im Näherkommen entdeckte ich eine riesige Pfütze vor dem Auto. War irgendeine Flüssigkeit ausgelaufen? Ich bückte mich, um unter die Karosserie zu schauen, und stützte mich dabei, da ich mich nicht ins Nasse legen wollte, an der Fahrertür ab. Im selben Moment traf mich ein gewaltiger Schlag, der mich zurückkatapultierte.

58

Jolanthe

Frau Krause war in ihrem Element. Nach dem Frühstück wollte sie mit mir zusammen eine Einkaufsliste erstellen, was wir benötigten und vor allem, welche Zutaten sie für das Mittagessen besorgen sollte. Mein Einwand, wir könnten uns aus der gut gefüllten Gefriertruhe bedienen, wurde kategorisch abgelehnt. Schließlich beziehe sie weiterhin ihr Gehalt, es sei ihr lieber, uns dann entsprechend zu versorgen.

Ich gab nach, heute Morgen fühlte ich mich ihr nicht gewachsen, mein Kopf war kaum fähig, irgendeinen Gedanken vernünftig auszuformulieren. „Kochen Sie einfach so, wie Sie es für meine Mutter getan haben", zog ich mich aus der Affäre. „Die war immer begeistert."

Als sie mich anschließend in eine Diskussion verwickeln wollte, wann sie welchen Raum putzen würde, wann die Wäsche waschen, wann die Einkäufe erledigen, winkte ich rasch ab und schob meine Arbeit vor, an die ich mich dringend machen sollte. Vermutlich war ich ein bisschen zu harsch, jedenfalls zog sie beleidigt ab und ich bekam sie an diesem Tag erst wieder zu Gesicht, als sie sich mit den Worten, das Essen sei fertig, verabschiedete.

Ich hatte keinen Hunger, dafür fühlte ich mich viel zu matt und erschöpft. Statt in die Küche zu gehen, stieg ich die Treppe hinauf und legte mich in meinem Zimmer aufs Bett. Um nachzudenken, wie ich Irina gegenüber behauptet hatte. Stattdessen schlief ich sofort ein.

„Jolanthe?"

Verwirrt schlug ich die Augen auf. Irina stand mit einem besorgten Gesichtsausdruck über mich gebeugt. Viel zu nah! Unwillkürlich rutschte ich weg von ihr.

„Entschuldige", sie richtete sich auf und trat einen Schritt zurück. „Ich wollte dich nicht erschrecken. Ich bekam gerade einen Anruf von Herrn

Speers Freund. Es gab einen Anschlag auf Oliver, er liegt verletzt im Krankenhaus."

Ich brauchte einen Moment, bis ich realisiert hatte, was sie da sagte. „Was ist passiert?", brachte ich mühsam mit trockener Kehle heraus. „Hat man den Täter gefasst?" Innerlich triumphierte ich: Endlich! Endlich hatte der Typ einen Fehler begangen. Irina und Frau Krause konnten bezeugen, dass ich den ganzen Vormittag über zu Hause gewesen war.

„Nein. Jemand hat Olivers Auto unter Strom gesetzt. Wann und wie weiß die Polizei bisher nicht. Er verließ morgens zu einer Recherche das Haus, entdeckte eine seltsame Pfütze unter seinem Wagen und dachte, irgendein Teil sei kaputtgegangen. Er bückte sich, um sich das Ganze genauer anzuschauen, berührte dabei die Karosserie und kriegte gehörig einen gewischt. Zu seinem Glück kam kurz darauf der Paketbote und fand ihn. Es besteht keine Lebensgefahr, aber er muss wohl ein paar Tage zur Beobachtung in der Klinik bleiben."

„Er hat was geahnt", krächzte ich. „Er hat heute Morgen mit mir telefoniert, um mir zu sagen, ich solle mich weder bei den Stahls melden noch meinen Freund hierher einladen. Er denkt, der Täter will es so drehen, dass, wenn was passiert, ich im Fokus der Ermittlungen stehe."

Sie musterte mich aufmerksam, als sie mit hochgezogenen Augenbrauen bemerkte: „Du warst gestern über zwei Stunden spurlos verschwunden. Genau in dem Zeitraum wurde Olivers Tür beschmiert und wahrscheinlich auch das Auto unter Strom gesetzt."

Wie bitte? Sie dachte doch wohl nicht ernsthaft an mich als Täter? „Ich habe mich an mein Versteck aus der Kindheit erinnert und wollte es ausprobieren. Dabei bin ich eingeschlafen. Ich habe dein Rufen nicht gehört."

Das klang wie eine Verteidigungsrede! Hatte ich das wirklich nötig? „Außerdem steht mir kein Auto zur Verfügung", setzte ich trotzdem noch hinzu.

„Ich glaube dir ja", versicherte Irina eilig. „Trotzdem sieht es blöd aus. Vor allem, falls die Polizei nach unseren Alibis fragt. Der Zeitraum deines Verschwindens ist nun mal ziemlich lang."

Den Ausspruch musste ich erst mal sacken lassen. Dieser blöde Nebel in meinem Kopf! Wie viel Uhr war es eigentlich? „Wie geht es Herrn Speer denn wirklich? Kann ich ihn besuchen?" Gleichzeitig versuchte ich den

Wecker auf dem Nachttisch zu erkennen. Fünf Uhr? Das hieß, ich hatte fast drei Stunden geschlafen!

„Im Moment liegt er auf der Intensivstation. Nach einem Stromschlag ist das normal, sagt Deniz. Das ist der Freund von ihm", fügte sie hinzu. Sie musterte mich ausgiebig. „Du siehst echt scheiße aus! Wann hast du das letzte Mal was gegessen oder getrunken?"

„Zum Frühstück!" Kam der Nebel in meinem Kopf vielleicht daher.

Irina eilte ins Badezimmer und kam mit meinem gefüllten Zahnputzbecher zurück. „Trink!"

Igitt, Leitungswasser! Trotzdem nahm ich einen Schluck. Sofort protestierte mein Magen. „Geht gar nicht", presste ich hervor.

Sie seufzte entnervt, hievte mich aus dem Bett und schleppte mich die Treppe hinunter bis in die Küche. Dort drückte sie mich auf einen Stuhl, füllte mein Glas aus der Flasche und gab es mir in die Hand. Dann nahm sie einen Teller und löffelte eine ordentliche Portion von Frau Krauses selbst gemachtem Eintopf, wie mir der Geruch verriet, darauf. Dass sie sich daran erinnert hatte! Dieser war immer einer meiner Hauptfavoriten gewesen. Auf einmal verspürte ich tatsächlich ein Hungergefühl.

Irina nahm mir gegenüber Platz und beobachtete mich, bis ich zum Platzen voll den Teller von mir schob. Bis auf einen kleinen Rest hatte ich alles aufgegessen und dazu zwei Gläser Wasser getrunken. Und ja, ich fühlte mich deutlich besser. „Warum wurde Herr Speer angegriffen?" Das war jetzt die wichtigste Frage.

Irina hob bedeutungsvoll die Augenbrauen. „Weil er dem Täter näher ist, als wir dachten? Oder weil der was plant, wofür er den Detektiv ausschalten musste", ergänzte sie nach kurzem Überlegen. „Egal, ich werde dich nun nicht mehr allein irgendwo rumlaufen lassen, sondern dir wie ein Schatten folgen."

Na, das waren ja schöne Aussichten! Andererseits sollte ich lieber froh sein, dass es nicht mich getroffen hatte und Herr Speer den Angriff überleben würde. Nicht auszudenken, wenn … „Kann man die Zeit eingrenzen, in der der Täter das Auto unter Strom setzte?"

Irina griff zum Handy. „Ich schicke Deniz eine WhatsApp."

Stumm warteten wir. Nach zehn Minuten kam die Antwort. „Oliver kam gegen elf nach Hause, seine Tante besuchte ihn um halb acht, also irgendwann dazwischen", las sie ab, hob den Kopf und fixierte mich. „Damit bist du leider nicht aus dem Schneider."

„Ich weiß nicht mal, wo er wohnt!", protestierte ich, was natürlich kein Argument war. Ich hätte mir die Adresse aus dem Internet besorgen können.

Netterweise unterließ es Irina, mich darauf hinzuweisen. „Oliver wohnt ungefähr zehn Minuten Fahrzeit von hier entfernt. Du bist gegen Mitternacht wieder aufgetaucht. Hoffentlich kommen die Ermittler nicht auf die Idee nachzufragen."

„Ich wüsste gar nicht, wie man ein Auto unter Strom setzt."

Sie verzog geringschätzig das Gesicht. „Die Anleitung dazu findest du im Internet."

Jede weitere Argumentation war zwecklos. „Ich war es nicht!"

„Davon gehe ich aus", nickte sie zu meinem Erstaunen. „Umso wichtiger ist es, dich nicht mehr aus den Augen zu lassen. Traust du der Krause?"

„Die ist hundertprozentig korrekt", versicherte ich ihr. „Sie ist die Perfektion in Person."

Irina grinste. „Ab morgen ziehst du dich nicht mehr ins stille Kämmerchen zurück, sondern arbeitest bei geöffneter Tür. Und du ermunterst sie, zwischendurch mit dir ein Pläuschchen zu halten."

„Ich muss arbeiten."

Ihre Augen verengten sich. „Sicherheit geht vor. Willst du dein Leben zurück oder nicht?"

Da brauchte ich nicht lange zu überlegen. Ich nickte heftig.

59

Oliver

„Du bist ein ausgesprochener Volltrottel", verkündete Deniz und zog mich in eine feste Umarmung.

„Vorsicht!" Die Elektroden auf meiner Brust ruckten schmerzhaft.

Wesentlich sanfter drückte er mich in meine Liegeposition zurück. „Wieso hast du nicht gleich an einen Anschlag gedacht?" Da es keine Sitzgelegenheit in diesem kleinen Raum gab, setzte er sich auf die Bettkante. „Du ermittelst gegen einen Mörder und achtest nicht auf deine eigene Sicherheit?"

„Erwischt!" Mir gelang ein klägliches Grinsen. „Nur gut, dass es nicht Tante Simone getroffen hat."

„Das wäre schlimmer gewesen", stimmte mir Deniz zu.

„Arsch!"

Bevor er antworten konnte, kam eine Krankenschwester herein. Sie runzelte die Stirn, als sie ihn auf dem Bett sitzen sah. Eilig sprang er auf und machte ihr Platz. Sie hängte einen neuen Tropf an, überprüfte den Sitz der Elektroden und stellte irgendwas an dem Überwachungsmonitor ein, bevor sie wieder verschwand.

„Wie lange musst du im Krankenhaus bleiben?" Kaum hatte sich die Tür hinter ihr geschlossen, setzte sich Deniz erneut.

„Keine Ahnung. Den Doc habe ich nur kurz nach der Aufnahme bei der ersten Untersuchung gesehen. Der sagte was von Herzrhythmusstörungen. Ich weiß nur, dass ich mindestens vierundzwanzig Stunden auf der Intensiv verbringen muss. Das haben die Tante Simone gesagt. Wie bist du eigentlich reingekommen? Ich dachte, das wäre Angehörigen vorbehalten."

Er machte eine wegwerfende Handbewegung. „Ich habe gleich Tante Simone geimpft, dass sie sagen soll, dein Halbbruder käme auch gleich."

Ich prustete los.

„Deine Ermittlungen sind manchmal schon zu was nütze, und wenn es sich nur um das Erfinden einer glaubhaften Ausrede handelt."

Glaubhaft! Er und ich hätten nicht verschiedener aussehen können! Deniz konnte seine türkischen Wurzeln nicht verleugnen, ich meine deutschen ebenso wenig.

„Apropos Ermittlungen. Wer denkst du, steckt dahinter?"

„Keine Ahnung. Ausgerechnet gestern Abend ist Jolanthe für zwei Stunden spurlos verschwunden. Angeblich hat sie ein Kindheitsversteck im Garten aufgesucht und ist dort eingeschlafen. Selbst von Irinas Rufen ist sie nicht wach geworden." Die Ortungs-App! Ich tastete hinüber zu dem kleinen Nachttisch. Nichts, weder hinter dem Wasserbecher noch unter der Brechschale.

„Kannst du bitte Irina anrufen und nachfragen, wo sich dieses Versteck befindet?" Ich erzählte Deniz von meinem Verdacht mit der App.

„Warum hast du nicht längst ihr Handy kontrolliert? Ganz offen und ehrlich? Dann wärst du schon einen Schritt weiter." Er schaltete sein Handy ein und pfiff durch die Zähne. „Die Damen fragen nach deinem werten Befinden."

Ein Volltrottel war ich! Ich hätte mich in den Hintern beißen können, dass ich Irina nicht schon gestern darum gebeten hatte. „Schreib Irina, dass sie unauffällig Jolanthes Handy überprüfen soll, ob sich eine Spionage-App darauf befindet", bat ich Deniz. „Wenn ja, soll sie checken, was die alles kann beziehungsweise ob es weitere gibt." Wäre nicht das erste Mal, dass jemandem gleich mehrere untergejubelt wurden. „Und sie soll Jolanthe keine Minute mehr aus den Augen lassen. Langsam wird es ernst."

„Was vermutest du denn?", fragte er, nachdem er die Nachricht abgeschickt hatte. „Gibt es doch einen, der deiner Klientin was antun will?"

Es klopfte und Rebecca trat ein. Sofort fühlte ich mich wesentlich besser.

„Bist du die Freundin oder seine Schwester?", kam Deniz mir zuvor.

Sie errötete: „Seine Verlobte. Seine Tante, die gerade im Schwesternzimmer mit dem Arzt sprach, ist schlichtweg begeistert."

Mir schoss die Röte ins Gesicht.

„Dann verzieh ich mich lieber." Deniz klopfte mir zum Abschied auf die Schulter. „Und lass die beiden Turteltäubchen allein."

„Halt, warte! Was ist mit deinen Nachforschungen?"

„Sind angelaufen", beruhigte er mich. „Bis morgen Nachmittag müsste ich alles zusammenhaben."

Rebecca trat ans Bett und drückte mir einen schnellen Kuss auf den Mund. „Was machst du bloß für Sachen!"

Ich grinste wie ein Vollidiot und war zunächst nicht in der Lage, eine vernünftige Antwort zu formulieren. „Die Sache spitzt sich zu", brachte ich endlich heraus und erstattete ihr Bericht.

„Was denkst du?", fragte sie genau wie Deniz.

„Dass wir bald die Wahrheit wissen, so oder so." Nicht unbedingt nett von mir, aber ich hatte keine Lust auf eine lange Diskussion. Dafür war die Zeit mit Rebecca zu kostbar.

Blöderweise wurde ich statt entlassen am nächsten Tag auf die Vor-Intensiv verlegt - und behielt fast sämtliche Kontrollgeräte, sodass ich weiterhin nicht aufstehen konnte! Der Arzt versuchte mir klarzumachen, wie knapp ich mit dem Leben davongekommen war, und sprach von einem Aufenthalt in der Klinik von mindestens einer Woche.

In das gleiche Horn stießen die Ermittler, die mich aufsuchten. Das sei ein eindeutiger Mordversuch gewesen. Den Strom hatte der Täter frechweg von einem Erdspieß genommen, der die nächtliche Beleuchtung steuerte, und das Kabel so geschickt verborgen, dass ich es nicht entdeckte.

„Er muss bereits zuvor das Gelände inspiziert und Sie beobachtet haben", lautete die Vermutung des Kommissars. „Der wusste genau, wo Sie und Ihre Tante parken und wie er vorgehen musste, damit Sie nicht zu früh aufmerksam wurden."

„Die Flüssigkeit in der Pfütze war übrigens einfaches Wasser", ergänzte seine Kollegin. „Es stammt vermutlich aus Ihrem Außenhahn."

Beide wollten natürlich in Erfahrung bringen, ob dieser Anschlag mit meinem aktuellen Fall zu tun hatte. Sie waren bereits darüber informiert, dass ich wegen des Todes von Herrn Büscher ermittelte. Ich gab mich nachdenklich und behauptete, bisher über keine weltbewegenden Erkenntnisse zu verfügen. Wer sonst in Frage käme? Keine Ahnung!

Ob sie mir glaubten? Jedenfalls zogen sie unverrichteter Dinge wieder ab. Kaum waren sie verschwunden, erschien meine Tante. „Geht es dir besser?"

„Hervorragend." Na ja, bis auf diesen hartnäckigen Schwindel, wenn ich mich zu schnell bewegte.

„Ich habe gestern beide Aufträge erledigt", erklärte sie stolz. „Den Wachmann kannst du von deiner Liste streichen, der ist total unauffällig. Dafür hat er mir ein paar Geschichten erzählt, die dir gefallen werden."

60

Jolanthe

Am Abend telefonierte ich lange mit Liam. Langsam schien er zu begreifen, dass ich ihn nicht extra auf Abstand hielt, sondern dass diese Maßnahme zu seinem eigenen Schutz geschah.

„Sei in den nächsten Tagen besonders vorsichtig", schärfte ich ihm ein. „Die Lage spitzt sich immer mehr zu."

Der Anschlag auf Herrn Speer beeindruckte ihn sichtlich. „Du bist wirklich nicht in Gefahr?", versicherte er sich mehrfach.

„Ich habe einen persönlichen Bodyguard", wiederholte ich das Gleiche, was ich bereits gesagt hatte.

Danach ging uns der Gesprächsstoff aus, er wollte mich wohl nicht mit seinen kleinen Alltagsgeschichten belästigen. „Wie läuft es bei dir?", fragte ich daher. „Erzähl! Ich bin so isoliert, dass ich mich über jede kleine Ablenkung freue."

Zum Glück ließ er sich nicht zweimal bitten. Im Nu war eine Stunde vergangen. Ich beendete das Telefonat mit der Ausrede, ich sei müde und wolle heute früh ins Bett. Stattdessen schaltete ich den Laptop ein, um eine Weile zu arbeiten. Seitdem ich meinen Magen gefüllt hatte, fühlte ich mich von Stunde zu Stunde besser, mittlerweile sprühte ich vor Tatkraft.

Die Unterhaltung und die anschließende Beschäftigung mit der Website hatten mir gutgetan, stellte ich fest, nachdem ich gegen elf beschloss, für heute Schluss zu machen. Vielleicht sollte ich mich wirklich nicht so sehr abkapseln.

Obwohl ich tagsüber viel geschlafen hatte, fiel ich todmüde ins Bett. Ich schlief wie ein Stein, merkte nicht einmal, dass Frau Krause auftauchte. Ich erwachte durch ein kräftiges Schütteln und wiederholtes Rufen. Erneut blickte ich in Irinas Augen.

„Was ist los?", fragte ich schläfrig.

„Es ist zehn Uhr. Hast du dir keinen Wecker gestellt?"

Mit verquollenen Augen blickte ich auf das kleine, schwarze Ding. Nein, daran hatte ich keinen Gedanken verschwendet. Mit bleiernen Gliedern richtete ich mich auf. „Ich spring eben unter die Dusche und komm dann frühstücken."

Gott sei Dank verstand Irina den Wink und verließ mein Zimmer. Ganz langsam drehte ich mich herum und hängte meine Beine aus dem Bett. Jede Bewegung war eine Qual. Meine Glieder waren bleischwer, meine Muskeln wollten sich nicht anspannen. Mehr schlurfend als gehend machte ich mich auf den Weg ins Bad.

Ein kurzer Blick in den Spiegel verriet mir, dass ich genauso beschissen aussah, wie ich mich fühlte. Statt heiß zu duschen, versuchte ich es mit einer Schocktherapie, stellte den Strahl auf lauwarm und schließlich auf eiskalt. Mein Herz stolperte und begann zu rasen. Ich fiel fast aus der Duschtasse, griff nach meinem Badetuch und sank auf der plüschigen Matte zusammen. Was war denn bloß mit mir los? Statt besser fühlte ich mich zittrig, mein Puls jagte immer noch, ich atmete viel zu hastig.

Ich legte mich lang hin und bemühte mich, langsam und gleichmäßig Luft zu holen. Wie lange ich in dieser Position verharrte, wusste ich nicht, irgendwann ertönte ein lautes Pochen an der Tür, das in meinem Kopf nachhallte.

„Jola? Bist du fertig?"

„Ich komme gleich." Ich schenkte mir das Zähneputzen, schlang das Badetuch um meinen mittlerweile trockenen Körper und ging hinüber in mein Zimmer. Immerhin waren meine Glieder beweglicher, stellte ich fest, während ich mich anzog. Trotzdem fühlte ich mich kraftlos und ausgelaugt, allein die Vorstellung, die Treppe hinunter zu müssen, schreckte mich ab. Am liebsten wäre ich zurück ins Bett gekrochen und hätte mir die Decke über den Kopf gezogen.

Nur das Wissen um Irinas Reaktion hielt mich davon ab, den Gedanken in die Tat umzusetzen. Stattdessen holte ich tief Luft und machte mich auf den Weg in die Küche.

Frau Krause stand am Herd und rührte vor sich hin summend in einem großen Topf. Als sie mich eintreten hörte, drehte sie sich herum. „Na, Jola? Ist spät geworden gestern?", fragte sie mit einem Lächeln.

„Ich war so in meine Arbeit vertieft, dass ich nicht auf die Zeit geachtet habe", nahm ich die Vorlage dankbar auf.

„Du kannst es dir ja einteilen, wie du es möchtest. Ich habe frischen Kaffee gekocht. Ein Ei dazu und Wurst und Käse oder lieber was Süßes?"

„Honig und Marmelade, bitte." Ich brauchte unbedingt Zucker.

Sie hatte bereits zwei Scheiben Brot getoastet. Die erste bestrich ich dick mit Honig und kaute langsam und bedächtig, bis mein Magen nicht mehr gegen die Nahrungsaufnahme protestierte. Die zweite schaffte ich nur zur Hälfte, dafür trank ich zwei Tassen Kaffee.

Frau Krause hatte mich in Ruhe gelassen, sie gab vor, völlig auf die Essenszubereitung konzentriert zu sein. Trotzdem bemerkte ich, dass sie mir immer wieder schnelle Blicke zuwarf, wenn sie meinte, ich sei abgelenkt. Ihr war offensichtlich klar, dass es mir nicht gerade gut ging.

„So, ich mache mich an die Arbeit." Weil sie mir den Rücken zudrehte, stützte ich mich beim Aufstehen am Tisch ab. Prompt begann sich alles um mich herum zu drehen. „Was gibt es denn heute Leckeres?" Durch meine Nachfrage verschaffte ich meinem Körper Zeit, sich zu fangen.

„Szegediner Gulasch. Ich glaube, du brauchst mehr Fleisch. Sag mal", sie musterte mich besorgt. „Musst du nicht weiterhin zur Kontrolle ins Krankenhaus? Mit so einer Gehirnerschütterung ist nicht zu spaßen."

„Der Arzt sagt, dass ab und zu noch Beschwerden auftreten können, diese aber nach und nach verschwinden", wiegelte ich ab. Das fehlte mir noch, dass Frau Krause mich in die Klinik schleppte!

Sie warf mir einen skeptischen Blick zu, widersprach jedoch nicht. Ich bemühte mich um einen aufrechten Gang, als ich von der Küche ins Wohnzimmer wechselte. Bestimmt beobachtete sie jeden meiner Schritte.

„Du entwickelst dich zu einem echten Langschläfer." Irina, die im Wohnzimmer auf der Couch saß, legte ihr eBook zur Seite und betrachtete mich aufmerksam. „Alles in Ordnung?"

„Könnte nicht besser sein", behauptete ich und schaltete meinen Laptop an. „Wahrscheinlich habe ich mir etwas zu viel zugemutet. Der Arzt im Krankenhaus meinte, ich solle es langsam angehen lassen", griff ich Frau Krauses Anregung auf. „Ich hatte vor kurzem eine schwere Gehirnerschütterung", fügte ich vorsichtshalber hinzu, weil ich nicht wusste, ob Irina darüber informiert war. „Dazu die ständige Aufregung. Ich bin die letzten

Tage kaum zur Ruhe gekommen. Die Arbeit gestern, dabei habe ich mich wahrscheinlich übernommen. Jetzt rebelliert mein Körper und will mich zwingen, längere Pausen einzulegen."

Sie hob die Augenbrauen und enthielt sich eines Kommentars.

Ich wandte mich dem Laptop zu und rief das Programm auf, an dem ich gerade arbeitete. Dann besann ich mich anders. „Hast du schon was Neues von Herrn Speer gehört?" Ich musste wenigstens Interesse zeigen.

„Bisher nicht. Wäre was, würde Deniz mich informieren. Also ist das eher positiv."

Damit war der Etikette genüge getan, ich tat, als vertiefe ich mich in meine Arbeit. Dabei konnte ich kaum einen klaren Gedanken fassen. Die notwendigen Befehle, die ich sonst ohne nachzudenken gebrauchte, verursachten mir heute Probleme. Immer wieder vergaß ich einen wichtigen Schritt oder vertippte mich und musste von vorn anfangen.

Irgendwann gab ich entnervt auf und tat nur noch so, als würde ich konzentriert arbeiten. Wenn sich mein Zustand nicht bald besserte, musste ich mich tatsächlich noch einmal untersuchen lassen.

61

Oliver

„Ich habe mit Herrn Steiner zusammen fast die gesamte Schicht verbracht", erzählte meine Tante und lachte. „Der Mann kann erzählen, sag
ich dir."

Er war schon lange dabei, hatte die Übergabe von Herrn Büscher senior
an seinen Sohn miterlebt und den Eintritt der beiden Jungen. „Das mit
dem Wachdienst machte er erst neben seinem normalen Job. So vor drei,
vier Jahren, als es ihm gesundheitlich schlechter ging, erhielt er das Angebot, beides auf Basis eines Hundertfünfzig-Stunden-Jobs auszuüben. Das
heißt", sie sah mich bedeutungsvoll an, „er ist weiterhin im Büro tätig und
kriegt so einiges mit."

Das meiste, was meine Tante berichtete, wusste ich schon, hütete mich
aber, sie darauf hinzuweisen. Sie hätte die Geschichte anders aufgezogen,
wenn nicht noch ein Clou käme.

„Ungefähr zwei Wochen vor seinem Tod sind der Vater und Sohn Markus
heftig aneinandergeraten. Das hat er von einem anderen langjährigen Angestellten, der zufällig noch im Büro saß. Worum es ging, hat dieser leider
nicht verstanden. Der Streit endete damit, dass der Junior türenknallend
den Raum verließ. Der arme Mann wartete, bis er sicher sein konnte, dass
auch der Senior gegangen war, weil ihm das Ganze furchtbar peinlich war.
Kaum unten angekommen platzte er mit dem Erlebten heraus." Wieder
lachte sie. „Die beiden sind ab und zu einen trinken gegangen, kannten sich
deshalb gut. Und bei irgendwem musste er es eben loswerden."

Das war ja interessant! „Hat er nicht mal Bruchstücke gehört?"

„Es ging wie immer eigentlich ums Geld. Der junge Büscher ist ein Hallodri. Herr Steiner sagt, der lebt deutlich über seine Verhältnisse. Es habe
auch schon vorher öfter mal Streit deswegen gegeben. Andererseits ist er

ein begnadeter Verkäufer, schafft es, selbst die letzte Bruchbude an den Mann zu bringen, sogar ohne dass es hinterher irgendwelchen Ärger gibt."

„Trotzdem wundert es mich, dass der Vater den Sohn im Testament als gleichberechtigten Partner einsetzte. Hatte er keine Angst, der würde das Geschäft ruinieren."

Meine Tante schüttelte entschieden den Kopf. „Herr Steiner sprach davon, dass Andreas der am Drücker sei. Frag ihn!"

Was ich sofort zu tun gedachte. Nein, zuerst einmal hörte ich mir an, was meine Tante noch zu berichten hatte. Jolanthe sei eindeutig Herrn Büschers Augenstern gewesen. Mit ihr sei er deutlich liebevoller umgegangen als mit den Söhnen. Allerdings habe sie sich auch anders verhalten. Andreas, der sei eben ein Zahlenmensch, mit einer trockenen und humorlosen Art, mit der nicht jedermann klarkomme, während Markus immer einen auf wichtig gemacht habe und eindeutig Chefallüren zeige. Jolanthe sei zwar schüchtern und ein wenig gehemmt, bemühe sich jedoch den Angestellten gegenüber um eine freundliche Art. Wenn ich die fragen würde, es gäbe nicht einen, der was gegen sie hätte.

Wahnsinn, was meine Tante dem Wachmann entlockt hatte. „Wann trefft ihr euch wieder?", frotzelte ich.

Sie errötete. „Er ist einsam, seine Frau starb vor vier Jahren. Die Kinder wohnen weiter entfernt, durch seine auseinandergerissenen Arbeitsstunden hat er kaum Zeit für Kontakte. Er sitzt morgens im Büro beziehungsweise erledigt notwendige Fahrdienste, macht eine längere Pause und kehrt für den Wachdienst zurück", fügte sie erklärend hinzu. „Ach, und das dürfte dich auch interessieren. Als ich ihn fragte, wem er die Tat zutraue, sagte er wie aus der Pistole geschossen: dem Markus."

„Nur hat der leider ein Alibi", erinnerte ich sie. „Was hast du über Frau Krause rausgekriegt?"

„Die lebt ziemlich unauffällig, die Nachbarn kennen sie kaum, obwohl sie schon zwanzig Jahre dieselbe Wohnung hat. Kein Mann, keine Kinder, nur ein Neffe, der ab und zu vorbeikommt. Besuch taucht sonst angeblich nie auf, zumindest haben die zwei Hausbewohner nie jemanden gesehen."

„Tante Simone! Du solltest …"

„Reg dich nicht auf! Ich war super vorsichtig und habe über jeden was wissen wollen. Angeblich hätte ich gehört, es würde bald eine Wohnung frei und da wollte ich mich gleich im Vorfeld informieren, ob diese überhaupt für mich in Frage käme." Sie grinste breit. „Ich bin eine ältere Frau, die ihre Ruhe braucht. Die Umgebung mit den vielen Geschäften und Arztpraxen wäre nahezu ideal, nur müsse natürlich auch der Hausfrieden stimmen."

„Keine Angehörigen, okay, aber auch keine Freundinnen? Ich werde mal Deniz und seine Freunde auf sie ansetzen." So würde sie nie erfahren, dass ich das bereits getan hatte. „Zuvor versuche ich, Herrn Büscher zu erreichen." Ich blinzelte ihr zu. „Kannst du bitte Schmiere stehen?"

Sie nickte und wandte sich zur Tür. Ich angelte mein Handy aus der Nachttischschublade – eine Schwester hatte mir noch gestern meine persönlichen Dinge überreicht -, schaltete es ein und wählte seine Nummer. Dabei schielte ich auf die mich umgebenden Apparate. Nichts passierte. Beruhigt konzentrierte ich mich auf das nun folgende Gespräch.

„Herr Speer! Ich habe schon gehört, dass Sie mich gestern zu erreichen versuchten. Gibt es Neuigkeiten?"

„Anscheinend bin ich dem Täter dichter auf der Spur als gedacht. Auf mich wurde gestern ein Anschlag verübt, mittels eines Stromschlags. Leider muss ich noch bis Anfang nächster Woche in der Klinik bleiben, da Spätschäden nicht auszuschließen sind." Ich trug extra dick auf. Sollte er ruhig rumerzählen, dass ich außer Gefecht war.

Er holte erschrocken Luft. „Wie schlimm ist es?"

„Ich bin außer Lebensgefahr", umging ich eine direkte Antwort. „Ich liege im Bett, bin an x Apparate angeschlossen und langweile mich. Daher wollte ich wenigstens telefonisch ein paar Auskünfte einholen."

„Übernehmen Sie sich bloß nicht!"

„Nein, ich weiß Ihre Schwester ja in guten Händen. Frau Krause und ihre Freundin passen gut auf sie auf. Sie hat mir bei meinem letzten Besuch einiges aus ihrer Kindheit erzählt. Was war das für ein Streit, als Sie und Ihr Bruder bei dem Vater zu Besuch waren? Sie muss etwa drei gewesen sein", half ich seinem Gedächtnis auf die Sprünge. „Ihr Bruder hatte ihr den Teddy weggenommen."

„Ich weiß, was Sie meinen." Seine Stimme klang gestresst. „Das war damals der Tropfen, der das Fass zum Überlaufen brachte. Danach hat sich unser

Vater nur noch außerhalb mit uns getroffen. Und es gab keine Übernachtungen mehr."

„Also war Ihr Bruder schon vorher aufgefallen", schlussfolgerte ich.

„Leider hat uns unsere Mutter fast täglich geimpft. Sie war voller Hass auf die Neue und ihr Balg, wie sie sich ausdrücke. Bei Markus hat sie ihr Ziel schnell erreicht. Er war eifersüchtig auf die Kleine, nutzte jede Gelegenheit, sie ins schlechte Licht zu rücken, benahm sich richtig biestig ihr gegenüber. Dabei war sie ein süßes Kind, lieb und dankbar für jegliche Zuwendung." Er atmete tief aus. „Ich benahm mich nicht viel besser. Erst meine damalige Freundin und jetzige Frau rückte mir den Kopf zurecht. Ich gebe ehrlich zu, dass ich mich bis heute schäme für so manche Aktion."

„Und wie reagierte Ihr Bruder auf das Hausverbot?"

„Er verweigerte sich weiteren Treffen. Ich glaube, er wurde erst zugänglicher, als er damals mit seinem ersten Projekt scheiterte. Vater sprang ihm sofort zur Seite, auch bei seiner zweiten Insolvenz. Ihr Verhältnis normalisierte sich und Markus trat in die Firma ein. Mit unserem Vater hat er sich wieder zusammengerauft, der Hass auf Jola blieb, warum auch immer, bestehen. Selbst auf unseren Partys konnte er nicht über seinen Schatten springen. Er ignorierte sie und ging ihr aus dem Weg."

„Sind Sie und er nun gleichberechtigte Partner?" Mit einem Ohr hörte ich die Stimme meiner Tante auf dem Flur. Hoffentlich gelang es ihr, mir noch einen Moment den Rücken freizuhalten."

„Nein, ich halte fünfundfünfzig Prozent der Anteile, er fünfundvierzig – wegen des Geldes, dass er im Voraus erhielt."

Die Stimmen draußen wurden lauter. „Vielen Dank, Herr Büscher. Das war's erst mal. Falls ich noch Fragen habe, melde ich mich." Gerade noch rechtzeitig schaltete ich das Handy aus und schob es unter das Kopfkissen, als sich auch schon die Tür öffnete und ein Pfleger eintrat.

62

Oliver

„Wie hast du ihn aufgehalten?", fragte ich eine Stunde später meine Tante, nachdem ich von der angesetzten CT-Untersuchung zurückgekehrt war.

„Alles in Ordnung mit dir?", stellte sie die Gegenfrage.

„Als ob einem einfachen Patienten ein Wort gegönnt würde", spöttelte ich.

„Das erfahre ich wohl erst bei der Nachmittagsvisite."

„Immerhin bist du nicht zurück auf die Intensivstation gekommen. Wenn da was wäre … Äh, ich habe ihm offen und ehrlich gebeichtet, dass du telefonierst – mit deiner Verlobten, mit der du im Streit auseinandergegangen wärest. Er solle dir doch bitte, bitte einen Moment Zeit geben, dich zu erklären."

Demnach hätte ich meiner Tante das Handy gar nicht heimlich zustecken müssen, als der Pfleger mich im Bett aus dem Zimmer rollte. „Das Gespräch mit Herrn Büscher war sehr interessant", begann ich und berichtete fast wortwörtlich, was ich von ihm erfahren hatte.

„Wenn du mich fragst, steckt Markus hinter alldem", reagierte sie wie erwartet.

„Und Jolanthe?", fragte ich nach. „Die hatte im Endeffekt viel mehr zu gewinnen. Markus hat statt des Vaters nun den Bruder über sich und der hält garantiert den Daumen aufs Geld. Außerdem", brachte ich mein schlagkräftigstes Argument, „wäre dann nicht eher Andreas das Ziel eines Anschlags geworden."

„Ich bleibe bei meiner Meinung", beharrte sie eigensinnig. „Mein Gefühl …"

„Nur Beweise zählen", konnte ich mir nicht verkneifen einzuwerfen. „Und die sprechen eher gegen Jolanthe. Sie ist die Einzige, die sowohl vom Tod des Vaters als auch dem der Mutter profitiert."

„Was ist eigentlich mit der Mutter von Markus und Andreas? Willst du die nicht befragen?", wechselte sie geschickt das Thema.

„Ich kann mir nicht vorstellen, dass sie in das Geschehen verwickelt ist." Andererseits, vielleicht erfuhr ich von ihr weitere Einzelheiten zu den Männern, die wichtig waren.

Genau dieses Argument brachte auch Tante Simone vor. Da es mittlerweile Essenszeit im Krankenhaus war, verabschiedete sie sich und versprach herauszufinden, wo diese zurzeit wohnte.

Mein Mittagsschläfchen war nur von kurzer Dauer. Deniz platzte fast vor Lachen, als er mich weckte. „Du lässt es dir echt gut gehen, Alter!"

„Ich tausche gern mit dir", konterte ich.

„Okay, so faul im Bett rumliegen, wäre genau das Richtige für mich." Er zog sich den Besucherstuhl heran und holte einen Zettel aus der Jackentasche. „Der Wachmann ist sauber, keine Schulden, keine verdächtigen Einzahlungen, nichts. Die Haushälterin ebenso, allerdings verdient die auch gut. Viertausend Euro, ich glaub, ich hab den falschen Job." Er warf das Blatt auf meine Decke. „Hier, extra für dich ausgedruckt. Wird dir aber wohl nicht weiterhelfen."

Die Entwicklung zwischen mir und Rebecca interessierte ihn deutlich mehr. Er sei extra früher gekommen, weil er davon ausgehe, dass sie mich wieder besuche, ließ er mich wissen. Und weil ich außer einem bestätigenden Nicken keinen Kommentar abgab, bohrte er nach, bis ich ihm schließlich klipp und klar zu verstehen gab, dass er neben Tante Simone der Erste sei, den ich informierte, falls aus uns tatsächlich ein Paar wurde. Langsam nervten mich die ständigen Nachfragen. Meine Güte, das war eine Sache zwischen mir und Rebecca!

Er grinste zerknirscht und erhob sich. „So, muss los, den Laden übernehmen. Sieh zu, dass du bald rauskommst!" An der Tür wandte er sich noch einmal um. „Ach, ja, fast hätte ich es vergessen. Schöne Grüße von Britta und gute Besserung! Sie meldet sich bei dir, wenn du zu Hause bist."

Damit war für mich klar, dass sie ihn gebrieft hatte, was aus mir rauszukitzeln. Wetten, dass Rebecca sich genauso zugeknöpft gab wie ich?

Nach einer guten Stunde Ruhe und Frieden griff ich zu meinem Handy und kontrollierte meine Nachrichten. Irina hatte dreimal versucht mich zu erreichen und mir anschließend eine Sprachnachricht über WhatsApp geschickt. „Hi, Oliver, ich hoffe, es geht wieder einigermaßen. Hab das Handy kontrolliert, ist eine Ortungs-App drauf."

Ich drückte auf Rückruf. Sie ging bereits bei dem zweiten Klingeln dran. „Warte kurz, ich gehe rüber." Das galt mir. Etwas leiser hörte ich sie sagen: „Das ist Deniz." Diese Lüge war wahrscheinlich an Jolanthe gerichtet.

„Du hast die App drauf gelassen?"

„Soll ich sie löschen?"

„Was ist das für eine? Kann man damit auch Gespräche abhören?"

„Nein, nur den genauen Standort ermitteln."

„Dann lass sie drauf. Jolanthe sag bitte nichts davon."

„Was anderes: Bist du dir sicher, dass die keine Drogen einwirft? Ich meine, das, was sie erlebt hat, ist schon heftig. Könnte das möglich sein?"

„Wieso?" Bisher war mir an ihr nichts in der Richtung aufgefallen, jedenfalls hatte sie bei den Gesprächen wach und klar gewirkt. Andererseits handelte es sich dabei um Momentaufnahmen und sie hatte gewusst, dass ich vorbeischauen würde.

„Sie steht irgendwie neben sich, schläft unheimlich viel, kann sich nicht richtig konzentrieren. Ich tippe mal auf ein Beruhigungsmittel oder extra starke Schlaftabletten, die sie richtig weghauen."

„Damit wäre sie nicht in der Lage gewesen, diesen Anschlag auf mich durchzuführen", warf ich ein.

„Hm, auch wieder wahr. Wobei ich meine Aussage relativieren muss. An dem Abend war sie zuerst aufgedreht und rastlos, genau wie gestern. Irgendwann kippt das Ganze, dann bekommst du sie kaum wach und sie schleicht anschließend herum und kriegt nichts auf die Reihe. Irgendwie passt das alles nicht zusammen. Als wenn sie Upper und Downer einwirft und sich in der Dosierung vergreift."

Oder eben langsam aber sicher abdrehte! „Gefunden hast du nichts?" Ich ging mal davon aus, dass sie nicht nur ihr Zimmer durchsucht hatte.

„Nee, aber du weißt ja, wie diese Typen ticken. Denen fallen Verstecke ein, an die denkst du gar nicht."

„Oder sie wird weiterhin vergiftet", warf ich ein.

„Wie denn?", konterte Irina scharf. „Ich esse und trinke das Gleiche wie sie. Auf Frau Krause habe ich ein Auge. Die kann ihr nicht heimlich was untermischen."

„Sie hat ihr eigenes Deo, ihr Duschzeug und ihre Zahnpasta, um nur ein paar Beispiele zu nennen", widersprach ich. In dem Moment, da ich den Satz beendet hatte, fiel mir ein, dass sie all diese Gegenstände auf Anraten des Detektivs neu gekauft hatte. Als sie in ihre Wohnung zurückkehrte, gab es bereits das neue Schloss. Das Bild wurde immer unklarer. Gut, dass Rebecca heute erneut vorbeikommen wollte. Da hatten wir gleich einiges zu bereden. „Behalte sie im Auge", schärfte ich Irina ein. „Achte auf jede Regung."

Rebecca reagierte skeptisch. „Ich weiß nicht, das wäre sehr verwunderlich, wenn Jolanthe sich tatsächlich als Mörderin entpuppt. Ja, sie ist mit Sicherheit geschädigt, doch mittlerweile sehe ich sie in erster Linie als Opfer, nicht als Aggressor."

Nach diesem Statement wechselte ich lieber das Thema. Wir hatten genügend andere Möglichkeiten, uns zu unterhalten.

63

Jolanthe

Der Tag verstrich, ohne dass sich mein Zustand besserte. Geht es mir morgen immer noch schlecht, mache ich einen Termin zur Untersuchung im Krankenhaus, beschloss ich.

Das Gegenteil war der Fall. Ich erwachte um acht Uhr frisch und ausgeruht und sprang geradezu aus dem Bett. Gemeinsam mit Irina setzte ich mich an den Frühstückstisch und genoss die frischen Brötchen, die Frau Krause mitgebracht hatte.

Doch, ich musste zugeben, so umsorgt zu werden, war gar nicht schlecht. Und ich empfand es als angenehm, mich mit anderen austauschen zu können. Klar, wir betrieben nur Small Talk, trotzdem munterte mich das Gespräch zusätzlich auf.

Anschließend setzte ich mich an den Laptop. Was mir gestern unheimliche Schwierigkeiten bereitet hatte, ging mir jetzt flott von der Hand. Gegen Mittag hatte ich den ersten der beiden Aufträge abgearbeitet. Abschicken würde ich ihn erst nach einer letzten Kontrolle, dafür würde sich der Nachmittag eignen. Jetzt musste ich dringend etwas gegen das gähnende Loch in meinem Bauch tun. Hoffentlich hatte Frau Krause unser Essen schon fertig.

Irina schloss sich mir an. „Ich sterbe vor Hunger", verkündete sie, als wir gemeinsam die Küche betraten.

Frau Krause wies auf den Topf. „Bedient euch bitte selbst."

Irinas Portion fiel deutlich größer aus als meine. „Was?", grinste sie. „Ich habe mindestens genauso viel gearbeitet wie du."

Was sich wahrscheinlich auf ihr absolviertes Krafttraining bezog. Obwohl sie dafür die Diele nahm, hörte ich jeden ihrer Atemzüge.

„Ich habe eben mit Oliver telefoniert", sagte Irina zwischen zwei Gabeln. „Er will sich heute selbst entlassen. Sein Arzt beharrt auf einem letzten Test, es wird wohl später Nachmittag, bis er rauskommt."

Frau Krause, die gerade unseren Nachtisch zubereitete, drehte sich erstaunt um. „Da hat der junge Mann eindeutig Glück gehabt. Ich dachte, er müsse viel länger in der Klinik bleiben."

„Zuerst sah es auch so aus", nickte Irina. „Na gut, gesund ist er definitiv nicht. Er wird sich die nächsten Tage schonen müssen, es sind mit Sicherheit keine Außeneinsätze drin. Uns will er voraussichtlich am Freitag besuchen, wenn er sich bis dahin dazu in der Lage fühlt." Sie zwinkerte mir zu. Anfangs verstand ich nicht und öffnete schon den Mund, um nachzufragen, da deutete sie mit den Augen auf die hinter ihr stehende Frau Krause, die geschäftig mit dem Schneebesen klapperte. Aha, mehr wollte sie zu dem Thema in deren Beisein nicht sagen.

„Siehst du!", Minuten später schob Irina den leeren Teller von sich. „Restlos verputzt. Das war super lecker", lobte sie die Haushälterin. „Hoffentlich bleibt mir der Job länger erhalten. Eine so fantastische Verköstigung bekomme ich selten." Mitleidig blickte sie auf meine halb aufgegessene Portion. „Bist du etwa schon satt?"

„Der Nachtisch ist fertig." Frau Krause machte Anstalten, ihn auf den Tisch zu stellen.

Wir winkten beide ab. „Packen Sie ihn bitte in den Kühlschrank", schlug Irina vor. „Wir gönnen ihn uns als Nachmittagssnack."

Trotz vollem Bauch nahm ich meine Arbeit wieder auf, befand die Website für gelungen und konzentrierte mich auf den nächsten Auftrag, der ein bisschen anspruchsvoller war. Dafür würde ich mehr Zeit benötigen. Vielleicht sollte ich dazu übergehen, mich abends um meinen Manga zu kümmern. Ich brannte darauf, die Seiten einzuscannen und zu kolorieren. Dafür musste ich nur meinen Laptop an das Equipment im Arbeitszimmer meines Vaters anschließen. Ich sah auf die Uhr. Bis sechs würde ich mich in diese Arbeit vertiefen, anschließend bis mindestens acht an meinem eigenen Projekt arbeiten. Mal sehen, wie ich mich nach dem Abendessen fühlte, ein, zwei Stunden konnte ich immer noch dranhängen.

Zwischendurch brachte mir Irina den Nachtisch. „Mach mal eine Pause und probier! So was Köstliches habe ich schon lange nicht mehr gegessen."

Tatsächlich, Frau Krause hatte sich selbst übertroffen. Ich musste sie unbedingt nach dem Rezept fragen.

Der Energieschub der süßen Eiweißmasse verhalf mir zu einem guten Start. Befriedigt stand ich sogar schon eine halbe Stunde eher auf, um mein Manuskript herunter zu holen.

Die Seiten einzuscannen war eher langweilig, ich lechzte danach, sie mit Hilfe meines Grafiktabletts zu kolorieren und zu schattieren und die Sprechblasen und entsprechenden Effekte einzufügen.

Nach dem Abendessen, nahm ich mir vor, doch ich war so ungeduldig, dass ich den Rest meines in der Mikrowelle erwärmten Mittagessens mit hinübernahm und bei der Arbeit aß. Wie im Rausch nahm ich mir Seite um Seite vor, erst als Irina hereinblickte und mit mahnender Stimme auf die späte Stunde hinwies, wurde mir bewusst, dass es bereits weit nach Mitternacht war. Ich speicherte ein letztes Mal mein Werk und fuhr den Laptop herunter.

Obwohl ich mich viel zu aufgedreht fühlte, schlief ich problemlos ein.

Oliver

Der Chefarzt erschien erst gegen siebzehn Uhr zur Visite. Ja, die Ergebnisse befänden sich alle in der Norm, trotzdem solle ich die nächsten Tage noch vorsichtig sein. „Kommen Sie sofort vorbei, wenn sie etwas Ungewöhnliches bemerken", schärfte er mir ein. „Sicher ist sicher."

Ich nickte brav zu seinen Ausführungen und wartete ungeduldig darauf, dass er zum Ende kam. Artig bedankte ich mich, dass es mir ermöglicht wurde, an einem Nachmittag entlassen zu werden. Als endlich alle Formalitäten erledigt waren, ging es auf sechs Uhr zu.

„Direkt nach Hause", bestimmte Rebecca, die mich abgeholt hatte.

Ich nickte, heute würde ich nichts mehr erledigen können. Außer vielleicht das Telefonat mit Frau Heinrich, sinnierte ich, der Mutter von Andreas und Markus, deren Adresse meine Tante relativ schnell herausgefunden hatte. Sie wohnte mit ihrem Mann in einem Vorort der Stadt. Wenn ich Glück hatte, konnte ich sie gleich morgen treffen.

Wir schwiegen einträchtig, bis wir das Grundstück meiner Tante erreichten.

„Wow", Rebecca bremste vor dem wie immer geschlossenen Tor und starrte auf das Anwesen.

„Es sieht toller aus, als es ist", beeilte ich mich zu sagen und kletterte aus dem Auto, um es zu öffnen. „Parke ruhig direkt dort drüben. Die Mieter haben keine eigenen Stellflächen."

Ich schlenderte hinter ihr her und winkte ihr, nachdem sie ausgestiegen war, mir zu folgen. „Da wohne ich." Ich wies auf das kleine Häuschen auf der rechten Seite. „Links befanden sich früher die Garagen, jetzt ist dort meine Detektei." Ohne ihr die Gelegenheit zu geben, sich weiter umzublicken, nahm ich Kurs auf meine Haustür.

64

Oliver

„Wow", wiederholte Rebecca, als wir in die Diele traten.

In den letzten Monaten hatte ich endlich die altertümlichen Möbel meines Vorgängers ersetzt. Damals, als Tante Simone mir das Häuschen überließ, war ich froh und dankbar gewesen, die Einrichtung übernehmen zu können, dann hatte ich den Umbau der Garagen gestemmt und die Detektei aufgebaut. Danach erschien es mir wichtiger, einen Reservegrundstock anzulegen, anschließend musste ich ein neues Auto kaufen – immer wieder verschob ich die Anschaffung neuer Möbel. Bis Deniz und Britta auf die geniale Idee kamen, ich solle mich in den Online-Verkaufsportalen umschauen. Zu meinem Erstaunen gab es unheimlich viele Menschen, die sich aus den unterschiedlichsten Gründen von fast neuen Möbeln trennten. So war nach und nach mein komplettes Heim umgewandelt worden.

Mittlerweile war Rebecca ins Wohnzimmer gewechselt und hatte auch einen schnellen Blick in die Küche geworfen. „Gefällt mir, richtig gut sogar."

„Britta hat mir beim Einrichten geholfen." Nein, jeder Raum war allein ihr Werk. Ihr schien es tatsächlich Spaß zu machen, stundenlang im Internet zu surfen und mit sicherem Blick die passenden Gegenstände auszusuchen, genauso wie die Farben der Wände und die Fußbodenbeläge. Sie und Tante Simone hatten sich wunderbar ergänzt und Deniz und mich herumgescheucht, bis alles zu ihrer Zufriedenheit erledigt war. Das Endprodukt konnte sich sehen lassen, ich platzte immer noch vor Stolz, wenn ich einen Besucher, der das Ergebnis nicht kannte, hereinbat.

Unter dem Vorwand, dringend ein Wasser trinken zu müssen, lief ich in die Küche. Normalerweise legte mir meine Tante die gesammelten Ergebnisse auf den Tisch, damit ich sie sofort griffbereit hatte. Dieses Mal leider nicht. Ich würde nicht umhinkommen, sie anzurufen.

Kaum hatte ich Platz genommen, klingelte und klopfte es. Rebecca sprang auf und wies mich an sitzen zu bleiben. Ich lauschte gespannt, denn es konnte sich bei dem Besucher nur um Deniz und Britta oder meine Tante handeln.

Kurz darauf kam Letztere herein und schwenkte ein Blatt. „Hier sind die Daten von Frau Heinrich. Ich habe gerade mit ihr telefoniert. Sie empfängt dich morgen früh um zehn. Ist das okay? Soll ich dich hinfahren? Kannst es dir ja noch überlegen." Sie drückte mir die Adresse in die Hand und drehte tatsächlich auf dem Absatz um.

Rebeccas Augen funkelten vergnügt: „Nette Frau, deine Tante."

„Sehe ich ebenso." Vor allem, dass sie mir gleich einen Termin gemacht hatte! Eigentlich war sie viel zu schnell wieder verschwunden. Ich hätte gern noch gehört, wie das Gespräch mit Frau Heinrich gelaufen war, ob sie … Rebecca legte ihre Hand auf meine und das daraufhin einsetzende Kribbeln lenkte meine Gedanken in eine andere Richtung.

Nein, wir wurden in dieser Nacht kein Paar – also nicht so richtig. Wir schmusten, lagen Arm in Arm im Bett, aber Rebecca unterband weitergehende Annäherungsversuche meinerseits, indem sie auf meinen Gesundheitszustand hinwies und mich auf später vertröstete. Immerhin blieb sie da und wir frühstückten am nächsten Morgen gemeinsam.

Sie verabschiedete sich mit einem langen Kuss von mir. „Bis später!", flüsterte sie. „Pass ja auf dich auf!"

Kaum war sie verschwunden, tauchte wie erwartet Tante Simone auf. „Und? Wie geht es dir?"

Ich verbiss mir ein Grinsen. Eigentlich hatte ich einem Kommentar Rebecca betreffend erwartet. „Erstaunlich gut."

Ein wissendes Lächeln glitt über ihr Gesicht. „Frau Heinrich war nicht begeistert über dein Ansinnen und versuchte anfangs, einem Treffen aus dem Weg zu gehen", berichtete sie ansatzlos. „Ich musste meine ganze Überredungskunst einsetzen, bis sie zustimmte."

Darin war sie wesentlich besser als ich. „Super, dass du mir den Anruf abgenommen hast."

„Gibt es sonst irgendwelche Neuigkeiten?"

„Irina rief mich gestern Abend an. Jolanthe ist eindeutig neben der Spur. Es wird von Tag zu Tag schlimmer, meint sie. Entweder ist sie müde und kaum ansprechbar oder sie dreht auf, aber auf eine seltsame Art und Weise, so, als kriege sie dabei überhaupt nichts auf die Reihe. Ich will heute Nachmittag bei ihr vorbeifahren, um mir selbst ein Bild zu machen." Am liebsten natürlich gemeinsam mit Rebecca. Na ja, erst mal abwarten, wie das Gespräch mit Frau Heinrich verlief.

Jolanthe

Am nächsten Morgen schaffte es Irina nur unter Mühen, mich aufzuwecken.

„Na, hast du vergessen, den Wecker zu stellen?", fragte sie gutmütig. „Raus aus den Federn."

Das war leichter gesagt als getan. Erneut verweigerten meine Muskeln mir den Dienst. Ich schleppte mich ins Badezimmer und schöpfte mir eiskaltes Wasser aus dem Hahn ins Gesicht. Bloß keine Dusche! Die würde ich heute nicht verkraften.

Ich wusch mich flüchtig mit einem Waschlappen und putzte mir ausgiebig die Zähne, um den ekelhaften Geschmack loszuwerden, der in meiner Kehle brannte. Hatte mein Magen das üppige Essen vom Vortag nicht vertragen?

Ich trank zwei Tassen Kaffee und aß nur einen trockenen Toast. Mehr brachte ich nicht hinunter. Irina hatte schon gefrühstückt und Frau Krause war in den oberen Räumen beschäftigt, ich genoss die Ruhe und hing meinen Gedanken nach.

Da ich mich immer noch nicht besser fühlte, setzte ich mich ins Arbeitszimmer und begann damit, die fertigen Seiten meines Mangas zu kontrollieren. Fassungslos starrte ich auf die Bilder, die sich vor mir auftaten. Schreiend bunte Farben, obszöne Fäkalausdrücke in den Sprechblasen – meine Protagonisten agierten entgegengesetzt dem, was sie tun sollten.

Ich schluckte gegen die aufsteigende Übelkeit an. Irgendjemand musste an meiner Arbeit herumgepfuscht haben. Ich kontrollierte, wann das letzte Mal abgespeichert worden war. Nein, das konnte nicht sein! Das Programm behauptete, es sei um halb eins in der Nacht gewesen.

Stöhnend vergrub ich das Gesicht in den Händen. Das hieß, ich selbst hatte diesen Mist verzapft.

65

Oliver

Ich fühlte mich so gut, dass ich beschloss, allein zu fahren.

Das Domizil von der ersten Frau Büscher und ihrem Mann entpuppte sich als kleines Häuschen, ähnlich meinem, mit allerhöchstens achtzig Quadratmetern, dafür freistehend und mit einem erstaunlich großen Garten drum herum, sehr gepflegt, wie ich auf dem weißen Kiesweg zur Tür feststellen konnte. Entweder sie oder ihr Mann hatten ein ausgesprochenes Händchen für die Gestaltung und Pflege.

Meine bewundernden Worte brachen das Eis zwischen uns schnell. Mit einem huldvollen Lächeln nahm sie meine Bemerkungen zur Kenntnis und offenbarte mir, dass sie diejenige war, die nicht nur den Garten angelegt hatte, sondern sich auch seitdem um sämtliche Details kümmerte.

Ich musste zugegeben, dass ich mir ein völlig falsches Bild von ihr gemacht hatte. Die ältere, bodenständig wirkende Frau ohne Make-up und in eine abgeschabte Jeans und ein schlabbriges Sweatshirt gewandet, war das genaue Gegenteil von dem, was ich erwartet hatte. Auch die Wohnungseinrichtung wirkte weder mondän noch besonders kostspielig. Das Sofa, auf dem ich Platz nahm, war schon ein wenig abgeschabt, die bunten Kissen, von denen ich mir eins in den Rücken steckte, leicht verschlissen.

„Nun, ich weiß wirklich nicht, wie ich Ihnen helfen kann", begann sie. „Ich hatte mit den Büschers schon seit Jahren keinen Kontakt mehr."

„Mir geht es um Ihre realistische Einschätzung der damaligen Situation", erklärte ich. „Damit ich nachvollziehen kann, wie stark sich diese auf jeden Einzelnen auswirkte."

Sie holte tief Luft. „Ich gebe zu, nach der Trennung war ich extrem angepisst, entschuldigen Sie bitte den Ausdruck. Ich gab meinem Mann die Alleinschuld – und natürlich seinem Flittchen. Es ist mir bis heute ein Rätsel, wie er auf die hereinfallen konnte, viel jünger als er und nicht fähig, sich dem Alltagsleben zu stellen." Sie bemerkte meinen erstaunten Blick. „Ich gestehe, ich habe mich ausführlich über sie und ihr Tun informieren lassen. Im Endeffekt stemmte Frau Krause den gesamten Umbau, sie stand hilflos daneben und ließ dieser freie Hand."

Jetzt musste ich doch nachfragen: „Sie hatten zu der Haushälterin auch nach der Trennung noch Kontakt?"

„Sie half mir weiterhin mit den Kindern. Ich musste mir ja eine Stellung suchen. Das ist in meinem Alter nicht einfach gewesen. Jedenfalls …"

Ich hob die Hand. „Moment! Sie und Frau Krause sind befreundet?"

Sie kniff abschätzig die Augen zusammen. „Nein, ich habe sie natürlich für ihre Arbeit bezahlt. Es hat etwas gedauert, aber irgendwann ist mir aufgegangen, dass es ihr nur um die Kinder ging. Ich bin in relativ jungen Jahren Mutter geworden und habe mir, sobald die Jungen älter waren, eigene Kontakte gesucht, vor allem auch um meiner Schwiegermutter zu entgehen, zu der wir nach dem Tod meines Schwiegervaters ziehen mussten. Sie und ich, das ging von Anfang an nicht."

„Frau Krause übernahm ihre Pflege und kümmerte sich um die Kinder?"

Sie rümpfte die Nase. „Das hört sich jetzt so an, als wäre ich nie zu Hause gewesen. Nein, die Jungen verbrachten regelmäßig Zeit mit mir, Frau Krause sollte eigentlich nur ein Auge auf sie haben, wenn ich unterwegs war. Dass die beiden auch an ihr hingen, war nicht zu vermeiden. Sie gehörte zum Haushalt dazu."

„Wieso hassten die Jungen ihren Vater?", kam ich nicht umhin einzuwerfen.

„Sie haben Gespräche zwischen mir und Frau Krause belauscht", gab sie unumwunden zu. „Da kam Hermann natürlich nicht gut weg. Und ich hatte selbst einen gewaltigen Brass auf ihn. Kann schon sein, dass ich nicht unbedingt nett über ihn sprach."

„Besonders Ihr Sohn Markus fiel immer wieder durch regelrechte Attacken gegen die Kleine auf", nahm ich kein Blatt vor den Mund. „Er hat sich bis heute nicht überwinden können, auf seine Schwester zuzugehen, obwohl er später in die Firma Ihres Ex-Mannes eintrat."

Ein Schatten fiel über ihr Gesicht. „Ich habe keinen Schimmer, warum er … ich meine, klar, waren wir alle anfänglich geschockt, dass Hermann die Trennung tatsächlich durchzog und sich gleich einen Ersatz besorgte. Und man kann es nicht gerade als sensibel bezeichnen, dass die Neue blitzschnell von ihm schwanger wurde. Markus hatte das Gefühl, er würde ersetzt. Wie er darauf kam? Also ich habe ihm das bestimmt nicht eingeredet."

Weiter auf diesem Punkt herumzureiten, würde nichts bringen, sie wusch ihre Hände in Unschuld. „Sie sagten, Frau Krause sei es nur um die Kinder gegangen?"

Sie nickte heftig. „Ich glaube, sie wollte sich unentbehrlich machen. Irgendwann kam sie jeden Tag nach der Arbeit bei meinem Ex zu uns, auch ohne dass wir das vereinbart hatten. Andauernd brachte sie den Jungen was mit, meist besondere Leckereien, sie ist eine hervorragende Köchin. Nur kaufte sie ihnen auch öfter mal Dinge, die ich ihnen erst zum Geburtstag versprochen hatte. Wollte ich einschreiten, wiegelte sie ab und bat, ich solle ihr die kleine Freude lassen. Sie vermisse die beiden eben."

„Und wie reagierten Markus und Andreas?", fragte ich nach, weil sie nicht weiterredete, sondern versonnen aus dem Fenster blickte.

„Andreas wurden ihre Besuche schnell lästig. Er war in der Pubertät, wollte die Zeit lieber mit seinen Freunden verbringen, anstatt zu Hause zu hocken. Markus hing wesentlich mehr an ihr, wurde mir dann klar. Sie behandelte ihn wie ein kleines Kind und er fühlte sich anscheinend in der Rolle wohl. Irgendwann hatte ich das Gefühl, er liebe sie mehr als mich. Daraufhin bemühte ich mich, ihre Besuche einzuschränken. Ich kündigte ihr sogar offiziell, sagte, dass ich ihre Hilfe nicht mehr benötige. Das war die Zeit, als ich meinen jetzigen Mann kennenlernte", fügte sie mit immer leiser werdender Stimme hinzu. „Markus lehnte ihn von Anfang an ab. Dass er gleichzeitig begann, Frau Krause in ihrer Wohnung aufzusuchen, davon hatte ich lange keine Ahnung."

Andreas war es, der ihr irgendwann die Augen öffnete. Darauf angesprochen reagierte Markus ausgesprochen trotzig und weigerte sich, den Kontakt einzuschränken, obwohl er fast täglich bei ihr vorbeischaute.

„Ich dachte, das legt sich, wenn er die erste Freundin hat", räumte Frau Heinrich ein. „Ich ließ die Zügel lockerer und ermunterte ihn, sich mit seinen Freunden zu treffen. Dass er Frau Krause weiter hochhielt, bekam ich nicht mit. Diese Idee mit der Selbstständigkeit, das hat sie ihm eingepflanzt, da bin ich mir sicher. Ich habe ihm nicht geholfen, ich fand, er solle es selbst ausbaden. Hermann sprang ihm gleich zur Seite, wahrscheinlich aus falsch verstandener Vaterliebe. Geholfen hat es nicht, Markus setzte auch den zweiten Versuch in den Teich. Er ist von Grund auf faul, das war er immer schon, denkt, er braucht nur den Mund zu öffnen und die gebratenen Tauben fliegen hinein. Was meinen Sie, was das für ein Theater war, bis er bei Hermann einstieg. Tatsächlich tat er so, als tue er seinem Vater damit einen Gefallen." Sie schüttelte verständnislos den Kopf. „Da hatte ich mit ihm schon keinen Kontakt mehr. Er nahm es mir übel, dass ich seine Schulden nicht übernehmen wollte. Hätte ich gar nicht gekonnt. Roland und ich kommen über die Runden, große Sprünge können wir uns nicht leisten."

„Und Frau Krause? Hat er noch Kontakt zu ihr?"

„Kann ich mir nicht vorstellen. Markus hat kein Herz, der buhlt nur um Leute, die ihm finanziell unter die Arme greifen können." Sie schüttelte wieder den Kopf und wandte das Gesicht schnell zur Seite, damit ich die Trauer in ihren Augen nicht sah. Sie litt immer noch unter dem Verhalten ihres Jüngsten.

„Meldet er sich gar nicht mehr bei Ihnen?" So leid es mir tat, ich musste Klarheit haben.

„Nein, was ich weiß, erfahre ich über Andreas." Sie holte tief Luft und blickte mich an. „Warum wollen Sie das alles wissen? Andreas sagt, sie ermitteln wegen Hermanns Tod. Er hat mir gleich davon erzählt, ich weiß jedoch auch, dass beide Jungen ein Alibi haben. Was bringt da das Wühlen in der Vergangenheit?"

„Ich benötige diese Hintergrundinformationen, um die einzelnen Personen einschätzen und die Familienstrukturen besser durchschauen zu können", wich ich einer direkten Antwort aus. „Mit den Angehörigen der zweiten Frau Büscher habe ich ebenfalls gesprochen, außerdem mit dem Anwalt und Frau Krause. Ich vermute, dass es kein Täter von außen war."

Sie erbleichte.

„Hatten Markus und Andreas, soweit sie sich erinnern, einen oder mehrere gute Freunde?", hakte ich nach.

„Andreas lernte früh seine Zukünftige kennen, da müssten sie diese fragen. Markus hatte viele Kontakte, allerdings blieben die oberflächlich. Einen richtig guten Freund hat er nie gehabt."

Ich hatte es geschafft, sie mit dieser letzten Frage völlig zu verstören. Genug angerichtet! Ich erhob mich und bedankte mich für das Gespräch. Obwohl ihre Augen um nähere Erklärungen baten, blieb sie bis auf die üblichen Abschiedsfloskeln stumm.

An der Tür wandte ich mich noch einmal um. „Bitte, Frau Heinrich. Kein Wort von unserer Unterredung zu Ihrem Sohn Andreas. Es ist zu seinem eigenen Besten. Auf seine Halbschwester wurde bereits ein Anschlag verübt. Ich habe Angst, dass es ihn auch treffen könnte."

Sie nickte nur, doch ihr Blick sprach Bände.

66

Jolanthe

Entgegen der Absprache mit Irina verzog ich mich schleunigst wieder in mein Zimmer. Mir wäre schwindelig und schlecht, argumentierte ich, als sie mich zurück nach unten schleppen wollte. Ich bräuchte Ruhe und Schlaf.

Sie reagierte so besorgt, dass ich mir wie ein Hochstapler vorkam. Dabei stand ich tatsächlich neben mir, was jedoch vor allem an der Entdeckung der verpfuschten Seiten lag. Nie hätte ich gedacht, dass ich zu derart unflätigen und hasserfüllten Kommentaren fähig wäre. Dagegen nahmen sich diese anderen, die ich zu Hause fabriziert hatte, harmlos aus. Wie war ich bloß auf diese Idee gekommen? Und warum konnte ich mich im Nachhinein nicht daran erinnern? Gestern war ich der festen Überzeugung gewesen, ich hätte sehr gut gearbeitet, meine Ideen wie gedacht umgesetzt. Ich erinnerte mich noch genau an das zufriedene Gefühl, das ich verspürt hatte.

Gott sei Dank war wenigstens die Website gelungen. Vor lauter Angst vor dem Ergebnis hatte ich mich kaum getraut nachzuschauen. Umso größer war die Erleichterung, als ich feststellte, überaus korrekt gehandelt zu haben. Der Wahn hatte mich erst später erfasst.

Ja, Wahn, anders konnte man es nicht nennen. Mir war ja im Nachhinein nicht mal bewusst, was ich getan hatte. Diese Einsicht brachte gleich den nächsten Verdacht: Was, wenn ich tatsächlich für all die seltsamen Dinge verantwortlich war? Und nicht nur dafür? Hatte ich vielleicht selbst den Hund getötet und die Fratze auf die Scheibe geschmiert? Und diese Geschichte mit Herrn Speer, konnte ich wirklich sicher sein, dass nicht ich diejenige gewesen war, die die Stromfalle angebracht hatte?

Technisch versiert genug war ich. Beim Einzug in meine Wohnung hatte ich die Verkabelung bis auf den Herd selbst gemacht. Der

273

Elektroinstallateur, der früher zu Hause für jede Kleinigkeit gerufen wurde, hatte einen Narren an mir gefressen, weil ich schon als Kind immer jeden seiner Schritte beobachtete und erklärt haben wollte. Später durfte ich unter seiner Aufsicht selbst Hand anlegen – natürlich ohne das Wissen meiner Eltern. Eine Zeit lang hatte ich sogar überlegt, ob dies nicht der geeignete Beruf für mich wäre. Doch in diesem Punkt blieb mein Vater hart. Wenn schon kein Abitur und kein Studium, dann wenigstens eine in seinen Augen vernünftige Ausbildung, also kreativ statt handwerklich. In der Beziehung war er altmodisch.

Meine Verzweiflung nahm immer mehr zu. Damit war mir auch der Weg zu einem Arzt versperrt. Der Schwindel und die Müdigkeit, okay, das hätte von der nicht lange zurückliegenden Gehirnerschütterung stammen können, diese seltsamen Auswüchse garantiert nicht. Vermutlich würde ich sofort in die Geschlossene eingewiesen, wenn ich meine Geschichte erzählte. Was sollte ich bloß tun? Durfte ich mich verstecken, wenn die Gefahr eindeutig von mir ausging?

Seltsamerweise schlief ich trotz dieser dunklen Gedanken ein. Erst Frau Krauses Stimme weckte mich, die mit einem Tablett bewaffnet vor mir stand. „Ich habe dir ein Süppchen gekocht und dazu Brot getoastet. Am besten hältst du heute Diät, bis morgen geht es dir bestimmt besser."

Beinahe hätte ich laut aufgelacht. Ich hatte ganz andere Probleme! Natürlich nickte ich brav, bedankte mich und sagte, sie solle den Teller auf den Schreibtisch stellen, ich müsse erst einmal ins Bad.

Ich wartete, bis ich die Haustür klappen hörte, bevor ich zu dem Brot griff. Die Suppe würde ich nachher ins Klo schütten, mir zog sich der Magen allein von deren Geruch zusammen.

Drei Scheiben Brot und zwei Gläser Wasser, danach hätte es mir eigentlich besser gehen müssen. Das Gegenteil war der Fall. Ich fühlte mich noch ausgelaugter und kraftloser, sodass ich mich wieder ins Bett legte. Den geplanten Ausflug – ich wollte auf dem Laptop nachprüfen, ob ich irgendwelche Hinweise auf spezielle Verkabelungen abgespeichert hatte - verschob ich auf später.

Oliver

„Wie konntest du die arme Frau so ängstigen!" Tante Simone war mit meinem Vorgehen eindeutig nicht einverstanden.

„Der Verdacht gegen Markus verdichtet sich immer mehr", gab ich zurück. „Freu dich lieber, dass ich von Jolanthe auf ihn umgeschwenkt bin."

„Du vermutest, dass er und Frau Krause unter einer Decke stecken?" Die Befriedigung über meine Kehrtwende war ihr anzuhören. „Soll ich noch mal zu ihren Nachbarn gehen und denen ein Foto von ihm zeigen?"

„Zu riskant", wehrte ich ab. Der gleiche Gedanke war mir auf dem Weg zurück ebenfalls gekommen. Beinahe hätte ich mir von ihr sein Konterfei aufs Handy schicken lassen und wäre selbst bei ihrer Adresse vorbeigefahren. In letzter Minute schwenkte ich um. Wir sollten sie lieber in Sicherheit wiegen – wenn dieser Verdacht überhaupt stimmte!

„Und wie willst du vorgehen, um sie zu überführen?"

Gute Frage, so weit war ich in meinen Überlegungen noch nicht gekommen. „Erst einmal schaue ich, was mit Jolanthe ist, gucke mir das Haus von oben bis unten an, ob sich dort Abhörgeräte oder Kameras befinden oder ob es sonst irgendwelche Hinweise gibt, die unseren Verdacht bestärken." Und ich würde Jolanthes persönliche Gegenstände im Bad gegen neu gekaufte ersetzen und die eingesammelten untersuchen lassen.

Tante Simones Augen funkelten mich an: „Nein, du bist für heute genug herumgelaufen. Du sollst dich noch schonen, hat der Arzt gesagt."

„Ich lege eine längere Mittagspause ein", beschwichtigte ich sie. Nicht ganz uneigennützig, so fit, wie ich tat, war ich wirklich noch nicht.

Nach einem ausgiebigen Schläfchen machte ich mich auf den Weg. Tante Simone hätte mich liebend gern begleitet. Sie lauschte aufmerksam, während ich mit Irina telefonierte, und blieb auf dem Weg zu meinem geparkten Auto dicht an meiner Seite, als müsse sie mich beschützen. Sie öffnete sogar das Tor für mich und sah mir hinterher, als ich die Straße entlangfuhr.

Irina hatte bereits an der Tür auf mich gewartet. „Sie dreht immer mehr ab", informierte sie mich. „Es ist ein ständiger Wechsel zwischen Trägheit und extremem Aufdrehen. Heute Morgen empfand ich sie zum ersten Mal

275

als relativ normal. Tja, hielt nicht lange an. Im Moment liegt sie im Bett und ist völlig weggetreten."

„Umso besser für uns." Ich zog Irina hinter mir her in den Garten, um sie von meinem Gespräch mit Frau Heinrich zu unterrichten.

„Die Krause?" Sie fixierte mich ungläubig. „Bist du dir sicher? An die hätte ich ganz zuletzt gedacht. Die macht einen ausgesprochen kompetenten Eindruck. Gut, sie ist nicht gerade herzlich, auch nicht besonders mitfühlend. Trotzdem hatte ich den Eindruck, sie sorgt sich um Jolanthe."

„Frau Heinrich, also die erste Frau Büscher, sagt, ihrer Meinung nach, stand Frau Krause der Neuen zuerst ambivalent gegenüber. Im Endeffekt sei sie bei Herrn Büscher geblieben, weil der gut zahlte, die Ex hingegen wenig Geld hatte und sich ihre Hilfe nur für wenige Stunden leisten konnte. Bei der hat sie teilweise unentgeltlich vorbeigeschaut."

„Hm." Irina ließ sich sämtliche Details durch den Kopf gehen. Sie kniff die Augen zusammen: „Irgendwann muss sich das geändert haben. Jolanthe betont, wie eng ihre Mutter und die Haushälterin waren. Fast wie Mutter und Tochter."

Oder sie spielte ihr die Zuneigung vor, weil sie Iris Büscher dadurch stärker an sich band und ihre Stellung im Haus sicherte. „Wir schauen uns in aller Ruhe um und suchen nach Kameras und Ähnlichem." Ebenso nach Drogen, setzte ich stumm hinzu, sowohl in irgendwelchen Gebrauchsgegenständen als auch nach gut versteckten Vorräten. Noch war Jolanthe in meinen Augen nicht entlastet. Ich musste unbedingt Rebecca fragen, welche Essenzen geistige Verwirrtheit beziehungsweise ihre anderen Symptome verursachten.

„Das habe ich bereits mehrfach gemacht." Irina schien zu denken, ich zweifle ihre Kompetenzen an.

„Auch hiermit?" Ich holte die zwei Geräte, die Deniz mir geliehen hatte, aus dem Auto. „Das ist Profiausstattung, mit die beste, die es gibt."

Irina zuckte die Schultern. „Dann los!"

Ihr Triumph, dass ich nirgendwo fündig wurde, hielt sich in Grenzen. Meine Enttäuschung war größer. Lag ich mit meinem Verdacht gegen Markus Büscher und Frau Krause doch falsch?

67

Oliver

Als Letztes betraten wir Jolanthes Zimmer und stellten es richtiggehend auf den Kopf. Obwohl wir nicht unbedingt leise waren, wachte sie nicht auf, sondern blieb die ganze Zeit über in dieser seltsam zusammengekrümmten Haltung, den Kopf halb im Kissen vergraben, liegen. Sie wirkte noch blasser und schmaler als bei meinem letzten Besuch. Mit ihr stimmte eindeutig irgendetwas nicht.

„Nichts", sagte Irina enttäuscht, als hätte sie fest damit gerechnet, fündig zu werden.

„Der Laptop fehlt noch", erinnerte ich sie.

Wir hatten Glück, er war nicht gesichert. Unter ihren E-Mails, die wir uns als Erstes anschauten, fanden sich nur geschäftliche Belange. Auch eine Überprüfung der in letzter Zeit aufgerufenen Seiten brachte uns nicht weiter. Deshalb widmeten wir uns ihren Dateien. Die meisten erklärten sich anhand des Namens von selbst, trotzdem warf ich in jede einen kurzen Blick. Alles normal, dachte ich, bis ich den Ordner „Manga" öffnete. Gemeinsam mit Irina, die mir über der Schulter hing, blätterte ich im Schnelldurchlauf durch die Seiten. Von wegen keine Gewalt, das Blut troff nur so! Irina stieß einen spitzen Schrei aus und krallte sich in den Stoff meiner Jacke. „Geh mal zurück an den Anfang", verlangte sie.

Hier verhielten sich die gezeichneten Personen ansprechend, allerdings strotzten die Ausdrücke in den Sprechblasen von Aggressivität und passten genauso wenig wie die grellen Farben und das überall herumspritzende Blut zu der Handlung. Die letzten Seiten waren noch extremer, sodass Irina kopfschüttelnd verkündete: „Nein, das entspricht überhaupt nicht dem, was ich auf den Blättern gesehen habe. Das sieht aus, als hätte sich eine Irre ausgetobt."

Ich gab ihr recht, alles in allem war dies ein Werk übelster Machart.

Irina schüttelte fassungslos den Kopf. „Das ist krank. Ist sie vielleicht doch verrückt?"

Ich schloss den Ordner und öffnete eine Datei mit einer unverständlichen Buchstabenkombination. Eine zeitliche Abfolge tat sich vor mir auf, die mich im ersten Moment irritierte. Mehrere Zahlenkolonnen waren untereinandergeschrieben mit dem Zusatz: Parkplatz, Treppenhaus, Eintreffen – und zurück, die Zeitangaben variierten von zwanzig Minuten die höchste, bis knappe zehn die niedrigste.

Irina hinter mir schluckte hörbar. „Der Mord an ihrem Vater und der Weg, den der Mörder nahm? Wozu …" Dann kam ihr die Erleuchtung.

Ich klickte auf die nächste Datei von den vieren mit den seltsamen Namen. Hier fanden wir mehrere kopierte Berichte über Selbstmord bei psychisch Kranken. Die dritte enthielt Anweisungen, wie man eine haltbare Schlinge zum Erhängen knüpft, die letzte verschiedene Experimente, bei denen Dinge unter Strom gesetzt wurden.

Irina erholte sich als Erste so weit, dass sie hervorstoßen konnte: „Und was jetzt?"

Bevor ich antwortete, schloss ich sorgfältig jede aufgerufene Datei und fuhr den Laptop wieder herunter. Ich winkte ihr, mir in die Küche zu folgen, und überzeugte mich, dass Jolanthe nicht oben an der Treppe stand, um uns zu belauschen. „Noch ist nichts sicher", begann ich. „Pass auf! Ich habe mir folgenden Plan überlegt." Ich legte ihn ihr dar. „Schaffst du das, mir dabei zu helfen?", fragte ich ganz direkt. Denn es war nicht wenig, was ich da von ihr erwartete.

Sie nickte heftig. „Ich will die Wahrheit aufdecken – so oder so."

Jolanthe

Stunden später weckten mich leise Schritte auf der Treppe. Sofort kroch Panik in mir hoch. Es war stockdunkel in meinem Zimmer, musste also tief in der Nacht sein. Wer schlich zu dieser Zeit durchs Haus?

Meine Muskeln verkrampften, keine Chance mehr, rechtzeitig aus dem Bett zu fliehen und mich zu verstecken! Starr vor Schreck blieb ich regungslos liegen und starrte mit weit aufgerissenen Augen in Richtung Flur, in dem jeden Moment mein Angreifer auftauchen musste.

Kurz vor meiner offen stehenden Tür verharrten die Schritte, als würde derjenige zögern einzutreten. Ich hielt den Atem an und kniff meine Augenlider fest zusammen. Plötzlich traf mich ein heller Lichtstrahl, huschte gleich weiter, ein leises Plonk ertönte, die Schritte entfernten sich wieder.

Ich war so schwach vor Erleichterung, dass ich ewig brauchte, bis ich nachschauen konnte, was der Unbekannte mir vors Bett gestellt hatte. Eine Wasserflasche? Ich nahm sie ungläubig in die Hand. Das war eine ganz andere Marke, als wir im Haus hatten. Was zum Teufel ging hier vor sich? Erst kurz darauf kam mir die Erleuchtung: Irina! Wie hatte ich ihre Anwesenheit vergessen können? Und warum hatte sie die Flasche ausgetauscht? Die andere war noch halbvoll gewesen.

Doch meine nun einsetzende Erschöpfung ließ mich keinen klaren Gedanken fassen. Ich griff nach dem Wasser und trank gierig, bevor ich auf mein Kissen zurücksank. Morgen, ich würde diese seltsame Geschichte morgen aufklären.

Ich erwachte frühzeitig und verspürte einen Wahnsinnshunger. Beinahe hätte ich sogar mit der Suppe vorliebgenommen, die ich völlig vergessen hatte wegzuschütten. Letztendlich entschied ich mich doch lieber für ein normales Frühstück, entsorgte die klare Brühe in der Toilette und nahm den leeren Teller mit hinunter.

Weder Frau Krause noch Irina waren zu sehen. Ein Blick auf die Uhr klärte mich auf. Gerade mal sieben, kein Wunder, dass ich niemanden antraf. Ich genehmigte mir mehrere Scheiben Toast mit Marmelade und Honig, dazu drei Tassen Kaffee. Mein Magen rebellierte nicht, sondern nahm die gebotene Nahrung gierig an. Also war mein gestriges Unwohlsein nur ein weiterer Punkt in der Liste von Seltsamkeiten, die mich quälten.

Der Laptop! Ich beeilte mich, ins Wohnzimmer zu kommen, schaltete ihn mit klopfendem Herzen an und durchsuchte meine Festplatten. Ich entdeckte auf Anhieb mehrere seltsame Wortkombinationen, an die ich mich nicht erinnern konnte. Voller übler Vorahnung öffnete ich die erste Datei.

„Schon wieder am Arbeiten?", ertönte eine Stimme von der Tür.

Blitzschnell beendete ich das Programm und wandte mich zu Irina um. „War wohl nur eine Magenverstimmung. Das gute, gehaltvolle Essen der Krause bin ich nicht gewohnt. Ich werde in den nächsten Tagen vorsichtiger sein." Ich hoffte, sie gab sich mit dieser Erklärung zufrieden.

Tatsächlich nickte sie und verschwand mit einem gemurmelten „bis später" in der Küche. Trotzdem traute ich mich nicht, die verdächtigen Programme aufzurufen. Kehrte sie zurück und ich reagierte wie gerade eben, würde sie misstrauisch werden und vielleicht sogar Herrn Speer von meinem seltsamen Verhalten berichten.

Die Rechnung der ersten Detektei! Die hatte ich komplett aus den Augen verloren. Ob sie bereits im Briefkasten lag? Der wurde zurzeit auch nicht geleert, fiel mir ein. Sollte ich Irina bitten nachzuschauen?

Hatte Andreas mir eigentlich schon wie versprochen das Geld überwiesen, um das ich ihn bat? Oder hatten wir ausgemacht, dass ich ihm die genaue Summe mitteilen sollte und er den Scheck direkt an die Detektei schickte? So sehr ich auch grübelte, das Gespräch mit ihm blieb verschwommen – wie so vieles, was sich in letzter Zeit ereignet hatte, wurde mir klar, als ich mein Gedächtnis durchforstete. Da war noch irgendetwas, das ich hatte tun wollen, eine ziemlich wichtige Sache. Was war es bloß?

Ich musste mir eingestehen, dass, auch wenn es mir heute besser ging, bei mir einiges im Argen lag. Ich hatte eindeutig Probleme.

68

Oliver

Am Morgen verließ ich gemeinsam mit Rebecca das Haus, um die gestern eingesammelten Gegenstände an ein dafür ausgerichtetes Labor zu schicken. Nachdem ich die entsprechenden Artikel inklusive einer neuen Dose Malzkaffee nachgekauft hatte, setzte ich mich ins Büro und überdachte den Fall noch einmal.

Ja, es konnte sein, dass ich richtig lag mit meinem Verdacht gegen Markus Büscher und Frau Krause. Aber was war ihr Motiv? Würde ich Jolanthe verdächtigen, läge die Antwort auf der Hand. Sie erbte ein beträchtliches Vermögen und war nicht mehr darauf angewiesen, sich mit potenziellen Arbeitgebern herumzuschlagen. Markus dagegen gewann nichts hinzu. Selbst wenn es Frau Krause und ihm gelang, Jolanthe in den Wahn zu treiben oder es zumindest nach außen hin so aussehen zu lassen, was hatten sie davon? Nur eine späte Rache? Daran konnte ich beim besten Willen nicht glauben.

Gut, vielleicht behielt die Haushälterin so ihren Job, durfte die Villa weiter instand halten und sich später sogar um die psychisch Kranke kümmern. Ihre Finanzen würden allerdings garantiert nicht von Markus geregelt, sondern von Herrn Schraft oder Andreas Büscher. Den beiden traute ich zu, dabei das Vermögen genauestens im Blick zu behalten. Also keine Chance für Markus, sich daran zu vergreifen.

Ich kehrte zum Mord an Hermann Büscher zurück. In diesem Fall lag das Motiv auf der Hand. Kurz zuvor hatten die beiden lautstark gestritten. Vielleicht war der Vater am Ende doch nicht mehr bereit gewesen, seinem Sohn ständig den Hintern zu retten, und hatte ihm ein für alle Mal klargemacht, dass er nicht ständig über seine Verhältnisse leben könne. Dass Markus anschließend nach einer für ihn akzeptablen Lösung suchte, war nachvollziehbar.

Anders sah es mit dem Tod von Frau Büscher aus. Handelte es sich tatsächlich nicht um einen Selbstmord, stellte sich auch hier wieder die Frage, warum Markus sie hätte umbringen sollen? Aus reinem Hass? Oder war die Frau ihnen auf die Schliche gekommen und sie mussten sie schleunigst zum Schweigen bringen, bevor diese sich an ihre Tochter wandte?

Wenn ich richtig lag, hatte Markus Iris Büscher ermordet und Frau Krause Hermann Büscher. War sie wirklich fähig, ihren langjährigen Arbeitgeber mit dieser extremen Wut zu erstechen?

Ja, wenn persönliche Gefühle mit reinspielten. Ich musste an die fristlose Kündigung von Natalie denken - sah Herr Büscher seine Frau angegriffen, handelte er nicht unbedingt gerecht. Und Frau Krause, die bereits über dreißig Jahr bei ihm Dienst tat, wer wusste schon, wie sie reagierte, wenn sie das gleiche Schicksal traf wie das Kindermädchen? Vielleicht hatte Markus schon länger den Tod seines Vaters gewollt und dessen Verhalten war der letzte Tropfen, der das Fass zum Überlaufen brachte.

Andererseits kam ich nicht umhin festzustellen, dass Jolanthe immer noch wesentlich besser in das Profil des Mörders passte. Vor allem die neueste Entwicklung gab Rebecca zu denken. Mittlerweile war sie sich nicht mehr ganz so sicher, was deren geistige Gesundheit anging. Alles, was ich ihr schilderte, traf auch auf eine psychisch Gestörte zu. Und nur sie besaß ein echtes Motiv. Herr Klein war meines Wissens ein guter Detektiv, wenn er schon nichts gefunden hatte …

Woher stammte dann die Überwachungs-App? Bei dieser Ermittlung war nichts stimmig! Weitergekommen war ich durch diese App ebenfalls nicht. Jolanthe hatte am Sonntag ihr Handy auf dem Tisch liegen lassen, wie uns die Daten verrieten. Damit ergab sich gleich die nächste Frage: Wenn es tatsächlich jemanden gab, der ihr die Tat unterschieben wollte, wie hatte er von ihrem Ausflug in den Garten erfahren?

Nein, im Moment kamen wir nicht weiter. Aber in ein paar Tagen würden wir wohl Gewissheit haben, wer der Schuldige war, tröstete ich mich. Entweder ergaben die chemischen Untersuchungen irgendetwas oder, falls Jolanthe trotz unserer Vorsichtsmaßnahmen immer noch unter unerklärlichen seltsamen Anwandlungen litt, blieb als einziger Weg, sie eingehend psychiatrisch untersuchen zu lassen. Und wenn wir sie dazu zwingen mussten!

Jolanthe

Ich erklärte Irina, so gut würde ich mich doch noch nicht fühlen und müsse mich aufgrund des anhaltenden Schwindels noch einmal hinlegen. Seltsamerweise nickte sie nur, ohne meine Absicht zu kommentieren.

Ich kroch tatsächlich unter die Decke, allerdings eher, um zu grübeln. Momentan funktionierte mein Kopf tadellos, fast sofort fielen mir sämtliche seltsamen Gegebenheiten ein, für die es keine Erklärung gab, ebenso mein kürzlich gezogenes Resümee, dass ich mir und meiner eigenen Wahrnehmung nicht mehr trauen konnte. Und nun auch noch diese seltsamen Einträge auf meinem Computer! Eigentlich gab es nur eine vernünftige Erklärung, musste ich mir eingestehen: Ich wurde langsam aber sicher verrückt. Fast gleichzeitig mit dieser Erkenntnis kamen die Tränen. Ich zog mir die Decke über den Kopf, damit mich niemand weinen hörte.

Irgendwann musste ich dann doch eingeschlafen sein, denn ich erwachte dadurch, dass Irina mich vorsichtig an der Schulter rüttelte. „Nicht erschrecken! Ich muss was Wichtiges mit dir besprechen!"

Zu meinem Erstaunen berichtete sie mir, dass der Detektiv Frau Krause unter Verdacht hatte, mich irgendwie mit Medikamenten außer Gefecht zu setzen beziehungsweise diese seltsamen Zustände bei mir zu verursachen. Und Markus sollte auch da mit drinstecken! Im ersten Moment war ich sprachlos. Konnte das die Erklärung sein?

„Wir müssen dafür sorgen, dass du nichts anderes isst und trinkst als ich", fuhr sie fort. Prompt fiel mir der Malzkaffee ein, an dem ich mich mehrfach bedient hatte.

Irina nickte begeistert, ihre Augen funkelten. „Ich schreibe mir gleich den Namen auf und bitte Oliver, dieselbe Marke zu besorgen. Dann tauschen wir die Dose aus und lassen die Substanz untersuchen. Er hat schon deine Zahnpasta, das Deo, Seife und Duschgel mitgenommen und erst mal durch meine Produkte ersetzt. Nachher bringt er Pendants der gesicherten mit."

„Der erste Detektiv, den ich engagierte, sprach auch diesen Verdacht aus", bekannte ich. „Leider ließ sich in den genommenen Proben nichts nachweisen."

Sie lächelte mitleidig. „Die waren längst ausgetauscht worden. Du hast eine App auf dem Handy, die belegt, dass jemand in der Lage ist, deinen Standort zu bestimmen. Daher weiß derjenige genau, wann du zu Hause anzutreffen bist und wann nicht. Und natürlich, wo du dich gerade aufhältst."

Meine Gedanken überschlugen sich. Endlich fragte ich das Naheliegende: „Ihr habt mein Handy überprüft?"

„Oliver fand es wichtig, direkt nachzuschauen. Es ist bis auf diese eine App sauber." Sie zuckte die Achseln. „Genauso wie wir zusammen das Haus nach versteckten Kameras oder Mikrofonen abgesucht haben. Gibt zum Glück keine, du kannst dich weiterhin in Frau Krauses Abwesenheit ungestört mit mir und ihm austauschen."

Ich war in Gedanken immer noch bei dieser App. „Wer kann mir die drauf gemacht haben?"

Sie lachte. „Wenn wir das wüssten, wären wir einen großen Schritt weiter. Frau Krause vielleicht? Wenn man weiß wie, ist das schnell getan."

Sie hätte gleich mehrere Möglichkeiten gehabt, wurde mir bewusst.

„Wir fragen Oliver, was er genau plant." Sie musterte mich. „Hast du Hunger? Frau Krause ist bereits weg. Du könntest dich aus der Gefriertruhe bedienen."

Ja, mein Magen verlangte eindeutig nach Nahrung. Und ich verspürte durch ihre Nachrichten neuen Elan. So schnell war ich schon lange nicht mehr aus dem Bett herausgekommen.

69

Oliver

Ich wartete, bis ich sicher sein konnte, dass Frau Krause das Haus verlassen hatte, bevor ich die beiden Frauen aufsuchte.

Jolanthe sah etwas besser aus als am Tag zuvor. Sie strahlte mich dankbar an. „Sie haben bestimmt den richtigen Riecher", erklärte sie enthusiastisch. „Von nun an werde ich nur noch das essen und trinken, was Irina vorgekostet hat. Und es ist tatsächlich Frau Krause? Sind Sie sicher? Auf die wäre ich niemals gekommen."

„Ziemlich sicher." Ich gab ihr einen kurzen Abriss von meinem Gespräch mit Frau Heinrich. „Wir werden jetzt jeden Raum gezielt durchsuchen. Sie sind dabei die wichtigste Person", sagte ich zu Jolanthe. „Denn nur Sie sehen, wenn etwas fehlt."

Sie gab sich Mühe, verharrte endlos in jedem Zimmer, kontrollierte die Schränke sowohl im unteren als auch im oberen Bereich. „Nichts!" Tiefe Enttäuschung sprach aus ihrer Stimme. Von der anfänglichen Euphorie war nichts mehr übrig.

„Die Konten", erinnerte ich sie. „Haben Sie Zugriff darauf?"

Sie nickte. „Die Unterlagen befinden sich in den Ordnern im Arbeitszimmer."

Wir folgten ihr die Treppe hinunter. Sie zog den ersten aus dem Regal. „Darin sind alle Abrechnungen und Unterlagen, die sich auf Vaters private Konten beziehen, die Auszüge sind vorne abgeheftet." Sie überreichte mir den Ordner. „Der nächste enthält die meiner Mutter." Sie gab ihn an Irina weiter. „Die Unterlagen der Immobilienfirma sind an Andreas gegangen. Falls Sie die einsehen wollen, müssen Sie sich an ihn wenden."

Diese beiden reichten erst einmal aus. Ich setzte mich an den Schreibtisch und begann zu blättern. Jolanthe stellte sich neben mich. „Meine Mutter hat … nein, ich vermute eher, dass es Frau Krause war, die sein Tun fortsetzte. Jedenfalls sind auch die neueren Unterlagen hier abgelegt."

Damit hatte sich die Kontrolle eigentlich schon erledigt. Alle Spuren, die auf ihr eigenmächtiges Tun hinweisen konnten, wären längst beseitigt. Trotzdem prüfte ich akribisch jeden einzelnen Kontoauszug und durchforstete sämtliche Unterlagen. Nichts, auch nichts in den persönlichen Papieren der verstorbenen Ehefrau!

„Was ist mit dem Safe?", fragte ich, nicht bereit aufzugeben, bis wir alles durchgesehen hatten.

Jolanthe schüttelte den Kopf. „Darin wird nur wenig aufbewahrt: früher wichtige Papiere aus der Firma, private wie die Stammbücher, der wertvolle Schmuck meiner Mutter und die dazu gehörigen Versicherungsunterlagen, normalerweise eine gewisse Summe Bargeld. Mein Vater liebte es, eine sofort verfügbare Reserve zur Hand zu haben."

„Von wie viel sprechen wir?", fragte ich und bedeutete ihr gleichzeitig mit einer Handbewegung, den Safe zu öffnen.

„Zwanzig- bis dreißigtausend Euro. Aber da ist ja nichts mehr." Sie hatte sich abgewandt, sodass ich ihr Gesicht nicht sehen konnte. Die Tür schwang auf und sie griff hinein. „Soll ich den gesamten Inhalt herausholen?"

„Nur den Schmuck."

Sie stapelte zehn schmale, teils längliche, teils rechteckige Kästchen auf dem Tisch.

Ich nahm den ersten Deckel ab. Ein reich verziertes, goldenes Armband, dem Aussehen nach antik, funkelte mir entgegen. Es war mit Diamanten besetzt und mit einer komplizierten goldenen Schließe versehen.

„Es handelt sich ausschließlich um Erbstücke", erklärte Jola unbeeindruckt. „Meine Mutter legte keinen Wert darauf. Außerdem hatte sie ja sowieso nicht die Gelegenheit, mit dem Schmuck zu protzen. Sie ist nie auf irgendeine Party gegangen."

Irina, die sich im Hintergrund gehalten hatte, trat näher und nahm das Armband aus dem Kästchen. Sie hielt es sich dicht vor die Augen, drehte und wendete es. „Das ist ein Imitat, gut gemacht, war bestimmt nicht billig, stammt von einem Profi."

Jolanthe schüttelte den Kopf. „Nein, das kann nicht sein. Mein Vater hat die Stücke erst relativ spät versichern lassen. Die sind damals eingehend geprüft worden."

„Ich spreche morgen einen vertrauenswürdigen Juwelier an, der uns Genaueres sagen kann." Dabei war ich mir jetzt schon sicher: Irina hätte niemals diesen Verdacht ausgesprochen, wenn sie nicht hundertprozentig von diesem Fakt überzeugt gewesen wäre. Mich interessierte noch etwas anderes: „Wer erbt den Schmuck?"

Jolanthe stellte die Kästchen nebeneinander und hob die Deckel ab. „Dieses Collier samt Armband und Ring geht an Andreas, die Kombination daneben an Markus, ich erhalte das Set mit den zwei Armbändern, dafür bekommen meine Brüder die Herrenringe und die beiden alten Taschenuhren."

Irina beugte sich interessiert vor und besah sich eingehend jedes Schmuckstück. „Bei den Herrenringen bin ich unsicher, alles andere sind definitiv Kopien."

Jolanthe

Es war schon fast neun, als uns Herr Speer verließ. Ehrlich gesagt war ich froh, als sich die Tür hinter ihm schloss. Mir brummte der Kopf, ganz so fit, wie ich gedacht hatte, war ich wohl doch nicht. Ich blockte Irina ab, die liebend gern weiter mit mir darüber gerätselt hätte, wann der Austausch geschah und wer dafür verantwortlich war. Denn neben meinen Eltern kannte als Einzige ich den Code.

„Hoffentlich denken die jetzt nicht, ich wäre doch die Täterin", murmelte ich leise, während ich die Treppe hochstieg. Denn dass ich zu den Verdächtigen gehörte, war mir längst klar. Ich hatte sogar das beste Motiv, ich war schließlich diejenige, die am meisten vom Tod der Eltern profitierte. Zudem hatte nur ich nach dem Tod des Vaters die Mutter regelmäßig besucht und war auch davor öfter ihr Gast gewesen.

Andererseits war ich mir fast sicher, dass Frau Krause es irgendwie geschafft haben musste, sich die Safe-Kombination anzueignen. Die leere Schachtel sprach eindeutig dafür. Niemals hätte Mama ihre eiserne Reserve bis auf den letzten Schein ausgegeben.

Nur gab es keinen Beweis für diese Vermutung, genauso wenig wie für irgendwelche kriminellen Machenschaften von Markus und der Haushälterin. Wie würden Herr Speer und Irina reagieren, wenn sich nichts Relevantes gegen die beiden fand?

Stickige Luft empfing mich und ich öffnete weit das Fenster, lehnte mich hinaus und atmete tief die kühle Frische der beginnenden Nacht ein. Komisch, das Auto von Herrn Speer stand weiterhin vor dem Tor, von ihm selbst war nichts zu sehen. Hoffentlich … Nein, da kam er, und zwar aus Richtung des Nachbarhauses. Garantiert hatte Björn sich auch dieses Mal nicht gerührt.

Björn! Ein jäher Energieschwall durchzuckte mich. Ich hatte zur üblichen Zeit an unserem Treffpunkt auf ihn warten wollen. Mit mir würde er vielleicht sprechen. Wenn er denn diese seine langjährige Gewohnheit beibehalten hatte.

Ich polterte die Treppe hinunter und stürmte zu Irina ins Wohnzimmer. „Ich möchte versuchen, meinen Nachbarn zu treffen, den, der Herrn Speer nie die Tür aufmacht. Mich kennt er von klein auf. Bitte, ich will es unbedingt probieren!"

70

Jolanthe

Vorsichtshalber stellte ich meinen Wecker auf fünf Uhr und zog mir warme Kleidung an. Zum Glück regnete es nicht, aber die Temperaturen lagen bei zehn Grad. Nicht unbedingt angenehm, wenn man eine längere Wartezeit in Kauf nehmen musste.

Irina, ähnlich gekleidet wie ich, bot mir ein trockenes Brötchen an. Ich schüttelte stumm den Kopf, ich war viel zu aufgeregt, um einen Bissen hinunterzubringen. Ein, zwei Schlucke Wasser, mehr war nicht drin.

„Hier", sie hielt mir ihr Handy hin. „Die Aufnahme läuft. Hast du deins auf dem Nachttisch liegen lassen?"

Ich nickte, mein Hals war wie zugeschnürt vor Aufregung. Hoffentlich erkannte mich Björn wieder und hoffentlich vertraute er mir immer noch!

„Ich halte mich wie besprochen im Hintergrund. Schrei, wenn was ist."

Das Gleiche hatte sie mir gestern Abend gesagt und erneut, bevor sie den Garten abcheckte. Ihr Eindruck von mir musste schlechter sein als gedacht. Ich nickte brav und folgte ihr nach draußen.

Noch war es stockdunkel und so wolkenverhangen, dass weder Mond noch Sterne zu sehen waren. Irina leuchtete mir mit ihrer Taschenlampe den Weg, obwohl ich ihn auch ohne sie gefunden hätte. Die Erinnerung war bei meinem ersten Ausflug in den Garten zurückgekehrt, denn mein geheimes Versteck lag genau neben unserem ehemaligen Treffpunkt. So lernten wir uns kennen. Ich hatte mich nach meinem frühen Aufwachen dorthin zurückgezogen und er stöberte mich auf, da der Busch zu seiner Seite des Zauns große Lücken aufwies. Ich weiß bis heute nicht, wer von uns beiden erschrockener war, er oder ich. Keiner von uns brachte einen Ton heraus, wir starrten uns minutenlang nur an.

Als Natalie rief, die mich vermisste, legte ich schnell den Finger auf den Mund. „Pscht! Sie kennt mein Versteck nicht. Bitte nichts sagen!"

Ein verständnisvolles Grinsen glitt über sein Gesicht. Fast feierlich legte er ebenfalls den Finger an die Lippen und wiederholte: „Pscht!"

Mehr Worte wechselten wir an diesem Tag nicht. Aber wenn es mir gelang, meinem Kindermädchen zu entwischen, schien er bereits auf mich zu warten. Ganz, ganz langsam entwickelte sich zwischen uns so etwas wie eine Freundschaft, wir vertrauten uns Dinge an, die wir sonst keinem Menschen erzählten.

In meinen Augen war er nicht seltsamer als andere, hatte genau wie ich Sehnsüchte und Hoffnungen, fühlte sich von vielen missverstanden, was ich ebenso nachvollziehen konnte, hatte kein gutes Verhältnis zu seinem Vater, dafür ein besonderes zu seiner Mutter. Bei mir war es genau umgekehrt, trotzdem eine weitere Gemeinsamkeit, die uns näherbrachte.

Dann, von einem Tag auf den anderen, war er plötzlich verschwunden. Tag für Tag hockte ich in meinem Versteck und wartete vergebens auf ihn. Frau Krause speiste mich mit Nebensächlichkeiten ab, kam aber nie auf den Punkt. Irgendwann brachte ich den Mut auf, meinen Vater zu fragen, ob er wisse, was mit dem jungen Mann von nebenan sei. Seine Worte habe ich bis heute nicht vergessen: „Der ist durchgedreht, hat seinen Vater angegriffen und schwer verletzt. Ich hoffe, dass sie den so schnell nicht rauslassen."

Beinahe hätte ich empört aufgeschrien. Wusste er denn nicht, dass dieser ihn und die Mutter ständig drangsalierte? Im letzten Moment biss ich mir auf die Lippe. Ich hatte Björn geschworen, sein Geheimnis für mich zu behalten. Und ich taugte vermutlich als Entlastungszeugin sowieso nicht.

Bis ich auszog, kehrte mein Freund nicht zurück. Nach und nach verblasste die Erinnerung immer stärker, selbst wenn ich später zu Besuch kam, verschwendete ich nicht einen Gedanken mehr an meinen Nachbarn. Trotzdem wollte ich nun versuchen, ein neues Band zu knüpfen. Und wo funktionierte es besser als am Zaun, unserem jahrelangen Treffpunkt.

Es wurde sechs, halb sieben, drüben rührte sich nichts. Durch den heruntergelassenen Rollladen konnte ich nicht mal erkennen, ob in dem Raum Licht brannte. Vielleicht war Björn längst schlafen gegangen.

Irrtum, kaum hatte ich den Gedanken zu Ende gebracht, wurde der Fensterschutz ruckartig nach oben gezogen. Die brennende Lampe ließ mich die Umrisse meines Freundes erkennen. Er musste noch dicker geworden sein, seine Gestalt war nahezu unförmig, er walzte, statt zu gehen. Abrupt blieb er mitten auf der Terrasse stehen und blickte sich misstrauisch nach allen Seiten um. Sollte ich rufen? Nein, lieber nicht. Ich würde ihn nur erschrecken.

Grenzenloses Mitleid wallte in mir auf, als ich beobachtete, wie er sich reckte und streckte und unbeholfen versuchte, ein paar Kniebeugen zu machen. Dabei schnaufte er, als betriebe er Höchstleistungssport. Ungewollt entflutschte mir ein leises: „Ach, Bjönni."

Er hielt sofort inne, sein Kopf ruckte nervös hin und her.

Ich erhob mich vom Boden und trat dicht an den Zaun. „Bjönni, ich bin es. Nicht weglaufen, bitte! Wir haben uns so lange nicht gesehen."

Gleich bei meinem Auftauchen hatte er sich umgedreht und war Richtung Terrassentür gestolpert, jetzt, im Eingang stehend, verharrte er – minutenlang, wie mir schien. Schließlich ging ein Ruck durch seinen Körper und er drehte sich um. „Jola?", fragte er unsicher.

„Ja, ich bin zurück und du auch." Was Besseres fiel mir nicht ein.

Er machte tatsächlich ein paar Schritte auf mich zu. „Dein Vater ist tot."

„Und deine Mutter auch." Unsere beiden Verbündeten.

Er nickte und trat bis an den Zaun. „Wohnst du jetzt wieder hier?"

„Ja." Es kam mir wie selbstverständlich über die Lippen. Warum eigentlich nicht? Ich …

„Bist du allein?"

„Im Moment wohnt eine Frau bei mir, die mich beschützen soll", versuchte ich ihm das Problem so einfach wie möglich zu erklären. „Der Täter, der meine Eltern ermordete, ist nun hinter mir her."

Schon diese Nachricht war zu viel. Er trat instinktiv zurück.

„Bjönni, ich brauche ganz dringend deine Hilfe. Du bist der Einzige, der vielleicht Licht in das Ganze bringen kann!", stieß ich verzweifelt hervor.

Zumindest blieb er stehen und dachte nach. Dann sah er mich aus trüben Augen an. „Ich weiß nichts."

„Oh, bitte!", flehte ich. „Du bist doch jeden Morgen im Garten. Hast du nie irgendetwas gesehen, das dir seltsam vorkam?"

Er rieb sich unschlüssig die Hände. Meine Schultern sackten nach unten, Enttäuschung durchflutete mich. Von ihm würde ich nichts erfahren.

71

Oliver

Rebecca und ich saßen gemütlich beim Frühstück. „Ich muss gleich noch weg, etwas recherchieren", teilte ich ihr gerade mit, als mein Handy klingelte. Irinas Name erschien im Display. „Oliver, kannst du sofort kommen? Es ist nicht Markus, es ist Andreas!"
Bevor ich nachfragen konnte, hatte sie aufgelegt.
Ich stürzte den Rest Kaffee hinunter, griff nach Jacke, Papieren und Schlüssel und stürmte hinaus. Allerdings näherte ich mich wie jedes Mal in den letzten Tagen meinem Wagen sehr vorsichtig, umrundete ihn und öffnete erst die Tür, nachdem ich mich davon überzeugt hatte, dass er unversehrt war. Der Angriff steckte mir nach wie vor in den Knochen.
Andreas? Ich musste zugeben, ich war skeptisch. Der war vollkommen von meinem Radar verschwunden. Erstens sah ich bei ihm kein Motiv und zweitens hatte er mich doch extra engagiert. Wie kamen die beiden Frauen zu dieser Lösung?
Ich wurde gleich am Tor in Empfang genommen. „Wir gehen in den Garten", schlug Jolanthe vor, die an diesem Morgen so normal wie Irina wirkte. Nichts deutete mehr auf eine psychische Belastung hin. Okay, sie war aufgeregt, hüpfte mehr, als dass sie lief, es war eine positive Erregung, als sei eine schwere Last von ihr abgefallen.
„Nein, wir fahren zu mir", widersprach ich. „Frau Krause ist nicht blöd, sie merkt sonst, dass wir irgendwas vor ihr verbergen wollen. Mir fällt schon ein plausibler Vorwand ein."
„Gute Idee", stimmte mir Irina zu. „Wir haben eben schon behauptet, wir würden ein bisschen draußen frische Luft schnappen, damit Jola langsam wieder in die Gänge kommt."
„Meine Post." Jolanthe blieb abrupt stehen. „Die hatte ich total vergessen! Können wir bitte in meiner Wohnung vorbeischauen?"

„Das passt gleichzeitig hervorragend als Erklärung ", grinste ich und hob anerkennend den Daumen, um dem Ganzen die Spannung zu nehmen. Es war wichtig, dass Jolanthe sich so normal wie möglich gab.

Sie schauspielerte besser als erwartet. Sie würde sich heute endlich mal ein klein wenig besser fühlen, behauptete sie mit leiser Stimme und vergaß auch nicht, die Schultern hängen zu lassen und einen insgesamt kraftlosen Zustand vorzutäuschen. Und da Irina sich geweigert hätte, mit ihr allein einen Abstecher zu ihrer Wohnung zu machen, wäre Herr Speer eingesprungen.

Die Haushälterin gab sich zumindest augenscheinlich mit dieser Erklärung zufrieden. Bei mir verstärkte sich jedoch der Eindruck, sie ahne irgendwie, dass wir ihr auf der Spur waren. Vielleicht hatten sich Irina und Jolanthe doch nicht so gut unter Kontrolle, wie sie dachten. Deshalb fuhr ich nach ein paar Metern rechts ran und griff zum Handy. „Deniz, hast du jemanden, der kurzfristig eine Überwachung übernehmen kann?"

Wie immer war auf meinen Freund Verlass. Er versprach, innerhalb der nächsten Viertelstunde einen Mann zu der bezeichneten Adresse zu schicken. Ich beschrieb Frau Krauses Aussehen und bat ihn, dem Überwacher zu sagen, er solle sich umgehend bei mir melden, wenn sich etwas täte, egal was.

Irina nickte zufrieden. „Willst du nicht auch Andreas überwachen lassen?"

„Nein, bei ihm ist mir das Risiko zu groß, dass er etwas davon bemerkt." Ich startete den Motor und lenkte aus der Parklücke. „Alles andere besprechen wir in der Wohnung."

„Soll ich oder willst du?", fragte Jolanthe an Irina gewandt, kaum dass wir eingetreten waren. Sie nahm sich nicht mal die Zeit, die Rollläden hochzuziehen, sondern wies uns an, auf der Couch Platz zu nehmen.

„Dir gebührt die Ehre, den Fall gelöst zu haben", erwiderte diese lächelnd. „Leg los!"

„Erinnern Sie sich an den Nachbarn, der Ihnen nie öffnete?", begann sie. Und nachdem ich genickt hatte: „Ich kenne ihn von früher. Wir haben uns immer morgens, bevor die Erwachsenen auf waren, am Zaun getroffen. Keiner wusste davon. Er ist ein armer Kerl, psychisch krank und sehr labil. Vielleicht, weil sein Vater ihn seit dem Kleinkindalter schwer misshandelt hat. Keine Ahnung, warum das niemand mitkriegte. Mir hat er nur andeutungsweise davon erzählt. Ich war da neun oder zehn und habe überhaupt nicht verstanden, was er mir sagen wollte. Bei mir blieb nur hängen: Der Vater hat ihn nicht lieb, genauso ist es bei meiner Mutter." Sie holte tief Luft.

„Komm zum Punkt", mahnte Irina. „Die Details kannst du uns später mal erzählen."

„Ich habe mich heute auf die Lauer gelegt und ihn angesprochen, als er auf die Terrasse trat. Anfangs … okay, die Kurzfassung: Er erzählte mir, dass er am Tag des angeblichen Selbstmordes meiner Mutter sah, wie Andreas und Frau Krause das Grundstück betraten. Er wunderte sich, dachte schon, er habe sich in der Zeit geirrt, deshalb lief er rein und guckte auf die Küchenuhr." Sie machte eine dramatische Pause. „Es war kurz vor sechs."

„Er ist sich sicher, dass es sich bei dem Mann um Andreas handelte?", kam ich nicht umhin nachzufragen.

Sie nickte heftig. „Eindeutig."

„Es war dunkel, wie hat er ihn erkannt?" Danach hätte ich bei jedem anderen Zeugen auch gefragt.

„Der Bewegungsmelder am Haus schaltete das Licht an, kurz bevor sie die Tür erreichten. Er kann sogar seine Kleidung beschreiben. Björn ist nicht doof", setzte sie heftig hinzu. „Nur gestört."

„Das Beste ist seine Einschätzung von ihm." Irinas Augen funkelten. „Andreas sei hinterhältig und gemein, viel schlimmer als sein Bruder. Er hätte Markus angestiftet, der wahre Rädelsführer sei er gewesen. Er könne sich sehr gut verstellen, dafür gebe es Dutzende von Beispielen."

Ich wollte gar nicht wissen, wie extrem der Nachbar unter den beiden gelitten haben musste. „Weiß er, wann sie das Haus wieder verließen?"

„Nur Frau Krause kam raus, und zwar um exakt sieben Uhr dreiundvierzig. Björn nahm sich die Uhr mit nach draußen."

„Warum hat er sich nicht bei der Polizei gemeldet?" Dabei ahnte ich die Antwort bereits.

„Es hieß, meine Mutter habe Selbstmord begangen. Er dachte sich, dass sie vielleicht vorher Frau Krause angerufen hat, um sich zu verabschieden. Und die hat sich halt Andreas als Hilfe mitgebracht."

„Die Leiche wurde viel später von Ihnen entdeckt."

„Davon hatte Björn keine Ahnung. Er redet nicht mit den Nachbarn. Das mit dem Selbstmord erzählte ihm der Gärtner, der sich auch um die Pflege des Hauses von außen kümmert, ein paar Tage später. Rein lässt Björn niemanden."

„Und dass Frau Krause ausgerechnet Andreas mitbrachte, wunderte ihn das auch nicht?"

„Der ist wohl nach dem Tod unseres Vaters regelmäßig vorbeigekommen." Jolanthe fuhr sich ungeduldig durch die Haare. „Du kannst Björn nicht mit normalen Maßstäben messen. Es ist schon erstaunlich, dass er sich mir anvertraute."

„Sie hat das gesamte Gespräch aufgenommen", betonte Irina. „Du kannst es dir später in Ruhe anhören." Sie streckte mir ihr Handy entgegen. „Oder jetzt sofort, wenn du willst."

„Lasst uns lieber überlegen, wie wir nun weiter vorgehen", wehrte ich ab. Irina hatte das komplette Gespräch bereits abgehört, war ich mir sicher. Das hatte keine Eile.

„Wir schalten die Polizei ein, oder nicht?" Jolanthe blickte irritiert von mir zu Irina.

Die zog ein langes Gesicht. „Das, was wir haben, reicht wahrscheinlich nicht aus, die beiden verhaften zu lassen. Sie werden sich irgendwie rausreden und wie du selbst sagtest, Björn ist nicht unbedingt der ideale Zeuge."

„Und dann wären sie vorgewarnt", übernahm ich. „Mir wäre es lieber, wir könnten sie eindeutig überführen."

„Und wie?" Jolanthe war offensichtlich enttäuscht von unserer Reaktion.

„Das müssen wir jetzt gemeinsam überlegen." Irina warf ihr einen aufmunternden Blick zu. „Zuallererst kümmerst du dich aber um die Dinge, weswegen du hergekommen bist."

72

Jolanthe

Die Rechnung der Detektei hatte sich im Briefkasten befunden, der Umschlag trug den Poststempel von Dienstag. Die Summe war erwartungsgemäß ziemlich hoch. Würde Andreas mir abnehmen, dass es sich dabei nur um einen Vorschuss handelte?

Egal, ich musste es wenigstens versuchen. Hilfesuchend sah ich Oliver an. „Ich müsste jetzt dringend mit Andreas telefonieren. Er wollte mir das Geld vorschießen. Auf meinem Konto ist nicht genügend."

„Kein Problem, tun Sie das. Ich habe vollstes Vertrauen zu Ihnen."

Ich in mich eher nicht. Meine Hände waren schweißnass, mein Puls raste und mir wurde schwindelig.

Irina bugsierte mich auf die Couch. „Ist gar nicht schlecht, wenn du aufgeregt bist. Er wird denken, du schämst dich, weil du die Rechnung vergessen hast."

„Mir ist das total peinlich", begann ich deshalb, als Andreas sich meldete. „Gestern Abend fiel mir diese blöde Rechnung der Detektei wieder ein. Die haben die schon am Montag abgeschickt. Könntest du sie bitte gleich bezahlen?"

„Kein Problem. Gib mir deine Kundennummer und den genauen Betrag."

Statt mich langsam zu beruhigen, kam ich ins Stottern und musste dreimal ansetzen, bis er sich sämtliche Daten aufgeschrieben hatte. „Entschuldige, meine Konzentration ist … ach, ich weiß auch nicht", ich musste mehrfach schlucken, als ich ihm die Lüge servierte: „Ich stehe irgendwie neben mir, als müsse ich ständig gegen eine Nebelwand ankämpfen." Ich holte tief Luft. „Es ist nicht einfach im Moment."

„Kann es sich dabei um Nachwirkungen der Gehirnerschütterung handeln? Du solltest unbedingt zum Arzt gehen, Jola." Seine Stimme klang besorgt, fast hätte ich ihm geglaubt.

„Ja … nein … ich weiß auch nicht."

Oliver hob anerkennend den Daumen und nickte bekräftigend. Anscheinend machte ich meine Sache gut.

„Soll ich im Krankenhaus anrufen?"

„Nein, ich … will noch abwarten. Vielleicht nächste Woche, wenn es nicht besser wird."

„Warte nicht zu lange. Mit Krankheitssymptomen sollte man nicht spaßen."

Kaum hatte ich das Gespräch beendet, fragte Herr Speer: „Haben Sie eigentlich ein Testament gemacht? Wer erbt Ihr Vermögen?"

Unwillkürlich verzog ich das Gesicht. Wie kam er ausgerechnet jetzt darauf? „Damals, nach dem Tod meines Vaters, regte Herr Schraft an, ich solle eins aufsetzen. Habe ich aber bisher nicht." Hm, so abwegig war sein Gedankengang gar nicht, wurde mir klar.

„Im deutschen Erbrecht ist es so geregelt, dass, wenn Sie keine anderslautende Verfügung hinterlassen, Andreas, Markus und Elias erben", verdeutlichte der Detektiv. „Und zwar zu gleichen Teilen."

„Ha! Wenn das kein Motiv ist!" Irina ließ sich neben mich fallen und stieß mich triumphierend an. „Der will an dein Geld!"

„Er müsste mit Elias und Markus teilen", wandte ich ein.

„Ich denke, Ihr Halbbruder geht viel subtiler vor", warf Herr Speer ein. „Hätte er Sie direkt töten wollen, wären Sie längst tot."

Genau das Argument, was der andere Detektiv auch vorgebracht hatte.

„Er versucht, Sie psychisch fertigzumachen, bis es für alle, die mit Ihnen zu tun haben, klar ersichtlich ist, dass sie krank sind." Herr Speer ließ ein mitfühlendes Lächeln aufblitzen. „Er hofft wohl darauf, dass sie sich weiterhin gegen einen Arztbesuch wehren werden und deshalb …", er brach unvermittelt ab und hob die Hand. „Moment, den Gedanken muss ich erst selbst in Ruhe …"

Der verhunzte Comic fiel mir ein und die seltsamen Dateien auf meinem Computer, dazu mein merkwürdiges Verhalten in der letzten Zeit. Sie hatten genügend Anhaltspunkte gesammelt, um mich als irre darzustellen.

„Sobald Jola in einer Klinik wäre, würde der Betrug auffallen", widersprach Irina. „Weil sämtliche Symptome innerhalb kürzester Zeit verschwänden."

Plötzlich lag Andreas' Idee glasklar vor mir. Es konnte gar nicht anders sein. „Er plant, dass ich irgendwas Schlimmes tue", platzte ich heraus. „Irgendwas, dass so extrem ist, dass man mich auf jeden Fall in einer Geschlossenen unterbringt. Dann würde er sich anbieten, meine Geschäfte zu regeln, und hätte Zugriff auf alles, während sich Frau Krause weiter um das Haus kümmert."

„Und wenn du wieder rauskommst, setzt du ein Testament zu seinen Gunsten auf und begehst kurz darauf Selbstmord", ergänzte Irina und nickte beifällig. „Tragisch, aber verständlich. Du möchtest halt nicht so weiterleben, immer auf andere angewiesen zu sein."

Herr Speer kniff die Augen zusammen. „Uns fehlt noch ein wichtiges Puzzleteil. Und zwar stellt sich die Frage nach dem Warum. Er hat keine Schulden und genug Geld, um gut leben zu können. Wir …"

„Ist doch egal", unterbrach ihn Irina. „Wichtig für uns ist zu wissen: Wir müssen jederzeit damit rechnen, dass Andreas und Frau Krause irgendwas gegen Jola Gerichtetes machen, und zwar dieses Mal was, das sie tatsächlich als Täterin überführt. Bisher sind sie viel zu subtil vorgegangen und hatten keinen Erfolg. Die haben sich bestimmt schon was Besseres einfallen lassen."

Mir lief ein eiskalter Schauer über den Rücken. Sie hatte recht! Andreas konnte nicht zulassen, dass ich tatsächlich zum Arzt ging. Seine Sorge um mich und sein Vorschlag, mich in der Klinik untersuchen zu lassen, waren nur vorgeschoben.

Herr Speer nickte ernst. „Das sehe ich genauso. Wir dürfen Sie ab jetzt keine Minute mehr aus den Augen lassen."

„Oder sollten wir vielleicht doch lieber die Polizei einschalten?", fragte Irina.

Ich war schneller als der Detektiv und schüttelte vehement den Kopf. „Ich will, dass die beiden auf frischer Tat ertappt werden. Sie sollen für alles bestraft werden, was sie getan haben: den Morden an meinem Vater und meiner Mutter und meine langsame Vergiftung. Ich will, dass alles rauskommt."

„Das funktioniert nur, wenn Sie sich als Opfer anbieten", warnte mich Herr Speer. „Und es muss sich tatsächlich um irgendetwas eindeutig Schlimmes handeln, was die beiden Ihnen in die Schuhe schieben wollen."

Er hielt inne und kniff überlegend die Augen zusammen. „Die Frage ist nur, wie sie vorgehen werden. Denn sie wissen, dass Irina Sie bewacht und mit Sicherheit kein zweites Mal riskiert, sie aus den Augen zu verlieren."

Meine Güte! Wir konnten jetzt noch endlos weiterdiskutieren und würden trotzdem zu keinem Ergebnis kommen. Wichtig war, dass wir sie in eine Falle lockten und es ihnen nicht gelang, sich daraus herauszuwinden.

Noch einmal warnte mich Herr Speer eindringlich vor der mit diesem Schritt einhergehenden gewaltigen nervlichen Belastung. Zudem könne er nicht ausschließen, dass trotz all unserer Vorsicht irgendetwas geschah, dass mich in Gefahr brachte. Auch wenn er mich keine Sekunde mehr aus den Augen ließe, wie er betonte.

Ich beharrte trotzdem auf unserer Vorgehensweise. Ich fühlte mich so gut, dass ich alles getan hätte, um endlich Klarheit zu haben. Das Wissen, dass die beiden dahintersteckten, und unser Gespräch hatten meinen Kampfgeist geweckt. Ich war stark genug, es mit ihnen aufzunehmen.

Er schärfte Irina und mir ein, nichts von dem, was sich im Haus befand, zu essen oder zu trinken und auch keine Hygieneartikel zu benutzen. Falls die beiden tatsächlich zu Plan B übergegangen waren, würden sie versuchen, meine Bewacherin auszuschalten.

„Ausschalten?" Daran, dass auch Irina gefährdet war, hatte ich überhaupt nicht gedacht!

„Sie betäuben, denke ich. Und es so drehen, als hätten Sie es getan."

Irina war bereit, das Risiko einzugehen, also blieb es bei diesem Plan. Immerhin schafften wir auf diese Weise zügig klare Verhältnisse. Denn mit Beweisen, die Andreas und Frau Krause mit den Morden an meinen Eltern in Verbindung brachten, sah es mau aus, wie Herr Speer eingestand. Ob tatsächlich Frau Krause die Mörderin meines Vaters war, schoss es mir durch den Kopf.

Auf der Rückfahrt versprach Herr Speer, sofort ein paar Leute auf diese Spur anzusetzen. Er selbst wollte sich direkt im Laufe des Nachmittages bei uns einnisten. Es schien ihm sehr ernst zu sein mit seiner Sorge um mich.

Auf halber Strecke stoppte er, sodass wir uns das Nötigste im Einkaufscenter besorgen konnten. Dadurch erreichten wir mein Elternhaus wie geplant erst gegen vierzehn Uhr und trafen direkt an der Tür auf Frau Krause, die gerade gehen wollte.

„Ich lege mich hin", murmelte ich und schob mich, ohne mich aufzuhalten, an ihr vorbei.

„Das war alles ein bisschen viel für sie", hörte ich Irinas Erklärung. „Sie musste ja unbedingt all ihre liegen gebliebene Post erledigen."

Mehr bekam ich nicht mit, denn oben angekommen schloss ich ostentativ meine Tür. Kurz darauf rief Irina, dass ich ihr helfen solle, die Einkäufe reinzubringen, denn natürlich war Herr Speer direkt wieder losgefahren und hatte gewartet, bis Frau Krause außer Sicht war.

Er kam noch mit rein und suchte erneut das Haus auf Kameras und Wanzen ab. „Nichts. Ehrlich gesagt weiß ich nicht, ob ich darüber glücklich sein soll. Vielmehr zeigt dieses Verhalten deutlich, dass ein neuer Angriff auf Sie bevorsteht", meinte er abschließend.

Blöderweise beschlich mich nun ein mulmiges Gefühl. Gelang es mir, meine Angst im Zaum zu halten?

Du bist stark, du schaffst das, versuchte ich mich selbst zu überzeugen. Besser ein schnelles Ende mit Schrecken, als ein Schrecken ohne Ende!

73

Oliver

Ich packte ein paar Dinge zusammen und informierte dabei Rebecca über die neue Entwicklung. Aus unserem ersten gemeinsamen Wochenende würde leider nichts werden.

Anschließend telefonierte ich mit Deniz, ob die Überwachung von Frau Krause etwas ergeben hätte. Nein, niemand sei an der Villa aufgetaucht und sie habe den direkten Weg nach Hause genommen. Der Bewacher warte in der Nähe.

Ich bat ihn, diesen zu Jolanthes Elternhaus zu schicken, bis ich selbst übernahm, danach wäre sein Einsatz beendet.

Rebecca verabschiedete mich mit einem langen Kuss. Ich sollte es ihr überlassen, meine Tante zu informieren. Als ich mich umdrehen wollte, hielt sie mich fest. „Sei bloß vorsichtig!"

Nun hatte ich zwei Frauen, die sich um mich sorgten! Ich nahm sie erneut in den Arm. „Ich passe auf mich auf, versprochen."

Mein Handy klingelte, bevor sie antworten konnte. „Andreas Büscher", informierte ich sie, bevor ich das Gespräch annahm.

„Hallo, Herr Speer. Ich sitze im Büro und habe da etwas Interessantes gefunden." Seine Stimme klang aufgeregt. „Ich schaue mir gerade die alten Unterlagen an, weil … ach, ist egal. Jedenfalls bin ich dabei auf einige Diskrepanzen gestoßen, die mir zu denken geben. Die muss ich Ihnen unbedingt zeigen, sobald Sie wieder in der Lage sind vorbeizukommen."

Meine Gedanken rasten. Sicherlich wusste er durch Frau Krause längst, dass ich aus dem Krankenhaus raus und schon wieder einigermaßen fit war. Diente dieser Anruf dazu auszuloten, ob ich schon einen Verdacht gegen ihn hegte, also versuchen würde, ihn abzuwimmeln? Oder hoffte er darauf, dass ich anbot, ihn zu treffen, um mich in eine Falle zu locken? „Ich mache mich sofort auf den Weg." Musste ich eben äußerst wachsam sein.

Er wartete unten vor der verschlossenen Tür auf mich. Die Erleichterung über mein promptes Erscheinen war ihm anzusehen. „Super, dass Sie bereits weiter ermitteln", sagte er, während wir mit dem Fahrstuhl hochfuhren.

„Solange ich zwischendurch Ruhezeiten einhalte, geht es", stellte ich richtig. „Aber es wird von Tag zu Tag besser."

Wir betraten die verwaisten Räume in der vierten Etage. Ich bemühte mich, einen gewissen Abstand zu ihm zu halten, obwohl ich eher mit einem Angriff in seinem Büro rechnete.

Doch er steuerte seinen Schreibtisch an und winkte mich neben sich. „Ich habe alle Unterlagen zusammengesucht", erklärte er, auf die Blätter vor sich deutend. „Schauen Sie selbst!"

Wenn die Aufzeichnungen stimmten, hatte sein Bruder mehrfach Geld aus der Firma abgezweigt. Natürlich nicht so, dass es offensichtlich war. Er musste mir einige Male auf die Sprünge helfen, bis ich die Tricks durchschaute.

„Diese Daten hier wurden fünf Wochen vor dem Tod meines Vaters eingetragen. Kurz danach hatten die beiden einen heftigen Streit. Ob Vater ihm auf die Schliche gekommen war?"

„Hm." Ich gab mich nachdenklich. „Wissen Sie, wofür Ihr Bruder das Geld brauchte?"

Andreas Büscher schnaubte verächtlich. „Für sein High Society-Leben. Ich meine, wir verdienen nicht schlecht, allerdings nicht so gut, dass wir uns mit den oberen Zehntausend messen können."

„Am besten lassen Sie gleich am Montag einen Finanzprüfer darüber gucken", sagte ich abschließend. „Sie kümmern sich um die Prüfung, ich beginne, ihn noch gründlicher zu durchleuchten. Ich würde vorschlagen, wir treffen uns am Montagabend zu einem weiteren Gespräch."

Während er mich zum Ausgang brachte, fragte er beiläufig, ob heute noch Termine bei mir anlägen. „Ich bin mit Elias Stahl verabredet." Es war besser, den Jungen aus der Schusslinie zu nehmen. Keiner wusste, ob wir mit unserem Verdacht, er würde Jolanthe direkt angreifen, richtig lagen. Elias zu attackieren wäre zwar in meinen Augen unlogisch, aber wer wusste schon, wie ein Mörder tickte.

Nachdem ich mich von dem unversehrten Zustand meines Autos überzeugt hatte, griff ich gleich zum Handy und rief Elias an. Ich erreichte nur
die Mailbox. Also versuchte ich mein Glück bei Frau Stahl.

„Elias ist auf Fuerteventura", klärte sie mich auf.

„Ein längerer Urlaub?"

Sie lachte. „Nennen Sie es Vorsicht, keine Ahnung. Ich möchte, dass er
wegbleibt, bis Sie den Fall geklärt haben. Nicht dass er das nächste Opfer
wird."

Anscheinend hegte sie die gleichen Gedanken wie ich. Ich versprach ihr,
mich zu melden, sobald greifbare Ergebnisse vorlagen.

Jolanthe

Wir genossen eines der gekauften Tiefkühlprodukte, während uns der Duft
von Frau Krauses selbst gebackenen Lebkuchen in die Nase stieg. Die waren wohl als Überraschung für uns gedacht, Herr Speer hatte gleich zwei
mitgenommen, um sie am Montag testen zu lassen.

Anschließend telefonierte ich mit Liam, es wurde ein langes Gespräch. Ei-
nerseits weil es mich ablenkte, andererseits machte mir unsere Unterhaltung wirklich Spaß. Ich stellte fest, dass ich anfing, das Beisammensein mit
ihm zu vermissen, was ich ihm prompt mitteilte. Er freute sich dermaßen,
dass es mir fast nicht gelang, ihn von seinem spontan gefassten Entschluss,
umgehend bei mir vorbeizukommen, abzubringen.

„Nächstes Wochenende ganz bestimmt", vertröstete ich ihn. „Der Detektiv sagt, es handelt sich nur noch um Tage, bis er Klarheit hat." Mehr verriet ich natürlich nicht, sondern spielte die Unwissende.

Irgendwann bemerkte ich, dass Irina unruhig hin und her tigerte. „Wo
bleibt Oliver?", fragte sie, als ich daraufhin das Gespräch beendete. „Er
sagte, er wolle uns nicht lange allein lassen."

War das echte Nervosität in ihren Augen? Sofort begann mein Herz zu
rasen und ich malte mir die fürchterlichsten Dinge aus, die ihm zugestoßen
sein könnten. Als kurz darauf mein Handy eine eingegangene WhatsApp-
Nachricht signalisierte, zuckte ich erschreckt zusammen.

„Er sitzt im hinteren Gebüsch", erklärte ich Irina. „Gerade als er loswollte,
rief Andreas ihn an und fragte nach Fortschritten in der Ermittlung." Mein

mulmiges Gefühl verstärkte sich, trotz der Gewissheit, dass Herr Speer sich in unmittelbarer Nähe aufhielt. Ob mein Stiefbruder doch etwas von unserer Falle ahnte?

Irina gab sich gelassen. „Gute Idee von Oliver. So hat er fast das gesamte Gelände im Blick und kann uns vorwarnen."

Mir wäre es definitiv lieber gewesen, ihn im Haus zu haben. Frau Krause hatte Verdacht geschöpft, davon war ich mittlerweile fest überzeugt. Und wenn sie, kaum dass wir heute Morgen verschwunden waren, mit Andreas telefonierte und die beiden bereits einen Plan ausgetüftelt hatten? Vielleicht hätten wir lieber im Vorfeld eine Wanze anbringen sollen, um Frau Krauses Aktivitäten zu überwachen. Ich ließ mir meine Gedanken nicht anmerken, sondern nickte und echote: „Ja, gute Idee."

„Ich lasse eben überall die Rollläden herunter und kontrolliere die Kellertür", verkündete Irina. „Dann hole ich mein Tablet und setze mich in die Diele. Mach du es dir schon mal im Wohnzimmer gemütlich."

Wir hatten ausgemacht, dass ich mich bei ausreichender Beleuchtung – dem einzigen Raum, in dem wir die Rollläden nicht schlossen - auf die Couch am Fernseher legen und mich von diesem berieseln lassen sollte. Vorher schaltete ich wie mit dem Detektiv abgesprochen mein Handy auf Aufnehmen und legte es in eines der offenen Schrankfächer, damit man es nicht auf Anhieb entdeckte. Irina hatte ihres griffbereit neben sich gelegt, falls wir Herrn Speer anrufen mussten. Jetzt konnten wir nur noch warten.

74

Jolanthe

Es wurden quälend lange Stunden. Ich hatte mich extra so hingelegt, dass man mich von draußen nur halb sehen konnte, und mir ein Buch ausgesucht, das ich zu lesen gedachte. Nur gelang es mir nicht, die dafür notwendige Konzentration aufzubringen. Kaum hatte ich umgeblättert, wusste ich schon nicht mehr, was auf der Seite davor passiert war. Also vertrieb ich mir die Zeit mit irgendwelchen blöden Sendungen im Fernsehen, wobei ich den Ton aus Angst, ein Geräusch zu überhören, so leise stellte, dass ich kaum etwas verstehen konnte. Als Irina mich gegen neun aufforderte, ein Abendessen für uns beide zu richten, war ich froh über diese Unterbrechung.

„Echt langweilig, oder?", fragte sie mich grinsend, nachdem ich den Teller mit Schnittchen vor sie hingestellt hatte.

Ich konnte echt nicht verstehen, dass sie so ruhig und gelassen blieb. Ich schwankte ständig zwischen Aufregung und Angst. Wenn sich heute nichts tat, würde ich es wohl schaffen, morgen noch einmal das Gleiche durchzumachen? „Wann rechnest du mit einem Angriff?", fragte ich aus diesem Gedanken heraus.

„Es kann jetzt jederzeit passieren", sagte sie gleichmütig und griff nach dem zweiten Brot. „Tagsüber beziehungsweise solange es noch hell war, hätten die Nachbarn zu viel mitgekriegt."

Ihre Nerven müsste man haben! Ich hockte mich neben sie und verspeiste meinen Anteil des Essens in ihrer Gesellschaft. Ein Beobachter würde bestimmt denken, dass wir gemeinsam in der Küche saßen.

Anschließend suchten wir nacheinander die Toilette auf, wobei Irina so lange unseren Schlüssel ins Schloss steckte, damit sie genug Zeit zum Reagieren hatte. Trotzdem war ich froh, als sie wieder neben mir stand. Ich wechselte hinüber ins Wohnzimmer und versuchte mich auf die

Quizsendung, die gerade erst begonnen hatte, zu konzentrieren. Die meisten Fragen konnte ich aus dem Stegreif beantworten, sogar die schweren, für die es richtig Geld gab. „Vielleicht sollte ich mich da bewerben", flachste ich und drehte mich dabei in Richtung Diele. „Der Kandidat steht jetzt bei einhunderttausend Euro. Das hätte ich auch …" Ein lauter Knall ertönte, Sekunden später hörte ich Glas prasseln und schrie vor Schreck laut auf.

Ein schwarz vermummter Angreifer stürmte auf mich zu, packte mich und riss mich zu Boden. Im Nu war Irina heran und sprang ihn hinterrücks an. Es gelang mir, mich von seinem Griff zu befreien und zur Seite weg zu krabbeln.

Irina und der Angreifer waren regelrecht ineinander verknäult, sodass keiner von beiden richtig zuschlagen konnte. Ich zog mich vorsichtig an der Kommode hoch, noch fühlte ich mich total wackelig auf den Beinen vor Schreck. Das Ganze war viel zu schnell passiert, als dass ich es schon verarbeitet hatte. Trotzdem sah ich mich nach einem passenden Gegenstand um, mit dem ich den Mann ausschalten konnte.

Ja, der Kerzenständer aus Messing! Ich drehte mich zur Seite und griff danach. Bevor ich ihn richtig gepackt hatte, sah ich aus den Augenwinkeln eine zweite schwarz gekleidete Person neben den beiden Kämpfenden auftauchen. Sie bückte sich, es blitzte hell auf, ein Knistern ertönte und Irina sackte zusammen.

Seltsamerweise war meine Schocksekunde ausnehmend kurz. Ich drehte mich auf dem Absatz herum und raste auf das Loch in der Scheibe zu. Bloß raus hier!

Oliver

Bevor ich mich auf die Lauer legte, gönnte ich mir ein verspätetes, aber dafür umso fulminanteres Mittagessen. Besser, ich sorgte jetzt für ausreichend Nahrung, die Nacht war lang.

Ich parkte den Wagen fast einen Kilometer entfernt, außerdem schlug ich mich gleich am Grundstück des Nachbarn durch die Büsche. Die Rollläden waren wie immer heruntergelassen, kein Ton drang aus dem Haus. Wahrscheinlich schlief er noch.

Jolanthe hatte mir ihr Versteck gut beschrieben. Ich überstieg den Zaun in Höhe der mächtigen Eibe, deren Zweige bis zum Boden hingen, quetschte mich darunter und krabbelte bis zu den Steinplatten, die irgendjemand vor langer Zeit hier verlegt hatte. Es war etwas eng, dafür war ich vom Garten aus garantiert nicht zu sehen. Ich dagegen konnte durch die Äste hindurchspähen und beobachten, was sich im Haus und drumherum tat.

Ich setzte eine kurze WhatsApp an Jolanthe ab. Wie ausgemacht tauchte sie kurze Zeit später im Wohnzimmer auf, schaltete den Fernseher an und kuschelte sich auf die Couch, wobei sie sich so hinlegte, dass gerade mal ihr Kopf und Oberkörper zu sehen waren.

Gut, dass langweilige Überwachungen zu meinem Standardprogramm gehörten. Die Stunden vergingen und nichts tat sich. Zweimal erhob sich Jolanthe, einmal um eine weitere Lichtquelle einzuschalten, beim zweiten Mal verließ sie den Raum und blieb ungefähr eine halbe Stunde lang verschwunden. Wahrscheinlich nahmen sie und Irina zusammen in der Diele das Abendessen ein. Dann kam sie zurück, legte sich wie zuvor auf die Couch und schaute gebannt in den Fernseher.

Der Angriff kam so schnell, dass ich sie nicht rechtzeitig genug warnen konnte. Aus dem Nichts tauchte ein schwarzer Schatten auf, schwang ein Holz und schlug die Scheibe der Terrassentür ein. Ich sprang hoch, im selben Moment traf mich ein heftiger Stoß in den Rücken. Schlagartig entwich mir die Luft, bevor ich herumfahren konnte, erwischte mich mein Angreifer am Kopf. Mir wurde schwarz vor Augen, ich ließ mich fallen und warf mich gleichzeitig zur Seite. Die Äste federten meinen Sturz ab, behinderten jedoch meine Bewegungen. Ich kam nicht schnell genug weg, konnte gerade noch den Arm heben, um den Knüppel, der auf mich niedersauste, abzuwehren.

Zu meinem Glück hatte der Kerl nur wenig Kraft in seinen Schlag gelegt. Das Holz prallte nahezu wirkungslos von mir ab. Mit einem lauten Schnaufer hob er es höher, doch da hatte ich mich bereits so weit erholt, dass ich ihm mit einem gezielten Tritt zuvorkam.

Er stöhnte auf, stolperte unbeholfen zurück - ich stutzte. Das war doch …
„Björn! Hör auf! Wir müssen Jolanthe helfen! Sie wird angegriffen!",
zischte ich.

Er schien mich nicht gehört zu haben, näherte sich mir schon wieder mit
drohend erhobenem Knüppel. Längst war ich wieder auf den Füßen,
täuschte einen Angriff auf ihn an und nutzte sein kurzes Zögern, um mich
blitzschnell umzuwenden, durch die Äste zu brechen und loszujagen.

75

Jolanthe

Das Loch in der Scheibe war groß genug, dass ich ohne innezuhalten hindurchschlüpfen konnte. Bevor ich lossprinten konnte, sprang mir ein schwarzer Schatten in den Rücken und wollte mich zu Fall bringen. Ich stolperte, konnte mich jedoch fangen, wich aus und rannte los. Wo war der Detektiv!

Keine Schritte, die mir folgten! Panisch blickte ich mich um. Wo konnte ich mich verstecken? Oder war es besser, zur Straße zu laufen und um Hilfe zu rufen. Quatsch, das konnte ich sofort tun, am besten so laut und oft wie ich konnte.

Mehr als ein Krächzen brachte ich jedoch nicht heraus, meine Kehle war wie zugeschnürt. Schon hörte ich sich nähernde Schritte. Mein Verfolger war mir auf den Fersen. Also rannte ich einfach weiter, egal wohin, Hauptsache weg von ihm.

Unvermittelt stolperte ich und erhielt gleichzeitig einen Stoß, der durch meine abrupte Vorwärtsbewegung allerdings nur schwach ausfiel. Mein Angreifer musste dichter hinter mir sein als gedacht. Nur mein Fast-Sturz rettete mich.

Ich warf mich herum und rannte nach rechts in Richtung Nachbarhaus. Die Panik drohte überhandzunehmen. Ich wusste, ich konnte ihm nicht entkommen. Er war schneller und geschickter als ich. Mir blieben vielleicht noch ein paar Sekunden, bevor er mich erwischte. Wo verdammt noch mal steckte Herr Speer!

Mein rechter Fuß knickte weg und ich fiel, stützte mich noch mit den Armen ab, mein rechtes Handgelenk knackte laut, jetzt schrie ich vor Schmerz.

Eine Hand presste sich auf meinen Mund. Ich schüttelte meinen Kopf wild hin und her, versuchte zu beißen, strampelte gleichzeitig mit den Beinen, um meinen Widersacher zu treffen, der sich über mich geworfen hatte. Er fluchte unterdrückt, verschob aber nur seine Hand, sodass jetzt auch meine Nase bedeckt war, drehte mich grob herum und rammte mir sein Knie in die Brust.

Instinktiv hob ich die Hände und wollte sie um seine Finger krallen, sie wegreißen. Sobald ich die Rechte bewegte, war der Schmerz präsent, wurde so reißend, dass ich kurz davorstand, das Bewusstsein zu verlieren. Trotzdem gab ich nicht auf, mir blieb nicht mehr viel Zeit, mit jeder Faser meines Körpers lechzte ich nach Luft.

Meine linke Hand schoss vor, meine Nägel gruben sich in die weiche Gesichtshaut über der Maske. Einen Moment lang ließ der Druck auf Mund und Nase nach, ich konnte wieder atmen.

Ein harter Schlag traf mich am Ohr. Der Schmerz war so heftig, dass mir schlagartig übel wurde. Gleichzeitig presste mein Gegner seine Hand fester auf mein Gesicht. „Miststück! Dann erledigen wir das eben hier und jetzt."

Ich konnte ihn kaum noch verstehen, das Rauschen und Klingeln in meinen Ohren wurde immer lauter. Mein Brustkorb schmerzte, der Drang, Luft zu holen, überdeckte alles andere. Obwohl ich wusste, dass ich nicht gegen ihn ankam, krümmte ich die Finger und versuchte ihn erneut zu treffen. Er lachte und schlug meine Hand wie eine lästige Fliege zur Seite.

Die drohende Ohnmacht, die sich bereits an die Ränder meines Bewusstseins schlich, war mir nun willkommen. Es gab keine Rettung mehr für mich.

Oliver

Im hell erleuchteten Wohnzimmer schien sich niemand aufzuhalten, dafür hörte ich Kampfgeräusche etwas weiter oberhalb auf der Wiese. Erkennen konnte ich in der vollkommenen Schwärze der Nacht nichts. Trotzdem lief ich in diese Richtung, darauf hoffend, dass es wirklich Jolanthe war, die bedrängt wurde. Nicht auszudenken, wenn ich auf Irina traf! Meine Klientin war in diesem Fall wichtiger, sie konnte sich nicht wehren.

Ich verfluchte mich, dass ich nicht wie anfangs vorgesehen, mit den beiden Frauen zusammen im Haus gewartet hatte. Irgendjemand, vermutlich Frau Krause, hatte die drei Bewegungsmelder, die den Eingang und den Garten beleuchteten, sobald sich jemand näherte, außer Betrieb gesetzt. Warum hatte ich nicht daran gedacht, sie zu kontrollieren?

Langsam schälten sich die Umrisse der beiden Personen aus der Dunkelheit. Die eine lag regungslos auf dem Boden, der Angreifer hockte auf ihr, seine Hand fest auf ihr Gesicht pressend.

Drei Schritte und ich hatte ihn erreicht. Er war so sehr auf sein Opfer fokussiert, dass er mich nicht kommen hörte. Aus dem Lauf heraus hechtete ich seitlich gegen ihn, hebelte ihn regelrecht von Jolanthe, wie ich erkennen konnte, herunter. Ein, zwei gezielte Fausthiebe und er war außer Gefecht gesetzt.

Mit angehaltenem Atem beugte ich mich über sie und tastete nach ihrem Puls. Lebte sie noch?

Ein harter Tritt traf mich und brachte mich aus dem Gleichgewicht. Der Gegner war zäher als gedacht. Gerade holte er mit dem Fuß aus, um erneut zuzutreten. Ich sprang zur Seite, nicht schnell genug, er erwischte mich am Oberschenkel, die Wucht reichte aus, mich ins Taumeln zu bringen. Schon war er heran, ehe ich mich in Verteidigungsstellung bringen konnte, landete seine Faust auf meinem Brustkorb. Er setzte nach, einmal, zweimal, dann gelang es mir endlich, die Arme hochzureißen und abzublocken. Weitere Schläge prasselten auf mich ein, der Kerl war wie besessen. Selbst als ich einen harten Konter landen konnte, zeigte er keine Reaktion.

Ich wich zurück, ließ meine Bewegungen langsamer wirken, als wäre ich angeschlagen. Dabei sorgte das Adrenalin dafür, dass ich tatsächlich keine Schmerzen verspürte. Er setzte mir nach und holte mit der geballten Faust aus. Ich steppte zur Seite und ließ seinen Schlag ins Leere laufen. Dieses Mal war er es, der ins Stolpern geriet. Mein gewaltiger Schwinger traf ihn genau auf den Punkt. Er fiel um wie ein gefällter Baum.

Trotzdem vergewisserte ich mich kurz, dass er wirklich ausgeknockt war, zog ihm die Maske herunter und blickte in die verdrehten Augen von Andreas. Dann ließ ich mich wieder neben Jolanthe nieder und tastete nach ihrem Puls. Er schlug schnell und holprig, sie war bewusstlos und benötigte dringend einen Arzt. Ich versuchte, sie in die stabile Seitenlage zu bringen, im selben Moment ertönte eine Stimme hinter mir. „Uah!"

Ein Körper landete direkt neben der Bewusstlosen und blieb regungslos liegen. Dahinter tauchte Björn auf und hob drohend seinen Knüppel.

„Halt!" Ich sprang auf und griff danach, bevor er ein zweites Mal zuschlagen konnte. Von Frau Krause drohte keine Gefahr. Sie blieb lang hingestreckt liegen und wimmerte leise vor sich hin. „Pass auf die beiden auf. Sobald sich einer regt, gib ihm eins drüber."

Ich zog mein Handy hervor und wählte die Nummer der Polizei, bevor ich Jolanthe eingehender untersuchte. Wie es aussah, war ich rechtzeitig genug eingetroffen, um sie vor dem Schlimmsten zu bewahren.

Langsam richtete ich mich auf und stellte mich neben Björn, der den Knüppel abwechselnd über Andreas und Frau Krause pendeln ließ. Hoffentlich war Irina nicht zu Schaden gekommen, betete ich inbrünstig, wagte es jedoch nicht, den Nachbarn mit den beiden Mördern allein zu lassen. Nicht auszudenken, wenn dadurch all unsere Mühen umsonst gewesen wären.

76

Oliver

Am Dienstag fand ich mich zu meiner ausführlichen Aussage im Polizei-präsidium ein. Der Kommissar grinste mich anerkennend an, meinte dann aber tadelnd: „Warum haben Sie uns nicht im Vorfeld informiert?"

Ich erklärte ihm die Situation. „So, wie es gelaufen ist, war es besser", behauptete ich kühn. „Dadurch haben Sie wenigstens in Bezug auf Jolanthe die nötigen Beweise, wer hinter dieser Tat steckt. Ich liege wohl richtig mit meiner Annahme, dass weder Herr Büscher noch Frau Krause sich zu den Vorwürfen äußern?"

„Sie sagen kein Wort." Er wies mit der Hand auf den Stuhl vor seinem Schreibtisch, bat mich Platz zu nehmen und belehrte mich, dass meine Aussage aufgezeichnet würde.

Fast eine halbe Stunde benötigten wir, bis wir die samstäglichen Geschehnisse abgearbeitet hatten. „Weder die Krause noch der Büscher können sich rausreden", befriedigt lehnte ich mich zurück. „Eigentlich echt gut, dass der Nachbar mich aufhielt. Ich hätte sonst viel eher eingegriffen. So aber handelt es sich definitiv um einen Mordversuch."

Der Kommissar erlaubte sich ein Grinsen, enthielt sich allerdings jeglichen Kommentars.

„Wie sieht es in den zwei anderen Fällen aus? Haben Sie irgendwelche Spuren gefunden, die sie als Täter überführen?"

„Eher Anhaltspunkte, die wir noch überprüfen müssen. Wir gehen mittlerweile davon aus, dass Frau Krause den Mord an Herrn Büscher begangen hat", setzte er netterweise hinzu. „Vermutlich, weil er herausfand, dass sie seine Frau regelmäßig unter Beruhigungsmittel setzte, um ihre Ruhe zu haben. Damals, nach ihrem Selbstmord, fanden sich geringe Rückstände davon in ihrem Blut. Die Haushälterin behauptete, dass sie diese seit dem Tod ihres Mannes regelmäßig einnehme, was der behandelnde Arzt bestätigte. Nun fanden wir bei der Durchsuchung ihrer Wohnung massenhaft Packungen. Sie muss sich aus anderer Quelle zusätzliche Ruhigsteller besorgt haben."

„Sie denken, er hat sie rausgeworfen?", hakte ich nach. Damit war zumindest mein Gedankenspiel sie betreffend richtig. Und das würde auch erklären, warum dieser Mord wie eine Beziehungstat wirkte. Sie musste einen gewaltigen Hass auf ihren ehemaligen Arbeitgeber verspürt haben.

„Vermutlich genau am Tag des Mordes. Das kam uns damals schon seltsam vor. Ausgerechnet an diesem Tag verließ Frau Krause bereits am späten Vormittag das Haus, kurz nachdem Herr Büscher verfrüht heimgekehrt war. Angeblich sei das so abgesprochen gewesen, weil sie die Frau im Nachmittagsbereich für mehrere Stunden betreuen sollte. Iris Büscher bestätigte diese Version und behauptete, ihr Mann habe das so bestimmt. Sie war ziemlich neben der Spur, nur dachten wir damals, ihr Zustand käme von der Nachricht, die wir überbracht hatten. Jetzt, mit dem heutigen Wissen, gehen wir davon aus, dass Frau Krause sie unter Betäubungsmittel setzte, damit ihr Verschwinden nicht auffiel."

„Wahrscheinlich wusste sie nicht mal, was ihr Mann getan hatte", vermutete ich. „Er hatte vor, es ihr am Abend in aller Ruhe beizubringen. Dann kam ihm Frau Krause mit ihrem Angriff zuvor. Die ist, kaum dass er das Haus verlassen hatte, wieder bei der Kranken aufgetaucht und hat so getan, als sei sie auf seinen Wunsch hin gekommen."

„Im Moment suchen wir nach Zeugen, die gesehen haben, ob sie das Haus zwischendurch verließ", nickte der Kommissar. „Außerdem befragen wir alle Personen im Umfeld der Firma."

Na, ob sich daran noch jemand erinnerte? Das Ganze lag fast vier Monate zurück.

„Und Andreas Büscher ließ sich darauf ein? Denn er war bestimmt eingeweiht, oder?"

„Das Komplott der beiden war mit Sicherheit schon zuvor geschmiedet worden. Sie hätten es so oder so umgesetzt. Der Rausschmiss war der Punkt, das Ganze umgehend durchzuziehen." Mein Gegenüber grinste. „Vielleicht wackelte Frau Krause zuvor noch oder war nicht bereit, die Tat zu übernehmen, und das Verhalten ihres Chefs nahm ihr die letzten Hemmungen. Andreas Büscher jedenfalls scheint schon länger nicht mehr mit seinem Vater zurechtgekommen zu sein. Sein Bruder behauptet, er und der alte Herr seien sich seit Monaten nicht mehr grün gewesen. Er habe sich von dem Vater gegängelt gefühlt, der ihn ständig einschränkte und zurückhielt. Wenn es nach ihm gegangen wäre, hätte er längst in viel größeren Maßstäben expandiert."

„Was leider vor Gericht nicht relevant ist", konnte ich mir nicht verkneifen einzuwerfen. Da sprach der Frust aus mir, dass es sich so schwer gestaltete, die beiden auch wegen dieser Morde anzuklagen. Bisher gab es jede Menge Mutmaßungen, aber keine echten Beweise.

„Immerhin entdeckten wir in der Garage von Herrn Büscher diese Horrormaske, die seine Halbschwester uns beschrieb. Und wenn wir Glück haben, ist die Kleidung, die er bei dem Überfall auf Frau Jolanthe Büscher trug, dieselbe wie beim Mord an ihrer Mutter. Dann finden sich unter Garantie noch entsprechende DNA-Spuren daran."

Nein, gewaschen hatte er die schwarze Kluft bestimmt nicht. „Was ist mit der Mordwaffe? Und mit Frau Krauses Kleidung?" Ich konnte mir nicht vorstellen, dass sie in ihrer damaligen Stimmung so clever gewesen war, den Ganzkörperüberzug, den sie vermutlich getragen hatte, so zu entsorgen, dass er für immer verschwand.

„Unsere Spurensicherung ist noch nicht komplett durch, das Grundstück der Büschers ist riesig. Auch unser Labor hat noch nicht alle gebrachten Gegenstände untersucht. Wir müssen abwarten."

Mehr würde er mir nicht sagen. Ich wollte mich schon erheben, als mir ein weiteres Detail einfiel. „Der Familienschmuck im Safe. Dabei handelt es sich um hervorragende Fälschungen. Vielleicht lohnt es sich, in diese Richtung zu ermitteln."

Er ließ sich jede Einzelheit erklären und versprach, sich umgehend mit Jolanthe in Verbindung zu setzen.

Anschließend fuhr ich im Krankenhaus vorbei und besuchte Irina. Sie saß auf der Bettkante und war wieder ganz die Alte. „Kommst du mich abholen?"

„Darfst du schon raus?", konterte ich.

„Pff! Mir geht es blendend. Ich weiß echt nicht, was ich hier noch soll!" Ihre Augen deuteten in Richtung der beiden alten Damen, ihre Zimmergenossinnen, die leise vor sich hin schnarchten.

„Du hast ganz schön was abbekommen", erinnerte ich sie. Frau Krause, die als Wache zurückgeblieben war, setzte mehrfach den Taser ein, mit dem sie Irina bei deren Kampf mit Andreas außer Gefecht gesetzt hatte. Als sich die Lage zuspitzte und sie beschloss, Andreas zu Hilfe zu eilen, hatte sie Irina einen gewaltigen Schlag auf den Kopf verpasst, der nur mit Glück nicht zu einer Fraktur führte, wie der Arzt bei der Erstuntersuchung sagte. Die Gehirnerschütterung, die sie davontrug, war jedoch nicht ohne.

„Mein Fehler", gab Irina zurück. „Ich habe die beiden als Amateure eingeschätzt. Dass die mit so einer Waffe auftauchen ..." Sie brachte den Satz nicht zu Ende, sondern schüttelte nur ganz, ganz vorsichtig den Kopf. „Das wird mir eine Lehre sein."

Statt mich mit ihr zu streiten, machte ich eine auffordernde Handbewegung: „Wolltest du nicht mit dem Arzt sprechen? Ich warte."

Nach kurzem Disput und einer Unterschrift, dass Irina auf eigenen Wunsch und gegen den ausdrücklichen Rat des Doktors die Klinik verließ, gingen wir gemeinsam zu meinem Auto.

„Setz mich bitte bei Deniz ab." Sie warf mir einen forschenden Blick zu. „Wem schicke ich meine Rechnung?"

„Mir. Jolanthe übernimmt sämtliche Kosten." Nun konnte ich ein Schmunzeln nicht mehr unterdrücken. „Und sie gibt uns einen zusätzlichen Bonus."

„Wow. Nett von ihr!"

„Sehe ich genauso!" Ich parkte in zweiter Reihe vor Deniz' Laden. „Mach's gut. Man sieht sich." Und das war nicht nur so dahingesagt. Jolanthe hatte vor, uns demnächst zum Essen einzuladen — sobald sie umgezogen und eingerichtet war, was sie selbst mit Gips sofort in Angriff nehmen wollte. Sie hatte die Attacke mit weniger Verletzungen überstanden als anfangs gedacht. Bis auf ein paar Prellungen und dem beim Sturz gebrochenen Handgelenk war sie glimpflich davongekommen.

Rebecca, Liam und Elias sollten ebenfalls an unserer Zusammenkunft teilnehmen - und natürlich Björn. Er würde arg enttäuscht sein, wenn er ihren Freund kennenlernte. Anfangs war er am Boden zerstört gewesen über das, was er beinahe angerichtet hatte, als er sich auf mich stürzte und so hinderte, schnell einzugreifen. Er hatte mich für den Angreifer gehalten und sich als Retter seiner geliebten Jolanthe gesehen.

Immerhin war es ihm zu verdanken, dass mich die heranstürmende Frau Krause nicht ebenfalls außer Gefecht gesetzt hatte. Ich war viel zu konzentriert auf Jolanthe gewesen, um auch nur einen Gedanken an sie zu verschwenden. Das hatte ich ihm auch mehrfach zu verstehen gegeben, ebenso wie den ermittelnden Beamten, die ihn anfangs sogar mit zur Wache nehmen wollten.

„Er kann von Glück sagen, dass die Aufregung keinen neuen Krankheitsschub und damit einen weiteren Klinikaufenthalt nach sich zog", hatte Rebecca meine Schilderung am nächsten Tag kommentiert, und nach einer kleinen Pause hinzugesetzt: „Und dass keiner sein Tun genauer hinterfragte. Immerhin hat er dich ohne Vorwarnung angegriffen. Ich darf gar nicht daran denken, was dir hätte passieren können."

Ich nutzte ihr Schaudern, um sie fest an mich zu ziehen. Danach hatten wir natürlich andere Gesprächsthemen.

Jetzt freute ich mich auf fünf freie Tage mit ihr, die wir in meinem Haus verbringen wollten. Ja, wie es aussah, war ich endlich in einer festen Beziehung gelandet.

77

Oliver

Die akribische Ermittlungsarbeit der Polizei zahlte sich aus. Obwohl beide Täter weiter eisern schwiegen, häuften sich bald die Beweise gegen sie. Frau Krause hatte zwar ihren blutbesudelten Overall perfekt entsorgt, die Schuhe jedoch nur gründlich geputzt, sonderlich krimierfahren war sie eindeutig nicht. Außerdem fand sich tatsächlich eine Zeugin, die sich erinnerte, sie an diesem Tag in der Nähe des Bürohauses gesehen zu haben. Sehr wütend, weil diese ihr Auto so zuparkte, dass sie auf deren Rückkehr warten musste, hatte sie sich auf einen kurzen Disput mit ihr eingelassen und konnte sie eindeutig identifizieren.

An Andreas' schwarzer Kleidung, die er zu beiden Überfällen getragen hatte, wurden DNA-Spuren von Iris Büscher sichergestellt, außerdem fanden sich seine Fingerabdrücke am Safe und an den Schmuckkästchen. Schließlich konnten die Ermittler sogar den Hersteller der Duplikate ausfindig machen. Andreas hatte sie ihm einen Tag nach dem „Selbstmord" von Frau Büscher vorbeigebracht, obwohl das Haus zu dem Zeitpunkt noch versiegelt war. Die Originalschmuckstücke fanden sich in einem von ihm extra angemieteten Safe bei einer sonst von ihm nicht genutzten Bank. Jolanthe und ich stimmten in unserer Annahme, wie der Überfall auf ihre Mutter abgelaufen sein musste, vollkommen überein. Wahrscheinlich war Andreas vermummt erschienen und hatte so getan, als habe er in Frau Krause eine Geisel. Er zwang Iris Büscher, auf den Hocker zu klettern und sich die Schlinge um den Hals zu legen, und drohte mit dem Tod der Haushälterin, die ja mehr Freundin als Angestellte war – und außerdem ihr letzter Anker und ihre einzige Verbindung zur Außenwelt. Ohne sie wäre sie nicht klargekommen.

Nachdem sie auf diese Weise die Safe-Kombination von ihr erpresst hatten, trat Andreas den Hocker unter Iris Büscher weg und ergötzte sich an ihrem langsamen Tod.

Zuvor hatten sie bereits die Spur im Internet gelegt, sodass sie sich direkt um den Inhalt des Tresors kümmern konnten. Anschließend verließ Frau Krause das Haus und Andreas wartete in aller Ruhe auf Jolanthes Besuch.

Denn er hoffte wohl eindeutig darauf, dass der Treppensturz, den er durch sein plötzliches und grausiges Auftauchen initiierte, sie umbringen würde.

Warum er nicht nachhalf und Frau Krause stattdessen einen Krankenwagen rief, fragte sie mich.

Weil er befürchtete, ein kundiger Gerichtsmediziner würde dies erkennen können, nahm ich an.

Das erklärte jedoch nicht, warum sie sie nicht einfach liegen ließen und Frau Krause sie bei ihrem Eintreffen am nächsten Tag „fand". Vielleicht wäre sie bis dahin längst tot gewesen, meinte Jolanthe.

Darauf hatte ich bisher keine befriedigende Antwort gefunden. Ich vermutete, die beiden scheuten das Risiko, dass jemand Frau Krause hatte eintreffen sehen. Zudem bestand in dem Moment noch die Hoffnung, dass, wenn Jolanthe schon nicht an ihren Verletzungen starb, sie wenigstens so stark gehandicapt bliebe, dass sie sich anschließend in Frau Krauses Obhut begeben musste.

Leider hatten sie sich verrechnet, deshalb musste ein neuer Plan her. Dieser entstand, noch während Jolanthe im Krankenhaus lag: Sie würden versuchen, sie als unzurechnungsfähig hinzustellen. Frau Krause ließ sich einen Schlüssel für ihre Wohnung nachmachen, sodass Andreas sich Zutritt verschaffen konnte, wenn sie abwesend war. Dass er auch ihren Autoreserveschlüssel an sich nahm, stellte sie erst im Nachhinein fest.

Die Überwachungs-App auf ihrem Handy installierte ebenfalls die Haushälterin, und zwar gleich bei Jolanthes erstem Besuch im Elternhaus, nahmen wir an – oder vielleicht sogar schon im Krankenhaus. Dadurch wusste Andreas immer, wo sie sich aufhielt. Der Medikamentencocktail, den er in verschiedene Lebensmittel und sogar in die Zahnpasta mischte, sollte ihren Verfall den Nachbarn, ihrem Freund und den anderen Personen, mit denen sie zu tun hatte, aufzeigen. Sein Pech und ihr Glück, dass dieser Plan nicht aufging. Vielleicht lag es daran, dass er doch etwas zu dilettantisch vorging.

Er musste sich richtig erschrocken haben, als sie einen Detektiv anheuerte. Nicht er, sondern Frau Krause holte die vergifteten Lebensmittel sofort aus der Wohnung, während er sich von der Richtigkeit seines Verdachts überzeugte. Hätten wir damals alle Hausbewohner interviewt, wäre der Fall wahrscheinlich viel eher gelöst worden, denn sie wurde beim Verlassen des Hauses von der jungen Frau aus dem Dachgeschoss gesehen.

Zu diesem Zeitpunkt schreckte Andreas wohl noch vor einem weiteren Mord, Selbstmord oder Unglücksfall innerhalb der Familie Büscher zurück. Die Angst, dass ihm die Ermittler doch noch auf die Schliche kamen, war zu groß. Jolanthe als psychisch Kranke hinzustellen, wäre für den Anfang ausreichend: Er würde ihre Finanzen verwalten und Frau Krause ihre Pflege übernehmen, bis zu Jolanthes plötzlichen Tod. Dass eine nachweislich Verrückte sich umbrachte, würde kein großes Aufsehen erregen.

Allerdings hatte Andreas nicht mit dem neuen Schloss an Jolanthes Wohnungstür gerechnet. Plötzlich sah er sich vor einer schier unlösbaren Aufgabe. Ein neuer Plan musste her – und das arme Mäxchen sterben.

Immerhin folgte direkt danach der Hauptgewinn: Jolanthe offenbarte sich Andreas und er gewann ihr Vertrauen, indem er sie mit mir, dem Detektiv, in Verbindung brachte. Damit hatte er einen weiteren Zeugen, der ihren geistigen Verfall bestätigen konnte.

Allerdings wollte er nun auch mich ausschalten – ich war ihm zu hartnäckig - und möglichst Jolanthe mit dem Anschlag in Verbindung bringen. Er brauchte im Prinzip nur abzuwarten, bis seine Halbschwester unter Drogen stand, und konnte dann zuschlagen. Durch den Wohnungswechsel und Frau Krauses Anwesenheit hatten sich für die beiden gute Möglichkeiten eröffnet. Auch Irinas Gegenwart war kein Hinderungsgrund, im Gegenteil, so gab es noch einen unabhängigen Zeugen, der Jolanthes schlechten psychischen Zustand bezeugen konnte.

Dann wurde Andreas jedoch zu ungeduldig. Bei dem Anschlag auf mich hatte er noch Glück, dass seine Halbschwester tatsächlich zu genau dem Zeitpunkt verschwand. Oder es gab zu diesem Zeitpunkt eine weitere Überwachungs-App auf ihrem Handy, die Gesprochenes aufzeichnete und kurz darauf von Frau Krause vorsichtshalber deinstalliert wurde – wiederum nur eine Vermutung, aber eine für mich plausible. So viel Glück konnte man einfach nicht haben!

Als er kurz darauf merkte, dass weder Irina noch ich eindeutig von Jolanthes psychischer Instabilität überzeugt waren und ich weiterhin in alle Richtungen ermittelte, beschloss er, sie als Mörderin von Irina hinzustellen.

Nein, auch hierfür gab es keine Beweise, trotzdem waren Jolanthe und ich davon überzeugt, dass es eigentlich genau so ablaufen sollte. Nur waren die beiden eben Dilettanten, die vorher einfach verdammt viel Glück gehabt hatten. Mit dieser Inszenierung waren sie völlig überfordert. Jolanthe gelang es zu fliehen und als Andreas sie endlich überwältigt hatte, brach sein Hass auf sie ungehemmt hervor. Wären Björn und ich nicht gewesen, hätte er sie vermutlich an Ort und Stelle getötet – keine Ahnung wie er das hatte drehen wollen, um sich nicht selbst zu belasten. Aber sehr wahrscheinlich wäre auch Irina anschließend nicht lebend davongekommen.

Tja, mein Glück war Björn, ansonsten wäre die Geschichte böse ausgegangen. Deshalb fühlte ich mich auch nicht besonders glücklich mit dem Bonus. Ich war der Meinung, ich hatte ihn nicht verdient. Jolanthe sah das anders, sie drängte ihn mir regelrecht auf. Im Endeffekt hätte ich ihr das Leben gerettet, argumentierte sie, und ihr zusätzlich durch meine Ermittlungen eine Menge Kontakte geschenkt, für die sie ebenfalls dankbar sei. Außerdem, hatte sie augenzwinkernd erklärt, könne sie sich diese Großzügigkeit durchaus leisten. Dank des zweifachen Erbes sei sie nun eine sehr, sehr reiche Frau.

Epilog

Jolanthe

Fast ein Jahr ist seit der Festnahme von Andreas und Frau Krause vergangen. Beide Gerichtsverhandlungen sind nun abgeschlossen, beide Täter wurden zu langjährigen Gefängnisstrafen verurteilt. Selbst vor Gericht konnten sie sich zu keiner Aussage durchringen, zum Glück war die Beweislage eindeutig.

Ich denke immer noch häufig über die beiden nach. Was purer Hass doch alles bewirken kann! Ja, Andreas wurde von reinem, alles umfassendem Hass getrieben, den er jahrelang gut verborgen hatte. Vor allem die Tatsache, dass ich das Elternhaus erben sollte, das doch eigentlich ihm und seiner Familie zustand, ließ seine mühsam aufgebaute Fassade dann endgültig zusammenbrechen.

„Als ich ihn kennenlernte, war sein Groll gegen den Vater und die neue Familie derart extrem, dass ich richtig erschrak", sagte Claudia, die mich kurz nach seiner Festnahme besuchte, um mir zu versichern, dass sie nichts von dem, was vorging, geahnt hatte.

Die Ehe stand wohl schon länger nicht mehr zum Besten. Man hielt nur noch die Fassade aufrecht, wegen der Kinder, wie sie es ausdrückte. Trotzdem hatte sie bis zuletzt geglaubt, sie hätte ihn damals von seinen Hassgefühlen mir gegenüber geheilt und auch mit seinem Vater ausgesöhnt. Nichts deutete darauf hin, dass er im Gegenteil immer extremer wurde.

Natürlich hatte sie von dieser unseligen Beziehung zu Frau Krause gewusst, die er von seiner Mutter unbemerkt regelmäßig besuchte. Claudia kam von Anfang an nicht mit ihr klar. Als sie begann, die Treffen mit ihr zu meiden, ging Andreas allein zu ihr hin. Sie erfuhr nicht mal, wie oft er sie traf und worüber sie sprachen. Na ja, zuletzt führte wohl sowieso jeder der Eheleute sein eigenes Leben.

Blieb die Frage, warum er überhaupt einen Detektiv anheuerte. Weil Markus in seiner großsprecherischen Art vorgeprescht war und vollmundig verkündet hatte, die Polizei sei unfähig. Wolle man Ergebnisse, müsse man sich selbst kümmern und einen kompetenten Detektiv beauftragen. Daraufhin hatte Andreas wohl aus Angst, sein Bruder würde ihm zuvorkommen, Herrn Speer angeheuert. So, dachte er, könne er auf die Ermittlung Einfluss nehmen und in meine Richtung lenken. Dabei hätte er seinen chronisch klammen Bruder eigentlich besser kennen müssen. Wetten, dass Markus freiwillig keinen müden Euro für einen Detektiv ausgegeben hätte? Mit mir hat dieser keinen Kontakt aufgenommen. Selbst bei den Gerichtsverhandlungen ist er mir aus dem Weg gegangen. Nun, ich verspüre keinerlei Verlangen, unser Verhältnis zu normalisieren. Es ist, wie es ist. Ich habe genug andere Vertrauenspersonen, auf die ich mich stützen kann.

Zwischen Andreas' Unterlagen fand sich eine genaue Berechnung aller mir zustehender Vermögenswerte einschließlich einer Liste, wie er sich die Verteilung des Erbes nach meinem Tod vorstellte. Durch die Betrügereien seines Bruders, die er schon vor Monaten entdeckt und seitdem genau verfolgt hatte – bestimmt war er es, der unserem Vater den entsprechenden Tipp gab -, wäre der kein Gegner und würde sich mit einem Bruchteil des Erbes zufriedenstellen lassen. Er musste ihm nur mit Bloßstellung und einer Anzeige drohen. Elias sollte meinen Anteil an der Fabrik erhalten. Diese interessierte ihn eindeutig nicht. Er allein wäre der große Gewinner gewesen.

Aber ich denke, auch Frau Krause hätte ihren Anteil bekommen. Die Verbindung zwischen den beiden kann man wirklich nur krankhaft nennen. Für sie war er der Sohn, den das Schicksal ihr nicht ließ. Die Ermittler, die auch ihre Vergangenheit erforschten, fanden heraus, dass sie, bevor sie bei meinem Vater anfing, mit einem gewalttätigen Trinker verheiratet war. In einem Anfall von Raserei trat er auf sie ein, wobei sie, im siebten Monat schwanger, das Kind verlor. Ihre gesamten mütterlichen Gefühle übertrug sie anschließend auf Markus und Andreas, wobei einzig Letzterer ihr die Treue hielt. So kam es schließlich zu diesem fatalen Pakt.

Herr Speer hält die beiden für komplett durchgeknallt, ich kann ihm da nur beipflichten. Immer wenn ich an sie denke, überläuft es mich eiskalt. Wie schmal doch der Pfad zwischen Normalität und Wahn ist!

Ich bemühe mich, so wenig wie möglich an diesen Teil der Vergangenheit zu denken. Leider gelingt es mir nicht so gut, wie ich möchte. Immerhin ist dieser Maskentraum einige Wochen nach der Verhaftung der beiden endlich verschwunden. Vielleicht lag es daran, dass Liam wie versprochen bei mir einzog, sogar bevor er die letzte Prüfung in der Tasche hatte. „Im Zweifelsfall fahre ich eben jeden Tag die Strecke", verkündete er. Das war zum Glück nicht nötig. Sein Chef hielt sein Versprechen und genehmigte seine Versetzung.

Ich muss zugeben, dass mir mein neues Leben gut gefällt, mit ihm und all meinen Freunden. Björn ist – nach anfänglichen Startschwierigkeiten auf beiden Seiten - ein gern gesehener Gast. Er kommt sogar teilweise auf einen Sprung vorbei, ohne dass ich ihn einladen muss.

Mittlerweile haben Elias und ich ein richtig gutes Verhältnis aufgebaut. So schlimm, wie ich anfangs dachte, ist er gar nicht. Er taucht ziemlich regelmäßig bei mir auf und ich bin mindestens einmal im Monat bei unserer Oma eingeladen. Ja, ich rede sie tatsächlich mit Oma an, wir haben schnell eine Verbindung zueinander aufgebaut und telefonieren oft, einfach nur um Neuigkeiten auszutauschen. Ich glaube, wir liegen auf einer Wellenlänge.

Auch mit Natalie habe ich mich in Verbindung gesetzt. Es war ein tränenreiches Wiedersehen. Wir verabreden uns nun häufig zu gegenseitigen Besuchen.

Meine Web-Agentur läuft mittlerweile so super, dass ich mir Mirella als Verstärkung dazugeholt habe. Unser Verhältnis ist viel besser geworden, seitdem sie endlich einen passablen Freund gefunden hat.

Mein Manga, der vor drei Monaten erschien, ist kein Bestseller, bringt aber für den ersten Band einer Serie passable Verkäufe. Mein Verlag hat bereits signalisiert, dass er an einer längerfristigen Zusammenarbeit interessiert ist. Ja, mein Leben hat sich nicht nur normalisiert, sondern zum Besseren gewandt. Trotzdem werde ich wohl nie vergessen, wie einfach es ist, in den Augen der anderen plötzlich als gestörte Person zu gelten. Ich hoffe, dass ich dies mein Leben lang als Mahnung sehen werde, nicht vorschnell zu urteilen.

Nachwort

Alle handelnden Personen sowie die beschriebenen Orte sind frei erfunden und der Fantasie des Autors geschuldet. Ähnlichkeiten mit lebenden Personen sind nicht beabsichtigt.

KJ Weiss – Karin Franke, zwei Namen, zwei unterschiedliche Genre, eine Autorin:

KJ Weiss – Romane

Erbarmungsloses Spiel
Gedanken eines Mörders
Tollkühn
namenlose Angst
Opferleid
Im Schatten des Vergessens
In ohnmächtiger Wut
Albtraum: Tod eines Kindes
Liebe - Trennung - Mord
Flickenteppich: Diagnose: Schizophrenie
Lukas: Irrwege eines Hochbegabten

Karin Franke - Krimis

Am eigenen Leib: Richies erster Fall
Je tiefer du gräbst: Richies zweiter Fall
Zwischen Lüge und Wahrheit: Richies dritter Fall
Jeder Tod hat seinen Preis: Richies vierter Fall
Inmitten der Krise: Richies fünfter Fall
Kinderseelen-Hölle: Richies sechster Fall
Schwarze Teufelin: Richies siebter Fall
Verkalkuliert: Richies achter Fall
In den Fängen eines Loverboys: Richies neunter Fall
Tote Sünder: Richies zehnter Fall

Dortmund Krimi
Getäuscht und Belogen
Gepokert und geblufft
Verschleiert und versteckt